爲世界黑暗，所以情書發光

>>>

中途情書

鍾文音

Dear catherine
I [illegible] from [illegible]ualien.
[illegible] strange few da[illegible] read you letter
you mention about [illegible]alien.i hear your [illegible] write
about hualien before. it's very [illegible].
[illegible] I already make a play [illegible]
[illegible] feel about [illegible].i feel [illegible] close
[illegible] to one of local restaur[illegible]
[illegible]
he ment[illegible]

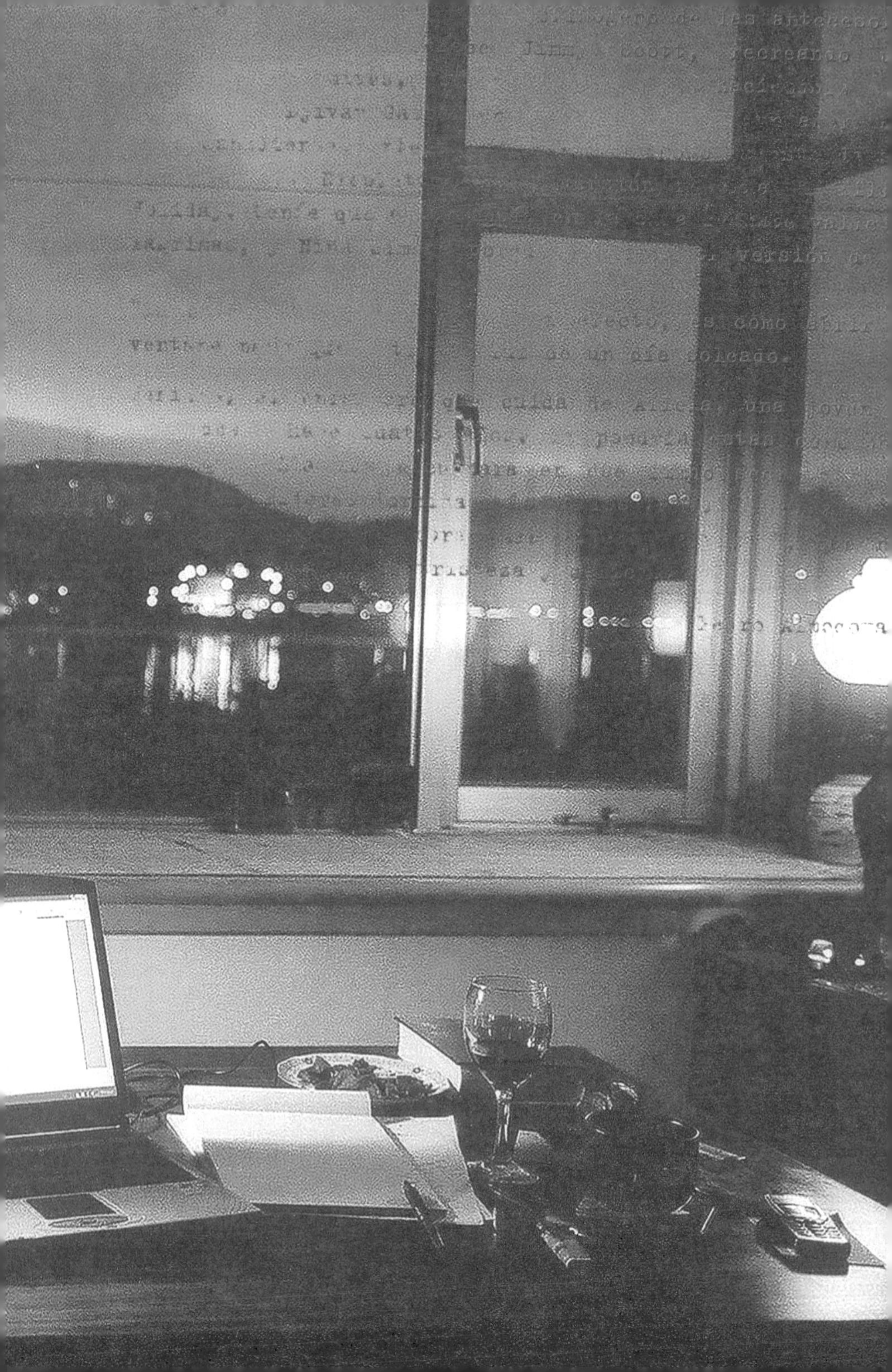

有人撿到情書嗎？

>>>>>>>>>>>>>

ean I already make a play to Hualien.so when you mention how you feel about it.i feel our so close.
our Hualien stone songs.i given him your new albem .he so happy. he also open new place for traveler.the place close ocean .have two old big trees

ere then die there.they feel good.if God want they to suffering . they will expect.I respect their thinking.it□s also taiwan fate.not only

洪水沖走的情書

情書待烘。濕答答的紙頁，就是烘乾了也文字模糊。她的母親來電，說南部做大水，妳的那些「ㄆㄟ」啊，四界飛飛飛。飛飛飛，飛過，瓦厝木瓜樹田圳水溝，越過大橋，落入河水，藏在草叢，和硯石一起發亮。母親口中的ㄆㄟ，胚，也就是信。漫天飛揚，整個村莊揚起白色的大霧，有人一推開腐朽潮濕的家門旋即看見一封書信在泥地上在花圃上在電線桿上，或者一隻野狗叼著一封失主的信到處閒晃。想像把她帶到一種俗世生活僵化所失卻的樂趣。情書待酷，情書待烘，屬於大水過後，母親電話中所說的情書，文字已不存在。

大火燒毀的情書

情書成塚。燼灰灰的紙頁，只能立碑為記。隔了一年在台北再見他，仍在媒體高層掙扎卻總是尋不到位置的他，她最愛的他。他不看她的眼睛，只看著遠方吐出言語，他說我把妳的情書都燒毀了，還有妳的照片。曾經還保留一張手寫紙片、一幀照片，將妳倒起來供。但後來他還是全數燒了，燒一和燒百，無不同，因為一日啓動燒的動作就代表啓動毀滅的力量。毀一就是毀十、毀百。文字消失，記憶仍在；昨日猶新，今日已老。她看著老情人的髮絲漸

Dear catherine: I just went back from Hualien.
The thing was so strange.few days ago.i just read you letter.you mention about Hualien.i hear your songs write about Hualien before.it's very
to one of local restaruant ate the dinner.the testaruant boss knew you.he mention you came there before.hehe still remember you
beside the house.it's so beautiful. They very welcome you to there again.We talking about natural persecute this .like earthquake and typhoon.
But they don't want leave east coast.they love to live there.watch ocean and sunrise and sunset everyday.hear wind come from mountain
politics issues is big problem for us.i never like politicans.i think they just concern

ean I already make a play to Hualien.so when you mention how you feel about it.i feel our so close.
our Hualien stone songs.i given him your new albem .he so happy. he also open new place for traveler.the place close ocean .have two old big trees
ere then die there.they feel good.if God want they to suffering . they will expect.I respect their thinking.it□s also taiwan fate.not only
peoples to reach their goal.they not really care their life and future. Between mailland china and taiwan issue is alwalys to perplex us. Like you

白，她突然願意明白他這幾年所承受的感情流離與漂泊，還有她的離去所帶給他的苦痛和失望。他那過度白花的髮絲告訴了她，彼此生命仍飛沙走石。

他寄給她網路情書

他這些年都沒有消息。倒是有一天有人在網路某個人網頁上看見了很像在描繪她的幾封網路情書，遂將網址和信轉寄給她。信的標題是，關於幾則再也寄不出的信。她讀了，知道是寄給她的沒錯。網路情書，散放在各種出入口任人點閱，擺明不是寄給她但卻又是傾訴給她。她想這樣地公開，是一種明示或暗示：我曾和某人交往過喔，她的外貌特徵，她幹過什麼事，得過什麼文學獎，我為什麼不再和她在一塊……網路情書，感情的複製品與消耗品，不太有重量，但讀了卻也不小心就壓歪了她感情結構裡的某根小支柱，壓歪她的情書不是內容的好壞與否，而是情書像是花粉或氣味，是一個媒介一種勾引。愛的種種，辛苦心苦，指向虛無卻又成本高昂。

有人撿到情書嗎？

署名給C「LOVe HaTE」的情書，「愛恨」互為孿生兄弟的情書。

喬伊斯說：「歷史是我想覺醒的一個噩夢。」而她說：「愛情是我想覺醒的一個噩夢。」

thing was so strange.few days ago.i
you mention
to one of local
the dinner.the testaruant boss knew you.he mention you came there before.he still remember you
so beautiful. They
there again.We talking about natural persecute this
.like earthquake and typhoon.
But they don't want
there.watch ocean and sunrise and sunset everyday.hear wind come from mountain an
thquak
and typhoon persecute
litics issues is big problem for us.i never
i think they just concern

contents

010 【代序】某讀者撿到 C 女士情書

前朝情書

032 做愛後動物難掩感傷——寫給不斷洄游的年老情人 H
050 人生是一場緩慢的戰爭——寫給不存在的戰地戀人 a

中途情書

080 夜露幽光你最懂——寫給不斷加減法碼的 L
092 晨曦裡的溫柔——寫給我的另類情人 e

祕密家書

148 寫給消失的戀人父親
155 寫給母親的發黃檔案

移動中的情書

170 在異島嶼回想你的熱——寫給托斯卡尼雕塑家戀人 V
194 深夜酩酊的舞踏者——小貓寫給山鬼 O

女女情書

224 在八里回憶百褶裙的親密時光——給 T，我的好樣姑娘
250 在巴黎遙想燭光下的交心——給暖暖

異國書簡

290 我與南西——妳還在聽我的嘮叨嗎？
302 我與創作歌手凱瑟琳書簡——畫與詩歌的對話
328 寫給我的經典情人——莒哈絲、西蒙波娃、卡蜜兒

未來情書

350 遙遠山城發亮的星子——寫給年輕戀人，異國而深邃的 E

【代序】

某讀者撿到C女士情書

當羅麗塔成爲考古隊遺址，
（情書）成了她愛過的呈堂供證
。

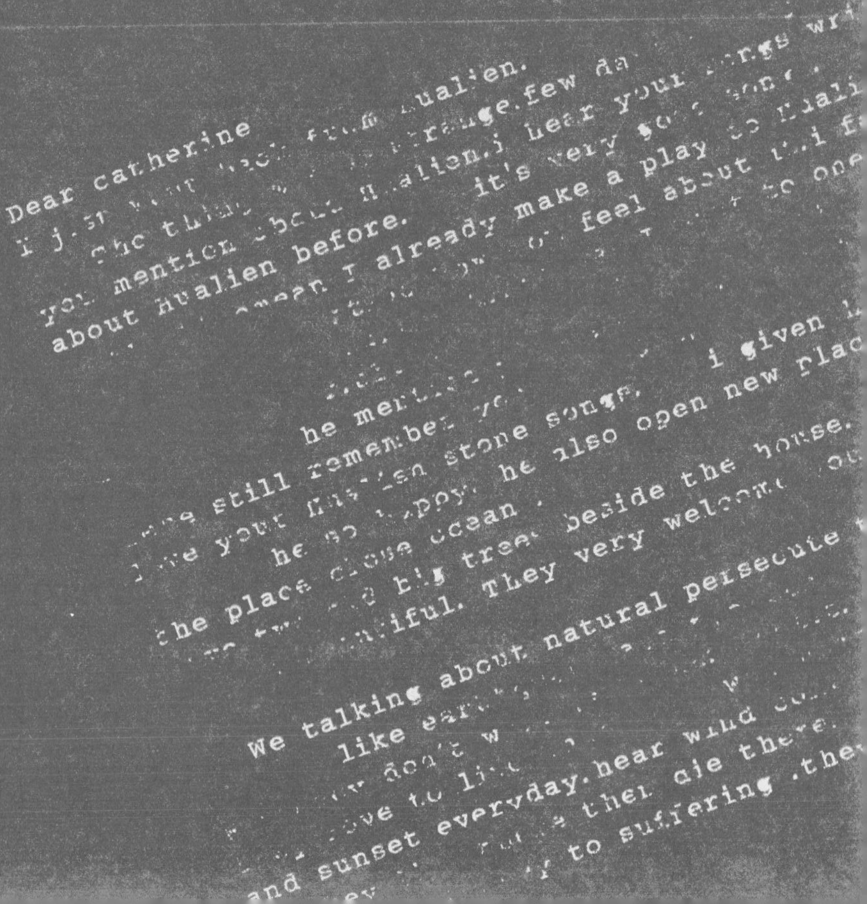
Dear catherine
you mention about hualien before.
about hualien
I already make a play
feel about
it's very
i given
open new plac
he also
he so happy
beside the house.
the place close ocean .
They very welcome
natural persecute
We talking about
like
hear wind
and sunset everyday.
to suffering .

@偷男阿單

我們姑且叫她C女士（雖然她在我心中是永遠的羅麗塔）

我觀察她多年，更且有一回還查電話簿打電話給她，之後每一次都選在颱風天打去她那靠河水的家，我想颱風天她在家。她的聲音總像是在睡覺似地慵懶，但你只要問她妳在睡覺啊，她馬上提高聲音佯裝說沒有啊。

她在我打過三、四通電話後，才會不耐地掛上電話（由此判斷她是個濫好人），我其實不要太多言語就能滿足我的窺淫癖，我只想隔著電話線聽到她的聲音，然後假想地中海的藍色海域裡走出一個濕淋淋的她。

很多時候我更趁著她不在家時打電話去，只爲了聽聽她的聲音留言。（她有一次在報紙上寫道回家時常見到答錄機留言亮著燈，但卻是嘟嘟嘟的無語，她寫約是舊情人打來的吧，殊不知我讀了暗自發笑著。）

有一回我還騎摩托車到她的八里居所，從我住的木柵，越過千山萬水，從南到北，只爲了在她的信箱親自放入我的信。她又以爲是老情人寫給她的，這本情書集有段老情人的書信收錄，其實是我寫的。我們天眞的女作家，凡事浪漫不假思索。但有時卻又極冷酷，我過了一段時間再打電話給她後，她一聽我喂一聲就掛了。我懷恨在心，我自非善良之輩，某次見她對某訪問的媒體說她將去巴黎三個月，我便偷偷闖入她家，一個讀者擅自暗地闖入一個作家的生活，我其實是驚嚇的。我見到我們的女作家連掃把畚箕都沒有，冰箱只冰著冰塊和幾根發黑的香蕉（她小說裡的女主角常過這樣的清冷生活），櫃上放著威士忌酒和紅酒，案上擺著幾幀照片，卻都沒有她的情人肖像。我實在很好奇她的閨房，我推門聞到香氣，大力聞著，幽香的花香，枕頭上擱著一只飛航用的眼罩和憂鬱藥片與安眠藥。啊！失眠的女作家，我想著她睡覺時可能全身一絲不掛卻唯臉上戴著眼罩時，我一想起這畫面就很色迷迷地發笑起來，且這一遐想讓我不禁在她的床上躺了一會兒才滿足離去。自此我好像身心通暢似的，以爲我已經擁有了她的一切，包括她根本不知道我存在的愛。

打開衣櫥，像是闖進一片黑森林。沒有任何其他顏色懸掛其中，只有黑夜的黑，那黑卻像是手電筒照亮了我的眼睛，我偷了些神祕的黑色氣息將之儲存心裡。

三個月後，我見到她出書，書寫她的家族史小說。其中她對記者哀怨地提到旅行過久，家裡遭小偷了，被偷了好幾十萬元。（我當時見了心想，見鬼，妳的家哪有什麼可以偷的，我確實偷了妳沒帶走的一個低畫素數位相機，裡面有很多張關於妳的照片，也許以後我可以自告奮勇地替妳寫回憶錄，還有誰比我更瞭解妳呢。我偷看了妳的情書也偷了妳心愛的幾本書和幾張無價的照片。）她對記者說她感到被小偷光臨的閨房很噁心，想到被陌生小偷（以鞋印看是男偷兒）摸過的所有衣物都覺得髒，光是洗衣服就洗了一個禮拜。我聽到髒字感到一種無名火的憤怒，但旋即一想，才諒解一個女人被闖入的厭惡心情。

我的女作家啊，如果妳知道是個仰慕的男偷兒闖入，心情會不會好過一點？

C女士年輕時很異國情調，命宮有陀羅星的多戀情在外。（後來不巧聽C女士在某電台聊天時說起她知道自己命盤被某讀者暗自偷算過後，從此都亂留出生年月日，不想自己被窺視且搞不好還被下蠱做法。）而其實就是我不知其命盤，我也可以光靠面相或其人其事來斷定人，何況當對象還是我的仰慕者時，我看她就像在看我自己一樣熟悉。

打從C女士少女青春時代許多人對她母親斷言妳這女孩是留不住身邊的，她會跑得很遠很遠。她會嫁給外國佬，她母親想到那些毛長深眼（伊聽說深目珠無情）時就特別感到害怕，於是把她的女兒看管得更緊，更緊，一直給她披上道德外衣。而這女孩卻相反地愈走愈遠，意執脫掉層層的外衣。

當時她年紀輕在鄉下常沒事聽著離家的哥哥留下的英文唱片，她當時的名言自以為是「享受你的每個分秒剎那」。（Enjoy your every singal moment.）

她懷抱著生命一定要布萊特（Bright），（要布萊特就是要明亮，可惜那時候生命裡布萊特也還沒現身。）而她的生命其實是非常的囚籠（John "Cage"），請原諒我如此意解她，因為C女士的生命河水多曲道，水流湍急。

就我作為一個長期的讀者的粗淺觀察是這失落情書的C女士，陷入了被感情支解成碎片的生活經年，愛情劊子手是情人更是她自己，毀去羅麗塔的不是甜心老爹（Sugar Daddy），更是願意接受誘惑不捨愛慾的自己。

台灣流行寫美容書，我其實暗自裡以為C女士很適合寫毀容書。

她的感情就是一部毀容史。感情催發了原本讀高中看起來像國中生、讀大學像高中生、出社會像大學生的她快速老去。（根據當時她在某雜誌接受採訪的說詞）愛情就是她的時間催化劑，難怪她會寫《情人的城市》這本書，和她心儀的法國女作家莒哈絲對話，莒哈絲毀於酒精，十八歲就老了。C女士說，她一出生就老了。

誰叫她的「心」長成這個樣子。她看見自己踩在流血的祭壇，在此之前，她從來沒有這麼失去信心過，她看見化為碎片的自己熔在火海裡逐漸冰冷老去。

她曾書寫這樣的歲月感嘆，每個曾經是羅麗塔的女人，最後都得在歲月時間的面前俯首稱降，且加入考古（男）隊所要考察的遺址。

曾經年輕的羅麗塔害怕太早來到的智力構成一種對男人的威脅與自我否定（男人不愛，女人就失了自信，即使再有智力），現在已在考古隊登記註冊的她害怕的再也不是智力，而是美麗。

以前，當她還是羅麗塔時，她的情人是不斷以長她十二倍數之齡跳躍而上而老的男人。中途，她的情人和她之齡相差不大，甚至開起前後期同學會來。往後，她的情人將以不斷小她十二倍數而下而輕的男人爲時間座標。

時間演化了女人的皺褶與情人祕密檔案。

但空間在哪裡？

除了床，不斷隨著慾血涕淚漂流的床還是今生唯一的空間嗎？

如果是，她看見她自己的死的姿態了。

翻身即逝，東方某詩人說。

逝，也可解死亡。

我仿其語言來書寫她，這是很恰如其分的。雖然很自作多情，但世間何物不多是起於自作多情。

中途情書猶躺在抽屜　發著死水般的閃亮

我有幸成爲C女士情書的第一個讀者，自那回偷闖入她的房子發抖哆嗦地讀著她的情書至今，時光又過了幾年。這幾年，她身心皆低調，好像不再需要認識人與這個世界了。她的情書增添，而我依然忠實在旁。我們的女作家自我誠實解剖的感情世界成爲某類型讀者的另類慰藉，這是連她自己都不知道的一種日行一善，我靠這樣的慰藉如露水光臨我乾涸的身心多年，我藉由觀望她而成爲和她一體。她不知道她已經成爲我時間大廈的生命夾層多年多時了（時間大廈的生命夾層，我的寫作文字風格也愈來愈和她一體無分了）。

然我觀望她仰慕她卻不想成爲她。（雖然我曾經寫過信給她，告訴她晚年若無依，有個老叟將陪伴她到死，但我想這樣的語言她是不相信的，她渴望恆久卻又怕黏膩，我想她應該把情書揉捏一團丟到垃圾桶了，由此書沒有收錄這樣的段落可知。而我將把給她的這些部分情書印在她的情書之前，這是一個讀者對她的最高敬意。）

C女士自我塌陷在孤獨之井由來已久。殘渣過時未清，累結在愛情的血管暗道，我在暗處偷偷凝視她蒐集她注視她多年，發現她的祕辛。撿到情書後更印證了我對C女士的看法：她走在人生中途，中途回望，前不著村後不著店（本以爲可以著店），於是不免眺望起糾葛在往事情網的一些值得記錄的戀人芳名錄。

她在人生的中途

她在人生的中途，寫作的中途，感情的中途，如ENIGMA「謎」樂團的徘徊不定。她近來多時陷入小說寫作的困頓，並對一切感到困頓欲死，這時她給自己出版其他文類的藉口。她其實困頓的是感情，感情蜘蛛網依然是破了又織織了又破，她無法凝聚心緒，遂給自己寫作暫時晃蕩與放假。她打開塵封抽屜，起出底層發黃信箋，欲冀解讀時光碎片與感情密碼。

她在人生的中途，年齡的中途，身體的中途，命運的中途，恍如中陰生，一切剛好都處在中途的中途。就這樣地，在寫小說的難產難熬時間裡，她擲筆撕紙，宛如瘋子又開始囈語。夜裡她的中途情人鬼影幢幢在她的床枕露臉，那些只開花不結果的情人們，在中途裡各自轉彎的情人們，如不感光的黑，黑是因光線不存還是黑感應不了光線？她一再問自己，爲何無法輕盈？爲何她的心長成一種誰也不想碰觸的脆弱玻璃模樣，空洞處處的玻璃，一口氣就可以吹破了表面，她爲何長成接枝不良的不結果品種？

她厭蔑自己甚比情人，排除自身的美，且鄙視自我特性，她看見自己在愛情的無能，一座雜亂無章的荒蕪花園雖然姿態仍然高昂可貴，但她知道這麼多年下來她確實如此地耗損著自己，荊棘已多過花瓣，一如酒精以泡沫吞吐在她的細胞核裡，閃光的死水是她的心的具體畫面。

逝去的歡樂像腐朽的百合香氣，不堪聞睹，唯文字的奢華瀰漫存在。

她這雙手摸過油漆，摸過顏料，摸過顯影劑，摸過化學劑……她深切知道作蝕刻畫前，得先刻畫銅版，並讓銅版腐蝕，接著美麗的疼痛到來。

她是蝕刻版，情人是那壓紙機。最後吐出了蝕刻畫，一張張以文字寫成的情書蝕刻畫。她熱愛蝕刻畫的過程，那種雕琢，那種如巴洛克的想像，那種腐蝕，侵蝕，接著高壓，機器滾筒將蝕刻銅版和紙張密切壓合滾燙而過。

吐出一張張以疼痛寫成的情書，是爲慾血情書。

她的這雙手摸過筆，摸過電腦，摸過身體，一具具如等待捐獻器官猶仍溫熱的軀體，等待她的撫摸。

啊，L'AMANT，LOVER，她在此時此刻所吸入的是冷涼如露水的空氣，一旦回憶就是一種宣判：宣判戀情已如木乃伊。

看守愛情著魔藍色警戒區域的烏鴉嚴重失了職，使她自己成爲自我島內的放逐者，情人國度的亞當們都沈睡在她者身旁，她的世界太過黑暗，她指出天空是紅色的，別人以爲她在發囈語。

她的心理視覺佈滿奇怪顏色與奇怪物件，就像她的餐桌躺的是一具具的人肉，她的床卻躺著法國麵包；她的衣櫥放著不同氣味的刮鬍水刮鬍刀片，她的餐盤放著彩色潤滑緊度恰合的保險套；她屋裡的所有情人送的燈泡都不亮、她的攝影暗房卻老是燈暗不了……

她的一切都在錯誤裡失衡了起來，在人生的中途，在近視與老花眼的中途（而其實她的視力十分良好，瞳孔依然明亮，但心理距離使得她嚴重失焦），她傾斜的姿態日益嚴重，她驚嚇自己愈發長成了年輕時的母親模樣……

所幸，這一切的傾斜，災情尚未蔓延至書桌區塊，趁傾斜的災情還在控制中，她將正確且姿態無誤的將情書從抽屜裡取出，並將那些不礙眼不會無法公開的和顏悅色情書與所有有情眾生相會。

偷覷她這一切的人是一直住在她體內的小女孩羅麗塔，羅麗塔對邁入中途的她的情書全數翻攪了一回又一回。

羅麗塔當然比處在人生中途的她勇猛，於是公開情書就成了這小女孩的任性之舉了。

邁入人生中途的她想，她已經加入考古隊了，羅麗塔還留在原地留戀這一切，她是無可奈何地只能旁觀。

她希望可以把一切公開的罪全丟給那個在體內不斷作祟的小妖精靈羅麗塔。

而毋庸置疑，沈重的悲哀色彩瀰漫在情書裡，宛如野蠻似的一種原始性奢華。那些中途情人們的中途情書比肉身還頑強地存在著，有的則因時移失落，有的是根本沒有遞交至收信人手裡即在中途消失……

愛恨功德會，戀人芳名錄

愛情需索一種熟悉的靠近但又需索永遠得不到的神祕，愛情需要看似偶然又要刻意累積的成全。可憐的Ｃ女士，她不知道如何拿捏這個距離，不是太近就是太遠，不是全有就是全無。

導致了Ｃ女士的愛情像是疊床架屋，她的愛情重疊著他人的愛情，自知或後知，使得她一再地縮短愛情的保效期，並屢屢提醒自己要有志氣，同時她還常得深呼吸對外佯裝微笑。

我透過各種八卦管道與長年對她的追蹤及蒐集簡報，故擅自替Ｃ女士打撈愛情汪洋的屍體，替她一一細數不同時期的各式各樣中途情人：

國中教國文課的班導師與生物老師雙Ａ、一直想當詩人的高中隔壁班學長Ｂ、一直想拍電影卻跑去做生意的大學男人Ｃ、大學指導教授Ｄ、尼泊爾唐卡年輕繪師Ｅ、喜歡打電動玩具對一切陌生事物亢奮的導演Ｆ、紐約蘇活區不得志畫家Ｇ、總是與體制格格不入的媒體副總Ｈ，南非自然生態導覽員Ｉ、連鎖飯店總經理Ｊ、台北某醫師Ｋ、畫家Ｌ、攝影裝置藝術家Ｍ、自稱工人美術家的工藝家Ｎ、夜晚總是癲狂起來酩酊抓著人說話竟夜的遊唱者Ｏ、紐約猶太裔建築師Ｐ、巴黎蒙馬特街頭畫家Ｑ、挪威獨立電影製片人Ｒ、好萊塢富商Ｓ、有肝病胃病卻又不斷酗酒的女子Ｔ、上海某出版業者Ｕ、義大利托斯卡尼雕塑家Ｖ、某大學教授Ｗ、古董商Ｘ、八卦雜誌攝影小狗仔Ｙ、改行當保險經理的Ｚ……不斷赴戰地採訪見過上千具屍體的記者ａ、伊斯坦堡皇宮美術導覽員ｂ、倫敦廣告公司企畫ｃ、旅美學人ｅ……

二十四個字母不夠用得再次重複的中途情人名單，換成英文小寫再來一次的愛情亡靈，不斷地一站過一站地對她呼喊。他們是兩個雙魚男三個天蠍男兩個天秤男一個獅子男兩個射手男一個牡羊男四個巨蟹男一個魔羯男，一個巨蟹女一個天秤女兩個獅子女……一個水瓶父，一個天蠍母……啊，她全都愛他們，她亦邪亦善，她亦美亦醜，她既香且臭……她想忘又忘不了，她濫情如島嶼梅雨，一場梅雨可以成爲淹沒一座村莊的海嘯。

她漸漸歸納出耽美的天秤男愛少女羅麗塔，愛家又不忠誠的巨蟹男常愛上考古隊女隊員，射手男愛智慧女，雙魚男喜新又戀舊……如此一說，偷窺此情書者就可歸類她是在哪個年紀遇到哪一類男人了。如果走到人生中途才遇到喜歡羅麗塔類型的天秤男那就是對她際遇的一種戲弄了。

被際遇戲弄，何其多啊。常常一個不起眼的眼神或是不經意的動作，卻也悄悄地撒下了命運之網，這網周遍其生活，關係著她往後對於情慾的感受與完成。

但時間會替她撤去纏縛的命運之網。

她那多刺受虐遺痕過深的島嶼太難讓任何一艘船航行靠岸，何況她遇到的常常是搖搖擺擺破破爛爛的大船小船，再加上自身暗礁處處，誠是兩敗不俱傷才怪。

這麼多年過去了，她醒悟屬於她的地圖是沒有固定的島嶼，漂流的島與浮動的床是她感情的眞相。

像是必然脫鉤的兩輛列車午夜交會而過，情人依然在各自的島嶼，被各自的淚水環抱，在夢中把愛情躺成一個貓的樣態：狀似安逸卻是騷動不安。

她在散落的千萬情書裡企圖尋找一些可資品鑑的珍珠，然後把珍珠串起。串起的珍珠排列成LOVe HaTE，八字沒有眞言，八個無意義單音符號，組合成有意義的「愛」與「恨」，「愛」與

「恨」，人皆熟悉又不熟悉。

　生命交會過的情人們可供記憶再次憑弔的也僅剩零星。她看見她的男人都在離開她後卻複製著她曾有過的痛，或者才想起他們自己的痛楚。

　無意義又有意義的情書，發生在中途，在中途發光，她在她的人生中途再度眺望起這片遙遠的海洋，她看見她生命裡的肉身情愛皆將走向腐朽的同時，時間之洋卻依然娑娑著情慾。曾經慾的草率指向了情的輕忽，現在是情的重量又拉回了慾的渴望，如此周而復始，她從小女孩成爲大女人，又從大女人成爲小女孩……

　　愛是心苦，索價高昂。

　　虛就是實，實就是虛。

　我又再次擬C女士最擅長的四字句經文式寫法爲其擅自代序之結尾（她不知我以高額買通了出版社總編輯，只求得多年對其感情可以見到陽光）。我想她定然不會生氣新書偷渡了陌生人的序，（我們的序文不都是出版社花錢請對於作者可能也是陌生人所寫的嗎，所差只是我是個無名小卒罷了。）

　序從來都是多餘的，當序還是出自一個撿到情書的讀者所寫時，恐怕很多人會跳過吧。

但我要高喊愛情無價，我對C女士的愛情也無價。

我們每個人都可能成爲C女士，我們也都在人生的中途，前後不著村不著店地孤獨著。

因爲孤獨，所以我們寫情書。

因爲要讓情感透透氣，所以我們寫情書。

因爲要被後來者看見情路之執著之坑疤，於是以一種自我無情的揭露，來撥開屬於生命的時光的情愛的殘酷內裡，C女士遂絕無僅有的出版了這樣的情書，在一切都困頓的中途。

基於這樣的理解，我但願C女士明白我的用心和我對她的愛啊。

讀者重擬致C女士的不存在情書

我，一個無名小卒，和世間所有男女一樣，爲人性食衣住行和性慾擾人等基本面困頓忙碌且憂愁，我有良好而安全的工作，我是普世男人中的普世代表。

但我喜歡C女士卻不可說是普世價值，我想喜歡她的人性格或長相大都有點怪異。當然我不是野獸派，她當然也不是失眠公主。相反地，她是得反覆凝視的女人，用普世眼光看會錯失她。而我在這一點美學品味上，喜愛她是我人生裡最不普世價值的品味代表，她是我生活裡唯一的亂象，她讓我在美學品味上成爲一種奇花異草。

而我太過正常的貧瘠生活花園裡需要植栽新的奇花異草，如C這樣難以歸類美或不美的奇特魔女。沒有年齡感的女人，她遊走邊界，她常坐在椅子上，河邊旁，瞇著目光凝視灰色的天空，然後大口聞著天使行過所佈下的潮濕氣息，那些潮濕氣息最後籠罩在她的床枕，她的墨水她的紙頁。

我熟讀她的書，有一句話連她自己可能都忘了：「我濡濕的翅膀無法在細縫狹小的鐵窗駐足太久，我不忍端視這世界劇烈的改變，我只能飛離，飛向我的愛！」

我要以文字飛向她了，我的C，雖然她不知我是誰，但她不知道我是誰讓我有種處在黑暗中的快感。

我正襟危坐地在夜晚，重擬被C女士毀掉我寫給她的情書。

我藉著不存在來擬存在。

所不同的是，過去那些收信者是她，總有個郵差可以爲我送達她的地址，現在這些重擬的情書，送達的地址是每個她所不認識的讀者，我把給她的信公開了，我成爲每個他者，在各種顏色的角落空間讀著我寫給她的情書，這樣一想，我就有了一種在黑暗中躲藏的快感，C女士將永遠也不知道我是誰的黑暗快感。

文字再度被重擬的筆端留下蛛絲馬跡的感情線索，文字復活，感情卻常被復活推得更輕更清，更遙更遠。

也許讀情書是另外一種無形的感情折磨，但我想她是深切知道，每個人都該讀情書，情書是一種生活硬化的柔軟劑，讓你遙想起你也曾有過的青春或者愛戀或者傷慟或者歡愉。

C女士家的河床廣闊，而我的床卻極小，在極小極小的床躺著，作著愛她的小小的夢，躲在被窩裡寫著極微小微小的情書。這時，午夜的愛人都在夢裡迴光返照了，夢裡的情書紙頁發著黯淡的光。唯其因爲世界黑暗，所以情書發光。

發光的情書，只在黑暗，黑暗的午夜，黑暗照亮了夜。

只因情人凝視情人，只因情人複製情人，所以情書才發光。

看我怎麼從讀者成爲作者，看我怎麼複製妳（實則我超越妳，妳新舊伏根盤雜糾纏，不若我之於妳的純粹）。

啊，我的C！我的愛！（邪惡的我，很想把妳的姓，從C改成B啊！）

致我的C：（我不學她用親愛的這樣濫情的字眼，我直接宣稱：我的，是我的才過癮。）

我每日模擬如何寫信給妳。如何將我當下對妳的仰慕之情所轉成的思念傳情給妳。我當然不用網路，那太廉便了，有點侮辱妳在我心中的位階。

我親自送信，風塵僕僕如野狗在城市流蕩。

我的第一封信什麼也沒寫，只寫滿了「致我永恆的戀人C！」（多麼普希金啊，詩人善寫永恆。）第二封只寫滿了「我想死妳了！」這兩封信讓我英名受損，因我在偷闖入妳的書房時，發現妳把那兩封信揉毀後塗抹了顏料。所以這兩封信不需收錄在此（但我必須複述給讀者知道，另外買通的主編對我說，刊登字數有限），所以僅以以下微稀文字表達我對妳的摯愛，這也是對我自己的致意。在沒有任何報酬下，我躲藏在廣大閱讀群的背後能夠長時間地凝視妳，且寫信給妳。

這是何等的事件啊！

致我的C：

暑假到來，各地文藝營開辦，我逡巡著妳的名字，我只想上妳的課。妳當然不會見到安靜而躲在角落的我，何況妳不是常說，旅行讓妳學會揮別這件事嗎，妳總是下課就揮別我們，像是要去趕搭飛機的旅人樣貌。我在課堂聽妳上課，我只是著迷於妳的聲調，還有妳一認眞就聲音激昂且頻頻拭汗的緊張樣子挺好玩的，眞不知道爲何妳總是這麼投入，但離開時又顯得有點無情。

妳點燃了我對文學的熱愛，我彷彿找回了生命中失落的一部分，那一部分寫著妳的名字。我高中時期還滿文藝青年的，有個好友名字叫文豪，和他一起編校刊，我們總是讀詩。

高三時，文豪死了，溺水，夏天總是男孩容易溺水的季節，讀後來妳寫的夏日是有憂傷幻覺的季節，我從床上跳了起來，大喊：文豪，你在哪裡？

文豪已死！

文豪的弟弟叫文學（真的，他父親很愛讀書），後來和我走得近，但是大學時卻車禍，自此文學傷殘。

妳說，我還能微笑嗎？我幾年心死如止水，直到我遇到妳啊。我的冷酷甜心。聽說妳自願辭去高薪工作專業供養妳的文學生活時，我好想中樂透，我老是夢想著如果哪一天中了大獎，那大筆的獎金要怎麼分？父母跟兄弟姊妹（妻子不需要）要各給多少？是不是也要拿去做個什麼善事之類的？這些空泛的念頭也多不以爲意，但聽妳說文學家在台灣的種種，我覺得像妳這樣才情洋溢的作家，如果有個機會，是不是應該給予幫忙？這當然不能算作什麼善事一樁，只是覺得應該讓妳繼續發光，才是重要。

很高興今天能跟妳分享了一個充實與快樂的週末午後，雖然這分享是單方向，但是妳會得到我的回報的。

我是個在白天見不到的小星球，也許妳闔上眼睛進入黑暗的想像世界妳會見到我。

阿單（孤單的我啊）

致我的C：

其實我的工作非常忙碌，我的工作不值一提，反正就是那種往往留給自己家人很少時間，卻總是和陌生人花上很多時間的上班族。我發現我們總是在外面不斷開口，回到家裡卻不斷閉嘴。

妳在課堂上建議的書單，我不是買了就是到圖書館借了出來，我倒非好學，我只是好奇妳的腦筋都裝些什麼東西。我嫉妒那些被妳提及的作家，雖然被妳嘴巴吐出來的作家大都已經作古了，但我還是很嫉妒他們被妳看重，我假想著妳吐出來的每一個名字都是我。在那些外國人長長名字後面我總是不辨男女即逕自加了自己的名字，馬奎斯阿單、莒哈絲阿單、吳爾芙阿單、卡繆阿單……

雖然嫉妒，但爲了靠近妳還是去買了書來讀，但總是少有幾本書能夠讀完的，爲了妳，我們家的書架已經像是圖書館了。

最初，當我在想著該從哪裡去認識一個妳這樣令人著迷的女子時，我原本以爲網路上的名人資料應該是充分無虞，但是一篇又一篇的新聞簡訊，完全嗅不出任何快樂的味道，只是讓我更加覺得遙遠。於是，我從書架上挑出買了卻未讀的妳的書《寫給你的日記》，我於是從上一個星期四開始讀起，並且我也開始寫了那天的日記給妳，這是我生平唯一的日記。我的日記徜徉在死亡的黑潮，我知道妳喜歡黑。

十二月二十三日　週一　陰晦微冷

一早，我在客房裡窩著，不見冬陽，家裡也很安靜。

鄰近國中朝會有些喧鬧聲又再次傳來，我才想起我是在這些青春吶喊的聲音裡醒轉的。我持續躺著，天花板和昨天沒有兩樣，一樣的白，一樣的純潔。但是我像是換了另一具身體似的，我對自己感到陌生，沈重。

昨夜肚中紅酒酒意隱約殘存，身體仍想酣睡，我轉頭瞥見房間外的窗色暈染著滿天的陰霾，我想我該再倒頭睡一會兒，像妳書裡所寫：冬天不適宜早起。何況鄰近國中加隔牆的國小一起奏響著管弦樂，再加上對面人家又播放著應時的聖誕樂章，我突然覺得我和世界的關係僅剩下這些殘渣。這些聲音如鐘喚我，但卻是嘈雜的聲音。我但願我和世界唯一的聯繫是和妳，妳的文字，妳啞啞沈沈的嗓音。但妳好遙遠，而殘渣聲音離我好近。

心思也開始盤算我千里迢遙騎車送去的信，妳會不會收到信後覺得很唐突，又或者想又是哪個無聊者所做的無聊事呢。

昨晚興致高昂地向文章（文豪家么弟）介紹我所認識的妳，我甚至對他提起我的嫉妒，我說初讀妳的日記的感覺，我因爲嫉妒，所以書看不到幾頁便棄置一旁；我愈往下讀，竟是心痛的感覺愈發不可收拾。

一想到此，我又開始心痛發作，這可是我愛上了妳了？原諒我的濫情（書）。

中午才懶懶梳洗，緩緩出門。

下午約了牙醫，我在近乎空盪盪的候診室等著全世界人口都會患的蛀牙毛病，全世界都長得一個模樣的牙齒嘴巴，我是很佩服牙醫師。因爲我可不想一天到晚要人張嘴，露出可怕的黑洞給我看啊。只有看妳是我所有的愉悅。於是我努力地認眞地繼續讀著妳的書，但妳寫的文字卻仍絞痛著我，絞痛並不打算離開我的心，原本以爲好奇妳應該會是一種新的快樂，哪裡知道卻打開我這個漂泊旅人的暗中嫉妒與痛楚。

蛀的牙齒凹洞多了銀粉，而我的淫念卻才開始慢慢燒起。

徒步回家，才漸漸退念。

直到夜深人靜時分，我終是回到睽違一天多的窩了。我像貓一般地窩回中午離去前的棉被凹洞，在裏住了一天的陰晦後，我疲倦地蜷曲著手腳，想要等待愛神和睡神的眷顧。我但願醒來時，心的絞痛可以離去。

時光在我的生命裡遺漏了關於妳的環節，我在夢中可以重返時光，修補妳的缺席。就像現在，

feel about ... i fe
he men...
still remembe...
... stone ... i given him y
he ... happy. he also open new place for

冬日的台北，竟是天寒地凍，然我冬夜捧著妳的書讀著，心中便充滿了無限的暖意。請妳不要因爲男人離去就萌生有絕世之感，因爲妳若知道暗處有那麼一個崇拜妳的無形讀者存在，妳就該好生地活著啊，筆墨就是妳最好的愛情，我想這麼地鼓勵妳。

致我的C：

甫自台南一個人開貨車歸來，覺得台北夜裡的風比中午出發時強得多，寒氣凍得令人難受。寫信給妳時感到手指都在發抖著。

人是孤獨的，離開母體之後，就一個一個地長成個別的，妳我是孤獨個體裡的孿生，文字可以複製，文字是桃莉羊，我愈來愈擅長模仿妳的腔調，我等著妳的書大賣，這樣我就可以書寫妳的僞體書。就像描摹僞畫一般，眞假莫辨。

我們是會結合的，我的愛融入妳的文字，我成了妳，光是這樣想就有一種美感與快感結合的喜悅。書寫中的書寫，我成了妳的後設書寫，雖然妳從來不寫後設小說，但我已經巧妙地進入妳的後設了，妳的暗處已經被我佔據了。

妳常被愛情的客體魔幻所掩蔽，一如我未讀妳書前，我心中的知覺是麻木。但妳持續爲那些不值得的男人掉淚寫情書，妳卻從不看我一眼，也不讀我的情書。妳是個被愛情蒙蔽的作家啊。妳自我蒙蔽卻擅長於幫別人掀開面紗。

妳的文字幫我揭開面紗，殘酷而甜美。但我的文字卻讓妳的垃圾桶愈來愈爆滿。

我見妳時，躲在文藝營的活動裡，於今說來我頗有錯失機會之感。如果能侃侃而談，相信妳對我會有更多的瞭解。但是，礙於內心中深層的羞怯，很難在仰慕的對象面前做任何適當的表白。

唉，其實，我所求不多。我只希望妳不要愛爛人就好，但妳這個傻姑娘，就是老愛上不該愛的，卻對於一個忠誠守候者不屑一顧，妳的心，難測啊。

致我的C：

夜半三更給妳寫字，想像我們是旗鼓相當的，這樣一想，我的夜未眠……

我在不眠的夜寫了短文給妳，吾不才還請妳笑納：

思念靜默
葡萄酒
在妳密不透風的乳溝前
成癮
妳的手
是菸
是筆
是我熟知的「英雄」溫度？（註）
我開始無法自拔的複習妳的影像……一隻羊……二隻羊……三隻羊……
愛人。晚安。

（註）我知道妳可能收到此情書後已經揉捏成一團廢紙了。有一回在長春戲院覷見妳和某男同看「英雄」，我是羡嫉的。

寂寞阿單　上

de Nina Si
primogeno de las ar
crece Jimmy Scott, recre
hacie

already make a play ... Hu...   when you mention how you feel about it.i feel our so close
ualien stone songs.i given him your new albem .he so happy. he also open new place for traveler.the place close ocean   .have two old big trees beside

then die there.they feel good.if God want they to suffering .   they will expect.I respect their thinking.it's also taiwan fate.not only
es to reach their goal.they not really care their life and   future. Between mailland china and taiwan issue is alwalys to perplex us. Like you

前朝情書>>>

ear catherine: I just went back from Hualien.
thing was so strange.few days ago.i just read you letter.you mention about Hualien.i hear your songs write about Hualien before.it□s very good
to one of local restaruant ate the dinner.the testaruant boss knew you.he mention you came there before.hehe still remember you very
house.it□s so beautiful. They very welcome you to there again.We talking about natural persecute this .like earthquake and typhoon.
□ But they don□t want leave east coast.they love to live there.watch ocean and sunrise and sunset everyday.hear wind come from mountain an
hquak and typhoon persecute people.special politics issues is big problem for us.i never like politicans.i think they just concern their p

做愛後動物難掩感傷

──寫給不斷迴游的年老情人H

H：home，hope，homeless，hopeless……
家，希望，流離失所，沒有果陀……

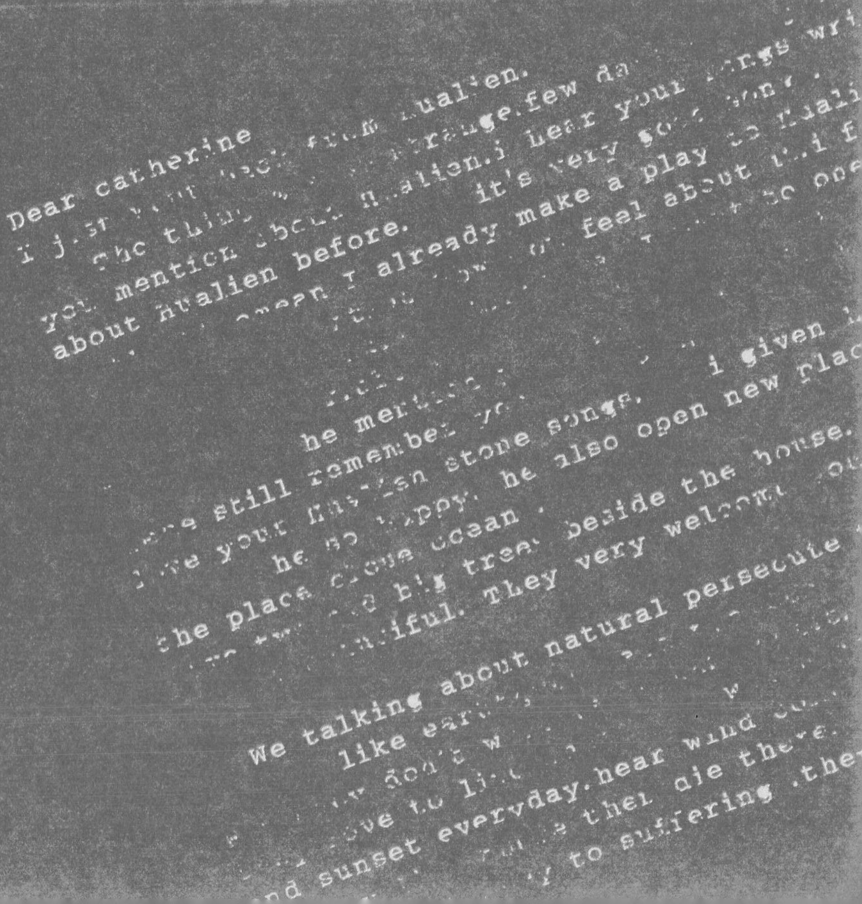

Dear catherine
about hualien before.
he mention
he still remember
the place close ocean
We talking about natural persecute
like
sunset everyday.hear wind

親愛的H：

你佔有我的腳，自此我的腳唯一只綁上對你思念的黃絲帶。我自此感情跛腳，自此不論逃亡至何處都得帶著你的影子一起逃亡，一起橫渡夜慾。

親愛的H：

你哀傷了我的夜，夜因你更黑更暗。但沒有你，我將更哀傷欲絕，但你早已是我的「曾經」了，你這個曾經曾佔滿我生命的空間，我的生命彼時沒有騰出空間來讓其他的生命發芽。雖然你曾經在我生命的上空燃起最壯大的火焰與最持久的燦麗煙花，然終一切歸於寂滅，時間撲了火，且吸淨了我上空所有關於你的空氣。

你不會讓我過不去，是記憶讓我過不去。

親愛的H：

生鏽的刀刺我，是緩慢的緩慢的……痛，帶點麻麻的痛。

你已經成爲懸掛在我愛情心口上的一把鏽刀，緩緩地緩緩地，刺在心口，不劇痛不鋒芒，但有痛。你也像是我童年手中握有的一把彈珠裡光澤最黯淡的一粒彈珠，黯淡是歲月裡最不捨遺棄及吸收我掌心最多汗水所致的美麗色澤，無論有再新鮮的彩色華麗彈珠來到我的掌心，我仍從未丟棄你。你不是我愛情賭局的籌碼，你就是我，而我如何丟掉我自己？

親愛的H：

離開你後，這些年不知道你過得好不好？

我常想起你，絕無僅有的一種想念方式，沈默沈默，或者偶爾放上一曲普契尼的歌劇〈來到你身旁〉，那個在下雪天得了肺病，興奮哀傷與忐忑滑過她的心，她終於睽違多日要見到情人但卻又再見著後要向情人訴說分手之艱難。

我總是這樣地想你，以一種病體病態，以一種下雪的心情，一種訣別的心情，來想念你對我絕無僅有的好，這好不只是形式的好，而更多是我們難再有的相逢與你對於我無以描摹的瞭解。

你常想起我嗎？我想即使你想起我，想的可能也是那絕無僅有的我的不好吧。

或者該說是我們從來沒有離開彼此，只要呼喚，你就現身，你是我的阿拉丁神燈，雖然願望不會再實現，雖然呼喚時心裡總是痛得像是要爆炸了。

我遇到後來的幾段感情，總不免得提起你，好像爲了某種贖罪似的理由，或是眞的覺得失去你是我一生最大的損失似的，屢屢你的人你的好再次從我嘴巴吐出給另一個即將迎接我生命感情撞擊的另一個情人。

我赴紐約時，帶著你唯一一張背影的照片，望著太平洋的背影。幾年後，你尋回原路覓我，我依然是看著你的背影離去，你的背更駝，是更哀傷更失意的姿態。然是你教會我姿態這件事，讓我的靈魂和身體至少可以偶爾好好相處。

你說我寫作是一種出賣感情，對我而言這句話是你給我唯一的大傷。除此，你都良善，你且多所沈默。

我沒有回應你這句話，我想作家都得背負這樣的所謂他人以爲的「出賣感情」的書寫，創作隱含自畫像也同時躲藏他者，一面鏡子照出了自我也映出了他者。我如何躲避，我只能多所善意。

你是此生唯一我眞正從骨肉血水裡滲出的愛，因爲人生走到中途，卻也眞的是知音之愛再也難尋了。

但我常夢見你死了，夢書解：這代表懸念未了。

你也是此生給我最嚴苛課題的人。也是我的終生懸念。

因爲你一開始就爲年輕的我站上了我感情最經典的位置。從今往後我的感情都只能走下坡。

太年輕時所獲得的感情已是經典位置時，那往後的感情將注定漂流。（後來我也遇過這類的男人，他們總是不斷地懷念他們年輕時候相愛的少女或是某個難忘的年輕戀人。我在後來的情人身上卻看見了你的臉孔，那些男人可能也在我身上看見已然風霜的年輕戀人。生命從來是錯過多於有過。）

太過年輕就建立愛情經典地標時，往後的感情只能一路從地標處往下滑。

我雖曾渴望生命再有另一個你出現，好讓我這止不住往下滾動的感情球體可以就此打住，我渴望有人來拉提我的感情好讓我往上坡走。

但我深知相同的際遇難再重逢。

生命是已走上中途。

我但願學學法國女人談戀愛至死方休，但我的島嶼男人多戀幼齒，淺碟文化讓我往深谷一路跌下去。我又哪裡知道我也有今日啊。往日的驕傲囂張，原來都是被年輕氣盛給撐出來的，現在你若再來尋我，我定然是感激涕零。

但你在哪裡？

無情的城市咖啡館正播放著Forever young的老歌，惟獨還年輕的是我們永遠未完成的戀情，文字也老了，心也更老了。至於風霜呢？早就埋伏在我眼皮下的陰影了。

親愛的H：

冬雨。陰陰的午後，自家屋子海域茫茫。

行到生命關口的紅綠燈時，我總是不免會憶起你，不用呼喚就附上我身的你的靈，日子又依戀又厭倦。

時序如風隨水流轉，又是多少年過去了？人世最後是能安心度日已是幸福，但安心談何容易？就像許多人把懺悔掛在嘴上，但眞正的懺悔是「絕不再犯」才是懺悔，做了又犯，然後成累犯，懺悔已失去作用。

這就是我看見我的愛情模式流轉的樣態。

也許徹底難過之後，或有微妙的轉換產生，但奇怪的是我對許多的愛情常這樣「徹底」處理，但我對於你就是無法徹底，是底層的意識刻意將你綁在身上不放？還是我眞的還無法走出你的幽谷？

時間經過，愛情不一定會給答案。

我一直以爲我們已經各自長成獨立的樹，卻哪裡知道根脈還悄悄相連。

多年消逝關於你的訊息，不知道屬於你的困頓，是否已昂然走過？你手裡的缽仍是空空的嗎？腳底揚起的飛塵會不會讓你的眼睛流下淚來？

生命總是飛沙走石的，之於你我。

人事，人寰，傷過你幾次？

想起好多事，以爲早都過去的事了，卻還是隱隱感傷。以前那些爲了你的午夜等待與甘願所受限制，竟已是隔世之感了。但你的人的體溫還殘留在我的指尖，我甚至害怕摸我自己的臉，我怕我成爲你，以幻想你來度日，如此是很自欺欺人。

流蕩徘徊。

多年前你大聲問著年輕的我，你說妳不要站在邊界，妳究竟要進場或是退場，這問題今日又再次干擾我這顆已然逐漸老去的心。

站在邊界。我的生命課題。既不想孤單，也不想進入人群，這究竟是如何的邊界之邊界，我不得而知。

我只知道我一直都和邊界有緣。或該說我一直都選擇邊界，就像我喜歡窩在許多空間的最後一排與最邊的角落，我喜歡看見眾人，多過於被眾人看見，這也是一種邊緣觀照。

親愛的H：

一個人也是好的，可以體會某些感受的極致與細微，以及際遇的可能最大極限。

你在離開我後，也走上旅途。我們曾經重逢，你說你去走絲路，讓走路代替思考，讓風景代替空虛。我想愛情想佔有彼此的念頭究竟是來自於空虛還是來自於嫉妒，空才能有，那鐵定是空虛的成分比較大了。

絲路大漠到處是千年乾屍，所謂博物館就是放幾具乾屍。你漸漸地也把我們的感情風化成乾屍，這樣連回憶也不會有了。

乾屍沒有回憶的血水血肉，所以回憶枯槁，是謂死心。

但我記得你說，曾在旅途裡興起一念，在大漠中抓隻乳羊的跳蚤夾在旅途買來的敦煌經卷，送給已經離去的我。這夾有跳蚤死屍的經卷於今何在？

親愛的Ｈ：

想你時自己常會浸入某種氛圍，我常坐在你的大腿上，搖晃你，一直搖，搖到我們兩個人合而爲一。

多年後，想起那些年輕時和你的情愛氛圍，有一種迷幻的不眞切感。記憶幫我上了柔焦鏡，於是你怎麼看都還是美麗的。

身體被錯置，心靈在混沌，外界天光的幻化無關與我，我只是在咖啡館想起了你，和你坐過的位置無端闖入，讓我一時無法心靜。

親愛的Ｈ：

天鵝垂死前沈默不再歌唱，刺鳥死前卻發出美聲天籟。

你是天鵝或刺鳥？你刺中我的要害，卻又讓我耳聾，天籟如廢音。

親愛的Ｈ：

連你都打不開我心底的密室了，那上帝還把鑰匙交給誰了呢？

爲什麼自你離去後，我再也找不到我所失落的鑰匙，而密室依然是密室。我還有機會進入未曾進入的深度嗎？

當我想起你，常有隔世之感。那種醒來處在隔世的感受，屢屢讓我想要痛哭流涕。好像卡夫卡式的小說人物之荒謬感，是無處可寄魂啊。

親愛的H：

每一回不管搭乘何種交通工具，我總是要求坐在窗旁，我總是希望去好奇去觀看。這麼喜愛觀望人間的姿態與目光是爲了什麼？

我懷疑可能我在潛意識裡想要偶然遇見你吧。但這樣的懷想當然是不可得。

我常常因爲想要遇見你而成爲這座城市的孤獨流徙者。你的影子早早淹沒了我，我像是越南某村落因爲長年做蛋洗畫而失去掌紋的女人。我長年因爲尋找你而成爲沒有影子的女人。

親愛的H：

什麼樣的期待可以成爲眞實？什麼樣的重逢會是甜美的？

我如此自問，一如我扣問上帝般眞誠。

你不再讓我等待了嗎？曾經午夜等你的痛苦於今卻連這痛苦也不可求。我把你催吐而出，如今我渴望被你呑沒。

你於我一如故鄉。每當我旅行上路，未曾拋卻故鄉幻影，故鄉卻已把我忘卻。長久不癒的失根症，愈想抓愈被棄。是你在恨我嗎？否則爲什麼離開你後，我從來沒有好過？

我到哪都成了異鄉人，到哪都成了闖入者。

後來連感情也是個闖入者。一頭撞進別人的地盤，然後盤旋一陣後，在快被掐死前拚命逃生。

我若有什麼理由不想再見你的話，一定是因爲我太不堪了，而我總希望以最好的姿態重逢於你，但這當然是虛妄。因爲人只有愈來愈老醜，愈來愈衰敗啊。

難怪相見不如不見。

親愛的H：

鬼死了變成什麼？我問朋友，他們都答還是鬼啊。

「變成魘。」不是我說的，是《聊齋》寫的。難怪我們常說感情的夢魘，而不會說感情的鬼。

你以前說我豈會是一個長久留戀金魚缸封閉小天地的女人。我當時豪氣萬千，說當然是要去大洋展露風騷，小魚缸哪裡滿足得了我。

然我現在卻非常留戀金魚缸。

雖然我曾經經歷洋面深闊無處不可遨遊的快樂，但人總是會對探索疲憊（所以嬉皮才會變雅痞）。大海洋確實是太過自由，這太過自由原來是令我畏懼的。在無邊無界的自由裡能夠穩穩下錨且不任意漂流是很高的難度。當什麼都可以任我形塑時，有時反而會亂了節奏。

或許我留戀的也不是金魚缸，應該說是有邊界的自由。

親愛的H：

常一個人晃來晃去，我想這是天性，我的惡之華。

穿越多年的繁華似錦，在街頭品味人生逐漸成爲我的本能，這似乎很像當年你剛認識我的狀態，一隻流浪的小貓，東窩窩西住住，安居而不忠誠。

親愛的Ｈ：

這段時間我開始吃紅中（抗憂鬱）白板（安眠），不禁想起你也曾在我離去的那段時間試圖努力蒙睡神眷戀，你念佛號數羊隻喝牛奶泡熱水……依然是睜眼至天明，痛仍不經意地寄生心殼。

或者我該去旅行，逃避失眠。通常肉體可以藉著白日的不斷移動而達到疲累至極的狀態，於是夜晚到來就可以沈沈睡去了。多日下來，通常可以很正常地在固定時段睡醒。

然而藉著旅行來達到這樣的肉體疲累是否也是一種迷思？

親愛的Ｈ：

從印度歸來未久，溽熱魔魅未除即迎上島嶼寒風。

在印度想起你在絲路的旅程，你在絲路到處見乾屍，我在印度到處見濕屍。印度蒼生許多活者看起來和屍體沒兩樣，成了只會呼吸的一具動物，唯一的歡愉也許是跳入濕婆神恆河的懷抱，掬起一把河水，水從指尖細縫再流回恆河。

在生死兩岸徘徊，在恆河苦思，現下我已稍稍輕安了，纏繞雖未一時化除，痛也仍常不經意地噬咬一番，但好像承受力好多了。

你好嗎？我經典的情人，遠方窩在地窖的情人，我纏繞著你我的舊夢，想放下卻又過不去，過去了卻又常想起。我在旅途裡把視野拉大，拉開凝視點，發現自己處在深淵裡，卻不斷望著以為可以修行的永恆幻想之巴別塔。

遇到一個從印度奧修體驗營回來的朋友說她二十五個前世都已經觀畢了，接著她還要去印度，修習死亡觀，聽說可以不吃不喝不睡地進入死亡境地。我說要小心啊。她說放心，參加的人不都安全回來了嗎。

我想她這麼認眞也是好的。只是我當時對她說的要小心不是指她不會回來之事，我想對她說的是執迷於觀死或觀前世也會是一種修行的障礙。深度走一趟印度，我才瞭解眞正的修行並非是放下一切，還是得回到生活來。我看奧修的錄影帶，發現了這營隊也有一些盲點，但我實在不便說些什麼。畢竟朋友歡喜，我也跟著歡喜且祝福便是。

只是離開乍然遇見的此友人後，不免心情有點起伏起來，想起人對於活著這件事總是日感艱難。小時候我們很少這樣地感受活著這件事，好像呼吸與快樂（或者疼痛）都是那麼直接，現在我們卻得迂迴地且花大錢地去觀看自己，你說奇不奇？

比方說小時候穿四角褲時我常用手把褲腳拉高，我媽就說那很羞恥。但對一個小女孩而言，也許她只想到太熱或不舒服。我們愈活就會愈倒轉，回不去了。所以年紀愈大愈難改變習性，既然改變已經困難，那只好轉成觀察了。

太陽照耀美麗發亮的恆河，趁雨季來臨前我該離去了。雨季氾濫恆河時，聽說印度蒼生都是微笑逃到樹上的，在樹上看著自己的房舍經濕婆神河水的臨幸而感到榮光，這是屬於印度人特有的生存智慧。

擺放自己的身心得宜就能抵達平靜之岸。

親愛的H：

因爲想起你，而重看 Out of Africa。Meryl Streep 在和 Robert Redford 一同近距離的高空極限裡可能才明白她和他有多麼不同，關於愛情關於夢想。也許她不和他同飛，會不會還保有一點幻覺？但終究結尾是悵然。

她一輩子沒有再回頭是真的放過了自己，還是只明白了自己永遠也走不離那片大草原了，所以實不願再苦苦探求沒有機會被改寫劇情的傷口呢？

你曾把我推向最靠近死亡的海岸，我才明瞭我其實那麼地畏死。夜晚常是個難關。

有時讀書寫作，卻常終難成樣，我得承認我所擁有的永遠也不會擁有了。

時間經過，愛情才會有答案（像遠離非洲那片青山啊），你是不需要時間經過，也可以讓我有答案的人，但我依然覺得生命有你很好很好。

很想再見見你，但知你的難處。你來見我，我很想聽聽別後發生的關於你的一切，生活裡的錯過與無過。

親愛的H：

你已爲餘生情愛關閉了窗口，但你又深知人生處處佈滿意外的轉折。你感激我的愛情地圖裡把你擺放在絕無僅有的經典位置，但你又說你怎能把我孤懸在寂寞之井口？

翅膀已折翼，腳鍊也緊鎖，然你的心還熱騰騰地跳動，你的心念可以跨萬重山越千重水，你對我的影響力仍有勢如破竹的作用，我一向知道且感念於心，即使我伸手也終究無能觸及你。

或許你認爲我的說法充滿虛幻，然而虛幻也是一種存在，我想你在愛情的餘燼裡應該安慰與我的情愛是不虛人生此行。

親愛的Ｈ：

你說遠方我的聲音聽起來有泣不成聲之感。我確實是泣不成聲在電話線的彼端，且很容易對你說話時說著說著就哽咽了，如果你再投出一些關愛，哽咽就會自己潰堤成災。

你說我這麼多年還是活得像自己筆下的小說人物，你說這樣看來我是不準備讓自己安頓自己了。

你沈默地聽完我的泣不成聲。

像在聽一首熟悉的晚安曲之沈靜。

我在你那樣的沈靜裡，慢慢納氣吐氣，然後就剩「泣」這個小女孩要安頓了，漸漸不會泣不成聲。

親愛的Ｈ：

我突然的泣不成聲，干擾了你我別後多年。雖然當時你那麼沈靜，但掛上電話還是心湖起波瀾。你說我突如其來讓你這個感情的「老仙角」不知所措了三天三夜，一層一層地想著，想著我這個女人，想著想著就漸漸釋懷了。你在信裡說我啊，擾人魂魄的小女孩活得這樣眞實與虛幻難分難捨很不好，要活得鬆鬆的。

我感到很抱歉，對於自己的任性。

但我常想，如果你不接那電話，或是陰錯陽差地沒接到電話，我會不會一氣或更悲之下跑去跳河了？

親愛的H：

羅蘭巴特在《戀人絮語》裡說最苦楚的創傷來自於一個人的親眼目睹。愛情的介入和事件災難的親眼目睹絕對是人最難忘也最徹入心髓的痛。

而我就這樣無預警地突然見著你們牽手迎面向我走來，我無處可逃，你們像一列火車即將撞上我，我旋即側身逃過。你們微笑緩慢說話，我如過街老鼠，低頭尾竄，速速通過焚燒的荒地。

自此，我對你記憶的完美性才出現缺角，也不太願意再去想起你，雖然你是我生命的經典地標。

然近來去故宮美術館走一趟，在展覽的黑暗空間裡，過往當記者跑藝文美術線的生涯記憶又兜彈了回來。回憶像午後的雷光，總是能引發一場大雨。

有時我們回憶過去靠的是工作場域的勾動。記者是和空間事件時間緊密相連的行業，時勢造英雄，記者因爲需無我，所以你和他者的牽連就是組成自我的一張地圖。這張地圖常是扭曲的。再也沒有其他的行業這麼地靠近日常又脫軌於日常。靠近日常是因爲大小事記者親臨現場，脫軌於日常是記者像是午夜的老鼠，晚上上班，午夜看著報紙鉛字吐出迷亂流言與悲歡訊息，交錯的人生在那裡排演。

我們白天在事件裡，晚上吐出字詞，夜晚卻穿經一座已然滅去燈火的暗場城市，那一直予我一種奇特的衝撞斷裂感。

朝生夕死，報紙的命運與時間只有這麼短。今天的新聞，到了晚上成了事件死屍。我一點都不緬懷我當那兩年記者的日子，相反地我懷念的是除了記者工作之外的內容物，像是奇異的空間，像是總是和大眾逆反的時間，像是我和你的曾經。

遇見你時，彼時的我對社會的嘔吐感還未成形，即使有偶發的事件催發了我的嘔吐感但也尚未有具體的事物足以讓我吐出。

我遇見我生命裡的沙特，你，我們的靈魂指認彼此的存在方位。

關於愛的相逢是戰慄的不絕，一生只發生過這麼一次，和你。

我第一回與你午夜共食時，我的手在發抖搖晃著起著泡泡的啤酒杯。啤酒供應者是大安路和忠孝東路口附近的一家加州陽光之類的午夜餐吧啤酒館，我發顫的手捧著突然降臨的幸福，我當時所不曾有過的幸福感，對方完全籠罩我身的幸福感，我的耳膜不斷響著一種美好年代裡的男女高吟：「爲幸福乾杯吧，可人兒！」的古老旋律。然而，你說，妳不該再躲藏了，我籠罩妳是爲了暴露妳，而不是爲了讓妳更能粉飾太平。你說這世界多是依賴粉飾所得的太平，妳不需要如此，妳要當藝術家就得面對，就得離開一昧一式的安全領域。我看見妳的迷宮了，一座女體的宮殿是由無盡的匱乏所組成環繞成的迷宮身世，我無力爲妳尋找迷宮密室的鑰匙，但我願爲妳指引一條路走。彼時西蒙波娃正當困繞著哲學議題時，波娃的沙特說，何不從妳自己的女身命運思索起呢？而我的沙特說，妳得出走，妳得有距離。

於今，我和你因緣際會地卻成爲兩條平行線，我們的交集全依賴過往的際遇與記憶。

我們相聚時，這棟媒體大樓於我像是發亮的城堡，我們分離時，這棟媒體大樓於我像是黑暗的廢墟。見時姹紫嫣紅，別時斷井頹垣。你終究是我的沙特，然我終究是未完成的女身，因之未完成，故也難以和你匹配並置於個人愛情史。

彼時我不完整。但待我完整時你也已遠去。我們出入這棟樓，晝伏夜出。隔日吐出文字，油墨沾染在記憶的枕畔。然而，我終於無法承受於你。你的智慧與生命我彼時還無能力參與，我後來在你的協助下出走紐約。在繁華又荒蕪的紐約方完成了我的生命養成過程。

我由衷懷念你。也感念著生命有你。但我終究當時沒有做成一個自覺者西蒙波娃，所以我失去了你。爾後撞見你們，我知道我已經徹底遠離了。是苦楚，一種親眼目睹後自己才眞正願意放手單飛的可議可鄙心態。巨大的創傷感把我推離憂傷海岸。

是，以毒攻毒。親眼目睹很殘忍，但事後也很死心。

親愛的H：

這幾年和我同歲或相差前後幾歲的友人有三人自殺身亡。而和我心裡總是很親的瑞瑗，已經剃髮出了家。曾經我的紐約生活和兩個女人息息相關：一個自殺，一個出家。

只有我還在人世間漂泊。

我這一生似乎都在這兩件事上擺盪，徘徊於美德與敗德、懸宕於孤寂或熱鬧……我這一生都在爲避免自殺而自我拯救，習藝術讀佛經，離開原軌道去旅行……都是都是，談戀愛也是，但一個沒有懷抱世俗想法（結婚聯盟）的人談的戀愛恐怕也是容易凋零的。

現在我想要有更多的轉化，一開始也許是去享受那個痛，先接受自我的不完美也是一種完美，完美也可能是一種殘缺（因爲過於完美的人而不知殘缺者也是一種殘缺），表象即事實，事實也是表象。

生命本身是一種波動。但本質的心可以不動。

好看的鞋通常磨腳。

好看的男人通常磨心。

親愛的H：

今天穿洋裝，背面約有一釦子沒扣好，過馬路時一個女生迎向我說，妳的釦子沒扣上。

我心想能幫我扣背後釦子的人已經不在了。於是我只對她笑笑，約是有點苦惱表情，那路人遂跑到我背面說我來幫妳扣好了。

親愛的H：

當情人的存在已經對另一個情人不具任何意義時，那恐怕才是眞正的難堪之始。當情人谷的空氣都被抽走了，情人的第一個反應是逃。

各自逃走的情人，有人還在原地眷戀，捧著一顆心等著背身的情人轉身。然轉身者卻帶著歡樂的敗德姿態來到原地，輕鬆吐露墮落紅塵的放逐與三教九流的人物鬼混，並與陌生人一夜上床……原地情人世界轟然一聲瓦解，身心無可挽回地老去十歲，撕裂的傷口再度裂開……

血骨纏綿，痰涎互換，涕汗沸騰，熱焰滔流……各種情態烹煮著有情人……眾生受諸苦，以戀愛之精神肉身苦最爲我驚懼。

這樣的故事於今太多，情人看刀，情人相殘。

「當男人想要離去時不要苦苦哀求他，沒有用的！」父親的良言。因這良言，我從來沈默地看著情人的轉身，以及自己逐漸地讓心冷掉。或許因爲這樣，卑微地保有一點小小的自尊與一種沈默的頑固抵抗。末了，情人最後都回原路尋我，而我們沒有敗德的口水要交換，我們也沒有三教九流的一夜床羅曼史要治療或殺傷彼此，我們只有眼神交會一晌，意思是：「你還在嗎？」

我通常都不在了。

惟獨對你，我還存在。

我曾經傷你甚劇，你曾尋過原地覓我，卻不巧我有新人在旁。眼見你的背影離去成爲我最後的凝視之痛。

而豈料那新人卻更不堪。我眞眞後悔當時對於你的轉身沒有接受，且只是黯然地凝視。從此你就消失了。

我知道或許你在暗處還在覷我，但我常擔心你是否更老更老了，你還活著嗎？如果還活著，看到這封信，還願意回到你曾尋過的原路探望我一眼？

我們的臨終之眼，彼此留有彼此的身影。

Because I love you！荒涼的城市咖啡館這時候像是諳腹語術的魔術師聽懂心音地放上這首歌。

那是我對你纏繞終生的未吐之言。

才說已死心，又不想對你死心。

你仍是我最巨大的人世最末懸念，即使你早已不需要我的凝視。

人生是一場緩慢的戰爭

——寫給不存在的戰地戀人a

a：aboard，abandon，absence，addiction，awful，awake，aye，azure……

出境，遺棄缺席，酗，驚恐而覺醒那永遠的蔚藍……

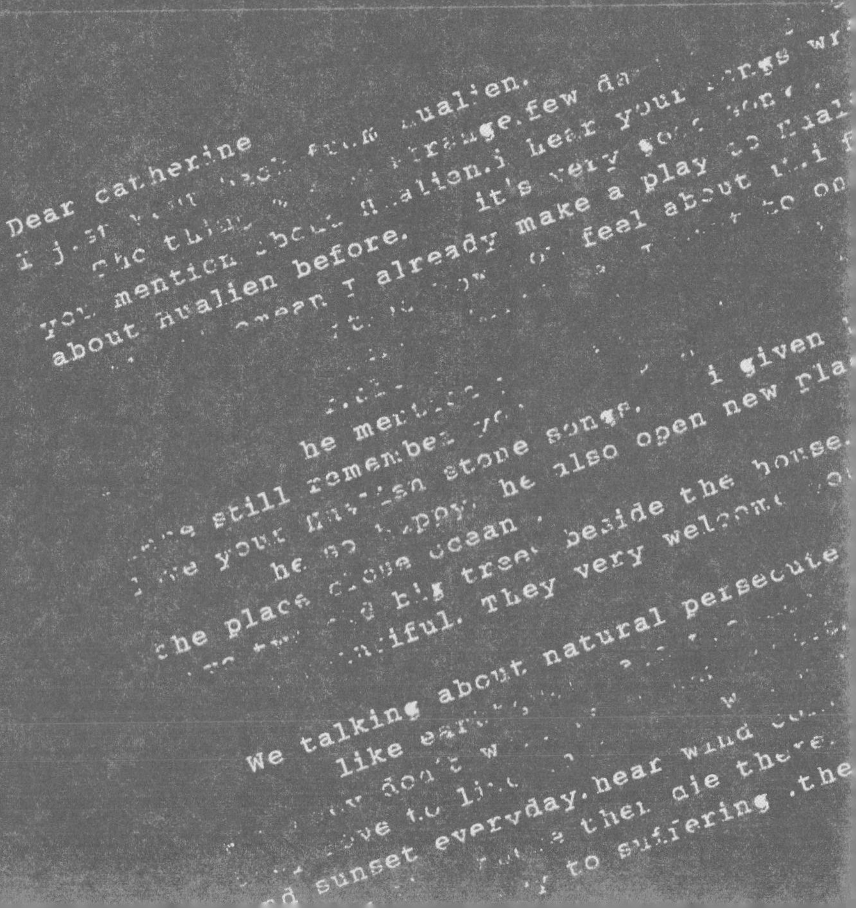
Dear catherine
before.
i given
he also open new
beside the house.
They very
We talking about natural persecute
like
sunset everyday. hear
to suffering

親愛的a：

你佔有我的心臟，你執刃劃上一刀，溫柔的一刀，像解剖青蛙地先迷昏她後取其心臟，撲通撲通撲通，我聽見遠方的戰爭交響曲，我知道你帶著我流著鮮血的心臟上戰場，那綁著祭文的心臟是以愛爲命名。你眞狠！你如阿茲特克人獻祭太陽以心臟，以爲獻祭太陽以活人心臟，此後太陽才會日日升起。戰爭不也是如此，一種白白送死的獻祭，一種缺乏智慧的獻祭。

親愛的a：

你弄疼了我的夜。我不敢喊疼，只怕喊了更疼。

親愛的a：

「他們兩人心中都被這一件事折磨著：他死了。
他們的心中沒有任何憤怒，
有的只是對他們愛情的終生遺憾
同樣的痛苦。同樣的血。同樣的淚。
戰爭的荒謬性昭然若揭，
浮蕩在他們難以區分的軀體上。
我們也可以認爲她死了，
因爲她爲他的死痛不欲生。
廣島的夜，難道沒有盡頭嗎？」

廣島，你的名字叫做廣島。

啊，我的莒哈絲。

相思如灰。

親愛的a：

自此，你的名字成了廣島，Hiroshima mon amour。

我們一起看的「廣島之戀」，於今交纏的粗粒子黑白肉體戳傷我的瞳孔。我成了幕中劇裡那和敵軍通姦而被剃了光頭的小女孩。

可是刻畫原罪的光頭會再長出如我目光之黑的髮絲，而屬於你的廣島之夜卻沒有盡頭。

交換過的唾液如何在死亡裡再相濡以（寂）寞，交換過的體液如何如波浪雲朵逝去，沈默凝視沈默，你摘下死亡面具，我再也認不得你了。

人生最後都通往一座廚房，都要進烤爐：成灰成燼。

你瀟灑地如此漠視死神，卻也等於漠視我。

還有什麼比一個人自願赴死這件事是對情人的最大自私？

帕格尼尼的「似曾相識」，你在赴戰地前聽的音樂，於今旋轉在我的唱盤。

我聽了耳膜劇烈疼痛，站起切掉換片，舒伯特的「聖母頌」安我魂，或者前夜聽巴哈「無伴奏大提琴」也甚好，聽巴哈「無伴奏大提琴」聽到最後自己也溶成琴音，有如禪坐，心就不痛。或者中午大雨來臨前，還沒想起你前，聽十九世紀法朗克的「如歌的慢板」和柴可夫斯基「睡美人」的

「玫瑰慢板」都可讓心休憩，甚且遺忘我已因你離去而老成，我在「玫瑰慢板」裡還原成睡美人。

我想就此沈睡不起，雖然我不是美人。但非美人更有沈睡的理由，因爲世人多浮華，以美爲所擇，不美者如死，猶如年華老去的殘酷。

你曾對我說，妳的美就是妳的不諧調的不美，那種奇怪的彼此矛盾制衡，黑亮雙眼彌補了有點牙齒咬合不合的雙唇，黑長如雲水的髮絲掩蓋了暗沈皮膚，細小柔順的蠻腰恰恰合乎身材不高的尺寸，渾圓的雙肩修飾了溫順鼻尖的不挺……不道德的笑與像剛從海水爬上岸的低音磁嗓將讓人懷念。矛盾的美與不美，彼此傾軋，你到戰地會帶上一張初識我時的照片，笑吟吟裡卻帶點羞赧愁苦的二十歲照片。

我想你如果懷抱這張照片至戰地，我或許會諒解你一些。

就像越戰美國大兵帶著瑪麗蓮夢露的照片一樣。

然即使如此，誰能目視情人離去的悲傷背影。

你就這樣地，不告而別，逕自轉身，而你明知道我的目光還在背後焚燒著你的背，如火球般地滾動在我的體內的痛燒著我。

總是愛情體質容易發燒又容易結冰的我。

親愛的a：

你先我好幾步離開這座潮濕的城市，在另一頭等著你的是已然烽火連天的異國城市。而在另一頭等著我的城市也許是巴黎也許是布達佩斯。

你的生命自此成了異國符號，而你也把自己的生命炸得像是一座荒涼的廢墟。

我驅車至西濱海域，以目光送行。我的目光有海水藍波相映，看著機尾一抹灰白的煙漸漸消失天際，和白雲溶爲一體然後消失。飛機載著你馳向遠方，自此你成了我生命裡的戰地情人。

此行是生是死我們皆不得而知。我想你也許會遇見我紐約老情人艾瑞克的姪子肯特，艾瑞克在你行前一晚突然來電，悠悠訴及了其年輕姪子想必是瘋了，竟然自願從軍，赴伊拉克戰場打仗。

好在你只拿筆和相機，你不持槍。但小說家的想像把我帶到一個無與倫比的哀傷畫面，我看見你持筆對著持槍的肯特，肯特把你幹掉了，老情人深愛的姪子幹掉了我赴戰地的島嶼情人，這是何等的宿命機遇。

你逃脫得了機遇？

你聽了這樣的想像，笑著摸我的髮絲。我聞到了你非常男人的體味，我再次深深大力地吸一口，氣味侵入我的四肢百骸，我將以這充滿男人費洛蒙的氣味來遙想已然自我生命缺席的你。

我在夢中見到你驚恐的臉，快速老化的臉，一天兩包菸的自殺速度把你的肺帶向一片沙漠，一天一瓶酒的自毀陰暗把你的肝打成如石頭般的質地。

一動也不動地躺在床上。我流下淚，知道你此行原來是生命早有預謀了。表面看像是被委派的任務，實則是你自己呼喚來的死亡之旅。

火球從天而降，遠方的雨全成了黑澤明的黑雨。我抬頭看著自己的島嶼天色，透明的藍裡躲藏著幾團黑雲，初夏的雷聲在遠方彈著，彈著，彈著，彈出一種巴哈的「無伴奏大提琴」。傅尼葉版本，我當年困走紐約唯一所帶的CD，聽巴哈無伴奏大提琴，可以聽到連自己都不存在的境地，也就是連自己都消失了，跑進音符旋律裡了。我聽著遠方雷聲在彈，聽著聽著，也彷彿自己成了夏日雷聲。

你所前往的城市沒有天空的雷聲，但有來自地上的雷聲。

雷聲，天雷是大自然引燃美麗的存在，地雷卻是人為引爆毀滅的不存在。

我想起你的同時，連帶想起「英倫情人」。

我在不同的地點看過三次「英倫情人」，一次是和尼克在紐約同看，結束時，歌劇家尼克忽然對我說他母親的訂婚情人死於軍中一次出任務時的空中爆炸。另一次是我回台北和即將當兵的學弟又看了一次。再一次是和你看錄影帶，黑暗中牆壁只有我的隨興畫作在發亮，螢光筆畫出的紙上蝴蝶在黑暗中飛了起來。

此時的你，已然化做電影裡在修道院綁著繃帶的艾莫西、晃蕩如魅的卡拉馬喬、安靜而深情拆著地雷的吉甫和面容燒傷已呈啞者的希羅多德。

而躺在木床的我，卻像是在沙漠裡等待愛人不至後嚥氣在岩洞的凱瑟琳，或者我可以較為幸運地成為那個善良的護士漢娜？

那些身影不斷地溶進來，影子，那些影子是你離開的此夜鬼火。他們都是你，你再熟悉不過的影子。那些影子化成你的鬼魂和我夜晚交歡。

「每一個影子都帶著被詛咒的魔術手指。」

你有一雙所觸皆毀的魔術手指，我沒忘。

而我還活著，只為了成為約伯，從死境歸來，報信給後人知。

「我再也不要讓我的爛手指傷害人了。」你傳簡訊來。我懷疑這簡訊是從伊拉克還是約旦科威特……傳來，那麼超現實的戰地簡訊，我一定是發燒，眩暈了。

親愛的ａ：

不知所愛的人的遭遇是件令人哀傷的事。

有誰比我明瞭這句話的哀傷成分，一個戀人前往戰地，生死未卜。

親愛的ａ：

高更臨終之眼，所畫的最後一幅圖是雪鄉。他背棄妻小與背棄他的原鄉，他本啓程要去西班牙。

如是，將遭逢年輕的畢卡索，最終高更還是影響了亞維儂姑娘的面世。高更沒後草草，是世人對他背德的施暴。

我在他的墳上坐過無數的上午，他的墳旁有一座青銅女神伴他。

想起我在大溪地的光影，從高更眺望整個玻里尼西亞，島嶼中的島嶼，一○八個島嶼，個個如珠。而回到自己的島嶼，卻總感窒息，絕大多數的人活在一種批判他人的眼光裡，如何歡愉？如何樂人樂他？

生之激情
日薄
倒是惶惶日增

親愛的ａ：

在溽熱的島嶼
臨終之眼
是
雪鄉

原來是原鄉人背棄那異鄉人
高更最後還是心懷他的原鄉
那麼歡愉何在
倒是魅影幽幽
自此，你是我愛情國度的異鄉人

親愛的 a：

我從 CNN 看見遠方的烽火。

Repeat：

自此，你的名字叫廣島，Hiroshima。

廣島的夜難道無盡嗎？

今晚我在寫作班上課，講題是「莒哈絲和她的情人」，我講著講著像是在說及自己和你。我的心差點疼痛至昏厥，然而台下的各種年齡層學生依然對著我這張已然殘破被時光毒害的臉孔微笑著且繼續無知著。我今晚感到我講莒哈絲的文學，是一種褻瀆了她的才情，因爲我是如此地因爲懸念於戰地的你而感到心神渙散。

但我聽見你傳來的心音腹語：你說死亡也可以是美的一種展示。

耽美的人最後卻成了耽死的人。我離開教室，無法發動車子，我在這座午夜的城市沈沈如屍體般在車內昏厥，直到有一張臉出現在我的車窗，敲著敲著，一個警察，喚醒了我躺在你的死亡夢境的安寧。

親愛的a：

我看見你走在屍體之間。腐朽的屍體，裸身著傷口。

你一生見過上千上千具屍體，碎片的空難，碎片的戰魂，碎片的海嘯，碎片的內亂，碎片的殘殺……人間的一切肉身都成爲碎片在你眼前，等著你的文字來織就可能還殘存值得述說的故事。身爲你的悲哀是必須停止悲哀。

我可以想像你被誤認爲冷酷地在屍體之間踱步抽菸，和一些人說話，甚至還可能吐出驚悚的笑話或色情之語或幹幹幹之類的也說不定。

我看見你走在焦土上，你的背後有如黑森林的烽火，燃燒天空，雲不需要上帝著色，人間就替它們染上沈重烏黑的顏色。那些土地的上空雲朵都是黑的，地上卻都是紅的，紅與黑，血與火。

我夢見你死了，你還活著嗎？我的白色床單染著我們身體交合的血跡，你有暴力的身體，你說你要去戰場，你說你要死在榮光裡，你要去死，完成兩年前你徘徊在十樓高的建築工地所未完成的跳躍之姿。

我知道你死了。你要終結纏繞在你身上的魔術咒語。所有跟過你的女人不是死亡就是殘破，或者幸運如我者還能述說回想，雖然我不會比她們還不痛苦，但我有使命，一個提筆者的使命，就是無法停止述說。就像你無法停止命運的轉輪咒語，而那些年輕臉孔的戰士們無法停止烽火蔓燒一般……

相信我，書寫者比沈默者痛苦，就像愛情被強暴後還得接受命運的法官再次鞭笞拷問一般。

但我知道，痛苦是可以渡過的，尼采的超人意志如是。

但你說你還是要去赴死，榮光的死。

我在意識的畫面裡看見了你，熱愛美食的你因爲戰地匱乏食物而消瘦許多許多，像是十年前我認識的你，我看見你將告別人世的姿態了。

此刻，你瘦著，但還努力活著，艱難活著，因爲榮光尚未至。

你走在我也曾行旅過的土地，那個連神都遺棄了他們的邊界，連菩薩都低眉垂目不忍見的諸城。

我當年所行經的逸樂之城已然成爲今日的焦土，煙硝不斷，哭泣不絕。千山鳥飛絕，千水魚游盡，千地無人跡。死亡沿著夢的遺跡留下了命運交響曲，但人類卻不肯聆聽歷史的眞情告白，於是一路無知地殘害下去……

幾年前行旅黎巴嫩，你可以想像那還是有小巴黎之稱的中東之城嗎？

現下這些中東諸城夜晚火光綿延，哀嚎聲不斷。而你在其中，發著電郵和照片，發著三千字可能被刪成三百字的國際傳眞稿。你他媽的！我聽見你習慣出口咒罵的憤怒聲音，火爆浪子在天涯，依然是火爆浪子。

但是我感到這回你只做得了浪子，卻得把火爆隱藏了。因爲你有任務在身，而國際新聞傳來不少記者死在轟炸的大樓內，在戰地死亡是一種榮光，我深怕你被這種死亡吸引，因爲榮光的荊棘環繞著你的頭顱，串起假面的花朵吸引著許多人往裡面跳。肯特就是這樣的美國孩子，我見過他兩回，長得像是詹姆斯迪恩的美少年，許多人以爲他會當時尙伸展台的模特兒，他卻因生命虛無而跑去從軍，準備獻祭伊拉克戰場。

你看見一個神似詹姆斯迪恩的美國青年嗎？

或者他擠蹴在一堆肉片裡了？像早歿的詹姆斯迪恩之不祥。這個戰爭，連結著我的舊愛與新歡，你和艾瑞克深愛的姪子肯特，而艾瑞克曾是我的紐約情人，我因爲他而失去了我一生的最愛老情人，這個愛的客體連結邏輯，連我也不明白。就說我意志薄弱好了，因爲一個不怎麼愛的愛人而失去最愛的愛人。

我記得你當時聽了很不悅，你說我這樣意志薄弱，還談什麼戀愛？

原來戀愛和意志有關，我年輕時不明白，所失甚多。但我現在明白了意志這個東西，卻也還不是要失去所愛。你不就是一個際遇，一個無法抵抗的際遇在我眼前演出離別的哀傷。

親愛的a：

全世界只有你叫我夢露。你見過十幾年前最風華樣貌的我，那天我穿著白色性感洋裝，一道風灌入，揚起裙襬。

「夢露！」你這麼喊著。

十年後再度重逢，我已是老夢露。十年來，我總是這裡待待，那裡走走，寫寫這個，畫畫那個。生命像行於顛簸海洋的一艘船，無止盡的晃動游移。你呢？這兒晃晃，那裡窩窩，不是上山下海，就是外放。在我們終於把多年感情催發成一朵具體的花後，你突然要遠赴戰地。

你說重逢乍見我的那回內心很激動，激動的原因竟是你難過著，難過我怎麼變憔悴了，從大廳裡走來的我在你的眼眸裡像是才從遮蔽的天空下掙出的影子。

從遮蔽的天空下掙出的影子。

是我這幾年身影與心情的總結。

親愛的a：

時光既奇特又綺麗，有時迷惘又眩惑。

有一回想起你是你正好在柬埔寨內亂的現場，我那回正好在開車，無意識地扭開收音機，某電台主持人說要和某報駐戰地記者連線，結果竟是你的聲音從遙遠的戰地傳進我的耳膜。像是南美小說的魔幻，一種曾經革命者的熱情發燦，而回首時潮竟是無情地把青春推得這樣遙遠。

重逢你前，我所度日的這近三年，我的身體狀態直線下降，主因還是被感情所虐。好在去年底已經走出巨大陰影。

去年下半年我走出失眠，現在已經很好了，心情也好。這些年除了浪遊他鄉，就是感情風暴，說來就是這樣，孑然一身。這就是爲什麼你說闊別十年見我的第一眼有一種影子之感，稀薄的影子讓我的身體顯得像是皮影人般的空洞。

還眞是只有你會叫我夢露。很懷念你叫我的樣子，很簡單的快樂與純粹的感受，有時想起都會覺得心頭溫暖。我們還眞的從沒坐下來好好聊過，以前旁邊一定有別人同桌，後來是我跑到異鄉，一切就更遙遠了。不過記憶之門只消一打開，你的人還是站在那個時間的光暈裡，雖然如霧般模糊，但卻如霧中風景般予我這個寫作者無比的高度想像。

不過，我們總是這樣錯過。想起時，也總是那麼遙遠。到了眞的有戀愛之感了，你卻又赴戰地了。我懷疑你是刻意去送死的。

那天我從溽暑之天走進那家框住我舊戀情的媒體大廳，卻才踏入就看見你在那兒和別人說著話，我心裡陡然有些異樣。因你旁邊有人，若非你向我招手，我定不會走過去。（沒上班多年，有點閉塞。）從以前到現在，每一回見你，你旁邊一定有人。還好，有你向我招手。很開心你向我招手，像招住一個過去的魂般。有你這樣叫我，是溫暖，是懷念。在溫暖裡有時光的凝結，有不曾眞實發生的想像拉拔在我的意識流裡。

我願你過生活總是能有一種幸福感，雖然這很不容易。

就像那回你從遙遠內亂的戰地傳來的收音機裡的聲音一樣，我在遙遠的母城聽到你的戰地聲音，感覺是戰地春夢洗過心靈一回，我猶然記得當時聽著廣播，心裡還說著：願你一切平安。

親愛的a：

機動待命已是你的宿命。

爲此你的個性也常很激動，帶著暴戾之氣，爲此我常有一種錯覺，我常以爲我會死在和你的激情裡，被你的雙臂緊緊環繞因匱乏空氣而亡。但我還是活過來了，即使經歷你的性與死。

親愛的a：

你的機動性也展現在日常。凡事都不確定，凡事都是當天才約，當天才決定行事。

就像我們去合歡山一樣。你當晚在闊別十年見了我第一眼後，竟就決定連夜驅車殺去。一路經西濱公路，三月冷風蕭蕭，我們在某海域下車賞海。岸旁植著兩株椰子樹，發亮的椰子樹，近看椰子樹我才知道是假的。不知何時，這座我們生活的島嶼子民智慧已經遍植著不需澆水的椰子樹，發亮的椰子樹，在午夜荒城荒海旁，卻也有一種人工之美。

我想當時覺得那粗鄙的椰子樹竟也有人工之美的感受，多少和你在我身旁有關。

這年不尋常的冷，三月還下雪的怪，一如我和你在一起的突兀。是冷，是好冷。你用皮大衣裹住嬌小的我。我聞到男人中的男人你的菸味。我第一次覺得二手菸味好聞，是眞好聞，因你。

是那回的三月雪戀，讓我第一次在自己的島嶼看到了第一回雪景。我畢生難忘的生日風景。

親愛的a：

有些人飛不了，看見別人快樂地飛了，就想把別人打下來。你就是這樣對待愛情，以一種看不見的毀滅將之打落。（對不想再吃的東西吐口痰，別人也別想吃到？）

你離開後，我很久很久，才把被你狠很打落的部分拼裝回來，我才又可以慢慢飛了。

離開你龐大陰影的沈重，我才知道什麼是輕鬆，輕鬆才能流動，我也才開始寫起關於你在我生命的興風作浪以及你赴戰地的種種可能，我是已經平靜接受了。（有人因爲樹木會掉葉子而砍之，你問他爲何要砍樹，他說不喜歡樹會掉落葉子。難道種樹時，不知道樹會掉葉子？所以其實我有錯，我早知道你的本性的，你會悄悄狠狠地以毒針刺進我的核心。）

我在你遺棄的路上撿回我自己，我不能再把自己看小，看小無路可走。生命的經驗是，無路可走時，去相信那個遠方，那個遠方有路，有陽光照耀。生命可以懷念另一個生命，當然也可以祝福另一個生命。我在島嶼祝福已經在荊棘遍地的你，一個消失的戀人，進入生命緩慢戰爭且手無寸鐵的無依者。

但你即使活著回來，我也無法再擁抱你，因爲你不知我挨了你的愛情砲彈，我有傷口。

親愛的a：

你待我就像對待那場戰爭。

無情。（我最不願簡化的字眼。）

我不知道你在戰地所受的無情打壓與冷酷對待，但我知道你確實是活在尊嚴掃地的世界，爲了進入戰地，你把自己等待成一個盆栽，一粒石頭，你的心自此長繭，你的無情自此有了陰影的藉口。生活過戰地的人，具有一種毀滅與絕望的性格。

我等待你的歸來，我又怕見到你的歸來。

我不斷放舒伯特的「聖母頌」藉此來安頓自我魂魄，我不安，我該不安嗎？

親愛的a：

你唯一從戰地傳來給我的一封電郵，收到信時，加拿大詩人歌手柯恩正唱著「哈利路亞」，眞是哈利路亞，你還活著，你還記得我。

你說入境伊拉克的非美英隨軍記者隨時都面臨著直接的死亡威脅。

沒有死亡，就沒有危險，你說沒有危險也就沒有榮光。你站在跨國同業們曾站立的三處同業殞命地點，你感慨萬千。戰地記者唯一的價值不是見證戰爭的暴戾殘酷，榮光竟只是來在第一線取得第一手的訊息。你不恥地說，爲了第一手訊息，有的記者自編著感人肺腑的假報導。

死亡人數在增加，你有見到肯特嗎？

那個我關切的美少年命運。

親愛的a：

今晨醒來，我從夢見你的夢境醒轉，流著淚。

我有一種預感，我不會再見到你了。而我的身體有了些變化，我懷疑我會不會有了你的小孩？我感到恐懼。難道是你的魔術手指發揮的宿命的作用，所觸皆毀？你的魔術手指，難道甚比米開朗基羅那行將交會的兩指「創世紀」？

所觸皆毀。你的情人有發生死亡事件還有發瘋的、自殺的自殘餘生的，而我，自以爲可以躲過魔術手指，我以爲我的能力足以將魔術手指的捉弄改成欽點。但我可以嗎？

寫作可以把我帶出黑暗隧道嗎？還是將我推入黝暗裡更深更深的更深黑洞？

打開抽屜，尋找你的書信。

那是一封你還在島嶼漫步的信，你剛從牌局退下後轉往咖啡館寫來的信。我今天重新抄寫了信文一回，感到無生無死，無想無念。

抄寫也是安魂。

今天一直想你。

親愛的ａ：

重逢快樂哀愁慟傷魔術手指……

一組字詞在我腦中閃過。我的心痛，沒有肉體病的精神痛苦，我將有被摔裂之感，我該如何自救？

我來咖啡館聽陌生人的聲音看陌生人的臉孔，我還活著，爲了知道自己還可以活著，我必須出門。我必須出門，即使我不想。我必須出門，像一個每天朝九晚五的上班族，我穿戴整齊，我帶著包包，我看起來和街上的人沒有兩樣，我想應該沒有兩樣，除了我的眼睛疲憊哀傷外，我想應該一樣。

但我在等待什麼？打擊嗎？打擊有幸福的打擊也有致命的打擊，我不知道，我不知道這波浪潮將要席捲我什麼？又或者只是聲大而已？

我又患了喃喃自語病症。

夜裡十二點一個疲倦的上班族拎著電腦皮包走進，脫下西裝往沙發椅坐，侍者送來咖啡時他人已經進入搖頭的睡夢。多疲倦的人啊，像是全身都被瞌睡蟲黏住了。咖啡一口也沒喝，然後咖啡館要打烊了，服務生來到他的面前，搖醒他。他忽從夢中醒來。

咖啡館應該再經營晚一點。我眞願延長咖啡館打烊時光，這樣他就可以繼續搖頭在夢裡。我想那是一種舒服的搖頭狀態，那麼規律，任咖啡館周邊有人玩大老二心臟病或十點半都無法喚醒他。直到他被推醒，拎著公事包起身，身體打了一個如眠夢的踉蹌。

昨晚我在寫作班上課。我深怕自己會因爲你而暈厥倒地不起。所幸沒有，我依然上完課程才下課，潰散地離去。看著那些想寫作的臉孔，我不懂爲何他們會坐在寫作班裡，我讀不到他們的熱情啊？我在課堂上說，能夠誠實面對自己就是最大的道德。可我有嗎？我一定不道德，因爲我沒有誠實面對自己，如果有，我怎麼還會掉入這個老掉牙的漩渦。還是這漩渦僞裝得太好了，讓我以爲不是漩渦而是平靜的湖水？不不，對方即使有僞裝也不至於我會沒感覺，是我自己世故僞善，我想我應該是不甘心，但我又問自己，你有什麼讓我不甘心？我相信你說的時候也都是眞心眞意的，只是眞心眞意時效有人長有人短，有人走不過低潮時就會看不見對方，特別是自我者。而我不過就是剛好遇到這樣的人種，我何必懷疑這一切。

這就是宿命的陰影。

閃也閃不掉，打個盹都會被陰影劈傷。是你的陰影。我聞到戰爭發出燒焦的屍體氣味，我看見肯特了。

我淚流滿面地醒來。

窗外河水陽光卻豔魅。美色惘惘，情慾成空。

思念的人永遠不在身旁。

在欲死或欲死的途中。

爲什麼你我都過得不好？

我活在一場緩慢的戰爭裡，而你活在眞實的戰地裡。我已經看見，未來你的痛，你的痛是你對我的突然轉身離去，你將也體會突然離去這件事對自己的加倍傷害。

我常常看見我的前情人後來所經歷的我的痛，他們在離開我後都會複製著我曾有的痛，然後他們才瞭解了我，有的痛哭流涕請我原諒他們曾對我的忽視漠視，有的黯然神傷一切都回不去了，有的走回原路尋我，而我已經離開原路。有的不斷打電話來請求再次對話，而我已然無話，那時通常沈默已是最大的對話。

就像O君在離開我後，突然在某個友人的聚會裡重逢，我微笑但我知我沒有溫度，他那廂卻是溫度滿滿。喝紅酒時，他看著我的眼睫說：「沒有妳，我的靈魂好寂寞。」

我差點沒把紅酒吐出來。眞是不合時宜的言語啊。彼時在一起時漠視逃離，不在一起後卻又重視靠近。

我將見到，往後不斷長途跋涉的你。活下來這件事將對你是一種比眞實戰爭更冗長的戰役。衝撞與折磨，是你生命的兩大轉彎動力，一如我的破碎與幻滅。

你所觸皆毀的魔術手指，有一天你將見到魔術手指是如何指向你自己。

親愛的a：

聯軍開戰後的第一波攻擊已經過了好幾天，全世界都在轉播的華麗死亡戰役。你和肯特都在其中，一個是心如劫灰的你，一個是俊美如燦花的肯特。

我一方面心繫著行旅過的大路已成一片焦土，一方面又盯著螢幕上可能的你和肯特的身影。兩種心繫都是徒勞的，戰爭不因我的心繫而停止。何況在媒體雲集烽火連天的遙遠一方，我怎麼可能透過螢幕來尋找你和未見面已三年的肯特身影。

我做著噩夢。自你赴戰地我已無法抑制噩夢入侵我漂流的床。

我見到你的遺腹子躺在草蓆裡，在兩河流域裡漂流，像聖子尋找聖父般地尋你而去。

但上帝已然收回了祂對你我的應許，上帝有許多難以揣度的旨意，好比這場戰爭，好比降落你身的任務（雖然我懷疑是你以意志召喚來的任務）。上帝讓我們闊別十年後重逢成爲戀人，卻又在短短數月後徵調你前往死亡之地，我先是失去你，又擁有你，接著又失去你，又擁有你（你在我體內的精子嵌進記憶體如馬賽克）。

這是什麼樣的應許？我不明白啊。

遠方的火球彈落，可憐黑衣蒙面婦人捧著流血的小孩……

無知無情的戰役啊。

而你在其中。還有人生什麼也還沒開始就跑去獻祭生命的肯特。你，肯特，我的痛。

親愛的a：

我的愛情從來沒有陷入快速飆漲又如此快速貶值的境地，一切因你起，一切也因你落。

記得看過一篇關於世界盃足球賽的報導，寫到一個阿根廷足球迷爲了到日本替阿根廷球隊加油，遂每天努力存款。等他存到一萬美元後，他興奮地懷著滿面春風到銀行準備兌現時，卻發現他的錢幣變得很薄了，他只能兌換三千六百美元。比起萬千貧苦的南美人而言，他是足以買機票球票遠赴異鄉替自己的球隊加油的，但他能待在昂貴物價下的日本幾天？他看得見自己的球隊過五關斬六將嗎？當然沒辦法。貶值的失落。

遙遠的遠方戰地，冬夜失家者在街頭瑟縮取火。心碎的聲音敲響滿城，滿城無故人啊。

你哀傷的雙眸疲憊著不想睜開，我打開你的信就呼吸到你的味道，裹住我如繭的氣味，像是腐朽的金縷衣。

戰爭是一場把你摧燒成枯木的大火，遠方的風揚起你的劫灰遺事，我聽見了亡魂的骨頭在地底發出碰撞的聲響。你說勿復相思，星辰自此淪落。

我十天來無法睡好覺，全身起紅斑，接近另一種紅斑性狼瘡，尤其是兩腿，這是肝鬱火旺的結果。午夜奇癢，癢到無法睡覺，如蟲蟻囓咬，抓得破皮，好的地方成爲黑塊，但另一個地方又起新的一樣痛，原來也是鬱的結果。

你可以像原初一般的寫個信給我嗎？我家的海水有你注目過的眼睛，我深深盼望再和你說個話，敘個舊，就像老友般的敘舊，我所有的請求。

你有我的解藥，活在集體廉價噪音的島嶼，擁抱心早已成廢墟的愛人。我不知如何還能溫熱你，甚至我也不知如何溫熱我自己。

你說全世界只有一個人可以毀掉你，我想那往後你的情愛其餘者都只能是你的餘生陪葬。

連作了幾個夢，可能和你向我說過的有關，我在夢裡成了你，我在高樓邊緣徘徊，要跳下時醒過來。

你生病我難受倒沒關係（我這人天生容易痛），更難受的是你早已不要愛情，不要人生。我不知道我還能靠近你什麼？或者你也不要我的靠近？你眞的都不在乎了？你還在乎嗎？

我對你有底層的來自很深層的疼惜與看見，我支持你任何的決定，但只要你向我說一聲（即使你想死亡，又或者是我想死亡，你說你可以幫我送終，哈，我是眞誠說的，意思是我那麼地看重你，這愛是大的）。我說了後就不再多說了，如果你都不在乎了，我多說話惹人厭。我只要你明白，我在乎你，我看重你，不論你的心早死了，我還是這樣在乎與看重。而你就做你自己吧。你一直都這樣好樣地活著，你不該再爛泥打樁了。

想念你，掛念你。

生命無可奈何，愛情也無可奈何。

關於人那無止盡的幽微的幽黯，確實只能各自承擔，確實也只能旁觀。活下去理由千種，死亡卻從未停止搧動兩翼，曾經擦身而過，於今相逢卻命若浮萍。

我其實不比你哀傷，然而我能說什麼？（死神一樣是眷顧我的。）然而看你身心皆不好，裡外皆交攻，我但願我可以守護你，然回到老話，生命只能各自承擔（但還可以彼此在淚水裡慰藉），尼采說自己的個性是自己的守護神，也許意思就是說，我們的個性已然替自己下了棋佈了局。

親愛的ａ：

我的電腦過世了。因爲一杯熱咖啡澆淋而下。

又是你的魔術手指在捉弄我的不幸？

記憶體來不及搶救，檔案隨著主人一併辭世。爲了買新電腦，我將再度舉債。

親愛的ａ：

就像你在戰爭時若要求活口得求別人，我一樣地在你的面前尊嚴掃地，我沒有想到有一天我也必須如此在破碎後求生，且你給我的震撼時間比海嘯還驚懼。

說愛與離去，同時飽滿也又都同時如此絕然。

親愛的ａ：

強迫自己來到咖啡館，心痛好些日，以爲是遺傳母親的心臟病，結果壓根兒是憂鬱前兆。

原來，氣悶導致心痛。

我該去住院，住到減壓病房。我該去減壓，你壓得我喘不過氣來。

就像大陸作家史鐵生說他的專業是生病而不是寫作一般，我突然在一場又一場的痛感裡，感到很熟悉的狀態又回來找我了。我的專長是痛，看不見的痛，難以痊癒。

談一場戀愛痛就可以回來依偎自己。我瞬間就被任何一個男人的浪潮席捲。

談一場戀愛就可以寫一本書，如山田詠美。

卡蜜兒因爲描繪和羅丹的故事遭羅丹怒罵，我想起我的命運，我寫男人，男人都將離開。他們無法被寫？而我一定得寫。所以注定離開？

今天已經有些熱了，離我們去看合歡山的雪是如此地近也如此地遙遠。

過了今夜，我將自此封鎖我心。但我仍然祝福你。因我不能因爲欲求不得而把怨加諸在他者身上。享受那個過程，即使過程如雪。

自此天涯海角。

親愛的ａ：

我知道，一切，難以挽回。除非，我再次從廣播聽見你的聲音，來自生死戀戰地的聲音，除非我再次在大街的死亡臉孔裡認出了你，而你也認出了我。又或者時光機器的按鈕可以重新設定記憶。拿掉某些段落，我的格數往前，在你的身心帝國尚未傾頹之前。

我將重新往前重組自己。跳過這一段時光。我知道我一旦寫下記憶的死屍後，我將再次重生。重生不需經過小孩過程，可以直接跳到青春時光嗎？就從讀大學那一段可以一個人度日開始。修整我的歲月。（我非常畏懼自己再次輪迴當小孩，我怕當小孩的時光，可是長大後的時光卻又催發了人快速老去，才發現每個時間點自己都害怕。）

戰爭斷手斷腳的小孩在螢幕前哭泣，無言。鏡頭阻絕了他和世界的兩種命運。

我吞了一粒粉紅色蝶翼狀的抗憂藥，煩力平，沒有副作用的藥，但我很快就在黑暗裡醒來。藥效失去，我潸然流淚。面對黑暗的黑暗，我愛情自囚於室經年累月啊。

心慌慌。

在黑暗裡，看著天花板垂吊的兩顆布面製紅柿子。姨送的，說希望我好事（柿）成雙。而我卻總是難以成雙。

我發現自己這一生的努力都在爲了自救，學畫搞影像寫作等等都是爲了讓自己有生命的後花園，爲了免於自殺之路（我一定有一世曾經如此，才會不斷被吸引，但我得努力自救，啓動自救系統，在黑暗中努力地吸氣吐氣）。

親愛的a：

我常有自己還活著眞奇特之感。

和鈴去走山路。在陽明山小徑閒晃。路上開滿白花。蝴蝶飛舞。喝紅酒和散步。心情稍好些。

這又是自救系統的啓動。

夜晚常是難關，夜晚會擊潰所有白天的努力。夜晚的河水氾濫無情地看著我在死亡的黑水裡掙扎。

我幾乎常有死亡之感，醒來除了疲累還是疲累。戰地戀人無語離開，他說他不說話了，已經再也不想說話了。

我雖可理解你的自棄，但卻無法置信的是我自己對你的生命竟是無法發生一丁點作用力。

忽視是那麼地難受。戀人需要凝視，沒有凝視寧可沒有。

親愛的a：

我想起某回在清境農場，落腳某民宿喚「挪威的森林」。挪威的森林，年輕時你讀過無數回的書，你說裡面的愛情與對性的純眞安慰了你。

你躺下時大臉的線條柔和了，變得像是喇嘛了，所有的五官都瞇成一條線。

我才這樣想，你卻說妳吃過空心菜吧，你指指自己的心說這裡也是「空心」菜了。

空心的人怎麼會有情。空心的人連死都不會再流淚了，空心者如草木。空心是菜，沒錯。

我聽見你吐出空心菜字眼時，我當時早早對你就有大勢已去之感，將來你會一刀取我感情命，那就是不告而別且終生不見。連臨終都不得一見，直接赴戰場。

親愛的a：

有的人不談戀愛就是一種放生，有的人不談戀愛時就是他最慈悲的時候，因爲有些人的愛太專橫，有些人的愛以嫉妒之火狂燒，兩敗俱傷者多。

我想你是這樣，我終於弄明白你的愛情魔術手指。你所觸皆毀，所以你得不觸。

緣於這樣地想，所以我終於覺得你的不告而別，也許是對我的一種慈悲。

a：

今日我終於決定放下你了，放下你也就是放下我的意念。

放下你，我才能前進。

放下意味著兩個指向，精神的與肉體的。

遙遠的距離已經幫我們所可能放不下的都放下了。這麼遠，這麼遠。也只能如此。戀人需要距離來餵養情緒與一切的美感，距離帶來陌生，陌生帶來曖昧，曖昧帶來想像。

但我們的距離卻是生死兩界。

所以，我再也不稱你親愛的，面對你那麼無情等同於死的心。

你打開那空空如也只一勁吐著冷白煙氣的冰箱，你說走我們去超市買東西。沒等到你說要做飯給我吃的事實兌現，你就突然轉身赴戰地。

你說你渴望在榮光裡死亡。就像肯特。

我也沒有煮菜做飯，我的爐火很少開動，記得煎過兩、三回蛋，煮過幾次開水。就這樣。和你去超市買的食物，後來都裹戴著如冰雪似的孝服，或者腐敗。我一一取出緩緩丟棄，像是埋屍記憶的慎重與難過。然後我頹坐地上，冰箱的強烈冷氣吹拂著我的臉，好冰好涼，淚水如冰霜。我終於明白你前往的不是為了戰場，你前往戰場是為了離開我，你必須用最大的轉身才能離開我的感情束縛。我終於承認了這樣的事實與際遇。

如魚吞鉤，不知其患，如蛾赴火，自燒自爛。我終於明白你對待我就像對待這場戰爭，都必須無情以對。

夜晚，我一息不還，生命便如灰壤。

沈默是我對你最大的對話了。

心灰意冷，直逼死境。

我自此關閉 CNN 和任何一個有關戰爭的消息。

我要和平。

你認識和平嗎？

宿命的陰影駐足太久了，我好冷，我需要陽光曬乾我發霉的身心。

這家城市咖啡館好無情，老是播放我青春時期的歌曲誘惑我，我捨不得走時，他卻跑過來對我冷淡地說：小姐，我們打烊了。打烊了，勾動的音樂，快速在我推開咖啡館玻璃門時，迎面傳來夜晚一輛輛奔向前方榮總醫院的救護車聲……是哪個被愛情割傷切痛的人躺在裡頭，有朝一日，我躺在裡面，你不要懷疑，也不要企圖用心肺復甦術救我。任何一個人加壓我時，我都會痛著又活過來，那將比純粹的死亡更痛。

efecto, es como abrir la
un día soleado.
de Alicia,
pondría estas

albem .he so happy. he also oper. new place for traveler.the place close ocean .have two old big trees beside the house.it's so beautiful. They very welcome you to there again.We talking ab

ut they to suffering . they will expect.I respect their thinking.it's also taiwan fate.not only earthquak and typhoon persecute people.special politics issues is big

I just went back from Hualien.
just read you letter.you mention
about Hualien.I hear your song write about Hualien
very good song
to one of local restaruant are the dinner.the testaruant boss knew you.he mention you came there before.he still remember you very deeply. love your Hualien stone song
I persecure this
like earthquake and typhoon.
But they don't want
leave east coast.they love to live there.watch ocean and sunrise and sunset everyday.hear wind come from mountain and sea.they live there then die there.

中途情書>>>

夜露幽光你最懂

——寫給不斷加減法碼的L

L：Live，Lonely，Luck，Luxury，LoveLock……
生活孤獨，幸福奢華，愛鎖住……

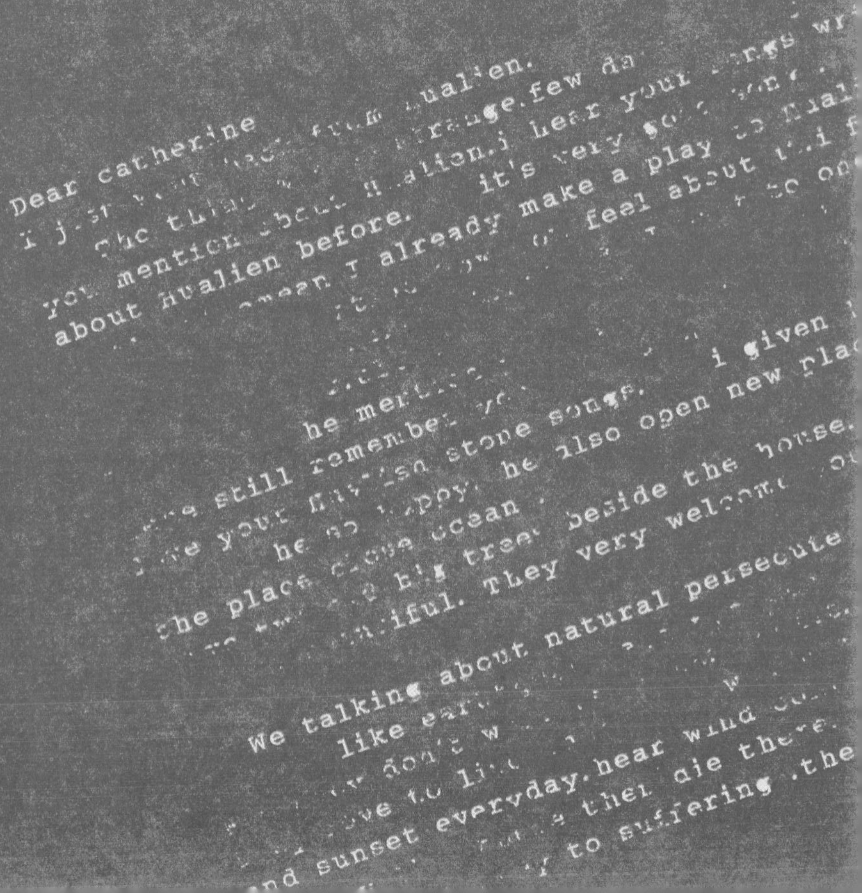
Dear catherine
We talking about natural persecute

親愛的L：

你佔有我的眼睛。你說我的眼睛是我全身最迷醉之處。爲此我注目你最久，享受你的甜言蜜語，你給我這一生最甜美的言語虛榮，雖然很快虛榮就成爲泡沫，雖然虛榮畢竟也是一種榮。你愛我的眼睛，你吞歿我的眼睛卻還需索我的目光；你戀我的眼睛，你挖出我的眼睛卻還要我爲你指引月光。黑暗無法分別黑暗，你在其中，而我摸索其中，準備離開黑暗了。

我可以和黑暗跳一曲舞，但不要太久，不要太久……沒有光合作用，魚族就快腐朽了……

親愛的L：

你背叛了我的夜。但沒有你，背叛也不存在。

親愛的L：

昨日下午去買花，花市竟賣有牡丹花，豔麗飽滿和諧，無一不美。買三朵送你，牡丹在你的注目下美麗就凝結成永恆了。

然你卻是屬於曇花的。

親愛的L：

你說我常給你一記回馬刀，像是睡前的頑童一樣地總是任性恣意反撲於你。

我像是春耕的沙塵全數吹送到你的園林，使得你生活的世界都得遮上防護罩，一旦我打開那奇異如風景的黃色絨毛似的輕塵如耳語，煽動著你的夢。你的天空在我如一陣颶風蒞臨之後，從蔚藍轉變成像是超寫實繪畫裡的綠，那綠的質感色澤是由透明的天藍調上了渾厚的土黃所出現的不可思議之翡翠綠。

我們之間的顏色。

親愛的L：

和你談詩論藝還是最愉悅的部分，雖然關於身體我們的凝視也不會少。用心用情，許多事就有跡可尋。

把你放進我的耳朵，我可以聽見你的耳語，活潑的語言在跳舞。

親愛的L：

秋涼了。

你說總是羨慕我那種可以義無反顧的獨自，獨自於愛情於工作於生活。我獨自，其實是畏厭俗世傷人，我想沒有人會願意拒絕幸福的，沒有人會願意拒絕有錢的。只是當幸福和金錢的獲得和個性本質起太大衝突時，我必然要割捨。忠於自己說來簡單，但實則需要勇氣，哪怕是小小的事情。

關於感情的探索與獨立性，我總是忍受不了社會的規範先行，到最後，情感都失真變形扭曲。情慾遂常顯得敗德，責任於是顯得高貴。但背後的千瘡百孔，彷彿我們都被教育成不該去直視。人性壓抑，只會反撲。

法國社會就是最好的例子，他們大部分的情愛不是建立在婚約，而是相處。未婚生子最多的巴黎城市，男女一生都活在一種情調裡，這樣的開放情調，並沒有產生什麼社會問題，比起道德如此每日被高聲宣說的我之島嶼是來得好太多了。婚盟並沒有辦法解決人性，但恩情可以，情義可以，失去的一方恐怕要認眞面對，維持一個殼的意義，是因爲我們對於家族的完整性太過刻板追求，一個完美的假殼，讓許多人付出一生僵化感情流動的代價。

而我的感情在世俗的相對之下，卻又太過空無了，我的愛情常常是，空山不見人，但聞人語響。我不斷地和許多人的片段相撞，又不斷地讓碎片飛離我身，在我城和他城，擦身復擦身。

這也不好。極束縛與極自由，都是失衡。

親愛的L：

上午兩種不同的語言溫度，是從兩種不同空間氣流所發出，是自我平衡的不同法碼加加減減。算過你的生命靈數（從希臘傳過來的）是5，很有趣的5，有多少種不同組合的數字可以成爲5？數字也有意思，猜猜你的組合。是2加3，2和3也有趣喔。像是你的白天與黑夜，憂愁與快樂，和平與憤怒，天眞與多變。（啊，我總是懸念於這樣的複雜情人。）

你總是可以緣起緣滅。不像我總是用力過度，以後要做到緣不起亦不滅。

親愛的L：

通過你的簡訊，我明瞭什麼叫做熱戀中的語言，肉麻卻又叫人寧可俗爛的語言，眞正是熱戀的高燒溫度。你總是語言過於甜蜜。

中華電信是我們感情的最大贏家。以秒計費，熱戀成本高昂。

親愛的Ｌ：

你傳來我們交往過程裡的簡訊對話錄。你知道我早刪了，可見你是在乎我的，爲此我在過盡千帆裡又把你打撈上岸，記你一筆，不然你知我是怨你的。我很少怨人，但我曾經怨懟你。

傳那麼多封歷史簡訊檔案來又是爲了什麼?見證什麼?見證虛無?見證再巨大的愛也都會因爲他者的介入而質變或分離。

有些歷史必須以時間長河方能完整陳述，完整的一年或者更長更大的完整，像是十年百年。情人好像一年就夠看清了，戀人費洛蒙期效也只有三個月保存新鮮期限啊。

你問我處理小說裡類似攝影大遠景作品的處理方法?

我想寫家族史者就是在處理大遠景與整個自我的距離與時空內容。在創作族譜上有經典人物可循也有純想像的歷史人物虛實出入。

作品光是有情感是不夠的。還得思索，時常拿出來抽離地看，和過去自己的作品作比較，在相對位置上有無進步，能不能說服自己拿這樣的作品出去。

過往的生命是大遠景，人物排山倒海而來，像是處在人的市集的感情面貌。

後來的生活，個人場域愈來愈強。

序幕大遠景，風景只愛拍故土，而寫作是寫那個消失點。

寫家族史需要有個深度：深情、縱深。

雕刻時光：中景近景微雕，然後消失。

照片作爲一個想像客體，文字通過記憶的影像再度處理。

照片成爲紀念碑，一種命運的凝結。
寫家族史，是送別心情的回顧，是夕陽山外山，是小說史詩長河裡的「跋」，一種總結自己個人族譜的觀看方式。
而我也是你的「跋」，我想以後你已然闔上愛情這本書了，我成了你的末代情人，以一個「跋」來總結你這本難讀且枯燥的愛情書。

親愛的L：
你喜歡我的氣味，我的好與壞，我的脾氣。
愛情的離去和死亡的恍似。
你問我怎麼開始寫小說？從看不見開始，從看見結束。起於故事，終止於故事。起於自己，（忠）終於自己。
但我隱隱感到我和你在一起時，我並沒有眞切面對自己的感受。我懷疑我們根本不是同類，而我只有在和同類在一起時我才有自己。

親愛的L：
我們相遇於SARS時代，我們起初總蒙著半邊臉見面。我五官的唯一優點（眼睛）於是全部暴露，我五官的最大缺點（小暴牙）於是全面遮掩。我們只能以微細感知彼此，眼眸眼睫，是微細之微。
我的眼睛因爲專注注視你，遂使得往後老有目盲之感。

親愛的L：

今天社大課停擺。至新聞局評書，爲金鼎獎。城市草木皆兵，恐懼的人心蔓延成災。

被警衛攔下，量體溫。我將頭髮塞到耳後，還撇過臉去，翻著白眼看他。警衛笑說，我們的很先進，不量耳朵，原來是量額頭。我遂撥撥劉海。一滴紅光迎向我的心輪，小小的先進機器爲我的原始軀體把脈溫度。於今溫度可以隔離人界，人的靠近或背離，竟是來自溫度。可心的溫度如何丈量？

我微微閉著痛的眼睫想。

「三十四度七。」他說。

我張開眼，警衛抓起桌上的橡皮圖章，蓋在我的手背。你的體溫過低喔。他說，又續說，來評審呀……廢話，我心想，證件不是給看了嗎。

我的手背上多了一隻有著無辜臉的小兔子，小小兔子是通行證。

可我們的愛情有通行證乎？手臂上無辜臉的那隻小兔子就是你，會蹦蹦跳還會勤於躲洞，且會狡兔三窟的你。

你忽然來電說你冷了，天氣變冷你只穿薄衣。在庸俗的土城市街冷冷地寂寞著。我說在車上放一件衣服，隨時變天可以穿。你說你就是討厭在車上放任何東西。（我想起我的車裡面從來都是一堆雜物。）你唯一可以忍受的雜亂只有我。（啊，原來我是雜亂的。）我只好回說那是因爲我夠能量，所以雜亂也就不是亂。你說此即爲我的特別處，獨有的標記。

可是在每回的飽滿對話裡我其實感受到你整個人的無邊荒涼與黯然寂寞，那是一種奇特的溫度。

親愛的L：

我昨夜心痛，想如果你不專情你就不能也無法獨有我的身體和我的心。你不能單方面說你脆弱，那我也賴皮說我脆弱，一切就都拖延下去。

每個人都以脆弱作堂皇理由，這宇宙的愛還要運行嗎？你如果要將愛走向無法收拾境地，且以脆弱爲藉口，那所造成的業力劫毀，當然清晰。

你不可以什麼都要，既要世俗的穩定與名牌時尚快感又要藝術與愛情的絕對。爲何選擇我就不穩定，根本就是你心裡有鬼。我不能替你佯裝對我和他者的遮掩，我不能借給你誠實的翅膀好飛翔，我不能給你愛以致你積弊成習。因爲你已經習慣這樣子處理感情了，這麼多年來，你在模式化感情，也規格化了生命。

愛要能清楚才能有在亂世裡爛泥昇華的力量，愛是要能夠哀樂與共才能展現生活的丰采與價值。愛是不退縮。愛是我願意。（糟了，聽起來口氣像傳道士。）

我感到被地下化，被陰暗化，被邊陲化。（雖然我逐漸有進入中心之勢，然中心與邊陲是外在環境的顯示，不是以你爲主軸思考的，請你思索我的處境。）

我不能和你進行地下室戀情（我以爲我築在地面上，哪裡知道我是地下的）。眞的，我意感你把我擺在陰冷的地下，好像我有瘟疫，我感到情何以堪。

我覺得我成了你感情的暗影，你在我身上尋找精神和肉體的出口，但你卻把另一腳放在不敢移動的死口身上。

我不成能成爲你的出口，因爲到時我會悲傷而成爲死穴。

你必須完整。要有就是破碎或遺憾面對的勇氣。你說愛我，是不夠的，我並不要只是語言與歡愛的糖衣。我的情人是在愛情與生活中體現的，生活與愛情，缺一不可。是可以慰藉的，不是單方面的。我覺得我只受到單方面的對待，就是你的情緒，你的時間表，你的隱瞞。你可以的時候，愛那麼強烈，你不行的時刻，愛那麼絕然。那是你的隱性自我。（表面我好像比較自我。）你是隱性自我，顯性挑剔；我是顯性自我，隱性挑剔。

你必須面對，不計時間長短，那是一種誠實，無常是生命本有的但不能用來當不能專情的藉口。你需在感情裡清晰選擇。愛情當然會變化，但變化不意味著消失，變化只是轉化，只是消長，就像死亡。人總不能因爲畏死就輕生。人總不能因無常就混亂。

人必須選擇，否則就是媚俗。誠實地面對每個幽微與明亮。你愈不處理清楚，發膿到最後只能截肢，且只會三者全傷。而我絕對不想成爲你暗中壘築的地下情（雖然男未婚女未嫁何有地下情之說）。但是只要你對別人說不出口，只要別人還認爲你的情人是她者，我就無法愛你（我就是寂寞，就是只能遙祝你，就是只能低調想你）。

這是我僅存的自尊與對抗，愛像瘟疫似的見不得人之愛情是我絕不接受的。你說過我就是你最好的品味。你展現品味的方式會把她躲藏起來嗎？我眞是傷心哩。其實我對你一直有氣，我想你應該知道那氣是爲什麼。或許你不以爲那是躲藏，但你可想過我的感受？我難道沒有嫉妒之心？昨天你來，其實我一直無法感到快感，就是覺得你生命的遮掩已經影響我的愛情感受了，因爲感受一種你不說清楚的曖昧，有很多的夜晚我又何能知曉你的去處？我願意相信你，可當藉由別人來告知我時，眞痛。痛還包括，這一切不是我委屈就能求全的，委屈從來只能求和，表面的和。委屈眞能成就事情，那我願意委屈。誠意地告訴我你可以解決，我就等你。不要沈默。

如果我和你在一起，而你從來沒有感情單一過，那就代表你還是老樣子。我的痛還包括，依據我對於你的歷史循環定律，我是那樣地眞切感受你底層的黑暗流動。你若要固執地或你說是脆弱地讓你的歷史繼續循環下去，我是得要離去的人，因爲那樣太痛了，趁時間還不長，還有離去的能力。

我拱手讓她者，這是我的美德。我討厭爭吵。因此我等你述說。我想不爭不吵，這總可以吧。總之你得明白告訴我情勢。我不想有一天有個女人冒出來傷我。

你想想吧。總之不要亂，也不要有畏懼。人無欲就無求，也就無畏所失，說清了大家放鬆，人世一場，不都是要活得如此嗎？我才不想畏縮也不想鬼鬼祟祟地擔心。

我們相處，信任的歡愉才是最有價値的最完整的，參雜猜忌害怕，還談什麼愛呢？不如說這樣的愛是愛自己或是貪罷了。不論你的選擇如何，我永遠祝福你。（這話快說爛了，說這麼多次就是要你不要怕選擇之後我會怎樣，如果你誠實願意面對，我都是挺你的。你可以寫信告訴我。）你若因爲愛和在意（脆弱不說）而離不開對方，那就這樣吧，我走。請檢驗自己的愛情內容，如果對方是因爲恩情，也得說清楚。我想對方也不要如此被暗地對待，我將心比心。

不說眞話，有違本性。但說眞話，卻生命難爲。

親愛的L：

愛情勢必甜美時也同時有掛礙的苦痛產生。情感的部分究竟還要不要，就看那個痛還有沒有意思去痛。像父母之於子女的痛般之甘願受，那就是還有意思的痛。有些人是痛過就不會回頭，我總是問問這痛還値不値得受。去領受那個因甜美所帶來的痛，是因爲値得去領受，又或者該說有的人就是需要那個痛才有力量。

然我對你的情愛之幼稚性與自私性所產生的痛感是愈來愈有無法承受之感，無法承受不是我的脆弱，而是承受那痛已經沒有力量，也了無意思了。痛感有時是美的。

但傷了我，愛情也就死了。

L：

再也不稱親愛的了。親愛的字詞自此是冗詞。

你說我委屈了，謝謝。你能夠委屈嗎？如果角色互換。從此我們又失去聯絡，你要不存在的感情，因爲你認爲愛情都會消失。

從此我將沈默。（之前那些像小孩子傳來傳去的簡訊於今遂顯得好笑。）

或者你也沈默，那我將自此：目盲於你。

或者我該學觀音菩薩，祂見眾生之苦而目眼流淚，左眼一滴曰慈悲，化爲綠度母；右眼之淚成智慧，化爲白度母。我渴求我能夠如此大度大量，我的路才能護佑這一切的愛情顛沛與浮世流離。

我無意爲難你，只是深感如果我倆連眞話亦不能訴說，眞眞是愧對藝術創作之名了。

有時遮掩是爲了清楚，說謊是爲了誠實，虛構是爲了紀實。但我要見，就見你的全部，這樣遮掩，很無趣。

你說你專情但不專心。你常帶著我的形影去見另一個女人。我想起這個畫面時雖還未到心死，但也是頗心哀了。

我是專心但不專情。每一段，見面都投入，轉頭都忘掉。

打開窗戶，風景依舊在。有時離去並沒有那麼難。離開你，精神除勞役。脫下和你同穿的鞋，脫下就是一種否定了，但請幽微觀看我脫下那愛情之鞋時，我的雙手在顫抖啊。（你身上已經沒有我要尋找的東西了，我比你天眞，竟在他者身上尋找幸福。）

歡樂永遠都是朝不保夕，但痛苦也會離去，所以別害怕痛苦。歡樂會來，也會去。一切，會來就會去。

就像愛情，春天來了，春天走了。

就像痛苦，寒冬來了，寒冬走了。

晨曦裡的溫柔

——寫給我的另類情人e

e：enjoyment，extreme，elegant，endless……
喜喜悅而極其遙遠的、優雅的無盡的……

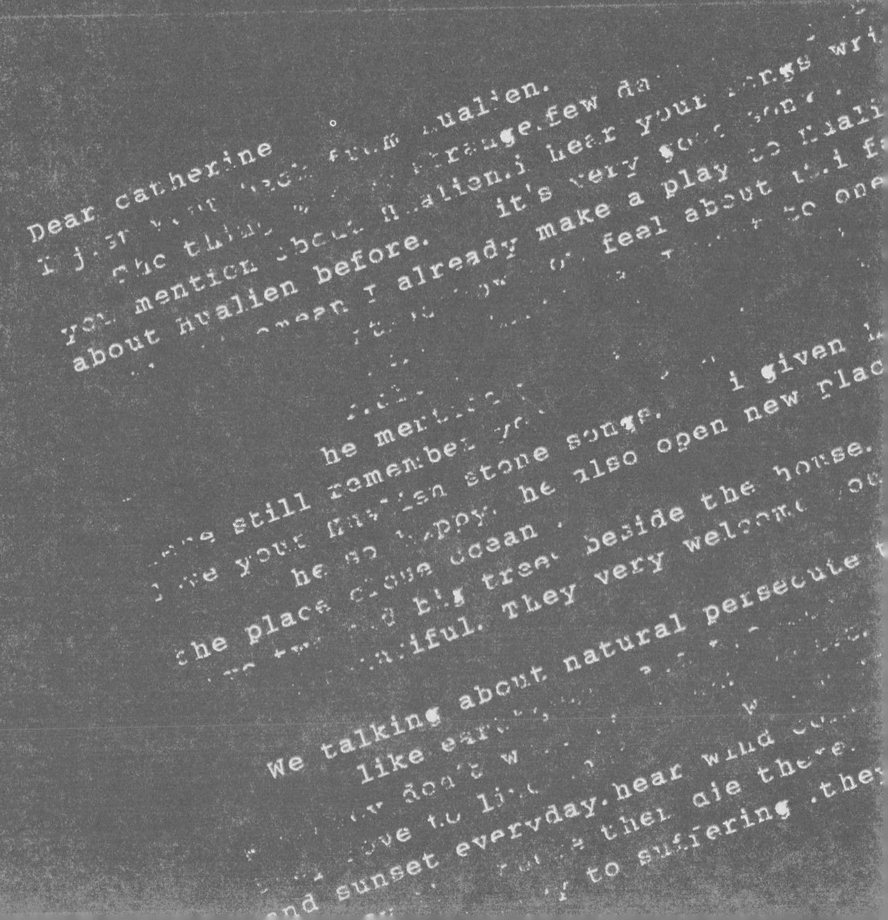
Dear catherine
it's very
about Hualien before.
make a play
i given
he also open new
beside the house.
They very welcome
We talking about natural persecute
like
hear wind
sunset everyday.
to suffering

親愛的e：

你佔有我的肺，我的肺爲你呼吸吐納任何微粒子空氣，愛的塵埃與恨的灰燼。你在我的肺裡裝了愛的幫浦，滾動肺泡，輸送著慾望的汁意。我們是一道「夫妻肺片」，這是我們鴛鴦鍋裡翻騰的慾血大會。兩顆肺翻滾出一粒骰子，落點在愛字的骰子，如晨曦薄霧的溫柔。

親愛的e：

你撫慰了我的夜。像繆思女神恩典，自此我的眠夢有了牧神的午後。

親愛的e：

怎樣的情愛魔魅令人沈淪至深，忘了怎麼回頭去說後悔，也忘了曾經最初的勇氣又是打自哪來的？是爲了愛，還是爲了那連自己也不解的愛之魔魅如海洋廣闊的召喚？

又或者魔魅召喚說來不過都是自己的心魔所致？

無法明白那一夜究竟是何等之夜？是撒旦在我的床上戲舞？是我自己把肉身皮骨給推向了死亡的海岸？

啊，我欲有言。

親愛的e：

靈魂迷了路，誰來爲我點燈？

我在月光中散步，常想起逝去的人們，那些我記住的臉孔打探著我，是的，我沒有一次不發生對生死和未來情愛的諸多感懷。

我知道我會再生，經過我和你的愛情之後。

我經過你，才看見自己。

那麼多的人在我的對岸模糊行經，夜晚的捷運發著綠光穿過黑暗，那一節節車廂的人如幽靈地快馳滑過，我窗前的河水也不停地前行，逝去。

沈默而壯麗。

是我老了，喧嘩而頽喪。

明日的幸福，猶在綠洲的另一邊。夢想，如海市蜃樓，鋪在眼前。我在愛情的路上乾渴而死，卻在夢想中復活。

今年我生命大喜大悲。事業大喜，愛情大悲。

我需要喝大悲水。大杯的大悲水。

親愛的ｅ：

我仍然無法以謊言來換取你的愛情，但我或許可以用誠實來換取心的平安。言語有限，如同沙子無法形容海洋，但請爲我拾把海沙，我將看見海洋，看見久遠的愛潮氾濫我孤寂單薄的床。搖晃的床，潮浪爲我的情趣加油。

然沈沈的慾望卻如野狗。在海洋裡窒息的野狗還有掙扎的慾望，是可憐啊。

卿須憐我。

親愛的e：

我的愛情日夜吃太多泡麵，已經成爲木乃伊。

不知道吃素的身體會不會也變成植物人。

戀人的眼神失去光采，只剩習性和孤單的恐懼籠罩，在關係裡我們日漸理所當然了起來，所有愛情花園裡的水分都因此逐漸蒸發了。

親愛的e：

你再度歸來，島嶼依舊。

在歷經異鄉寂寥風霜，艱苦難熬的風雪後，在歷經家庭與外圍的糾葛後。

人子返鄉，只有我在岸上眺望你的歸來。

我一個注定和你在世俗無緣的人卻如天父之仰望浪子歸來。

去國幾載，你終於更深瞭解土地。

土地，曾經那麼深耕過土地的人如何忘記土地？就像我的夜如何忘記你的氣味？

我究竟是被什麼附了身？

女詩人艾蜜莉獨居，她知悉曙光何時來。而我獨居，卻只知黑暗何時來。

你是無法知悉關於我的孤獨與痛苦，如果你知道你就不會如此自私。我幫你走出黑暗與感情枯竭，你卻把我推入比你更深的黑暗，且吸乾了我身上所有的潮濕。

我曾經行走在下雪的麻州，靠近艾蜜莉的心臟，在旅館回想過去點滴，我有一種想要在雪地漫步漫舞的想望，我於是決定待會出門去雪地走走，即使夜已然深了。

我聆聽著窗外的雪聲，下雪像是紙片摩擦我皮膚的聲音。

雨有聲，你有聲，花開也有聲。

我需索一些聲音，也需索下雪的冷，我喜愛這樣的冷冽。我討厭我有一張熱帶女郎的臉孔，也討厭我的身體藏著一副熱島嶼的姿態。我喜歡冷，有雪的城鎮，戀人都在床枕上相貼相擁，而即使無戀人的也可以和文字和音樂一起取暖。

或許冷天是我的心情，因爲少有人眞正受得了孤寒酷境的。麻州另一有悲劇女詩人普拉絲，她在倫敦的雪地屋宇自殺，連詩神都救不了她，她爲愛而活。

但我，知道我可以受得了冷，澈骨的人情之冷。我心太熱，我儲存的熱能應可度冬，即使我已無你之愛。

親愛的e：

我們告別後，你想也不想我一刻？

我在黑暗掙扎時，你無法替我開窗，即使不是窗，而是一小絲的縫也常是難爲，我通常得囚室枯坐，自我面對，物質與精神皆然。

就像此時此刻，我尋你不得。

吳爾芙有終生照顧他的戀人連納・吳爾芙，但連納的愛最後也成了施加於她的精神囚籠，所以也毋須觀望他人了，每一個人都有自己的宿命地圖與生命流向。此刻我的生命像從空中流向大地的河流，一種瀑布狀態，午夜裡精神深受沒有自己安逸空間與寫作能量而苦。

現實的與精神的兩條巨河，匯衝於一時一刻一地，需謹愼生活用度的異鄉人一時承受不起這樣的煎熬。

我在窄小房間無法踱步，唯一能的是，起來開窗，推開窗，天井對岸人家的燈色昏黃，摸索這空間裡還有什麼東西可以滿足口腔期的需索？

有幾根菸，是維吉尼亞，菸霧在冷風裡吹成哆嗦迂迴的線條，像一道嘆息，如我對於你所發出的模糊訊息。

這煙如我的嘆息。

親愛的e：

我近來重思自己的創作態度，有點被你當頭棒喝之感，你確實看見了我長久沒有去處理的問題，就是我所忽略的技巧與耐性。過去我總以爲瑕疵也可以是一種美（我多畏工整與無暇），我向你說我要寫的樣貌就像想要拍一種拍壞的照片之感。你反問我，拍壞的照片（bad painting)是眞的要拍壞所形成的樣貌，還是力有未逮的藉口。

你確實給了我必須去逼視自己的力量，不論是精神或是肉身的臨界點。但也因爲這樣我似乎有種被卡住之感，也就是說，我如果要去處理這個問題，我就必須有時間去磨筆，我希望自己像昭提寺般休館大修，然時光殘酷，現實憂憂，慾望烈烈，我如何穿過這樣的黑暗隧道？

現實的經濟困境我如何解決？

這世間多的是標準的美，那些佈局構圖都是正確無誤的畫面或文字太多了（就像標準美女一般）那種標準美，會少了個性。

我們聊到攝影（未進入戀情前的我們總是先以知識交流，然後才姿勢交流。）

我說，我總是用我的直覺去體會它，想想在直覺之上還有什麼東西在意識流浮動？浮動的意念驅動你的是什麼圖像？每一張照片都是一個邀請（蘇珊宋塔如是說）那麼我邀請人們的將是什麼？照片能不能對現實提出懷疑或是延伸幻想？

雕塑家羅丹有天對友人說，人們說我太愛想女人了，（接著羅丹沈吟一下，又說）但究竟有什麼比想女人更重要呢？

我要說的是，如果我能夠愛創作一如羅丹這麼愛女人嗎？如是，我的作品成就就可以像羅丹靠近。學而知不足啊。

電影大師高達說，我玩　je joue

你玩　Tu joues

我們玩　Nous jouons

以此爲這封信的結尾，同時這個結尾我要說的是，對我而言遊於藝，是很高明的難度。你這個留美學人有時就是太嚴肅了，不知遊於藝的空白與隨興之美。

親愛的e：

電影是法語的。

戀愛也是法語的。

因爲只有法語懂得情調，幽微的情調。像那年我在巴黎，七月的巴黎，卻是不尋常的陰冷多濕，在突如其來的夜晚，一個人忽忽獨自在夜半醒來，那些街上的妓女或已進了恩客或者失落回到無人光臨的自我暗房的深夜時間點了。

Melancholy，sadness……

我想著自己在異鄉多年的寂寞，別人以爲的快樂其實都是哀愁的本質存在，別人看不懂我卻得佯裝出遊的某種快樂與回應。我摸著身體，身體說她是寂寞的，在這個人世荒原裡，逐漸石化的身體。我看著大雨沒有預告就臨幸了寂寞大街。

感情總是動盪，且自此塵封身體密道的入口。密道只出無進，密道只負責簡單的排泄，再也不具歡愉的特質。

也許每月賀爾蒙會如小丑般地嘲笑我的刻意荒蕪身體，故意點大火燃燒我的密穴，但我還是冷漠地看著身體。曾經我年輕生命經歷紐約的慾望汪洋，把身體以一種純眞的態度極致化身體的慾望正當性，這樣的極端對待身體與互動身體的我爲何會突然在某個年份心灰意冷，且排拒身體且用快乾劑封閉了歡愉的出入口？

我想當時我有了精神的病態了。

絕對的投降也是一種靈性的表現，我當時如此任性地自我行事，且在外流浪，最後身體只剩下殘渣，如果可以賣身，我倒是很願意賣身度日，如午夜巴黎的異鄉孤寂女子，如果不是沒錢，誰要夜晚還在那裡徘徊站立，誰不想沈沈睡去？

然而我發現我不僅無法對身體如此，我連精神性的愛情都一併摒除

我聽說絕大部分情侶都是無靈性的度日，但我卻無法拋卻我的靈性。

我當時以爲經歷過幾年紐約身體的極限體驗後，我必須開始抗拒它（祂）的存在，如此或許才有再次重生與美麗的可能。

於是我竟然在還算年輕的年紀，就刻意沙漠化自己的身體。試圖過著體內有大量作祟著慾望的賀爾蒙卻把身體不斷以抹布擦乾的無情無慾生活。

把自己長成了一棵塑膠樹。

是的，完全無慾無望，連旅途任何靠近的情慾空氣都拒絕聞悉，像是要把以前過度潮濕的身體好好晾乾烘乾。

這一切難道是爲了等待你的到來嗎？我們必須相信偶然或定數？我必須惜緣或斷緣？我看見你，我願意說，我相信二者，既是偶然相逢也是命定遇見。

我先是乾燥身體，然後潮濕身體。

這樣一想，突然我覺得自己是個可以安排命運的人了，這樣一想，帶給我一種無言的快樂。雖然川端康成說，無言的死是無限的活。而我對你是，無言的愛，是無限的愛。

然我的無言是指嘴巴無言，而文字有言。

愛情心苦，成本高昂。

愛情先邀約了我，然後我才邀約了愛情。

愛情夢我，我夢愛情。

如果我還可以生動地參與愛情客體的身心處境，我想我會再度對生命致敬。

你是我想生動參與的客體。

於是，我相信我刻意沙漠化的身體，是爲了等待你來到我的生命的自我身體準備，像是爲了等待你似的刻意身體沙漠化，像是爲了你而把自己的身體再次打造成處子的模樣。

我當時並不明白我那樣屏絕情慾進入我的身體是來自於何等深沈的理由或潛意識，我當時只知道自己在懲罰自己，我用一種冷漠的眼光看待自己的身體熱度，我厭棄一切的靠近。

有點恍似莒哈絲當年在越南度過最情慾的時光後回到法國時整整一年也沒有任何情慾。過度之後的疲乏及自我懲罰。

或說，我那樣地刻意沙漠化自己的身體，是因爲等待最高潮的一波來襲擊我的情慾？是際遇，是際遇，是際遇比我們先一步明白我們的生命。

我因爲你，又讓自己再次掉入一個我不想成爲的日陰之身，看不見陽光的情人角色。

但渴望靠近你，你總能如陽光溫暖我，你一旦出現，我就又從日陰之面轉爲日陽之身。何況我知道你縱使離開一時，也不回離開太久的。

親愛的e：

發覺讀書之重要。可從無人可帶領。勉強有三年時光遇見一個情人善誘，才勃發一些理論系統。

否則生命的秩序恐怕理性來得更遲。

我是如此被動，可一切的發生彷彿都有很深的原因似的，好像命運在推著我，幫我面對一些難過的生活，把我帶到我該去的地方，去見我該見的人。

或者苦痛也可以是美麗的。

日子並不艱難，艱難是心。你在信裡告訴我你的境況，我看了無比動容。

我也想告訴你關於我寫作的艱難。

告訴你實話，寫那些旅行東西，當然我仍是有熱情，但我更需要的是把那些文字和影像銷售，以換成饅頭餵養自己。

我沒有家，我也沒有子嗣，我在人世僅有的是自由，但爲了這自由，我卻付上了所有的依靠，如血緣如親情……

我孤孤單單，我只有你，此刻。

親愛的e：

時光將我們洗劫了一空，卻用藝術再次吐出我們。

大溪地的高更啊！他曾寫給梵谷的信裡提到，寧可看見火紅天空，也不願附和眾人眼中的藍天。

高更還寫道，愛人就要被愛，寫信就要收到回信。

你瞭解我，就是完全付出，赤手空拳。

一隻肌瘦的狼不願被豢養，我想自己也應該如此才好。

想起自己在紐約五十七街的歐姬芙畫室創作過，那是逆光的青春，光影重疊著前人的青春，後來的藝術家總是不斷在向心儀的前輩藝術家以各種形式致敬。

我們說際遇，「鋼琴師的情人」最後一幕，鋼琴師連同鋼琴落海時她的畫外音說著：這樣的人生，這樣的際遇。

覆轍的人生。

人生，際遇。我願成爲鋼琴師落海的那架鋼琴。

但如何落海而不死亡？

我想你明瞭我的，我總希望別人過得好，以他所以爲的各種方式的好來度生活。

而我總讓自己過得不好。

親愛的e：

我送你《抵達之謎》，迎你歸來。

你說《抵達之謎》很容易快讀而失去其中精華，你覺得起先讀前一百頁有一種非常白描的閱讀感，無波無瀾奈波爾照樣寫。照他這樣細寫，我們也可以把無數生活的每一天細節寫成一本書。我笑著聽你的解讀，感到趣味。

但很快地讀到一百頁後，你才發現奈波爾開始使力了，書的重量開始推開情節。

我還送你兩套書，一套普魯斯特的《追憶逝水年華》，難啃的光陰，難爬的時光大廈。

一套是《波赫士全集》，難入的迷宮，迷宮中的迷宮。眞正織就細節的高手是普魯斯特，眞正的抵達之謎是他圍起厚厚的窗簾，在幽暗的十五年光陰所撒下的逝水年華。編織時光的記憶力驚人。

而女性的抵達之謎，詩人艾蜜莉絕對是在其中的，她在自我圍城封鎖了近二十年，於我們當代人這是有如神話之謎。

親愛的e：

對於知識與愛情，我總是徘徊在赫塞的海岸上不知何去何從。赫塞，國中時就認識的他，帶引我來到流浪者之歌，探觸希達多的愛與愁苦。

想著機遇在生命所扮演的角色問題。關於寫作，那牽涉一種觀看的方法（有點像是一種無可靠近的視角產生了距離的遐想，如我對於你，我想像絲一般的物質也許可能比眞實肌膚更讓人意亂情迷的比擬）

現下我將出門覓食，晚上有課，出門打點口水零工，總是在別人的屋簷下瞎掰些大話。

視野，我那低於海平面的視野，背後的千山萬水正等待我去攀爬眺望，而你早已行過我所將攀爬的位階。爲此，我注視你。

親愛的e：

高更在大溪地畫室入口有三帖：

談點戀愛是幸福的

保持神秘是必要的

歡愉之屋

你來信說，願世界是眾人之樂的歡愉之屋。

我見了回信，感到涕零，覺得你這樣的願望是那樣的動人，你於我是這樣的值得。

我眞想念你。只要想起這句話時。

我的蓬門爲君開，若有門聯將但願是：

情有獨鍾

音容總在

文章千古事

啊，來日正長。

親愛的e：

我在城市咖啡館，日子總是流蕩，即使不出門，也有一種心情流蕩感。寫完俗世生活必要的打工的推薦文後，我給你回個必要的信，怕回家後心就沈了老了。一屋子的冷寂暗調，我總想長眠而去，荒原裡的騷亂不安，我獸四處闖入。所以趕緊給你寫個信，趁外頭天光裡還有些魔術時間。雨中的微藍天色，像嬰孩的眼睛，靈魂的一滴光。

而我目光已疲憊，而班雅明說，目光是人的終結。我的目光將因你而終結？或因你而延伸？

親愛的e：

燈給光亮，音樂給靈魂，而我們的文字在時間的水面上留下刻痕。

你給了我美麗的靈魂，當我讀你的信時。

男人的靈魂裡總是有株桃花樹，是喜新又戀舊的品種。

任何一個人很快就會成爲他人的舊與另一個他人的新。

新舊交替，原是很人性的，但說來也還是感傷，我很快地就把自己弄舊了。

親愛的e：

所有的愛情都具神秘特質才顯得美麗，愛情需索這樣的神秘，獨特的神秘性。

在河邊居所，看著河水因風而有了百褶裙的姿態，我突然想要掉淚，想起自己穿百褶裙的身體，悼念起青春，生命用青春的消失來具體表現無情。

夾層的愛情是上帝對人性情慾的一種悲憫存在。

因爲你，我的愛情地圖多了一個「準受苦」的新名詞。而其實我早已受苦了，只是你不知道。

我一旦有愛情的感受力，我的心就莫名跟著受苦，這幾乎和任何一個客體無關的個性本質。

（我一生好像都在爲這個特質付出各式各樣的愁苦與代價）

雖然明知陽光要走時，我能奈何。雖然明知當陽光灑落陰冷的額頭時，我只能感激。

親愛的e：

Mahler，馬勒，讓人動容的馬勒。

「當大地還有別的生靈在受苦遭難時，我又怎能幸福呢？」馬勒曾說過他的音樂都是依杜斯妥也夫斯基的此句話所創作來的。

有此心靈的人都不是小溪，是一座大海，像巴哈一樣廣容度極大。

一個到哪都是異鄉人的闖入者，最後闖進了中國的詩詞，演繹成傳世的大地之歌。

我的心響起（悲歌行）。

當悲哀到來，心靈花園荒涼一片，歡樂歌聲難久長，生極陰暗，死復是！馬勒的陰暗色彩悄悄地融入了我的愛情。對你的另類愛情濡濕了我的岐路花園，岐路花園裡的花朵所剩無多了，也許你是最後一腳跨進花園且還不小心採壞玫瑰的善心壞男人。

我爲什麼不是一顆石頭，這樣我的心腸就可以很硬很硬。我沒有眼淚了，雖然我隨時可以哭泣。

親愛的e：

陌生人的聲音總是近在咫尺。所在意的人聲音總是遠在天邊。

前方河水有灰藍的空寂，接著不知爲何在平靜之後有一段劇烈的潮騷。引出波動，一褶褶的，像是百褶裙。我在窗前日日看見了河水流成了百褶裙姿態，那百褶裙是我青春的幻影。

我對你的愛帶著一種情懷，一種知音式的情懷。

雨來了又停了。我家的天氣幻化瞬間。這片河水這抹天空，教會我懂無常，懂「空性」。翻湧的暗雲色塊漸漸消失，在陳腐的日子裡也有讓人欣慰的事發生著，一如我遇見你。

河水貫穿城市奔流而去。

你的身體刺穿我而去。

我離家到咖啡館，走在人流的街上。陌生人走動來去，不會有人對任何一個陌生人駐足。這城市是由陌生人組成的荒蕪之城。像是宿命之陰影之必然撒落在我生命的幽谷，我這幾年好疲累好憂傷好倦怠好無力，好想靜止卻不斷移動，好友相繼在英年就自動飄逝，自裁棄世。

我的生命發黃已久，卻還欲落未落地懸掛在生命的主幹上，既無法墜下也無法攀飛，我感到疲累，我因爲過去的悲傷以及認識你而更感悲傷。

這注定一切發生的都將徒勞，這注定將是一場自我的嘉年華會演出，這注定將使得我的生命更形困頓與疲累與了無出口，我快要感到窒息了。

我走在路上，路上的人錯身，錯身。烈陽當空，我在喘息的當下尋覓著夏日的陰影，好讓我涼一涼我過度發燒的對你的熱愛熱情空轉，空燒。

你在異鄉，遙遠的新大陸。

和你的時光還未到盡頭，我就已經看見傷口一道道地將要爆出慾血來…我在夏日街頭看見浴血的頭顱，發燙的心臟，砰砰砰……愛情地雷相繼引爆。

突然一個人擋住了如刀劍般的烈焰日光，一個外國人突然就在我這樣地憂傷時刻，停下腳步在我面前，他開口問我話，妳是作家嗎?他剛剛看見我在咖啡館寫東西的模樣很吸引他。

他像是聽見我的心音腹語似的地停下他的步履和我說話，話語溫度剛剛好，剛剛好是有一點寂寞的我所需要的。

親愛的e：

有人問起我的愛情病歷表。

我突然無言以對。

肌膚相親的氣味最後總是轉變成刀光劍影的血肉模糊的回憶。血肉模糊是回憶的本質。或者有過溫柔，極深極深的溫柔；或者有過疼痛，極疼極疼的疼痛；或者有過激情，極大極大的激情……愛與性，性與死，組合成的交響曲，賦格再賦格，詠歎再詠歎，光亮裡有幽暗，深邃裡有膚淺，深情裡有無情……我的感情旋律。

時光未至死路，我已是滿身一道道傷疤。從來我都是在熾烈的小小愛情裡一直往前衝往裡鑽。衝到最後撞山，鑽到最後無路，然後忘了自己。只剩下稀薄的影子，和燒焦如灰燼的愛情。

是灰燼詩學，指向情慾的座標。

愛情是人生殯儀館裡一座必要的焚化爐，你是我身體的廚師，切割我，然後烹煮我，吃乾我。你說刻意乾燥和刻意潮濕都是一樣的，我的一體兩面。

嗯，我總把籌碼往桌上一擲一搏。

全有或全無。一番兩瞪眼，非陰即陽。非自傲就自棄，非愛就不愛。

你是我的另一面救贖。可你的生命也已然走到沒有熱情的地步。我感傷著，爲何我所遇所欲的客體大都在感情上已然焚燒殆盡，所能對我的好僅餘有如星光般的燐火溫暖。除了年輕時期碰到的戀人之外，大體我有熱情的，對方已然因過往感情事件而徹底失溫。而我無熱情的客體，卻又不斷送給我過度的溫度，加速我的感情邁入心死。

這是什麼樣的感情？何等的際遇？

親愛的e：

你無法想像我寧可忍受浴室滴滴答答地漏水卻迴避要去面對樓上鄰居的厭畏心態。眞的，我就是無法處理這些事，好比家電壞了叫人來修等等。我總希望這些物件可以永久不壞或是用壞就丟最好。

可偏偏我一個人獨居多年，最後當然忍無可忍還是得面對這些日常生活瑣事，最後只好把日子過得很低調，每天垃圾少一點就可以一個禮拜再倒一次（有時還拎到觀音山有附設垃圾桶的地方倒垃圾），樓上的水滴了三四年我才覺得該付諸行動修理了。

其實每個人都是兼職情人的角色，有誰能扮演全職情人？即使是夫妻也沒辦法，因爲每個人都被日常切割，兼職情人其實才是感情的常態，也就是我們都只能在某個時間點出現在情人的面前，且生命最常出現的謬點是：我們最需要情人時他們通常都不在身旁。因此我們常覺得寂寞，因爲寂寞不是因爲沒有朋友，寂寞是你需要時你那在意的人卻不在身邊而油然而生的寂寞。

是寂寥人生。

沒有永遠兜轉在身邊的東西，所以永恆這件事大家都知道只能唯心論。

關於不朽，我們都曾經爲了我們以爲的不朽付出了生命的代價，時間背叛了我們以爲的不朽，美麗的胴體被時光催化成老朽，老朽不是不朽，老朽是不堪。

親愛的e：

當我們在著魔（琢磨）形式時，內在情感的流動會不會延擱與受阻在框架的美感裡？尤其是小說，在形式美感刻意的追求裡會不會延宕了劇情的發展與必要的現實環節處理？

小說，無法以一個句子表達。小說像是陶塑，不斷堆疊，堆高，凝聚…萬字微言卻很可能只爲了說出一個（愛）字。

處理幻想和眞實的邊際關係，建造迷宮又拆解迷宮，我想你一直是讓人暈眩的。在島嶼民族誌的歷史裂鏡裡，你的個人運動能量，就像傅柯在（外邊思維）所說的，所有的力量來自邊緣。個人運動能量，勘比薛西佛斯。

評論讓人疲倦，還不如讀作品，直接，感應，來得動人心弦。日子，快活，大家都需要，因爲生命的上空烏雲總是不缺席。

親愛的e：

十年逃亡（俗世稱此爲旅行，逃母親的掌控），逃無可逃。從今年開始，將將漸漸把寫作與生活重心盡量下錨在島嶼上，不再動不動就收拾行囊逃奔他鄉了。

恰好翻藝術家雜誌，提到日本招提寺收藏與修館十年。我也將在還完稿債後將寫作暫時修館，需要沈澱。而我的感情債還完後，更是需要封館。

寫作之前，更重要的是打底功夫，以及這些自我的幽微提問。

親愛的e：

如此一再地凝視與打探著自我的內在飢渴，實則是提問自己感情的方位與容度。有人擇一久安，有人擇多不居。而我介於二者之間徘徊，難以定錨。

好像生命總有很多的錯誤等待我去犯，等待我去懊悔。

但我知道我該讓體內的那個不願意長大的小女孩長大了。

我驅車去西濱公路，午夜望海，把自己望成一座雕像。這些日子以來，心情仍然過不去，想跳海下去，或者能淹死自己的苦。

這時兩名阿兵哥行來，他們防著偷渡客上岸。他們不知道我是偷渡客，愛情國度裡的偷渡客，一個不小心就可以魂斷天涯的失意者。我希望他們幫我銬上手銬，這樣我就有理由不跳海了。

「小姐還不回家？」阿兵哥在黑暗中吐出言語。

海風吹著我的孤寂裙襬，幫我回了話。雖然我從小就沒有家，我是個沒有家教的小孩。沒有家，沒有人教，所以沒有家教。

想要跳海也是一種沒有家教的想法吧。

海洋是我的家，但海洋拒絕我沈溺其懷抱，一如你。

親愛的e：

情慾如時光的午夜陰風。

把我們焚燃成牆上的肖像。

昨天很煽情地聽莫文蔚的〈愛情〉，很纏繞卻又很孩子氣的聲音。

脆弱時，人總是煽情，以俗爛的歌對應自己的濫情，如此才能和自己的可鄙和解。可鄙的慾望，想佔有你。

但我如何佔有星星？

親愛的e：

我的生命打上道德的馬賽克過久，久到我已忘了我有慾望的密室存在。

直到遇見你，你賜給了我如晨曦般的溫柔，融化我的鐵石心腸。

親愛的e：

在西藏有所謂人生一切如戲論，離戲，幻身。境界之高，無人可及。如幻來去的肉身，可大可小，可巨可微。巨如須彌山，小如一粒沙。

我但願我爲愛受苦的身心有這等好本事。

放大放大，縮小縮小，來去自如就沒有掛礙了。

親愛的e：

愛有各種角落，愛有各種位置，愛有各種位階。

當年那個愛上老師的少女已經走上人生的中途，自我的時光飛逝經年。那個當年失父的少女已經度過寂寞煎熬與逃課打撞球的陰影時光，很快地，少女老成了。

少女的我在哪裡？青春蛋糕裡面最深處的一枚鮮嫩緋紅櫻桃。

那是等待被命運欽點的日子，祈求有天使帶我遠離南方，遠離母親，遠離貧窮，遠離荒涼……遠離可以遠離的任何一切。

時間在水面上留下刻痕。

你躺在我的旁邊，我的肉體就有了淚水似的感恩。

因爲你，我看見了無情的消失的青春，它只能從你的看我的目光裡，我得到一種自我對時間的抵抗與一種精神勝訴。

一旦你離去，少女的光陰也就頓然消失，生命基地的慣性就開始傾斜且不完整。

你是我不存在的父，我那長年消失的君父，我早已毀的君父城邦的建築師。

我可以愛你的，我知道，以一種既近又遠的態度愛你，以一種看似認眞又不認眞的心情輕搖愛的團扇，燃燒對你的慾的爐灶。

可旺火如何不息？

親愛的e：

沒有你的任何一張照片。

於是我常盯著自己的照片看。因爲照片裡的我的目光看的不是自己，而是你。

拍攝者--你，你留在我瞳孔的痕跡。

我們要看見自己，必須通過他者。

我已經奔向於你，所以我再也看不見我自己了。

我看著你，瞬間你拍下了我。反覆看你的眼睛，笑得瞇成一條魚線，一絲月牙。那笑是再也不復見了，那笑容不獨因爲年輕，還更多是因爲對望著你。朋友見了那照片說看我的笑容竟有一種哀悽感。友人太感性，意思是說當時我多年輕啊，少女的笑靨永遠不會變成夢魘。

我想任何人見到老照片裡的年輕肖像，都會興起時光匆匆的慨然。

一張我的照片，卻不斷看見了你。

親愛的e：

每個人體內寄生著一只幼繭，往事的繭。

寂寞時，幼繭顯得無比巨大，沈重地讓蝶翼斷翅至無法匍匐而動，何況奢談飛翔，我仍不夠強壯啊。

自暗中傳來光線，在你的小城天空，你曾從車窗內對我指著說：你看，烏雲仍有光線穿出縫細。嘿，要樂觀啊。

我還不夠開闊，才會在意那些小枝小節，我想我那仍天眞且未警覺社會化眼光的我依然在體內寄居著不願飛翔蛻變的幼繭。

請你殺掉我體內的那個小女孩，請你幫我殺死好嗎？我祈求你殺死她。不安者如我，是個囉唆者，唯恐別人不知而不安。

一如寫信的現在我竟然是如此地囉囉唆唆，可厭可畏可輕可蔑啊。

親愛的e：

關於愛情哪裡有受害這件事。愛情唯有或沒有，一翻兩瞪眼。若兩瞪眼之間剩下的大片灰色地帶那可不是愛情，那是恩情是親情或不忍之情……

愛情太絕對也太個我唯心了，沒有害與不害，只有存或不存。嫌隙，使得流言飛出。

失去者，通常指責別人背德。

而我們之間沒有嫌隙，因爲從來根本就沒有黏過。我們只是偶然交會，如雲遇雨，雲過雨空。我們是偶然一會就成爲一生相知，一日千里。因爲愛的各種位階裡，我深恐廉價的愛情世俗破壞了我仰慕於你所建構於我世界的君父美好城邦，所以我無論如何都將當善女人，爲了心中長存的美好。

我是音音相擊的性格

這世界單音太寂寞。

親愛的e：

你今天過的好嗎？心情好嗎？我的父。

拉開旅館百葉窗。一座陌生城市在我的腳下。新加坡，井然的建築，繆思女神極少光臨的城市，我只看見鈔票與物質性的消費性格在窗前腳下拉開序幕。

有些印度面孔在街角等待過馬路。

我決定下午去印度區晃晃，有人和善勸告我印度區氣味臭環境不好，我露出厭蔑不想聽的表情，我最厭最蔑的就是這樣刻板地訴說他人他族。

新加坡印度人很多，他們成排站在電話亭說著話，都是雄性的印度人的背影，手持老式電話筒，他們在和誰說話？我想他們一定都在和愛人通話。我但願這些初抵美麗新世界的異鄉人都有愛人可傾訴，即使故鄉那麼遙遠，即使愛人那麼遙遠。

但我注目著他們的背影與不安持話筒的手肘時，我祝福著異鄉人，而我自己當然也是異鄉人，我當然渴望被祝福。

當你來到我的夢枕，抱一抱我，親一親我，就寬慰了我的一縷相思。

親愛的e：

昨天才吃的娘惹，娘惹氣味沾惹在白床單。可惱的白色床單，雅痞族的白色，以爲純潔姿態在五星級旅館閃亮著我長年生活在陰暗或旅行在邊緣國界的瞳孔。

這瞳孔哀傷過度而日漸灰暗了起來。就像一早打開電視企圖打散高貴旅館的高貴安靜，然一打開螢幕，正巧頻道是CNN，伊拉克煙硝不斷，自殺炸彈客投擲肉體碎片隨著救護車聲傳達到世界各地，然人類看不見死亡，看不見流血的疼痛，一如我們永遠學不會愛情如何才能善終。

行旅過的大路已成焦土，昔日的逸樂之都頓成人間煉獄的劫灰之城。

而我的人生也是一場緩緩慢慢的心之戰爭。

因爲我所遇之男人（除了大學男友與年輕時的年老情人外）早已經歷人生最巨大動盪。遇我後只能疲軟，而我也跟著滄桑。

災害事件仍然不斷地在新聞裡播放。你聽過大溪地有登上世界新聞過嗎?當然沒有，因爲那裡的新聞只有歡樂的露營晚會或是派對等等，連新聞主播都穿花衣裳且耳繫栀子花，我想徜徉這樣的國度，然後長眠而去。

寫信的此時此刻，椰子的奶味隨著冷氣孔飄散在旅館空間。娘惹是南洋過往對於華人女性的稱謂，是以音轉譯的詞，我在此也成了娘惹。

倒是玩笑自己的娘常常惹我不悅，而我從小常惹我娘不爽。娘惹娘惹，各種口味皆備。

吃著娘惹，吃著吃著，就哀愁啦，誰叫我的心長成這個樣子，沒有人願意受苦的，沒有人願意如此不快樂的，是心自己要如此的，我也控制不住往下滑的淚水，而淚水當然也阻擋不了地心引力啊。

親愛的e：

從來沒有人知道我在想你時的快樂，也許連我也不知道。

我是一個需要儀式的人，寫情書對我是儀式，是爲了打造時光的紀念碑。

曾經以爲慾的草率也就是情的輕忽。

有時會回想自己究竟刻意乾枯是爲了什麼？（一種自我懲罰？我又改變了說詞，我之前寫信說我刻意沙漠化的身體一定是爲了等待你的進入的過度浪漫言語，現在想來還眞是讓我有一種遏止不住的過度自我浪漫的嘔吐感。）

倒不如說，應該是受到莒哈絲的影響（她在越南揭露情慾與悲傷時，返法後一年裡刻意沒有任何情慾，而我歷經身心情慾汪洋歷險後，潮濕過度後也想要乾枯吧。哪裡是爲了等待你，天啊，我竟然曾經對你這樣說過，說過的話可以收回嗎？一如已經出版的壞作品可以遮住目光佯裝從來沒有這些劣品的存在嗎？斷斷不可能，所以只好在後述裡再次重新表述，只好在書寫裡重新書寫。）

親愛的e：

窗外一個混血男孩賣著彩色氣球，頭上像是頂著一季燦爛春天。

我看見他的心有一朵花藏在腸胃裡。

他在等待買他氣球的人。

我在等待繆思之神如你。

在異鄉讀你的文字，介於眞實與模糊的基調，看見你說的來自前情人的文字。每個人的感情都有Pre時期與Post時期，前與後，組成了愛情交響曲，愛情變奏曲。而我於你是無前無後，因爲你已經無能爲力，朽朽心老。

在咖啡館無線上網，看著窗外，星城雷陣雨轟然落下騷動聲四處揚起。

小男孩走了。

我還在窗內讀你的過去，外面下大雨，心裡也下大雨。讀你的舊愛情書，我知道你是不會再有能力去愛人了，你根本已被燒成了一座廢墟（而我是自廢武功），你廢墟裡零星的灰燼飄過我的花園，只能葬下，若有幸開出一點小花，也是很快就枯萎的小野花。

小野花小野貓本來可以成雙成對，但是時間老化了二者，把他們的力氣都掏光了。

我終於明瞭，我們不是相濡以沫，果眞是你說的相濡以寂寞。沫與寞，彼此器官流涎交融互換，也無法遏止寂寞來襲的我們，只好我轉身吧，讓我背負你所有老去的心理曲折與軀殼重量。

我願意爲你送終，送感情的善終。

親愛的e：

很睏很睏。

生活無趣。

在假日，把自己肉做的手硬是化作機械的手，按了三百六十五次的鍵，重複頻道切換了三百六十五次，相撲的肥肉、AV女優的豐乳肥臀、龍捲風的暴戾怒罵與甩耳光、減肥塑身廣告、越南新娘自我介紹、命理師的誇誇廢言、哭嚎的災難與愚蠢的新聞播報……我看見自己石化的身體再也失去了感覺。

陌生化的自己，和陌生的床彼此厭惡對望，卻又離不開彼此。我整個生命最親近的客體就是床了。

親愛的e：

在輕薄的世界裡，那麼輕易地，你就把我釘住了。而我活得那麼用力，使力過深卻還是飄飄然。

親愛的e：

許多人生、許多國度、許多邊界都刻意經歷過了，好像也沒有什麼不能接受的。

但我仍不安，我那麼怕受傷害，我突然剎時知道我眞的老了，青春的尾巴再也抓不住了。你讓我看見青春如鰻魚滑溜的姿態，清楚看見光陰釣鉤鉤住血肉的殘酷事實，我如何安頓那永恆的眷戀在體內的那個受傷的脆弱的惹人憐愛的不願長大的小女孩？我那充滿雄辯且對某些年輕少女擲地有聲的大女人又如何擺放得宜？我爲什麼不斷地重複這些練習題？且永遠學不會？

十幾歲時我曾聽一個老師說了一個輪迴的話，一直很難忘，那句話是：人生眞辛苦，孫子娶祖母。

老師用嚴厲的眼神看著我們說，有因有果，人生有輪迴，你的小孩可能是你以前的祖先等等。當時我聽著教室外夏蟬喧嗚，瞬間感到人生一場空卻又不停地輪轉下去的茫然感。

看不見彼此輪迴的因與果，但至少我看得見現世我對你的情與敬。但願你珍惜那美麗與美好，因爲很快地天要亮了，露水瞬間化無。

就像布拉格，鬼鬱陰魅的卡夫卡現在成了整座城市的桂冠，觀光客必然朝聖的鬼魂。就像薩爾茲堡，天才早逝的莫札特成爲整個奧地利的驕傲，成了我在哪裡啜飲咖啡時必然想要讓舌蕾一塊進入高潮的莫札特巧克力。

啊，現代人利用前人的苦痛大賺一票，我也參與其中。

親愛的e：

想念你時，心幽微如冥火，愛煽動如蝶響。

上寫作班的課，有女學生聽了課還蠻動容的。下課後，情緒似乎還被貼在壁紙上，沿著辛亥路、師大路，一路開到敦南，先去吃個紐約貝果，竟然碰到女友。一起去誠品，台北午夜最超現實的心靈流放地。

許多失眠男子去把妹妹之所。我也失眠，因我疑惑：到書店該把的不是應該是書才對嗎？

親愛的e：

我從沒見過白髮的父親，因爲黑髮時他就走了

父親的黑髮是夢中的烏雲

讓他的女兒驚醒於他人世的最後一幕

討債的人連他身上不合腳的皮鞋都硬是扯了去

我在場，我眞願我不在場

那愛巨大至只能成爲你說的一面壁紙

那幽微有如過火車隧道，只能領受黑暗
黑暗裡的我的一部份進入了你
而你的部分還是你。
希臘神話智慧女神雅典娜腳邊恆是伏了隻貓頭鷹
總在夜幕低垂時才舉翅高飛
我但願可以成爲你腳邊所伏的那隻貓頭鷹

親愛的e：

今天很想聞聞松節油的濃烈氣味。

只消聞一下這松節油亞麻油或是任何一管油料的氣味就足以把我帶到我最懷念的紐約生活，我的一生再也沒有那樣的時光那樣地純粹存在，沒有人際網絡沒有身份地位，窮窮地活著，畫著。日子是由顏料與紙布構成的立體。生活無比的沈默，既沒想到要好好讀書，也沒想到要好好交友。只是畫畫，一直畫一直畫，天光猶亮進畫室，屢屢走出畫室已是天色已黑，紐約人全化成影舞者，一座燈火通明的城市剎時燃燒眼前，上中城的人影如流水，無數車燈的光束成爲光河。

暗房與明室，我是那麼習慣兩端遊走。

你在我的暗房裡，我在你的明室裡。

沒有曝光過的愛情，既無曝光過，如何顯影。

我想這樣就好，這樣可以讓這一切的發生保存期限長久些。

前幾天日我好玩陪從薩爾茲堡學音樂暫時回國的堂妹去卜卦測字（是她要去的，她說心靈在求救，心緒不寧，不知要繼續深造還是要回國定居），我跟著測了字，隨念頭興起地寫了個（倚）字，解者謂：「此人值得交往，倚拆字爲人大可，也就是值得。」

所以我想你是值得的。

一切的發生都是值得的。

親愛的e：

畫畫時，其實用線最難。因爲線通常不是爲了東西的線體形體，反而是爲了畫面的體積質感與量感的空間存在，所以線很難用。

就像簡單的文字很難用的道理一樣。

親愛的e：

用寫作回應我的生命

用逃離回應我的母親

用愛回應恨

……諸此種種，歷驗種種

只因我願意，我看見。

親愛的e：

我童年的老厝，我曾以爲那是一個無性的空間。

但那是童女時我所以爲的。

於今看來，那老厝充滿陰影且我感受的性是伏流蔓延的……

親愛的e：

外面的魔術天光隨著打字已降成黑潮。

我問你鄉愁，不知你眞正的鄉愁是什麼？

我想人的鄉愁不會是因爲地理，人眞正的鄉愁是來自於精神。喜歡藝術文學的人一定有一樣的鄉愁。就好像我們寫東西或拍東西，我們向某些人致敬一般。

我一直忽略去領受與男人的心最接近的是什麼東西，有男性友人說：曾經「性」是他唯一的快樂。而你也說若是性、愛、情三者來選，你的首選會是「性」，我一聽當時心裡就有了哀戚。因爲世間事只有性最剎那消失，如流星，但若抵達高潮之謎卻也最讓人神經痙攣。

偶然的風吹起的是性的哀愁氣味，那如森林黑幕的夜，讓我難以忍受的寂寞遂常有死亡之感。

很年輕時聽到這樣的回答都會想起村上春樹的（挪威的森林），那裡面的人都能夠活得那麼的心苦也活得那麼的純粹，是一種生理的奢華極致。

「性」在裡頭非常的innocent，純眞的把身體拉拔到近乎鬥牛士和鬥牛之間的生死剎時激情對立，然後轟然一聲高潮結束。當然小說沒有鬥牛士的殘酷，那村上小說裡角色的身體對待是撫慰的，是純粹沒有將來要得到什麼的，你要高潮我幫你手淫也可以的對待。

很少人可以如此，世俗的髒字如法官般馬上就跳進來評斷且定罪。

然何罪之有，性的意念如果單純到無邪，那究竟是什麼在髒？

我這個人有這種撫慰人的特質，當然前提是我也想撫慰那個需要被撫慰的人。只要一方不純粹，那撫慰反而成了以後的精神干擾與困頓了。

我說這個你身爲男人當然更明白了，我其實是說給自己聽的。

親愛的e：

是寂寥人生，輪轉下去的東西總是尋常的吃喝拉撒。恐怕連逝水如斯都不再是永恆的了。

我們都曾爲以爲所不朽的某種事物付出代價，但我們現在依舊是那個你口中的十五歲少年（女）。是那個本質，使得即使幾百萬季的春天秋天已逝，但也不會再有某年和永恆戀人的那個春天秋天了。幾百萬回的冬雪隆隆飄落已降，也不會再有把我推向紐約慾望汪洋的那個戀人的背後所吹襲我的大風雪了。

人生還有什麼可資回憶，或需要回憶？回憶又能挽回什麼？或只是爲了讓自己好過而回憶？但爲了讓自己好過而回憶豈不是太矛盾。

矛盾是人生實相，老掉牙的小說荒謬論述，眞實人生果然是跑不掉。

至此，人生連箴言都已？盡，還剩什麼可吐出？寫作形式和內容或者連我們的身體（身體和情慾寫作的窗戶早已開過頭了，連好幾p或者獸交和野合以及全都露都不夠時）或都已演變窮變至盡頭了，寫作者還有什麼出路？身體還有什麼能夠奢談極致的？

搖滾樂手可以用自己的嘴巴自慰自己的陽具，拔掉一根自己的肋骨好彎腰讓自己替自己口交，你說還有什麼可以讓性愛身體超越的形式了？

人至少一生都得做一回讓自己神魂巔倒的事。

我知你有過且實踐過，我卻懷疑我自己起來，也許我根本就是無神無魂的人，還談什麼顛倒不顛倒。只會對我人狂言或者對我文藝營的學生瞎扯啊，我脆弱時流的如墨之淚水都可以寫一本百科全書了。

遇到自己的內在困頓，我這個病情發作起來時，恐怕也許更無能於他者呢。

親愛的e：

我在你的生日特殊時間點贈你書，你贈我尋常時光的午餐佐以陳年普耳茶，並附帶床上午後時光眠寐共枕。

我以知識文庫換你身體良宵。

知識的靈光恆在，感官的犒賞卻易質變。

或者非質變，而是你消失。

消失也是變，一種具體的變化。

親愛的e：

面對迷霧，日復一日，也是一種不尋常的安慰。

小時候一旦天氣清冷，我會好喜歡一個人一直往看得見中央山脈的小徑行去，聽說那裡有會起大霧的迷魂陣。走進去的人都走不出來（我外公說的）但我都走回來了。且在村口就聽到他用葉片吹日語壽喜燒的音樂。

你於我是迷霧，我的迷魂陣。我並不擔心走不出來，因爲我也是霧。
霧只會迷離動人，霧只讓人有時困惑或清冷，但霧從不傷人。

親愛的e：

我的翅膀授受不住淚水的地心引力
偏執地靠近邊緣的混沌世界
在那一頭看見傾慕的人
在365又八分之一後也許你將遺忘我
我的淚水不值錢
眼淚在這個時代不再是表達的方式時
那就在心頭下場雨滅火吧
想著上天賦予我的雌性身體
許多事容易耽溺
比如寫字 比如單戀比如畫圖
怎麼樣可以讓情緒像文字地安放在白紙尚且成爲意義
我想如果沒有人愛，至少可以看看河水的顏色
我想如果沒有錢，也許可以學巴黎妓女在街上遊蕩
但我覺悟得太晚了。

我當時以爲經歷過幾年紐約身體的極限體驗後，我必須開始抗拒它（祂）的存在，如此或許才有再次重生與美麗的可能。於是我竟然在還算年輕的年紀，就刻意沙漠化自己的身體。試圖過著體內有大量作祟著慾望的賀爾蒙卻把身體不斷以抹布擦乾的無情無慾生活。完全沒有，連旅途任何靠近的情慾空氣都拒絕聞悉，像是要把以前過度潮濕的身體好好晾乾烘乾。

這樣一想，突然我覺得自己是個可以安排命運的人了，這樣一想，帶給我一種無言的快樂。

無言的死是無限的活。而我對你是，無言的愛，是無限的愛。

我心情跌入谷底，實在不該用如此煽情的詞彙。

Melancholy，憂鬱之藍，但你分辨得出普魯士藍土耳其藍波斯藍地中海藍……還有鍾文音藍嗎？

親愛的e：

車廂內一直飄著難聞的氣味，是從角落裡躺著的一具像屍體的流浪漢所發出的，他裹在撿來的動物皮毛大衣裡遂使得他像躺在荒蕪大地的一頭獅子般，遭整個獅群遺棄的老獅，失去一切的權柄與食物配給，只能放逐未知荒野。他的身影如雕塑，輝映得整個車廂與車廂外的流動人潮如愚蠢的趕屍人，不知在忙碌與窮緊張什麼。一班地鐵在眼前馳過，紐約客沒趕上會罵聲粗話，粗話也不一定就是說他就那麼氣沒趕上，那是一種慣性的奔馳使然，肉體是一輛停不下來的列車，失去慢速的拉桿，除非整個列車停擺。否則就是奔奔奔，奔到天荒地老。

不知道紐約的傷心人怎麼度日？移到南方或其他小鎮？進入或退出，沒有中間路線。

雨中仍有捨不得分開的戀人在接吻，匆忙的大量步履從他們身旁錯身甚至撞上了他們的手肘也無能分開他們。紐約人在自我實踐方面挺深入，我喜歡他們可以無視於旁人眼光的束縛，但這自我行塑目光的無束縛無他者影響的底層卻並非是源於體會了自由，卻反而常是源於一種自大，不顧他者。

你曾要我來紐約習得自在，但我反而束縛更深，沈淪更甚。過了許多年，現在我才比較瞭解你說的自在何意。

但習得自在與否不是爲了要證明給你看的，關於我的成長或沈墜，毋須向你或他人交代，我只是想向你說，今天那個躺在車廂無感恩節可過的離群流浪漢，比較接近我現在所體會的底層樣貌，也許這是許多所謂的修行者也無法迄及的自我樣態。

修行者總是太有意識自己是在修行，意識自己是師父或大師者更恐怖。

親愛的e：

昨晚有朋友在電子信箱裡提及我現在的生活正是他想要的。我提醒他不要對出走或是流浪等出國存有浪漫想法。

我提醒他一個人在異鄉長時間奔馳的旅路孤獨寂寞與疲憊，他說他可以。我也常以爲我可以，最後卻都不可以。對我最難的其實常不是孤獨與寂寞，反倒是不便與疲憊。作爲一個沒有什麼預算的孤僻旅者最難的即是住處，爲了省錢等理由所必須借住或是分租一小個單位的床等等都是一種難處，夜晚到來沒有獨自的空間是唯一旅途裡我所在意的不便，但長時間旅行耗去最多的預算也是旅館，尤其是大城市多所昂貴，能夠找到廉價或者可以落腳之地已然感激無盡。

曾聽聞台灣某上了中年的女旅者在國外和旅館男主人搞在一起以企圖取得免費住宿的方法，這傳聞讓我感到荒涼。我見過這類女旅者，在台灣有夫有子有女，若真如此，可真是台灣婦女史的另一野史側頁了。

許多年輕的旅者都有住過萬國旗般的大眾青年旅館或是廉價旅社，有的年輕情侶同住此大眾之所，解決情慾常是分時段，趁大夥不在時火速進行。

每當我們在台灣享用廉價又美味的食物時，我們總會不約而同地說這在美國絕對沒有。

你對美國是懷有強烈批判的，從食物到物件，從文化到人心，你的批判帶有一種古典中國山水與自然的眼光，於是美國自然是體無完膚地被大卸八塊了。

親愛的e：

我們這一代是生活在複製的時代，拷貝，拷貝，不斷拷貝。可什麼又是創新呢？

你見面時所丟下的這句話，讓我在佯裝看海卻偷覷著你凝視海的側影時想著。如何創新？紐約地鐵車廂的臉孔飄進我的意識，各色人等一字排開，上帝創造肖像的各種想像與樣貌傑作都在這裡了。

人類怎麼創新？

我在紐約新現代美術館看見許多藝術家不斷在描摹自我肖像，那是藝術家怎麼看自己的核心方式。有狂暴者，有迷離者，有疑惑者，有扭曲者，有變形者，有演化者，有擬態者……

我怎麼以寫作來回望我自己？

那是一個怎麼樣的自我肖像？

我會漸漸弄明白。

目前我只確定，我有艾蜜莉的心但卻有莒哈絲或維吉尼亞吳爾芙的慾望，我喜歡生活在城市，在城市寫作，在城市的感官裡，保有書寫寧靜的可能。吳爾芙無法在小鎮郊區過寧靜生活，寧可回到倫敦接受大城市的強烈震撼衝擊。我也是如此，但我卻想要擁有艾蜜莉的心，這可能嗎？吳爾芙在倫敦精神崩潰了，可郊區她又愛不得，所以她最後以死了結。

我在艾蜜莉的安賀斯特小鎮咖啡館駐足卻無法寫作，心很靜，靜到語言都只是札記式的隻字片語，好生奇怪。一回紐約（或台北），卻又開始可以寫小說了。正是因為這樣我才確定，如果我選擇過寫小說的生活，那麼我要在大城市生活。

吳爾芙如果也是寫詩，也許當年她就可以安於沃豪小鎮吧，可她寫小說，她要回到倫敦大城市。一如張愛玲，如果不離開上海，也許她會繼續寫小說，然而不離開上海，她的傳奇不會展開。

說來說去，都無法預料。艾蜜莉那裡知道她的詩集於今不下上百種版本，她的傳奇是她死後才開始，她是文學界的女梵谷。既然一切都無法預料，我又何必自我限制或為他人而受限自己，削足適履，正是於今版面對於長篇小說的阻礙。

思索你寫來的信，我苦惱了一下午而不得解。

親愛的e：

或許情的不經意重量常秤出了更多的心意，我的情正是如此，未訴的背後更多於傾訴。而你的不經意卻常秤出心的弦外之音。弦外之音，才是你的感情的眞相。於是我想起你時，常感到一種無來由的傷心。像是聽見了你的眞實腹語而導致了心的潰堤。

有個喜歡我的朋友打了電話給我，他不知我還在遙遠的異鄉，一座天寒地凍的詩人之城。我渴望學習艾蜜莉的孤獨，卻還希望和故里唯一有所連結的手機可以鈴聲大響，有人願以母語寬慰一個異鄉人，我將對他發出恆久的感激。

他要我不要放棄他。這樣說，有點讓我疼痛。感情沒有發生那裡有放棄或不放棄，只有發生的才需要去對應去選擇。於是我就大聲笑了笑，以朗朗笑聲回應黑暗的思潮。

時光很快地將把我帶到你的光陰，不知屆時自己的熱情還剩下些什麼？想想你或者這個突如其來打通我異鄉手機的朋友，你們對於未竟之物，對於妙齡之人，你們的熱情遠遠大過於我。設若時光把我帶到你們於今的年華，我將如何？

朽木一具，漂浮在我故里的巨大河床。

爲此你對美麗少女的熱情是足以稱讚的，也許是我自己有問題。

說來傷心都是白傷心的，因爲傷心的客體錯誤，客體接收不到，那傷心當然是自傷。

自己就是自己。自己，是無可替代無可改變的今生所有的資產。

親愛的e：

今天在地鐵的速度搖晃中，鐵軌擦撞發出的藍光裡，我突然心生一念，一念之後是和你的畫面跑出來，像是前世的畫面，在一個像是地中海之類的古城，白牆灰藍之海，我們和一隻貓，一隻狗，在一起終老。你長得像是地中海靠海古城的人，有一種先知的氣息。

不知這是我的靈光一閃抑或是我的幻覺導引我走向和你的可能前世。這會不會是寫作者的一廂情願或是我眞有女巫能力？常和某些我有深交者的過往畫面會跑進我的意識裡，像是作爲一種輔助說明。

年輕時我曾對你說：「我的愛在哪，我就在哪。」那樣地眞切以爲可以聽任愛的召喚，聽任愛的擺放，聽任愛情午夜囧囧燐火的燃燒熾烈。

那樣以爲全然的燃燒在歷經漫長折損後始發現那是一種不完全燃燒，不完全燃燒的記憶客體會在旅途相對應的時空再次冒出火花，於是愛情的旅者不斷地逃亡，爲荒涸的心逐水草而居。

先知在故鄉是不受歡迎的，是以摩西得率眾曠野漂泊數十載。「絕對眞理者」在人性裡是不受歡迎的，是以愛情總以介入來搖晃我的駐足。愛情裡我的漂泊已注定，起因於我的先知，經驗法則所帶來的痛感先決了一切將發的不幸，於是旅途浪歌就這樣一路唱了下去，再也了無年輕時發出的誑語。

可我必須召喚幸福。

我想召喚完整單一的幸福，我想我老了，內心竟不斷地發出這樣古老的安全訊息。

愛情和旅行相仿，畢竟，總有打包回府的一天，絕對者稀，於是總得學會一轉身就是一輩子。

很期待很興奮很飽暖很糾葛很熱浪……很冷很累很餓很弱很疲很睏很窮……，離離返返上上下下來來往往起起落落進進出出，有人擇一長居，有人擇多驛動；風景人文對味，腳程於是耽擱，一旦無聊便又見異思遷。旅行的始終和愛情的起滅，有著同等韻律與多方面向。當一個男人一個女人各自奔向遠方，那所啓動的將不只是腳程，更多的是來自心之絕望眼淚。一個會想奔向他方盡頭的單人旅者很少是在故里安居情愛者，他們的遠方提供的是情愛的逃亡與精神的出口，總幻想以爲時空阻絕了將可減少心之牽痛。

只有那些徜徉在棕櫚樹下者才是某種戀人旅行的氣味。

旅途時空長短遠近和遊玩姿態，常常背後牽動的是心情牽掛的愛情成或滅。

長途長時的單一旅者之情慾向來讓原鄉人揣測，返鄉所提問之「邂逅」總是勝過我所言說之他鄉遭逢。聽聞多回我的台北同業流傳著某通俗寫作者到外地以身體換得他鄉食宿，也聽聞多回某個東方女子的愛情和感官淪陷在義大利巴黎紐約柏林埃及土耳其……。旅行者恍如黑暗之心，總是被套上一種荒疏的情慾開發面紗，因爲那是一種對女子自由羨嫉之狹隘目光。一如康拉德筆下的女人沒有道德，「她們的道德聽命於她們所愛的人。」

「我沒什麼好損失的。」決定離開一種不斷被介入的愛情關係時，我提起旅行背包奔赴一個沒有燈火的遠遠荒城，遺下愛情玫瑰在孤冷的星球。

當我從死境歸來，一隻貓緩緩地橫穿靜寂的午夜母城。

畢竟，這一切都沒有改變。我仍一個人，和我疲憊的雙眸及貼著無數關防章的一只皮箱。也許和你的記憶也在其中窩藏著不肯退卻老朽的痕跡吧。

親愛的e：

我因到街上給你打電話而風寒更甚，在街上人行道說著話，你正在吃過時的午飯，而我屬於我的時光已然半夜，你所行過的深夜，現在才來到我的身旁。

時差讓人有夢幻感，當兩地時間不同，彼此時間的座標該如何定錨？冬日時光比你緩慢十三個小時的此地，我的黑夜，你的白日，但我的你以行過，在我的夜裡你做了什麼？你可躺在另一具有沐浴香氣的女體旁？又或你上網或讀書？或三者皆有，更有可能。你行過我正要前進的夢域，我發現人所能交疊的慾望幻景是如此相似。

你大約知悉我受了風寒，我的咳嗽聲傳給你，有意無意的，你說出門在外保重爲要。接著是問我有無去惠特尼美術館？你更關心我們前進的心靈步履有無新意與進步勝過吐露你對我的情意。

我不曾聽聞你在言詞上有何激情的字眼，也不曾聽聞你吐露愛這個古老字詞。但你以拘謹的態勢如蝸牛攀爬愛的淨土，我不能苛求於一個本質如此的人。但越洋電話，我在深夜走到街上打電話，我不會爲了聽你和說藝術，也不會爲了你問我關於我對於於今紐約藝術的想法。但戀人交流取決的瞬間關乎拋出提問者，我的外海旋風路徑勢必深受你的牽引，所以也就一路都在談藝術了，除了之前你對於我受到的感冒風寒要我多小心外。

後來我實在咳的更甚了，你遂要我們就此打住。

那晚回到住處，咳了竟夜，如蟲囓咬喉間，癢癢難耐，瞪著天花板想，自己是找罪受，愛還是空缺，而長夜的漫漫在眼前卻難以橫渡，肉體和靈魂都發著熱病。我在眷戀什麼呢？還是根本就是寂寞的「根本」問題作祟。

我想我不再打電話給你了。書寫已然足夠，現實橫陳，不必試著要突破。我想該突破的是我的寫作，而不是和你的存有。

親愛的e：

你說愈發少見我在副刊發表作品了，你希望我不要放棄主動發表這件事，或者更明白的說是不要放棄我所喜愛的寫作。

我們已經不生活在一起，是以你常透過些我少數的曝光文章裡來抓取遙遠的我，那存在於某種幻覺的我。實則我還是書寫，只是沒發表，甚至只想寫書就好，就是完成後，直接成書，不想爲發表而主動或者採低姿態了。發表這件事，開始讓我有種繁瑣與無奈感，必得切割文章來適應版面的事，或者尋覓適切的題材與文字來規格化自己以適應他者，我要放棄了。

我知道我這一輩的寫作者被提及的寫作之罪有：缺乏故事、喃喃自語與重複。其中以重複的罪最大。

今天我在地鐵車廂想著這件事。

親愛的e：

行動藝術的「行動／藝術」之間常有難謀合準確之時，爲此行動者很容易變成瘋子。只是個行動者或是個藝術家，二者之間的取決完全在於藝術的形式能否承載表達的概念，形式是否搆得上藝術，否則概念人人有，行動很容易成了庸俗鬧劇或泛泛新聞。

我總是很佩服可以把自己的「身體」展演於外者，我現在比較能夠和身體相處了，嘗試對自己的身體有一種新的態度，自由自在的態度。

我即將回到島嶼了，我離鄉是爲了返鄉。

親愛的e：

不論是搭地鐵或是在路上，當我感到美國文化極粗糙和鄙俗大眾文化的那一面時，比如看見電視談話節目的高喧無體，比如看到維他命罐子像油漆罐之大，比如看見超市永遠人滿爲患，比如看見速食店熱狗店冰淇淋店排隊者的身軀時等等，我都會有一種這文化裡滋養出的人究竟是怎麼回事？你當初在美國時，你肯定是難受的，你這樣懷抱古老中國山水幽深情調的人，你沒有瘋掉眞是幸運。

當然我們所承接的文化裡頭美國是那麼地無所不在，說英語者的自覺高人一等以及美國翻譯書或美國電影讓我們在學生時期最早接受外界文明思想的事實都是不爭的，但在今日，我總想一定有個環節我們失去了自己，才導致東方文明信心的流失。

文字語言是最大的問題核心，任何一個語言的強勢，都足以建構今日文化的強力輸出放送。華文語言已經大量翻譯化了。

我有時會想起我母親說閩南語的純粹，因爲她只會這個語言（連國語都只會簡單的基本問候語而已），所以我常聽到她吐出非常新鮮道地的台語，極其生動又非常能夠靠近她的核心的閩南語言。

我想起你的漢語和閩語同等溜，但寫作時你還是傾向於北京語。我們曾聊過現在台灣國語課本在台語方面走了偏鋒與失去本質美感的教育方向。

親愛的e：

你曾說你母親甫過世時，你哀痛逾恆，但日久卻遍尋不著當時曾有的哀傷感，是以哀感消失，母親成爲家族肖像的供品，記憶的母水也只剩下一些零星的往事。

時間流逝是上帝悲憫人子而設計的一帖療傷劑機制。

時間誠然拉開了記憶的糾纏，可時間也可能挖深記憶的隧道。人要不要繼續哀傷其實是看自己的心以及心所繫的客體之份量。

母親是重的，但母親因是上一代所以她的離開似乎人子也較有心理準備吧。倒是下一代若忽然離去通常讓上一代者難以走出傷痛。

古巴裔美國影像裝置藝術家安娜梅迪耶塔在盛年即逝，我看著關於她的錄影帶，訪問了她的古巴家族，以及走訪她的出生地，姊姊阿姨們在鏡頭裡述說梅迪耶塔多回，唯獨提到梅迪耶塔的母親是以黑白照片帶過，她還活著的母親不願意面對失去愛女的傷痛。

我注意到這一點了，愈親者愈沈默，沈默是因爲過於親近且疼惜，沈默是一種重量，藉此鎮壓住不斷流離失所的感情與苦痛。

我對你也是沈默的。

我甚且知道往後我對你將更沈默。
而我的沈默會不會被自己高估了份量？

親愛的e：

我不知道台灣還有多少女人像我一樣長時間一個人來到陌生的旅館待著住著，有任何一個孤單的女人比我一個人待在陌生異地旅館的時間與年份還多者，我將向她致意。

一個人在異地的旅館，在異地的車站，在異地的機場，我對這都太熟悉致我快要無感了。

這麼多年下來，我對於旅館比餐館比我自己的家都還要熟悉。我說的是一個人喔，一個人在旅館，折不折騰？當然折騰。

只是我沒想到在自己的島嶼，我也得嚐嚐一個人待在旅館的滋味。在異國旅館一個人是很眞實且容易遇到的狀態，誰叫我要一個人逃亡異國遠方。但在自己的島嶼土地一個人待在飯店或旅館卻給予了我從未有過的奇特感，有獨守空閨之感。

生命是如此荒謬：許多年來，許多人在我生命這輛列車的驛站上等待，有的上上下下，有的卻老是錯過時間表。

又或者我自己也是如此。想要擁抱身體的那個人總是時間出現錯誤，或是我一個人在旅館時特別想要有愛可抱，卻空空然。旅館是一座情慾具體的空間而非只是地標，沐浴後香皂氣味，舒爽的眠床，甚至A片等等……都是對一個人孤單的誘惑與挑逗。

我想起另一個常經商的朋友也這樣說，他說在旅館裡，他的身體簡直是焚燒狀態。要找退火藥難尋，因爲他又畏怕召妓或有可能有未知的傳染疾病。我總是對人性的情慾抱以很大的寬容度，因爲很多人沒有表露情慾不是他們沒有，相反的可能是他們更多。

我躺在旅館的床上，遺忘許多事也想起許多事。

這是西部一家很老的旅館了，我躺著的房間曾經有多少人也躺過這張床？有多少姿勢被開發？有多少合抱又有多少分離？

我望著天花板，半舊不新的旅館和我的人生一樣都走在中途，我的眼角淌下熱淚，隨著空調淚水在臉上發冷。

來到有朋友定居的小鎮，我感到更孤獨，更孤單，比我在其他城市其他異地都要孤獨的孤單，孤單到最後孤涼了起來。

起身，切掉空調。

否則我有一種將死在冷凍櫃之感。

親愛的e：

在夜晚獨自縱走黑暗天地，悠悠長長，邊緣行走卻無法結束生命。

明天天亮時如果醒著就記得把百葉窗打開，若是起太晚，中午很快就來到。

常常忘了吃東西，卻常常想起你。

啊，我那早毀的君父的城邦，如果我有一雙翅膀我就可以飛去看我的愛人

也許就不會失眠。

我知道夜深了，應該躺到床上。閉上眼睛，不然又有夢囈使得我的一天又多睡了一個早晨。

我眞的該去睡了。

我將對你停止述說了，不然就會開始重複心的老調。

愛情應該要陌生化。但請，最後一次耐性地請你聆聽一個失眠者企圖想要直通愛神宮殿的囈語。我將自廢武功了，對愛你的能力，你私藏的愛祕笈誰也無法企及了。

親愛的e：

你又離境了。

恣意的離去，在國境與情境之間離開了我的視線。

在預料與未料之間離開了我的身體，我現在只能撫摸你的空氣，殘存在空氣裡的你。

我終於得承認這是一個事實，你不在，你消失，你總是如此自我。

你忽然又離境，雖然你很快又總是入境，在我們的愛情國度裡，你持有免簽證的豁免權。我入境你離境，我離境你入境，這際遇竟是讓我們如兩輛不同方向馳去的列車，你來我往，終不復見。

彼年彼時，空蕩蕩地連腳印都不復見轍。

不留轍印者，如何記憶這個感情客體？

也許就憑那山城曾染有著你我身體的氣味，或是山林裡一株桂花長的姿態年年月月不同的丈量遺痕。關於你，沒有印記，沒有影像。

我像偵探似的尋覓有無可能的任何一絲一毫蛛絲馬跡。誠然，沒有，因爲我們都以爲我們兩只有當下，沒有明天。

我甚至畏懼進城去南方望一眼曾有你我的那一端。

碧潭身影多儷人，而我憑弔愛情，像是準備投潭的一種絕然悽惻神情。

親愛的e：

讓生活掉入挫敗沮喪的時刻總是很多，讓感情掉入危機的因素也總是很多。

然即使有危機感，但我和你的愛仍無法度量，因爲沒有空間依存，誰能丈量空氣？誰能丈量氣味？誰能丈量不斷發揮的愛？

無法度量表面聽來是正面的，相反地這卻是我對我們的愛所發出的空白之嘆。你以冰雕來打造和我的感情，冰雕再華美也是很快就要消溶的。

然而關之於所有的美好並不會質變，已發生過的事或對於人記憶中的他者之理解大概都是固態的，除非得了老年癡呆症，否則大體不會質變。天下學問存乎一心，天下感情也存乎一心。

你我彼此的善意，是我唯一明白我們之間將恆久不變的質地。

親愛的e：

你的出現，讓光陰示現了最大的無情，陰影回丟給我殘破的一身，我是突然在見你後才頓然老去的。因爲我那麼看重你的目光，但你的目光終結了我的青春，冷冷地你回應了時光的殘酷本質，女人最大的生命陷落：老而殘。

我根本不該去回應你我相見的偶然性，我也根本不該在你的床枕獻祭我的身。你回應我的是你見到屬於我的人性之勇敢，其實你所不知的是我回應的是我一生所僅存的慾血了。

而我竟因太喜悅而忘了去秤秤自己稀薄的青春將很快在見你之後消失於一瞬。生命再也沒有此時此刻，我覺得自己是那樣地殘破，那樣地無情老去，從你的雙眼我看見自己被焚燒成一具枯木，我欲付心事於劫灰，劫灰卻回頭嗆傷了我的心。

是你讓我覺得自己每一分鐘都在快速老去，我已經更老更老了，你眞殘酷。

我懂得老的滋味了，在人生的中途。

寄不出的情書，飄揚在的中途。

我突然懷念起我的前前情人，他戲謔他是屬於考古隊的愛情家，他懂得女人經歷歲月之後的美與靈性，原來他給我的是最大的美，你回應我的卻是最大的青春殘酷物語，在知道這個後，還能不離去嗎？或者該說我心已經背身離你了。

自此情懷一片，情慾一片則付諸時光大海。

e：

遂，以後的信將不再有親愛的字眼了。

親愛的，已經成爲不具意義的冗詞。

宇宙不是定性的，因爲事實證明宇宙是不斷膨脹的。

宇宙不斷膨脹的原因是因爲黑暗的能量，黑暗的能量造成萬有斥力。

一萬個萬有引力相對有一個萬個萬有斥力。

有一個反對我的，就有一個同意我的，正負力量，平衡了人，是誰只要光亮的？那世界將失衡啊。

這樣一想，我接受了你的一切，如同我接受黑暗。

我這樣一想，也同時勾起人世間的諸多無奈。

是以人的情慾大多有夾層才得以生存，而我這種違建，終是會遭至拆除的。我再次如此告訴你，深怕你快速就伸出巨大的怪手將我剷除得一乾二淨。

我得先自我清除，關於愛情的地雷。

防止地雷引爆，也就是防止人性的小狐狸踩壞了你我良善的葡萄園。

我們都是良善的人，因此即使告別，也是善善地說再見。

. when you mention how you feel about it,I feel out so close

lben .he so happy. he also open new place for traveler.the place close ocean. .have two old big trees beside the house.it's so beautiful. They very welcome you to there again.We talking ab

t they to suffering . they will expect.I respect their thinking.it's also taiwan fate.not only earthquak and typhoon persecute people.special politics power is big s really like i just went to K from Hualien.

like you in room.when miss mei just read you letter.you mention   about Hualien.i hear your songs write about Hualien.tell me itis very good song .the timeease.i already make a

to one of local restaruant. ate the dinner.the restaruant boss knew you.he mention you came there before.he he still remember you very deeply. love your Hualien. come once.

al persecute this   like earthquake and typhoon.

他   but they don't teach

leave east coast.they love to live there.watch ocean and sunrise and sunset everyday.hear wind come from mountain. and neat.they live there then. die there.

祕密家書>>>

寫給消失的戀人父親

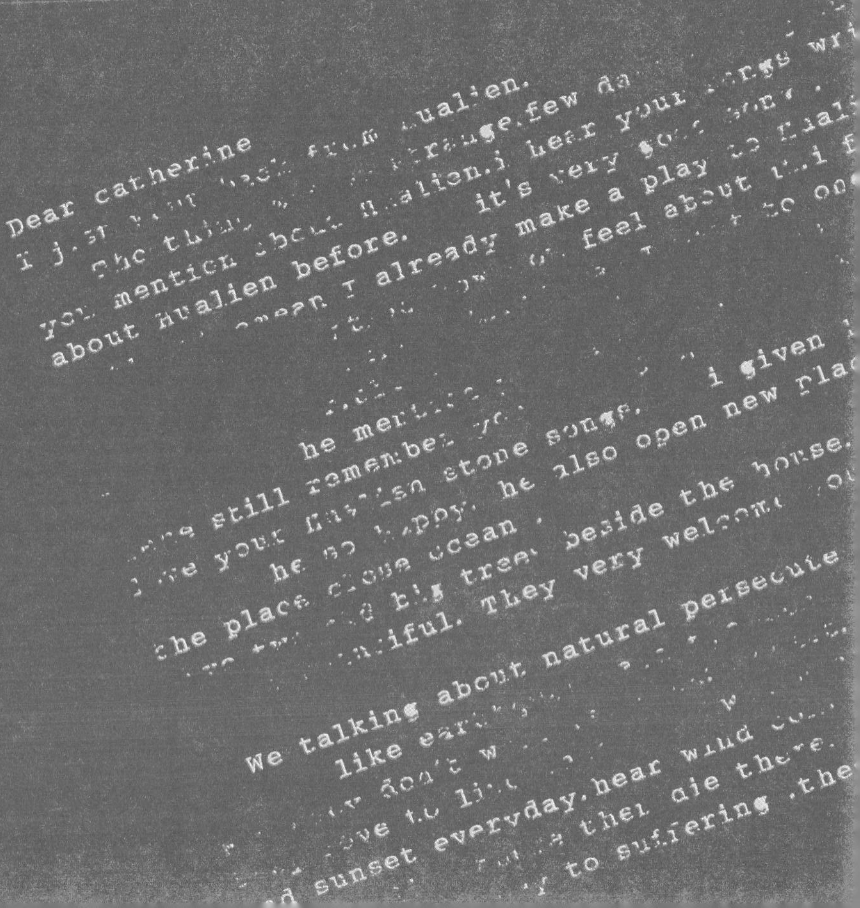

Dear catherine
i j... from ...ualien.
...the thing ... strange.few da...
you mention about hualien.i hear your songs wri...
about hualien before. it's very ...
... mean I already make a play to hual...
... feel about ... i f...
he ment...
... i given ...
... still remember you... stone songs.
... your ... he so happy. he also open new plac...
the place close ocean . beside the horse.
... big trees ... very welcome ...
...tiful. They very ...
We talking about natural persecute
like ear...
... don't w...
... to li...
... sunset everyday.hear wind ...
... ther are there.
... to suffering .the

致　父親

我只能
在你身影的背後瞧見你的夢
那是一個你和另一個我的故事
我曾在黑夜中掀起你的夢多回
問你問你　你在何方漂流
你開始縮小縮小
幻成五歲的我　在我的懷中睡著
父親　我摯愛的孩子
在陽光還沒曬傷你發亮的額前
你且不要從我的夢裡醒轉
黑夜因你而漫而長
我因你而睡而不醒
我們只在黑夜的夢裡相見
且搥打自己那老掉牙的疼痛
經年累月的疼痛
流離失所的傷痕

是你寄在我身上的東西
你什麼時候才要來取走
換一個像父親──
如山如海如你的情人給我
？？？？？？

致父親

你爲什麼缺席？我如此問你，像是老師手執竹鞭對著逃學孩子質問的口氣。

你爲什麼總是缺席？

你的缺席使孤單像在我的生命裡打了一個永不離去的深樁，孤單久了，有種被詛咒感。你曾以一個嚴肅的父親對孩提的我說生命沒有暴風雨，寧靜就不可貴。但你自己卻成了我生命長久以來一場不歇的內在暴風雨，靈魂這個身體的舵，老是把我駛向感情的暴風雨。

而暴風雨過後，卻未必有眞正可貴的平靜（父親名言還沒兌現）。

（我懷念你，可能是因你的不存在所產生的「我要你存在」的遐想弔詭。）

你的缺席有象徵性和具體性，象徵性的缺席是你就是現身也多沈默如陰影，遂常忘卻你的存在。具體性的缺席是你或在賭場，或出外工作，或者在陌生地。最後你徹底消失，以一種死亡來具體總結你在這個家的沈默。死亡是最後的旅程，但你的死亡目的地是哪裡？死亡的目的地會是像詩人波特萊爾在《惡之華》所寫的通往「新奇」嗎？

我的音樂盤不斷重複放送著拉丁美洲的歌曲，反覆的「米克拉索」，我的心我的心……在重複著這樣的呼喚基調。因爲你的缺席，隨死神而去的缺席，我於是就有了一種奇怪的人世目光，我常用死亡眼光來看活的珍貴。

人子將複製父親，但不包括死亡方式。

我複製你年輕未竟的旅程，我跑去走船。登上遊艇，繞行地中海。天藍地藍裡，一個女兒複製年輕的父親去走船看世界。你看見我從兩層樓高的遊艇一躍而下地中海，以一種絕對的死亡之姿躍入海水，鹽分很高的寂靜海水，讓我再度浮起，我仰躺望著天空俯瞰我，那天空裡除了希臘諸神還有你。

因爲你在我生命的恆常恆久缺席，讓我的生命有一種奇怪的日常，日後我也陷入佛洛依德式的「戀父情結」，然我多麼不願掉入這樣的簡化符碼，可不論我多麼不願意，打從我年輕時我就不斷陷入大我以一輪二輪年紀馳向我的男人，既是戀人又是父親的男人具體而微地展現我童年的匱乏與你的缺席。直到我也漸漸地青春快要消亡了，我才慢慢和戀人的年紀靠攏，因爲我也在流失我的青春老本。

你的缺席，我在日後不斷在我的情愛裡尋找你的出席，有意或無意地，上帝也給了我你的替身，老情人知識廣且心溫暖，他們成了你的延伸，父的隱喻。

這麼多年來，我想過你嗎？

我想我想。

媽媽有一回問我爲何我的整間大屋子裡沒有她的任何一張照片被秀出來。我的房子被擺放出來照片的除了我之外就是你和一些文學家（情人照片都得暫時收在抽屜），我和你的肖像並置在一個相框，有多回朋友還以爲我是母親。

那是我，我和你並置一塊的照片，因此我想我是想你的。

肖像並置，是一種思念的轉化儀式。

我是想你的，但我卻不願意回到你的土地，不願回到你的出生地，也就是不願意回到我的出生地。

有報社在做中部原鄉邀稿。我寫了，我「燒」此文章給你讀讀，或許你能明白，爲何我願意想念你，但我不願意回到那塊充滿死亡氣息的悲傷地了。

在父土母地眺望往事荒蕪

我總不願眺望原鄉，我總喜歡當永遠的異鄉人。回想雲林，我的姿態總像是音樂家馬勒：開始性格複雜起來。這個流有波西米亞血液的馬勒說他到哪都是個闖入者，是個三重無根的人。我或許也有這種感覺，台北不是我的家，雲林也不是我的家。我從小和母親做流動的市集生意，所以我早早有身世流離感，無處不是家，也無處是家。

原鄉圈住我的不安，留有我青春草莽的慌澀，連我母親都不願意回想的地方，我想我也不願意回想。我之所以書寫家族史不是爲了回想，而是爲了遺忘。

於今，屘姨未嫁猶住二崙外婆家（我父母出生於同村莊），外婆家留有我童年的許多回憶，那株老龍眼樹依然到了夏天發出甜蜜蜜的汁液。

在故鄉通常是無所事事地閒晃，有時在石階上吃著枝仔冰，兩腿大剌剌地開著且前後遊蕩，文者氣質全無，倒像是野小孩地成天髒兮兮著，像我媽說的小時候我有一張「貓臉」，幾道髒痕如貓鬚拓在黃昏歸家的臉上，當然有時是海風吹成的貓臉。

若還有什麼值得我回想的人物，我會想起我未曾謀面的曾祖母廖伴傳奇，那邁著小腳越過濁水溪在斗六車站替兒子（我的三叔公）送人生最後一程的感人畫面，曾祖母面對即將要被送往台北槍決的兒子她連淚都沒流，只要兒子放心地去，家裡的事不要擔心。

若還有什麼值得我回想的景象，那卻是很奇特的畫面，關於雲林的賭。四色牌如彩虹流在溪水，賭賭賭，童年的牌桌比餐桌更讓我迷幻。

雲林賭是通宵達旦，小孩總在賭桌牌間晃蕩玩耍追逐。堂兄姊們還常靠賭賺學費，而我則老是去找父親，看見他抓頭搔癢，然後輸牌後安靜地和我走回家。我眞希望他贏錢，因爲回去又是一場翻天覆地的吵了。只有錢，可以討家裡正在煮飯持家者的母后歡喜。

我總是畏懼回到宿命的河流，關於原鄉是宿命的起點。我只能以筆墨回返它，這是我的鄉愁。

我從沒看過白髮的父親，因爲黑髮的他就走了。所以我不願回憶父親的土地，那是早衰的帝國，是早衰的君父的城邦。

除了寫作之外，我幾乎沒有再眺望過原鄉。我的筆墨已經夠沈重，我的筆墨流淌而出的相思也已經太多了……我愛世界，更甚原鄉，但弔詭的是身爲作家的宿命使我又得不斷回想它。

我毋寧更喜歡住在大城市，大隱於市，我終生都喜歡住在大城市，我一直無法忍受住在小鎮，所以我不願回憶父親的土地。那是一片圈住我父我母家族的傷心往事土地，他們的後代也只願在書寫時提及它的存在。

啊，父親

父親，這樣你或能明白我的心了，我想你，雖然你是模糊的，因爲你總是缺席。

媽媽每次拜拜都要你保佑我，我不知道你是否有聽見她長達那麼多年的嘮叨？但我想你是保佑我的，等你看了我寫給媽媽的信（信曾經是以一種遺書的心情寫的）後，你就能明白爲何我說你有在保佑你的女兒了，因爲不論我多麼頹喪多麼失志，我於今仍然勇敢地活著且不斷地寫了下去。

一個陰影蓋過一個陰影，在時間之幕，在空間之墓，我總是嗅到你悄悄現身的氣息。

我想我確實是想你的。

我的永恆戀人——父親，你好嗎？

寫給母親的發黃檔案

Dear catherine
about hualien before.
he so happy.
We talking about natural

致　母親的復活曲

1

死神卡在我的浴室下水道
我把祂拖出時
祂全身傷痕
卡滿了我的一團團烏髮
烏髮繞頸
祂呼吸困難睜著如逝者的目光瞪著我的冷漠
冷漠伸出溫柔的手撫觸　鬆開纏髮
將慢慢落陷成一抹陰影的祂丟進馬桶沖掉
我謀殺了死神　以髮絲編成的行刑工具
我雙手濕淋淋地在鏡前爬梳已然溫順的長髮
等待長髮在下一個約會閃閃亮亮
約會對象看不出我的髮絲是美麗的謀殺者
髮絲在我肩頭甩動時光陰謀
我把刀切向五分熟牛排
並對約會對象微笑
知道他過了午夜十二點會想謀殺我的慾望

而我還沒決定是否要成為手上被切的牛排 流血五分熟
五分熟裡有張母親的臉孔　白髮的母親在沙發椅上打盹
我的黑髮想念起母親的年輕
黑髮的母親進入陌生賓館的身體
是否仍在夢裡打擾著她年老的平靜帝國

2

下體刻意長期邁入乾燥
我看見母親的子宮沙漠成為我的
沙漠種植沒有被命名就栽入的大大高高椰棗樹
沒有父親之名也沒有不倫之名
他們只是又熟悉又陌生地挺直在沙漠子宮
並企圖招搖一些生命的愉悅跡象
椰棗樹延伸在我的體內
子宮成了世界盡頭
他們無路可走　遂企圖死戳著再也流不出一滴水的溫暖密穴
以為如此可安然度過夜的死慾的死
死水濕氣趁隙沿著臉上毛細孔攀爬上我不斷泛油的鼻頭
算命仙說鼻頭是財庫　而　我的庫無財

唯有不斷價格狂跌的油
油　油　下　墜
鼻孔下方的人中曲道善良——回收
回收的皮脂潤滑油
在午夜的沙漠下體前兜售
小獸叫賣慾望的內分泌
那不忍離去的我的慾望
悲傷自己
再也不想買任何關於身體的——愛的——回收物了

3

愛情夾層以愛為名築刻午夜的等待
以及身分的地位的空白
愛就夠我呼吸了
夾層如此自慰自許
愛是　讓躲在夾層的陰影得以見到天日的　光
這光這亮是愛的悲傷草原
客來思樂
客不來不思樂

無愛無夾層
當愛轉成慾
四米高不夠
七米高也不夠
男人自我保護的怪手一伸
夾層忽成違建
無愛證照無法通過夜的臨檢
無愛證照已成違建
違建有人報案就拆
拆的違建垮去全成愛的碎片
一座身體的無愛廢墟邀我進駐
我在廢墟裡看見滿滿的熟客
母親　姨婆　姊姊妹妹們
她們對我睜開疲憊的帶傷的微笑
彷彿她們是老仙角　這齣戲碼她們見怪不怪
她們齊聲說　怪手拆違建　合情合理
不然妳有種就成為　合法公寓
我鬆開她們拉住我的衣角　頹然奔出身體廢墟

我撞上一片黑暗　迎接我的又是一座廢墟中的廢墟
我寂寥地收拾愛的碎片
只能等待自己的另一次復活
為愛　復活
為妳　復活
為等妳從病中醒來復活
而妳將不知道我早已比妳先一步拜會了死
我為愛先一步欲赴死
卻因妳而早一步復活
妳醒來將忘記妳曾是暴烈者
或者妳將成為我的女兒
母親　我摯愛的孩子
母后　我迷戀的寵妃
子宮的甬道已關閉輪迴入口
這可是最後一世的人世相見
如是我會今生想起妳
不斷地想起妳的　好
無與倫比的獨特的對我的　好

致 母親

母親，很多很多年前我看了部電影就叫「母親」，我只記得女主角決定自殺前那晚和母親聊天，豈知聊的過程，也解開了女主角對生活和對母親的心，於是不想死了。

母親，我曾經也是如此，只是妳不知道，妳不知道我曾經有多麼灰色，灰色到只要有人向我說起一個名字一件關於愛的事，我就會哽咽至淚水在眼眶打轉。

我沒有和妳聊我所決定的事。但突發的際遇來襲，妳突然暈倒在別人家門口，心臟二度開刀，妳生病了，有人電我，而那日正是我有很多自我難關過不去之時。而妳搶在我的前面要和時間拔河，而妳總是熱切活著的人，於是妳以病體示現給我看「如何活」這件事，如何在一切底層都抽走後，還是覺得生命無價。

爲此，我敬妳尊妳，無關任何我們所衝突的生活現實與對愛情的價值看法。我敬妳尊妳，在生命面前，妳的掙扎與超越，都遠遠超我甚多。我敬妳尊妳，在生活面前，妳的不堪與淚水，絕對遠遠多我甚多。妳說愛情妳不懂，但什麼是好男人妳不會不懂。母親，我知道，可我個性沒有妳的剛強，妳少給我一顆關於愛的膽識，我只能節節倒退，直到撞牆倒地。

然妳在我決定倒地不起時，妳接住了我。我當晚寫給妳的遺書已經被我燒掉了，在妳住院時，那遺書十分不祥與不孝，我遂燒毀了，自此那寫給妳的遺書只能轉化成小說，只能儲存在塵封檔案。

我想我不該讓妳傷心，雖然心從出生就銘刻了傷痕印記。

妳病方初癒，我倒是寫了陪妳游泳的事。也許透過此篇文章妳略略能明白我的心情。

求生的水聲，陪母親游泳

情人來電，說在游泳池畔，幽幽聊起某年夏日他裸泳在南竿海域。我記得，那夏日馬祖花崗岩老厝鎮日吸收著海風豔陽，土牆日夜吸滿了生之激情。我靜靜地聽著，聽著隔岸飄來的嘩啦啦水聲，那水聲是屬於島嶼本該有的豔陽歡樂，像大溪地。然瞬間我又彷彿聞到氯氣般，從氯氣漂白水又連結到情人的體液。

掛上彼方電話，知悉此將是只能回味的戀人絮語，某種夏日的憂傷幻覺。母親跟著來電，也在游泳池。我的畫面興起她穿著僅花兩百元從市場買來的泳裝，中國製布料撐起一個母體的胖胖姿態。

我回憶和母親在游泳池裡，母親總是狗爬式一番後進而拱身做水母漂，如一尾鯨魚。而我極喜歡蝶式，雙手展翼划前，擊打水面極美，雖雙翅偶爾傾斜，力氣也總是彈竭，黃色泳衣如神仙魚。

母親近幾年因疾病療身之故遂費了好大一番工夫學習從畏水到下水到可以來回游泳幾趟。而我們母女難得相聚，我也難得早起，在那年的夏日上午至游泳池報到，和母親一起游泳。游幾回後，力氣一向差的我總是閉氣沈到水裡坐在瓷磚上，突然一切如透明糖衣包裹的安靜，周邊水道不斷有人滑過去游過來，在水裡看身體，身體都變得圓滾滾，再有殺傷力的人在水底都輕飄飄了。

可那一年的夏日，我卻了無生氣。

夏日到來，情人與母親都在游泳池。

我常感頭痛，疾病間歇性地冒出來襲擊意志。我是意志時強時弱的人，抵武或歸順常無節奏和品德可言，完全聽任自我身心靈狀態。

尼采說，你的個性就是你的守護神。

那些年我的守護神恆常斷了翅膀，在踱步城市時，身體常比靈魂疲憊。每個毛細孔都浸滿倦意的汁液，是夏日這莒哈絲眼中的幻覺城市來到了母城。夏日的幻覺，因過度熱氣過於光亮以致所有物件事體都消失了邊界，蒙塵，熱煙，城市街道熱燙燙地像罩了片巨大的毛玻璃，蒸出底層最煩躁的情緒。

遂呼喚水，躲到水裡，回到魚族的本能。

「妳在衝啥？」母親問，我想起了那年的手機對話。

我說沒啊，只是發呆。母親說，妳千萬唔通想袂（不）開喔，媽媽甲妳講喔，爲感情死爲查脯死是最不值的代誌喔，攏是垃圾查脯人，知否！哪是我就自己過好日子卡要緊。

母親難得學會怎麼打手機給我，那陣子我心情極端沈淪，說話時不小心淚光泛濕被她看見了。接著母親曾經開刀的後遺症，醫生說游泳是良好的復健。就這樣際遇成全了我們這一輩子從來沒有過的親近。我不出國，也沒寫作，任憑母后差遣。

我們母女難得整整三個月的夏日都在游泳池相聚，週一至週五每天上午在游泳池相會，她陪我，我陪她。我們家人口本就少，也只有我沒上班，所以當然是由我出馬。即使當時我的心情糟糕透頂了，仍得出門，我大學畢業以來從沒如此規律地早起過，八點半即得醒來開車至健身游泳中心。

我們母女的泳技都遜色，自由式我比她好，蛙式她比我好，但是若和全池的人比我們母女倆倒有些惶惶張張，游起來一點也不舒坦美麗，雖然我們都游很久了，但並未全然克服安全感，也沒做到全然放心身體交給水的放鬆與信任。

做水母漂的母親與沈入水底端坐片刻的我，我看著水裡的肉身膨脹如鼓，水裡安靜如彼方世界，我在水裡想要掉淚卻一滴也掉不出。

氣沒了竄上岸，靠在邊邊，母親也從水母滾回人體。摘下蛙鏡，手呼嚕抹水，我們的臉和手都有些發皺，水中飄著些許氯氣，透明天花板灑下上午的陽光，流離光影如琉璃。母親突然轉頭且抖了些水珠在我手臂，她說：「妳千萬唔通想自殺，妳日子愛好好過，知否！」我仍無語，四周都是肉體在划著水，且大都是病體朽體，那個時間點我在那群肉體裡最是年輕卻竟悄然升起因愛棄世之感。然而當我眼見那麼多疲老身弱的人在努力運動求生時，我不禁更覺悲哀，更覺難堪。

啪的一聲，我的手臂又被母親大力重擊了一下，「妳看四周的人攏是在求生，只有妳垂頭喪氣，我甲妳講，自殺一次，了後五百世攏會擱再自殺，妳唔通做輪迴的傻呆。」

我當時聽著，渾身在水裡起了雞皮疙瘩。心想我聽到的版本是自殺者七世都會重複自殺的事，第八意識自此植入了這個記憶體。但母親說得那樣斬釘截鐵，「五百世」，多悠長啊，多緩慢的無比驚嚇啊。

母親這一招緩慢的凌遲驚嚇，似乎眞起了作用。漸漸地，我陪著她的復健課程，我在游泳池裡會微笑了。原來需要復健的人是我，我那長期在台北城所大力刻下的感情破碎陰影，我極力需索陽光空氣水。而不論七世或五百世之說，對我都太長了，我害怕重複，遂要停擺這樣的自棄思維。

離開游泳池，我們一同上了車，啓動引擎，錄音帶自動播放「請你唔通來失志，上帝會來照顧你……」這是虔誠基督徒友人送的錄音帶，它一直擱在卡帶匣裡。唱台語的聖樂，聽起來如母語在耳般親切。

「唔通來失志，妳聽見沒，這世界上是有上帝呀是沒阮是唔知啦，不夠做人絕對是唔通來失志的。」母親說。送她到哥哥家，我看見下車的她，戴上包著碎花布的遮陽帽，恍然以爲她還是那個剛從南部上來台北城攢食的年輕的勇猛的媽媽。

生之激情，在早覺會和復健會的游泳池畔裡我見到了生命求生畏老的最大激情，其哀其樂必也高昂。人，需要信仰。可不知爲何當我離開那個充滿老人的游泳池時，乍然瀝乾身體塞入在陽光底下吸收了一整個上午的車內空間，且聽到這樣的「上帝甲阮惜命命」的歌詞時，會有一種荒謬的煽情感，這荒謬的煽情感卻以一種安撫的力量籠罩我，使我得以得到最通俗最實際的撫慰。於是我反覆感到荒謬對置，卻又欲罷不能地需要被上帝疼惜撫慰。

反覆在那長達三個月的時光，在遲暮的肉殘帝國游泳池裡張弛著我的肉身，並在結束後聽著同一首靈光環繞的歌。我當時痛苦的心卻需索地反覆聽這樣的歌曲，事後回頭看出我自己是個怕痛者，我當時了無高傲懷疑的身段，我謙卑自憐地匍匐在需索被上帝疼惜被關愛的狀態。

許是個性關係，許是不上班關係，這幾年我的台北生活突然成爲一種「沒有日常朋友」的狀態，於是乎原本我生命裡最畏懼也最疏離的母親突然在關鍵的時刻扮演激勵我求生的角色，且她以她的病體來示現，並給予臣女如我者一個不得不靠近的機緣。

有幾回在游泳池時，我常失眠未睡就直接到游泳池，這時怎麼游都覺得身體要下沈了，吸不到氣了，身體一直往下沈，後來還是被泳池教練打撈起來，硬逼回去，說這樣游很危險喔，體力不濟就該放棄。我媽在旁見了一直搖頭說，妳該不是故意的吧，身體這樣虛還來游泳，妳跟我說一聲就不必來，哪有要緊啊，媽媽呀免妳每日來相陪。

我後來冥思那日作爲，我想我根本就是自掘死路，但是我畢竟貪生怕死。未久，那家游泳池卻傳來小孩溺斃的不幸事件，爲此，我在熱夏裡打了深寒的冷顫。突然明白悲哀雖必也不會如此快速放過我，但卻無形多了些許怪異被激勵的求生意志。

藉與母親游泳這件事，我和她一生裡史無前例的親密日常，那日常就是一起游泳，吃早餐，聊些事。多年來我對母親施加予我的成長之諸多陰暗與流徙生活及某些飢餓的年份，都在那夏天的游泳池裡被水給漸漸洗滌了。

而恰巧我這幾年（將來也是）在台北，忽然就走到了沒有日常朋友的地步。我只有公事的朋友，我只有聚會的朋友，我只有特殊儀式（或節日）才會相逢的朋友。沒有日常感受的友人，是那樣的孤獨但也習慣且尋常。

畢竟我的日常已是別人的異常，日夜顛倒。我的生命走到沒有日常朋友的奇怪境地，在哀樂生活的門口，空空然，沒有人敲門，只有快遞與郵差和查電表的人在按著我家的電鈴。

陌生的日常。我的台北朋友漸漸成了特別款，而沒有基本款。

日常朋友就是一起吃飯一起逛街一起聊天一起做些平常的事的親近友人，能沒事一起逛街的朋友是日常且親近的。日常的朋友，具有一種傾聽的能夠，具有一種打屁打鬧的能夠，可以看妳哭也可以見妳笑的卻不感奇怪的朋友。日常朋友需索一種瞭解，從日常瑣事見眞情、從日常舉動見關愛的朋友。

我卻沒有日常的朋友。因爲沒有日常習慣傾訴的朋友，突然我把日常的另一個黑暗面向不小心（或根本故意啓動自救系統）地發出訊息給當時在我身旁的母親。這於我眞是生命時光的大逆轉（我們母女倆曾經多麼地關係緊張啊）。

通常，我的電話會響只有兩種，工作的和家人的，工作是來邀稿或採訪或是我的出版社聯絡事宜。家人大多是我媽，兄嫂一年幾次。故舊和情人，也都非日常朋友。

就這樣，母親介入了我最急於讓她介入的我的生活日常，我們竟是日日相聚在游泳池畔。且際遇賦予她重新回到我的生命的關鍵時刻點，突然在那一年的夏日，母親成了我的日常朋友，且大力地拍醒著我曾經棄世頹廢的念頭。

情人又來了電話，說突然驟雨來臨，豆大的雨降在游泳池裡如跳水舞。水舞很美，可你說這些已經難以感動我了。

除非，你可以像我母親一樣，陪我游泳一整個夏天，可以在異常裡給我日常的慰藉，在我攸關生命的頹廢點啓動我的求生系統。

啊，母親

母親，妳可知，我否定情人，肯定妳。

我想這樣說，妳定明白，妳在我生命的分量了。妳不會再哀怨我對妳的漠視，也不會嘆息我在我的房子沒有擺妳的照片了，因爲妳早已擺在我的體內。

甚至，沒有妳，就沒有我開始的寫作呢，妳帶給我的痛最大，愛也最大。妳像巴勒斯坦，而我是耶路撒冷，一塊磚掉在我們的生命上空都是一種驚嚇，而我是敏感的女兒，妳總受不了這樣的女兒。

但我想妳是愛我的，雖然妳的愛多所暴烈。而我也是愛妳的，雖然我的愛總是沈默。

一如我是想念父親的。父親，是妳的另一半，後來消失的父親，讓妳也成爲一個父親。妳既是母親也是父親，妳在我的生命裡無可取代，爲此，我敬妳尊妳。

雖說吐出愛的字眼給妳，是困難的，但妳可能也沒聽過愛，愛乍聽起來妳覺得頗刺耳。

但愛是眞實存在的，我對妳有愛，且深愛，只是這愛必須以一種巨大的沈默才得以彰顯。

when you mention how you feel about it.i feel our so close

em .he so happy. he also open new place for traveler.the place close ocean .have two old big trees beside the house.it's so beautiful. They very welcome you to there again.We talking abo

they to suffering . they will expect.I respect their thinking.it's also taiwan fate.not only earthquak and typhoon persecure people.special politics issues is big

catherine. I just went back from Hualien.
was so strange few days ago.i just read you letter.you mention about Hualien.i hear your songs write about Hualien before.
to one of local restaruant ate the dinner.the restaruant boss knew you.he mention you came there before.he still remember you very deeply. love your Hualien stone son
al persecute this like earthquake and typhoon.
But they don't want leave east coast.they love to live there.watch ocean and sunrise and sunset everyday.hear wind come from mountain and sea.they live there then die there

移動中的情書>>>

在異島嶼回想你的熱

——寫給托斯卡尼雕塑家戀人V

V：valuable，vision，visible，victor，vacant……
有價值的，可見的，勝利的，空虛的……

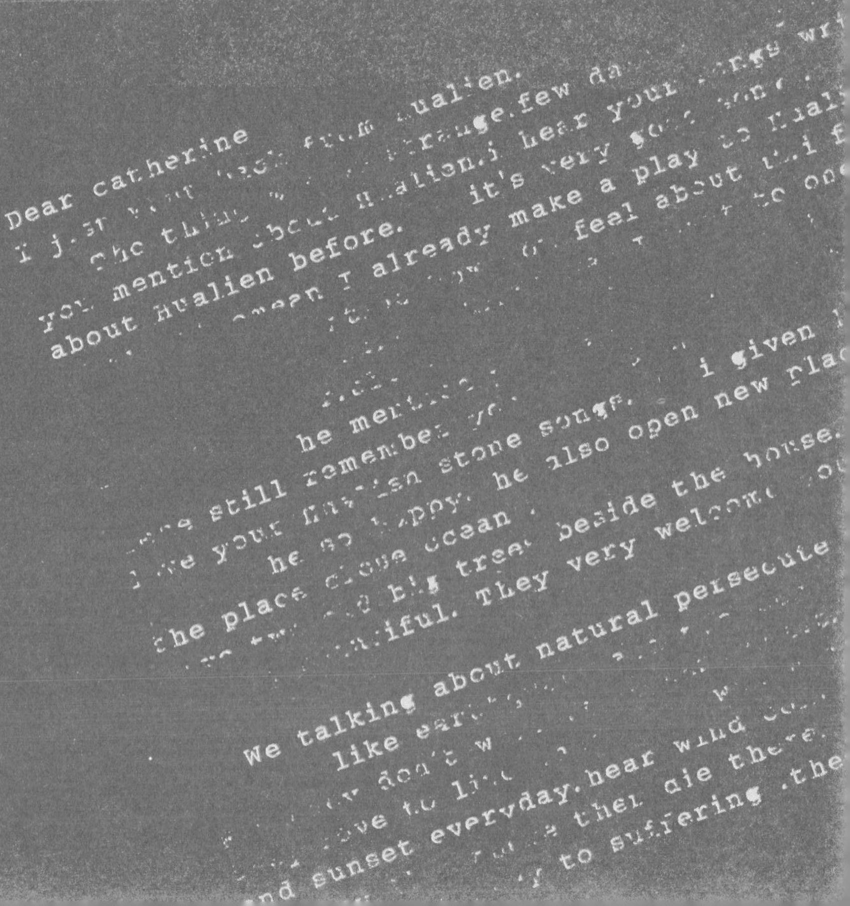
Dear catherine
you mention about Hualien before.
about Hualien before.
he mention
We talking about natural persecute

親愛的V：

你孤獨了我的夜。但沒有你，這夜也不成夜了。

親愛的V：

你的歌聲似乎是天生的，一如你雕塑大理石的手。

遠距離戀情似乎只能依賴想像的靠近。我們在一起也等於沒在一起，保存期限只有三個月，但時效卻被誤印了三年。

兩地相思，也不相思。

因爲高更，我來到大溪地。就像幾年前我在義大利浪居三個月，全因爲你。但沒人問起你，所以你也只是一個我生命的紀念碑。尖型的方形碑，來自有美感的國度，一座美麗的小城，小城裡面住著美麗的男男女女。

親愛的V：

曾經，沒有戀人所在之地，於我就如墳塋荒塚。

你知我生命慣性傾斜，且慣性不完整。但誰能正直，誰能完整？就是你此刻在我身旁也依然不完整。

我聽見你絕美的聲音唱著威爾第「善變的女人」，義大利人多擅長歌劇，我和你去普契尼的故鄉聽露天歌劇會，那是我回憶你最美麗的畫面。我曾經因爲你而決定成爲義大利人，就像我曾經因爲普契尼而愛上蝴蝶夫人。

但我太愛亂跑，似乎辜負了你的美音美意。你曾經考慮爲我打算放棄雕塑，因爲雕塑藝術家難以給我過好生活，你說只要我點頭，你就回洛杉磯重作馮婦：電影攝影師。

但我沒有點頭，我的頭很輕，輕到難以下墜。

但我永遠記得你的好，你那來自於美感國度的深邃熱情。（當我流浪多年後，重返義大利想要尋找你的高貴慰藉與想要兌現手中的昂貴支票時，一個法國女人看到你的好，先我一步躺在你的床上且以眼光謀殺我。）

親愛的V：

在溽熱的島嶼

高更的臨終之眼

是

雪鄉

（repeat, repeat，我複製情書一如我拷貝情人。）

我這一生沒有這麼渴望你過，但我卻在遙遠的大溪地才想聽歌劇。和你同去普契尼的湖邊，是我永生難忘的義大利歌劇之夜。

一夜的美與熱情就足夠慰藉我，我在溽熱島嶼，需要你送來北國小城故鄉的雪。

一如臨終前的高更渴望。

但我卻對你像是貝多芬，扼住了你的命運的咽喉，且封住你發出如玫瑰色澤的承諾。等我落魄提著一口大手提箱來到你的比塔聖塔時，你說，歸來了啊，可人兒，但妳可知道妳把自己變成什麼樣子了？

我成了高更，恍似身體藏有梅毒病菌的高更，可憐的異鄉人。你已棄我之愛。

親愛的V：

你曾問如果去大溪地的人是梵谷呢？命運會是如何？

我搖搖頭，因爲有能力離開（出走）的人就有機會解救自己，而梵谷是離不開的人。離不開的人，套上宿命的項圈，從此死心或心死。

而高更還有熱騰騰的慾望，他在無電的荒涼熱島嶼和那些島嶼少女情人無止盡的交纏交歡，是如此熱騰騰又荒涼涼地讓我不安。

他的孫子和曾孫子在島嶼裡頹廢著身世，宿醉容易，買歡難。

我在大溪地，懷念著你的美麗山城，啊托斯卡尼，光看葡萄樹我都會醉眼迷離，就像看見這裡的海我就能成爲一尾魚般。

親愛的V：

這將是一個奇異的旅程。

之於我多年的旅行經驗裡，它像一則時間光束通過了一面面的三稜鏡後，使得前進的方向發生了偏折，在每天的路徑上充溢著幻化的色彩，記憶於是如光譜，襲擊心口上，以煙火之姿拋向人間。

許多的旅程我從來不曾忘卻，然而當旅程結束，一切事物俱消褪時，所有色彩均轉成黯淡後，我冥思著抓著生命餘燼的高更晚年，高更的生命和創作皆太沈重，但整個玻里尼西亞群島卻以無比的輕盈來對比畫家的荒謬存在。

我在此地的島與島之間的行腳旅思將徘徊在輕／重之間，滿眼是綠意紅花，紅男綠女。

然而己身的孤獨卻揮之不去，破碎如海岸線，和這些島嶼的歡樂是那般地不成對比，同樣來自島嶼，卻和玻里尼西亞人有著大大不同的心情版圖。這問題有如，大溪地島民的黑皮膚是陽光和歡樂所激出的輕鬆色素，但若是黑暗大陸的非洲子民皮膚之黑就卻是一則則勞工下曝曬而出的沈重色素。

行前我一再提醒自己，就把自己的眼睛當攝影機拍吧，拍向他方他人他事，就是不要把鏡頭對著自己。可我過往旅程常不小心就讓鏡頭兜轉個彎，對著自己的心事沈墜。

不要再在美景中掉落到一種虛空狀態。

否則將看不見那個美麗。

親愛的V：

我的行李背包裡第一次放著《聖經》。來自你那處處充滿天主聖樂的國度，一個達文西一個米開朗基羅就可以堂皇以壯美殺死人的美麗國度，你在古典之都曾度過窮苦歲月，你說你比較像是電影「單車失竊記」裡所過的生活樣貌。

以前苦因為父親，現在苦因為藝術。

我每看著被你十年青春歲月所撫摸過的書皮（後來你在你父親歿後就不再相信上帝存在了），

就會想起高更一八八九年的畫作「黃色基督」，十字架上的耶穌神色已經歷過痛苦掙扎，坦然接受人子被揀選的命運，把那苦杯喝了，道成肉身。

大溪地有南方的十字星，我確信我每仰望它一回，十字星即對你眨一下眼，那是我們的神祕歡愉。

此行將前往的島嶼也將有著高更死亡的幽靈，我很想問問他在這些島與島、女人和女人、蠻荒與文明中，他可找到了生命的熱情。我也想問問他，一八八八年時，他和梵谷生活的那段光陰到底眞正發生了什麼事，導致梵谷那驚人的割耳朵事件？

歷史難回溯，何況答案。

但我確定將步履重返高更筆下的名畫現場，五年前我就一直想要到大溪地了，我一直想要嗅一嗅一種屬於內在精神的光與色，觸摸那異常與深刻交織出來的歲痕。

我也想探訪從殖民島殤倖存下來的島嶼之美，見識這水手與性愛狂歡的伊甸樂園是否只是傳說？

我在這些孤島裡，希冀藉著畫家的亡靈來尋找自身的熱情王國，以脫去自身外形的諸多束縛，回到那可能的人性原始。

也許，我將失望，也許熱情不出在他人身上，但我總之必須走這一趟旅路，不論歡愉或幻滅。

你從來都誤認我了。我對你的情意是那麼地銘記在心，一個人離開另一個人，不代表她不愛他，相反地很可能太愛了，怕以後質變了，所以寧可在保存完好的美麗時刻離去。

我從來就不是個結果論者，我只想要一種如實發生過的存在感。

「我們所選擇並珍視的生命中的每一樣輕盈事物，不久就會顯現出它眞實的重量，令人無法承受。」卡爾維諾在《給下一輪太平盛世的備忘錄》書中的探討輕和重的言語就在此刻裡響起。

我多麼希望人生旅途裡，你我既相望於江湖，也能相忘於江湖。

一如重和輕能自由地存在，烈焰如火，瀟灑如風，溫柔似水，篤實似木，眞心就是金啊。

我來到玻里尼西亞群島後，我確定我沒有那麼愛島，眞的，不斷潮來潮去的海水讓我搖擺暈眩，我甚至怕島。

但我是通過島，才知道我是那麼地喜愛義大利托斯卡尼或是歐洲任何諸城。高更背離法國來到島，我卻想背島去歐洲。

（但我說過，一切太遲了。你的床上已經躺著在愛情世界最具威脅力的巴黎女子，光是她的皮膚她的姿態她的語調就足以讓我卻步。）我只好繼續抱著卡爾維諾啖其文字，義大利子民的智慧驚人！

親愛的V：

南半球的月亮極爲明目爽麗。前方即是無邊無盡的南太平洋。

明月已漸次從上弦月開始增加寬度了，我將待在島與島之間，從缺至圓，再從圓至缺，上弦月、滿月、下弦月。微笑之後，自圓自滿。

大海潮浪的起伏聲音是如此的壯闊，有時如心音彈奏內在的惡靈，有時卻又如搖籃曲般催來瞑夜的眠意。感覺自己的影子可以徒步渡到海的中央和深處，任潮汐扭舞我的影，在月光下時而舒坦透亮時而隱含皺褶陰暗。星斗滿天是我的大帷幕，然南半球的星系星譜我皆不識半個。忽忽有白光匯聚成長河，是無數無數的星子所匯成的銀河鋪展。星斗滿天已是庸俗之語，但當語言的虛成爲實相現前時，俗爛就能化爲眞切的感受，至少於我此刻是如此，甚且覺得俗用之語貼近了庶民的心情。你常引用《聖經》說，字句叫人死，唯精義叫人活。

而我使用字句也呼喚精義，死與活也關係到讀和聽的人是否有智慧，否則字句現形，精義卻永遠不會顯影。不是嗎。在此地如果抬頭仰望星空，恰好是一棵大樹在抬頭的方位，那麼會有個錯覺以爲星星掛在樹梢上，宛如超大型的聖誕燈樹。那樣美眩至令我險險落下如星般豆大的淚珠。

我們內心的「原始」是什麼呢？高更爲何要來到島？只因爲原始？或是因爲性慾？多少男人懷疑高更的品味。（怎麼那些黑皮膚大鼻子矮個子的南島女子們足以讓高更拋家棄子？）

我還有原始有野性嗎？在歷經文明洗禮後，我們對於原始的鄙夷是否已經太頑固了。但我在文明之都我總會想起孩童時的那片蠻荒土地，那些如獸的氣息早已介入我的體內，有如血液存在而常不自覺，唯有讓它自然而出，時而在城市裡散著灰樸又魅態的幽幽然。

你曾問我有佔有慾嗎？如果沒有就代表我不愛你。愛情的必要過程，佔有嫉妒。就像詩人說的殲滅這些後，才發現愛情剩下一片廢墟（可見愛情需要這些人性掙扎的多樣情愫在其中攪動）。

但你又自言自語，有的話你現在就佔有星星給我看看。我如何佔有星星，我連佔有我自己都不可能。是的，一切的佔有都只是名相。一切只能分享。你屢次問我生命的熱情何在？而這正是我這趟旅程裡所欲尋找的。現下我還沒有答案。不過我隱隱有個感覺，生命光靠熱情燃燒，那能燃燒多久，如何抵禦生命和感情的各式各樣寒冬無情降臨？

親愛的V：

之後，我吞了顆催眠藥。

在臨睡前想著在托斯卡尼小城北方的你，夜色可依舊？你在教堂廣場前也許抽著菸，也許吃著彩色的冰淇淋。獨坐廊下，旁邊有騎腳踏車的少男少女，突顯了你的老去。

你忍受孤單，享受孤獨。你處在四周是教堂的廣場，你形容己身有如回返上帝的子宮。

上帝的子宮，一個戀母情結者渴望返回的絕妙好詞。

你說你並非離群索居，是都市圍城讓你無法自由呼吸，逼你退至山林，於是你以自己的雙手建構自己的屋子，它在你的巧手下顯得自由而舒適（我當時竟然捨得離開托斯卡尼，以及你的美麗山屋，我鐵定被旅行和高更給迷惑了）。

然而就如高更逃離如監獄般的歐洲房子，他遠離家園住進了毛利式的茅屋，「它是寬廣而自由的，但同時間，我覺得非常的孤獨和寂寞。」高更在大溪地的過往處境，讓我聯想到你的現在。藝術家的兩難，孤單之境和慾望的徘徊不去。絕對和模糊地帶的糾纏不清。

我這一方亦不知如何排遣孤單。

親愛的V：

眞希望上帝可以把時鐘調快，誰知祂多還了一天的時差給我，讓我覺得長夜漫漫。我第一次在旅途裡牽牽絆絆的。

除了一九九五年至紐約習畫那一回外，我已許久沒有過這種「兩地相思」的感覺了。但所謂的兩地相思，其實也不過是我自己在旅途孤單的反射罷了。於你，兩地相思並不存在，你在感情上大氣多了。而我自己卻才待在此地不過三天而已，竟連白日都漫漫，流年緩緩滴淌。也許我住在台北過久，整個城市的節奏已經內化到我的體內了，緩慢於是成了難熬。又或者是因爲在此的美麗景色下，我期盼有個人可以在旁邊分享讚歎、交談。

但卻了無人等可述。即使民宿屋主海蒂我們也只能談些她的感情和咒罵法國女人之類的事。這裡是她的島，風光海域樹景星辰之美，於她們是內化成「久居其室而不聞其香了」，日日皆有的事就不稀罕了。這又讓我想起你的山林居所，你說太美了，住久了也會無感起來，常常出去外頭兜轉又或者去外城一趟，那美才會再次被喚回至心中。

「距離」，我們都必需的。只爲了防範人性中的小狐狸冒出來搗壞我們之間所建構的美麗葡萄園。葡萄園正在開花，所以要擒拿會毀壞園內收成的小狐狸。「良人屬我，我也屬他。他在百合花中放牧群羊，我的良人哪，求你等到天起涼風、日影飛去的時候，你要轉回，你要轉回。」「不要驚動不要叫醒我所親愛的，等他自己情願。」我第一次在旅途裡讀《聖經》，來自天主國度的你所贈與我的，因爲你我才發現經典的內涵深遠，雖然贈與者早已不相信上帝，而讀的人又哪裡相信上帝。毋寧我要說的是我相信的是本質的美，各種美。

你的手汗常年在這書皮上磨出了斑駁之歲痕，好美的書皮。這書跟著你十年，你說你見上帝早已飛過教堂的十字架，你見到祂化身成勤勞儉樸的農人、敬業的工人、認眞的書寫者……

我想起你的苦，聖靈和慾望相爭，兩極之苦。

這讓我不禁想起高更在一八九〇年寫給愛彌兒貝爾納的信：「……接受伴隨而來的試煉，每個階段都有不確定和不成形的概念在流動。這只是爲了觸及天堂的那一瞬間？但在另一方面，這夢想的一瞥比任何物質回饋都要強而有力。我們藝術家、尋求者、夢想家，注定要臣服於世界給我們的打擊，但這是指物質上的。……我們窘迫，但還未陷入絕境。」

「順著情慾撒種的，必從情慾收敗壞；順著聖靈撒種的，必從聖靈收永生。」《聖經》，而我們都是如此，既撒向情慾也探向聖靈。敗壞和新生永遠在兩端拉扯不休。

高更何嘗不是，當他一方面追索精神的孤獨與藝術的純粹時，他卻又不斷地在女人身上流洩他的身體旅程。

唉，生命中所行經的風景，冷熱如此兩極，托斯卡尼、大溪地，皆吾所愛。

親愛的V：

昨夜起了風，夾雜了遠方雨的味道，是來此唯一有過的涼意。你的住處山林到了秋天，起風時每每讓我有一種訣別的冷冷冽冽，大風掃落葉的勁道，片刻即可夾送數以千計的枯葉鋪滿你的廣場，甚至飛上紅瓦之上。

夜半忽醒，一個旋律進到我腦中，又是威爾第的「善變的女人」。

我離開你才看見你，就像我遺忘你才想起自己。

歌的背後又夾帶著我們的記憶，也許旅途夜裡無端奏起這個旋律是在呼喚著你的情我的意。

不知高更會不會如此？當他在此孤獨行走作畫時，那法國歌謠可曾搗入其心深處，暗自在夜裡發作起來，自鳴自唱了起來？

親愛的V：

只要下雨，見到雨降臨自然界，洗禮著土地之域的所有，連小花小草都絲絲含笑，我便會想起自身的島嶼。只有此時我才會再度愛島，愛溽熱的島，夏日肌膚總是黏答答的島的鹹濕。

實則，我更愛古典與冷空氣。我躺在讓我身體搖擺暈眩的海水裡，我對星空吶喊著我愛歐洲！（高更的靈魂聽了一定笑我傻，且不齒我的作態，根本就是對種族有偏見者卻佯裝成大愛模樣。）

一場大雨降世。和昨夜此地的大雨差別只在於寒雨料峭，不若大溪地的熱情。然而就雨勢的本身是相同的，就我想你的本身也是如出一轍的。

重蹈覆轍，字語是負面的。但我多麼願意有些事有些美好經歷可以尋著舊轍，然後策馬前去。

世紀末，我們在奇異且奇妙的悲傷中跨過舊轍，通往新世紀。幾十億人口裡，每個奇妙的時間節點，都可能迸發各式各樣的遭逢際遇。然而即便上帝給予我們倆如此隆重的時間節點，生命的車輪還是要轟轟向前駛去。我們各自夾攜著過往旅程的照相簿攤開在如今相遇的生命場景。舊痕過去卻未消失，心情難了，而新世界卻又等待我們去成就探索。你我不過是各自生命裡的風景，即使風景再恆久，生命終究要驅向下一個驛站，也許下一站或是許多的下一站你我都還在。也許突然有人說要轉彎了。然而本來我們的生命情調是水和火，水火雖可同源，卻未必常常發生。泰半時你走獨木橋而我行陽關道（或者說走暗路）；你走陸路而我行水路。

什麼支撐我的信念呢？我相信即便我們終究必須各自奔馳人生旅路，之後，依然可以循著光，覓見了彼此。我從不認爲「世態炎涼」會發生在我們身上。只要祝福還在，生命的泉水就不至於枯竭。不論原鄉或他鄉，在大雨中，隱含一種解放之勢。我覺得世紀末那場如命運的大雨是召喚，重返一種逝去的歡樂，如花開花謝般簡單的香氣之哀歡。什麼是支撐高更離鄉背井的漫漫旅路？熱情如何在餘燼中再燃？

藝術當然是，但我更相信是靈魂故鄉裡的那個原我從來就不放棄追尋眞理。眞理無關地域場景人種，它的本身只要召喚就存有。你常引用惠特曼在《草葉集》說的：「爲了讓靈魂前進，所有的一切都該讓路。」

思及此，我又對高更至此放逐十年的奢華光陰有了更廣更深的體會。文明、物質、思鄉……甚且妻子兒女爲了他追索靈魂的眞實與藝術而讓路了。

是自私？是犧牲？是悖德？我覺得自私、犧牲、悖德或許都太概括性且世俗性解釋了。我覺得光是如此說太輕薄了。回歸靈魂深處那個原型原我，也許才比較能看得清楚事態和人的互爲影響與每個人生關口的抉擇。所謂的機緣是被決定的，不做抉擇就不稱爲機緣。不做抉擇的機緣只如風行過，並不具意義。也許高更已經看到他自己的靈魂深處了。我倒是很好奇自己的靈魂究竟要把我帶向何方。清楚的是，唯有眞誠以對，才不虛妄。至於抉擇之後所面對的褒或貶，我們也只能不掛礙了。

當然，在這一點上，即使行徑特異如高更也難逃掛礙之命格。有趣的是，高更卻是一個非常掛礙流言評論的人，每每起而書寫辯解。甚至後來的西方評論家咸認爲這是高更深諳「讓人談論」的重要性，也就是無風不起浪，風浪愈高，更有助於他的聲名鵲起。

但我更寧願認爲沒有人願意遭受流言不斷攻擊只爲聲名的難受。我覺得高更本人就是這種命格，與其說他爲了要讓藝評家看到他，還不如說他的急性情個性讓他受不了被誤解。

尼采不是說了嗎：「每一個人的個性都是自己的守護神。」

我們雖然在命運之手的撮合下相遇，但我們仍得各擔自己的個性所造成的一切。

蟬蛾要死在一片光火裡，你說那就是命運。人用人的角度去解讀是看不懂的，有些人的本性何嘗不也是要活和死都在聚光燈中呢。

一場異鄉的大雨把我的心緒從大溪地拉回托斯卡尼山城的一場世紀末雷電大雨。

許多的記憶我把它書寫下來，之於我是有非凡意義的。

一如許多旅程。雖然玻里尼西亞之旅才在大溪地之島展開未久，但我相信這個旅程將因高更而顯得不凡於往。一如每一場大雨並沒有什麼不同，但因遇見你，以至於那場托斯卡尼山城大雨就宛如交響樂般磅礡，每每在我頹喪時響起，讓我逼視。

親愛的V：

歡宴過後我特別會想起你。這種思念和男女之間並沒有絕對關係，相反的更多是一種可以行之一輩子的情義。

想爲何人世總是想的不來，不想的反來了一堆。

世間看到名相容易，解讀別人的行爲時，同時也透露了自己的思想。

親愛的V：

這裡永遠不缺的伴侶是樹和花朵，最可靠最不鬧脾氣的也是它們。安安靜靜，最多就是隨風搖擺隨雨舞動，連那樣的風搖雨舞，都自生姿色。

這裡的人生活所需太過極簡，慾望像空氣般自然，物質可以很簡單。

我們怎麼會把自己過得如此辛苦、這般心苦呢？

連高更至此，也不得不坦承說他至此避世也隱含著一種自欺欺人，心不得解脫，至此不都徒然。所嚮往的新生活新旅地，當新鮮感退去，當生活的現實如浪襲至，所有的底層將會翻湧而出。就如我對你說的中國文人的困頓：「逃得了廟，逃不了和尚，因為自己就是那個和尚那個廟。」

藝術家和文人自古以來的宿命似乎就是困頓愁苦。

曾有個大陸畫家在死前說：「我遺憾我這一生苦吃得還不夠多。」言下之意是如果他苦再吃多一點，藝術成就會更豐厚。所以當有些人說我所吃的感情苦頭似乎就是為了成就我後來的寫作生命。但老實說，我多麼寧願心情平靜，而不願以經驗換取創作。創作究竟為了什麼？是誰賦予創作這麼偉大的使命？藝術家是什麼樣的行業？

他鄉黑夜和原鄉白天正好日月顛倒的此時此刻，我在飛蛾飛蟻尋著頂上燈光不斷打轉撞身的室內，和自己的一切生活愛戀哀歡相處，無法被取代的自己，不論陰暗光亮，到哪都得面對，逃無可逃。

「家」是什麼？欲「逃」至何處？

高更的證明是他以生命的孤寂換取藝術的獨特視野。留下資產作為一種經典的示範。

但他當時有這麼肯定嗎？否則他怎麼可能為了一瓶啤酒讓出一幅小畫？只為了要片刻的酒精？生命的舒狂，我們可以賦予各式各樣的狂野理由。但相較之下對於高更的妻女是否不甚公平，他們是如何面對這樣一個丈夫和父親？

你曾說誠實永遠還是最好的方法。但誠實如刀，誠實就可以造成別人的困擾，那應該還原成是那個人的問題，但誠實和責任之間如何做協調？我還是有些不解？我們常說「本性如此」，依從本性是誠實的，但以本性做護身符，會不會又把自身該了該盡的人世之責太置之度外了。其實在堅強的獨自旅行背後，我常在夜裡泫然欲泣。在旅途的生命裡，我們的萍水相逢是每一個轉身就幾乎是一輩子。我們呢？

我們所以爲的一輩子，究竟天涯路會延伸至多長呢？

我多希望我們所認爲的彼此關懷所欲加諸的一輩子是肯定句。

親愛的V：

這裡的飛蛾撲天蓋地，有如希區考克的電影「鳥」，量多到一種無法計數目測時，會有一種雞皮疙瘩的發涼之感。

牠們每一隻都似乎在以生命的最後力氣在我的房間裡撞擊撞擊，像迴力球彈撞著燈壁又再被彈出燈外，來來回回，直至翅膀落地。

薄薄的翅翼閃著微黃的透明，滿地的蛾屍。雨季末端，濕氣濃郁，昆蟲界極爲忙碌，繁滋不已。

我曾向你說，憐蛾不點燈。你聽了頗不認同，你的大意是說我們太過以「人」的尺度來丈量萬物的生命。「妳怎麼知道蛾不想要如此痛快了結自己呢？這是本性啊，妳不點燈，不點火，蛾的趨光性還是存在，蛾不趨向光，蛾還能成爲蛾嗎？」

當然中國莊子說的「子非魚，焉知魚之樂」，這樣是無解的，每個人都可以藉此來保護自身的行爲動機。而我的意思是，若知對方的本性就要避免誘發對方的本性，如果減少機會觸動其自毀的本性，不也是一種善意嗎？「慈悲依智慧，清淨如虛空」，弘一墨寶裡曾寫道，我絕對同意慈悲沒有智慧爲底爲前導的話，慈悲不僅會成爲濫情還會成爲虛妄自大，施給者的心和動機會模糊。

據說撞擊得愈厲害者都是生命愈到晚期者，一如蟬叫聲愈淒厲就是生命快結束了。蟬最長的生命不過七日，七日蟬對比於人生的七十年，又再對比於我們所見的星辰光年，簡直無法類比光陰相較於個體的力道。

生命又豈是長短的問題而已。

我期盼能活得暢快，在面對自我誠實和不干擾的情況下。

親愛的V：

見過高聳置於熱帶雨林的石雕神祇後，夜裡我老是夢見祂們的表情，有一種原始蕪雜的力量散發在我的四肢體內。

飛蛾依舊夜夜來訪，撞擊著屋內唯一的燈，愈是死期將近者撞擊得愈猛，奇異的每個個體生命，如何解？

只得闔上書籍，關燈。我知道明天又將是蛾屍滿地。

黑夜中賞星光，坐在木頭窗櫺上，搖晃著腿，思緒想著你。

想著自己無來由的生命起點與終點。有時候緣分就這樣兩地牽連，如我之於你，高更之於我，前魂之於現靈。

親愛的V：

原來人間還是美的。

屋外有人在焚燒著枯枝落葉，像焚松般地好聞。

這氣味引領我來到你的教堂前美麗廣場，我們在孤獨裡特別愛起火，特別是你簡直是火神，再難點的濕木頭都可以被你點燃。

親愛的V：

我生日那天，在高更墳塚前思索生命和藝術。晚上電你又聽說你騎摩托車車禍入院，人間的悲與歡盡在一刻齊聚，叫人難受難為。

你還好嗎？你的巴黎女人有溫柔相待嗎？

原來人世的一切都無法掌控。你曾問我在你生命的路途上我都是會在的那個人嗎？我當時回答說除了我人在他鄉或是我死了，不然我都會履及你有難的身旁。這是我們之間的情義和情意。

但時間會沖開戀人的情與愛。

歡宴之後終於帶來了午夜孤旅的深度惆悵。沒有四季之島，只有恆久的熱度陽光和星辰滿天伴著微笑。可是我獨自一人時卻笑不起來。異旅的鄉愁相思幾乎已和孤寂的字詞等義了，我無處奔逃了。

昆蟲唧唧，雞鳴鳥叫，車輪引擎聲過，都顯得我一個人在此的孤單狀態。孤單孤獨孤寂，三種層次。我曾問你那「孤涼」呢？你說那是最悲哀的狀態。我以為孤涼是對世態炎涼所產生的孤單寒涼，在未達孤獨和孤寂綿長狀態前所引發出來的涼意吧。你說孤寂就達到把自己當成一棵樹的狀態。一棵樹如何會去指認自己是一棵樹呢？花朵開放時也不爭不吵，它們就只是順時節開依時節落。

但人的七情六慾又當如何？有誰眞正問過一個旅人的情慾問題？

你說旅人最無情，轉身就走。其實，很多人都錯解我的性格，老以吉普賽人或是流浪基因來詮釋我的旅程，而忽略了生命的機緣所成就的動力。就生命長河來看，我們也是旅人。就連我們也是生命遭逢而已。我企圖如此想，卻解決不了我對你的牽掛。生命遭逢能夠如此一別天涯路，像高更那樣好幾年不見妻兒也不准被接見的苦又有誰能瞭解呢？他示現了追求藝術創作的能量可用全部生命來匯聚，而我卻老是思前顧後，爲一點點小兒女情愛煩惱，簡直不堪。若就我們之間的感情狀態其實是更該放心且完全信任的，因爲我們的情並非依附在俗世的男女關係上，而是以更超然的態度面對彼此的靈魂，我們是在人世河流的深處相會的，在光亮和黑暗處我們吟唱落淚。

淺灘之處的人際紛擾怎能絆住我們的心和行腳呢？可是爲什麼我的心如此向自己明明白白說著話，卻還是在難受著些什麼呢？是不是我的個性本質裡是哀傷的，逃避不了這樣的深沈之愁，即使此地任何一處都是風光明媚。

終於明瞭爲何有些人離不開、走不了，不獨因爲經濟，且常因爲離不開自身構築的城堡，牽掛是主要內在因素。帶著一顆牽掛的心獨行天涯那是難受的，是不瀟灑的。

親愛的V：

這裡的雨勢和人們的笑聲一般，轟轟然來，劈里啪啦收尾，島的天候和人一般熱情。

心情沈重，覺得必須爲情感找出路。

「不是每個人都適合孤獨的，你得有抵抗孤獨和特立獨行的能力才行。」高更在給友人的信中寫道。特立獨行者宛如世間的奇花異草，必須有絕對的自信。你曾問我如果你死了我會在你的墓誌銘上寫什麼？我想起發現整個南太平洋和大溪地群島的庫克船長其墓誌銘寫的是：「世上無他不敢做的事」。

「這是個追求眞理的人。」我想這是我對你的一生的瞭解結論。可是我呢？我不知道。也許寫「文者提筆之人」。可是現今提筆者不知凡幾，作家的行業是如此被低廉地進行著，我覺得當今日台灣的作家是一種難堪的稱謂，就連藝術家都輕薄起來。只好回到「文者」這個字眼，感覺比較舒緩。有朋友開玩笑說應該在墓誌銘上寫「這是爲感情所苦的人」。可是誰不是如此呢？只是大苦小苦。何況連感情在今日的紛紛擾擾裡也都輕飄飄的，苦愈發成了一種幻影。

親愛的V：

這裡要避免蚊子，幾乎是不可能。特別大雨過後，蚊子噬咬得頗發癢難受。

暮色四攏。

第一次來大溪地，夜裡入眠身旁有個人，還是個女人，滿腦子賺錢的海蒂，那樣地直接，近乎可愛。

今晚的首都帕皮提港口有一種雷奈電影裡「慾海情花」的氣味，兼且多了層水手的無國界流浪氣息飄散在空氣中。我見到他們狎女郎而過的畫面時，想起我曾問你在海上航行過久的人，如何解決他們的動物性慾望。除了靠岸發洩外，他們在船上的夜以繼日該當如何安身立命？

安身立命？這已不是動物性的問題了。你說解決動物性有時更多了層簡單。你聽過有水手下岸後買活鵝和冷凍的豬屁股。也就是說非常有可能人和獸交，且在與鵝交媾時，得於高潮時砍鵝頭，只因如此才能更具瞬間爆發的快感。

不論此眞實性爲何，聽來雖傳說意味濃，但卻讓我有著奇異的悲傷感湧起，性和暴力血腥的集合。

我懷著這樣的奇異畫面和悠悠長長的悲意矇矇朧朧地入睡。

親愛的V：

我的步履移往另一個島了。（我畏懼的島更讓我畏懼了。）

此地學校放假，把這個島的旅館都擠滿了。加上我更動過行程，於是再找不到其他的住宿處了。

此地的悶熱與住宿條件是我旅行如此之久最差的一回，又沒得選擇，以至於我對莫里亞島竟有了不喜之心。倒是午後的餐廳讓我的心有了依存之地。

夜裡約莫四點吧，起來如廁，穿過整個露營區，有的年輕人在大肆打著呼。回首，海岸月光亮如絲絹，又近月圓。一路隨著月光指引，但黑暗中還是被一個坐在角落的男子嚇了一跳，看來也是半夜睡不著起來乘涼的。獨自踱步到海岸，靜看月光和海浪共舞，這些美麗是惟獨可以和你分享的。

如果心念可以無遠弗屆，那麼你一定聽到了我的祈禱。

什麼樣的自我肯定才能挽回被我所不相信的愛情而導致失去的戀人呢？可見承諾過大反而讓人不相信。我想挽回。在脆弱時，但又怕被拒。你說我的自尊心怎這麼強？有些事自己都不放過自己，那怎麼會放過別人？我覺得自己恰相反，我的問題在於我對自己不夠好。你看記得買鼓送你，但卻沒爲自己買過什麼，除了必要的防曬油和生活所需，以及高更和大溪地相關的書外，幾乎沒有對自己的慾望進行過什麼念頭或行動。

我知道這樣也是不對的。因爲只對別人好的人，這作爲會讓我想起我母親。把愛冠上了「都是因爲你」的緣故，給予施受行爲無限的包袱。我體認到這一點，就愈發明瞭女人要先善待自己，不然就不要有怨。

我們沒有資格強化自己的行爲然後指著對方說都是爲了你好，其實說穿了爲對方做的事其實常常也是爲了獲得某種認同和慰藉。

我必須善待自己，如你所言。

只是魚雁可知往返？

對話若只是單方面也就不成對話了。

親愛的V：

如何保有距離卻又讓愛飽滿？（戀人終生的課題。）

我意識到我對你的愛將使我變成一個再普通不過的女人時，心裡感到一陣恐慌。西蒙波娃說：「我從來不甘做處境的犧牲品，不管什麼樣的處境。」

「愛情不會是一個有才華女性的唯一機會，因爲有才華的女性具備可以擴展或改變自己世界的能力。」西蒙波娃。不瞞你說，在旅途裡看了太多的高更男性觀點之書後，我非常需要「典型在夙昔」的女性話語的鼓勵。高更、畢卡索和沙特等等，不都是接二連三地在女人的身體上做感官的帝國之旅，女性似乎總牽腸掛肚的被心情左右著，無法全然的動物性。

我被自己的個性所詛咒，輕鬆不起來。

親愛的V：

這裡的星辰又比別的島多上幾倍，星星堆滿天，「堆」字要改成「擠」了。

當我們見到星光時，已是星子的過去式，當它投射到地球，人們再以肉眼見到星子時，已是它的身後事了，時光就在那一眼中過了九萬多光年。

一個人不適合到羅曼蒂克之島，一個人應該到城市，到蠻荒，到曠野，從極端走到另一個極端點。先前的莫里亞島於我是逃無可逃，現在這個島卻又讓我哪裡也不想逃。莫里亞島的狀態讓我的靈魂在軀體內發昏著，如今來到波拉波拉，內在的靈才又發著亮光。有一種接近卡通畫面的純淨幸福，特別是我躺靠在海邊的大樹下拿著書打盹時。在這裡我可以稍稍解放自己，不受沈重的高更影響我的內在和思考。

有時把自己放空的感覺很好，像是靈魂出竅般自由飛翔。

我讀了《聖經》，一翻就是談虛空的虛空〈傳道書〉篇章。大衛王的兒子傳道者說：「……一代過去一代又來，地卻永遠長存，日頭出來，日頭落下，急歸所出之地。風往南颳又向北轉，不住的旋轉，而且返回轉行原道。江河都往海裡流，海卻不滿，江河從何處流，仍歸還何處……」

江河都往海裡流，海卻不滿。尋著這句話往外看海，腳板觸著海水，溫溫的，一陣感動。

一代過去一代又來，就如此地的潮水送走了上一個旅人的夢，又接著迎來另一個旅人的夢。

後院身旁開著梔子花和香草，清清幽香，嗜香愛美的我，即使斷翅也要飛向斑斕之境。

親愛的V：

我的心渴想你，如乾旱之地盼雨一樣。

feel about
he ment
still remember
stone song
i given him
he also open new place

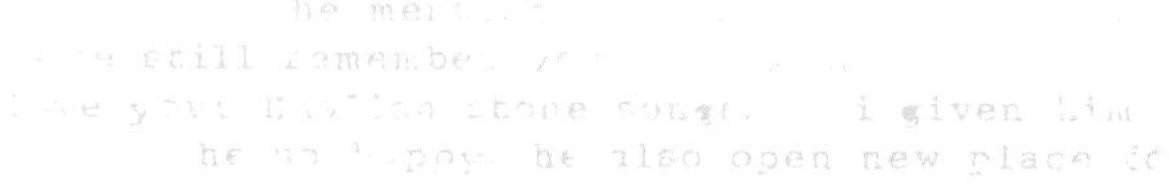

然我心神耗盡於旅途，我成了你手中的一只雕塑，凝結在光陰的眠床。

V：

夜晚我躺在一具無人的獨木舟內，我想我失去你了，我看見你的床旁的巴黎女子比我美豔比我溫柔。

這樣一想，我覺得自己像是躺在木棺內的木乃伊，仰望星辰，海水如催眠曲。

每個月來擾的好朋友已離。我決定今晚要下海，免得回家遺憾，不曾嚐過波拉波拉的海水怎能說到過如此美麗的珊瑚島呢。四下無人，夜深人靜，在淺灘，讓身體泡著海水，海域如子宮羊水溫暖著我。月亮隱在雲端，整個四周極黑，未敢離海岸太遠，僅讓淺水浮湧著我的內在潮騷。珊瑚礁揚起飛沫，雖一片黑暗，我仍可以想像那碧綠，狂瀉的藍。

你說我屬藍，藍是我生命的主色。如是，我盼望大藍之上有金黃的陽光和透明的月色，大藍之下有鮮豔的魚兒繽紛游動。而義大利屬於咖啡色，大溪地是翡翠綠。

此時夜風薰人醉。我似乎在我躺的獨木舟孤夜觸到了心中的天堂之門，即使只有一瞥，一瞬。一瞬有多少念？如星之繁。若有缺憾那就是身旁沒有你，遙遠國度的你可能正在當美術工人，正在奮力地敲石頭，其中有座雕塑可能以愛命名。

每個人生命的苦杯是都得自己喝啊。

而愛情是不會發生在卑微的人身上，我絕不委屈求你，也不對愛情卑微。

你也是高更的化身，你們都有強勢特質，我想我只能遠離如刀鋒般強勢的人，否則我會遍體鱗傷，而失去自我。

深夜酩酊的舞踏者

──小貓寫給山鬼O

O：over，over，over…………always over
過度，過度，總是過度
結束，結束，總是結束

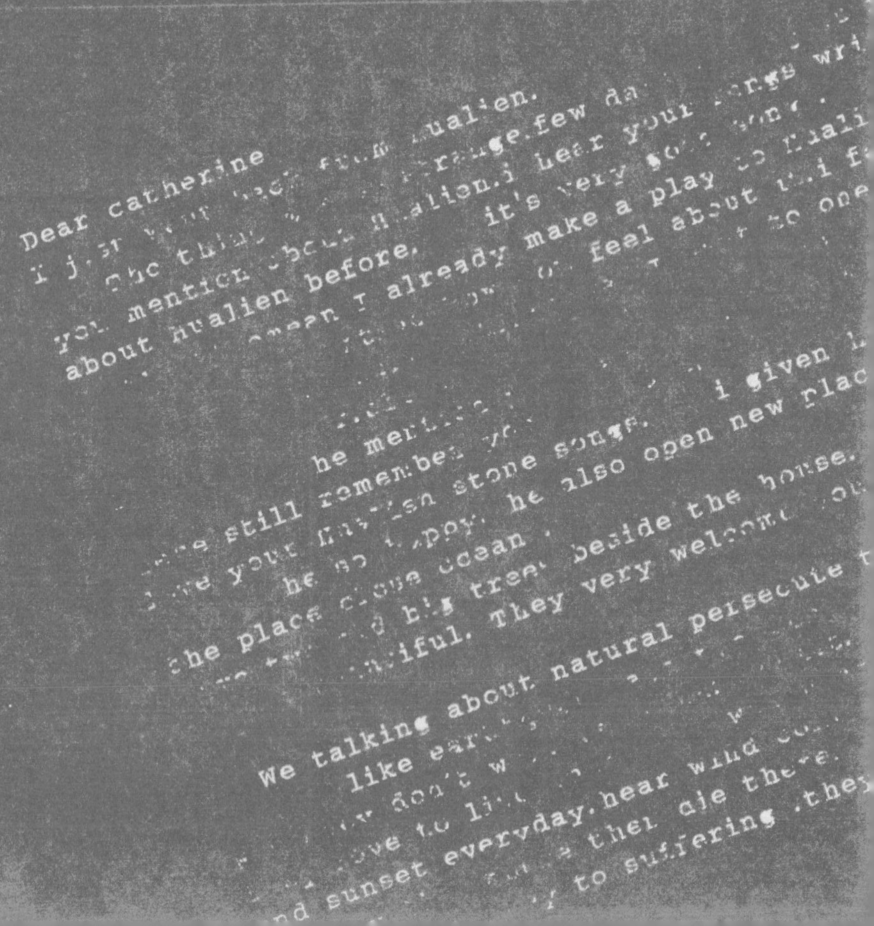
Dear catherine
about hualien before,
it's very
make a play
about hualien
i given
he mentio
still remember
stone songs.
also open new plac
he also
beside the house.
They very welcome
natural persecute
We talking about natural persecute
like
everyday.hear wind
to suffering .they
sunset

親愛的O：

你佔有我的舌蕾，因爲你我菸酒均沾，因爲你我不吃不喝，因爲你我忽胖忽瘦，因爲你我一切失調，因爲你我失眠，因爲你我的舌蕾不辨鹹辣冷熱。因爲我的舌蕾複製了你的，上述都是你的症狀，然後我也跟著才有的病情。

親愛的O：

你酩酊了我的夜。而我只想微醺，你卻總是宿醉。

親愛的O：

你是O，一個活在封閉且不斷繞著圈圈踱步的人。O也是零，你總是在打造好一切後，空手黯然離去。

親愛的O：

明月當空，想你家亦然，蛙鳴定然喧鬧至極。

特別是雨後的土壤，蟲聲唧唧，哀歡縷縷。

奮力發聲，求偶交配，花前夜下，死而無悵。

有時聲音喧鬧至我們通電話都聽不見彼此所言。

於是我們用心音以心念。

它像一張流刺網，隔著再遠的海洋，你我都在同一個網中。

親愛的O：

洪荒中可有不朽的愛情？

諾亞方舟，是否有把愛情打撈上岸？

明日我即將出發至上海，親愛的，我將告別你，在心理上必須把你放到版圖的邊境上，如此我才能出航。我祈求你當我的天使，就如同我當你的天使，在昏巷相逢，還能擁抱。

我的耳邊已經響起飛機引擎巨大的轟轟隆隆聲，可這聲音將蓋不過我的心音，我的祈求。

我願把旅途所見所思化爲寫作養分的另一種禱告文，眼力望向人間燈影闌珊處也將望向繁華墜塵的都心。

親愛的O：

總有個頑固低音在生命的上空盤旋，有如低音大提琴沈沈滯滯，悠悠緩緩。

初夜的上海即讓我在生命的旅途中相逢了來自各地的好漢。

然而我是那樣的奇特，竟在大夥聊天之際，腦中浮現的旋律是大提琴。David Daling，我們喜愛常聽的專輯：「The sea」和「River」。旋律中不論激昂或憂愁，總有個頑固低音在高音的背後如雲團盤旋不去，頑固低音，一如我們生命的眞實底層。

我覺得這城市有一種如水的模糊又有一種如刀的犀利。

想起你說我有一把水刀，只有水刀可以切石。

水刀切石，是如此地緩慢，是水以歲月和石頭廝磨。你說你要學習我的水刀，不見刀法，卻見刀痕又見溫柔。是嗎，我有此等能耐？

在此通電話，上海——台北，並沒有真切的一種距離感，或者說並無疏離感。好像兩岸的空氣並沒有阻絕對話，好像和平常我們在台灣一般，反正也是分隔兩地。

可是我一方面又感到這樣沒有距離感似也意味著我們少了新奇感的催發素，這會讓我的離去有一種惘然與徒然。

親愛的O：

相見時難別亦難。別難，是難在於難忘。隨時在異旅都有故鄉的身影搗進我的思維深處。茶園，上回我們同去苗栗山城的茶園，聽到松音，還聽到有戶人家傳來單音嗩吶聲。這畫面讓我難忘，台灣有些山林小鎮還是美麗的。

《海上花》裡的長三書寓歌妓和客人的酬酢往來，我每每讀了感到一種瑣碎人世的動容。覺得人的感情和情義在某種狀態裡可以到達那麼深，深到沒有身分地位，只是交心。沈淪到一種地步也是一種美。

你今晚在不預期中打電話給我，我在異鄉忽忽情傷起來。

你的兄弟韓在晚上亦電我，我驚訝這越洋電話。韓說將來有任何需要都可電他，我又是險險心一緊，只覺人在他方卻心在故里。軀體可以遠走他鄉，心呢？可以無遠弗屆，一飛千里，兩岸相連啊。

親愛的O：

我這晚突然覺得完了。在台北想出走，出走了卻心情陷入沒有出口。

我今天和上海作家沈寂先生談了老上海時代的三個不凡女性，張愛玲、阮玲玉、孟小冬。談她們就必然談到整個時代的悲情與她們背後糾葛的男人和愛情、事業。人生沒有談過眞切的愛情豈不白活了，又或者該說人生沒有眞切地「活過」豈不糟蹋這身這魂。

我們多次在對話中提過，寧可當一個死的活人也不要當一個活的死人，活的死人就不過是一個會呼吸的死人罷了。

傳奇如她們，重點其實並非是傳奇的色彩，重點應該是她們眞切活出了生命的滋味，不論是張愛玲以沈默孤寂來度晚年，或阮玲玉以死來結束痛苦與賴活，又或者孟小冬以愛的行動來表態活的價值。不論年歲長短，我覺得她們都不枉此生了，在有限的幾年裡，盡一切地閃亮著生命和才情，此已是可貴。她們做自己的主人，即使她們的愛情在男性世界裡是附庸角色，但因爲情眞意切地甘願也就沒有所謂的附庸，在這一點上我是很唯心和個人主義的，我不想用女性主義觀點來看待，我只想問她們的是：「妳們在面對那樣重大決定時，心是清醒的嗎？」在藝術才情上，此三人已是經典了。短暫發光的幾年生命，要勝過「撐」在那裡的生命。割捨本來就比佔有困難，傳奇雖可營造，但是傳奇並非能一蹴即成。

我翻閱大陸出版的相關書籍，對胡蘭成的評價都不好。有的描述胡蘭成是採花高手，他追求張，只是因爲他的群芳譜中還沒有一個能與自己談詩論文的紅粉知己。「張愛玲畢竟是個女人，具有女人的弱點，她需要愛，需要一個能使自己看起來『很低很低』的男人，於是，她墜入了情網。當短暫的婚姻過去後，張愛玲又一次陷入了深深的孤獨之中。」

需要一個使自己看起來「很低很低」的男人。

我想起了我自己。我並不需要像她們一樣維護形象，傳奇在我心已死，傳奇本身就帶著大量虛假成分，否則就不是傳奇了。沈寂說張愛玲很愛錢，我聽了大笑。其實那是必然，要維護一個摩登形象與滿足內心的與行事的獨特慾望，吃好穿美，在上海在任何一座城市都是需要金錢的，沒錢推不了磨。

可我覺得也許男人不懂爲何堂堂一個有名作家要甘心爲男人委屈且拿稿費資助他逃亡。不瞞你說，就換我也會。也許我也會背上幫助漢奸的罪名，我的個性也不管的。我看見的是生命，我看見的是我的愛。不過，提到胡蘭成的姘婦之流，我就很看不上眼的。所以我問的會是：張愛玲當時爲何離不開胡蘭成，離開後又隻字不提他？我覺得她定然不是爲形象，至少我覺得她不想誹謗她所愛過的人吧。這要多大的忍耐？放任胡蘭成在那邊說有多愛她，又寫得張愛玲深陷無法自拔狀，胡蘭成的情義在哪？寫自己如多情種子，寫愛他而苦的人又寫得如此黏稠，果然張愛玲後來的寫作生涯是「自此要萎謝了」。

我覺得倒非是張愛玲愛情至上，而是愛就是愛上了，著魔了，難受了，走不掉的，愛情目盲效應。除非後頭發生更大的變化，否則一個女人要離開一個男人都是困難的。沈寂先生當時不同意我說愛情盲目之說，他說以張愛玲的聰明，一個寫作者怎麼會讓愛情盲目至此，看不清眞相。我覺得正好是因爲張愛玲的才情蒙蔽了她，一個有高度才情且世故的民國少女，未必對愛情就清晰明白啊，何況胡蘭成是第一個走進她生命裡頭的男人，走進生命的人如何說棄就棄。就是他要她上梁山，恐怕她也跟著上梁山啊。何況我覺得其實每個男人多少都有胡蘭成行事的些許影子，只是有的男人壓抑慾望，有的男人突顯了慾望罷了。有些人把別人想做但不敢做的事明白公開地做了出來，但他會成爲社會道德尺度下被批判的角色。

不過即使事實歸事實，沒有幾個女人受得了所愛的男人在外的情史風流不斷。也許你會笑我，說我寫的其實是我自己。「我的愛在哪裡，我就在哪裡。」很多年前寫的小說，自己也被應了驗。如今我的愛在哪呢？我們偶爾偕同去的台北音樂酒吧柏夏瓦，友人封也在，封就是瘋。當有人要離去時，他最愛問：「你要去哪裡？」大夥的默契就是回答：「我要去你心裡。」

我要去你心裡。

這是一條多麼漫長的路，一個人的心可以比世界版圖還大還遼闊還無遠弗屆呢。何況有些人的心是流浪不知多少世的老靈魂，我們要跋涉多少世，穿越多少地理，流下多少汗淚，才能來到彼此最深遠最醇久的心呢？有時我們努力行進卻也不過只來到彼此心房的大門而已。

其實，經過我們多次的大激烈爭吵後，我對幸福已多感悲傷，我深怕掉到我自己寫過的「捧著幸福走向不幸」的宿命。我在海上傳奇之城，移民之都，海上梨園繁華勝景處處，海上夜景光燦絢麗如畫；我的身已飛離台灣島，我的心卻依然沒有出口。我猜不了幸福將移往的方向，我握不住幸福欲翩飛的翅膀，我每每有了幸福之後，不久就親自以崩解的個性激烈地毀了它。沒有預警的，是個性使然地讓我頻於崩潰邊緣。於是你斷然砍，而我只能受。

你說我任性和韌性皆有，而你是兩種性格皆無。你不任性也不韌性，所以你做事有節奏，但你容易朝三暮四，不耐煩重複。我的任性和你的沒有韌性，是我們愛情的致命傷。我的任性加速愛情的敗壞，你的沒有韌性，讓我們之間很容易缺乏新鮮而感疲乏。

熟悉讓人倦怠。

情慾要如何不斷陌生化？（或許這是妓業恆在之因。）

親愛的O：

張愛玲的夢沒來，你倒來了，我祈求她入夢她卻不來。今夜我作的夢是，我夢見到銀行的ATM自動提款機提錢，機器吐出的不是鈔票而是一張張你手寫的情書，字墨像音符跳躍在紙面上。

旁邊等著用機器的一個婦人見狀扯著嘴笑著，露出邊邊一顆銀亮亮的假牙，兩道細細、帶點青墨色的紋眉往上揚著。

情書，現實難覓。事實是魚雁不知往返啊。我的裁信刀才用過一次就被擱在案上，塵封已久。夢反映的是現實的渴慕。那手寫的情書比言語更難一求是現代情人的悲哀吧。醒來，心想如果我有這種渴望，還不如早早死了心才好過活。心臟部位隱隱痛著，起來泡了杯熱茶，怔忡地步向窗口，底下是上海擁擠的千萬人口，而我在此成了千千萬萬人中的一個幽魂，人的情感需索與傷口並不因科技繁華就能治療啊。

我有個怪身體，會反映我情緒的痛，身體器官和情緒好壞互爲影響，互爲鏡子。

想念什麼我的痛就在某部位發作。

想食物胃痛，想寫作頭痛，想情人心痛，想旅行腳痛，想金錢手腕痠（要打電腦寫專欄稿子賺點錢就有些逃避）……這種種糾葛似乎不難解。可心痛最易被概念化，我說的心痛不是心情的，而是眞的是心臟器官部位會悶滯緊縮，嚴重時要用力咬住我的小指頭或是以手掌擊胸才會舒緩。我母親有心臟病，她還有過多次昏倒在外的紀錄。我不知道我的痛和她的遺傳有無關連，可我媽從來不爲情苦，她是個非常活在現實感和物質感的人。她要是知道我在提款機提領的錢全數變成情書那她鐵定要去告銀行詐欺的。

可我多希望那夢是眞的。千金如何換眞情。於是我確定我的心臟痛絕非來自母親的基因遺傳。我更加確定的是我的心痛是來自情感的阻塞，而不是血管。

我的感情狀態是我身體自己的檢驗師。我想企圖釐清自己情緒的來源。爲何個性總是易把幸福高高舉起重重摔碎？甜蜜蜜最後總成了黏稠稠（年愁愁）？難道這就是我的個性寫照。你可以告訴我嗎？你應該是我的一面明鏡。我如何擺脫自己糾纏自己的雜蕪黏密如水草的個性，讓個性成爲自己的守護神？

親愛的O：

我在流動裡想要靜止。處在這麼多的人潮裡，眞的是萬頭攢動。南京東路，台北也有一條，我還在那條路上的報社當過三年記者，如今也是一樁舊事了。

今天我還見了張愛玲離開上海前的最後居所，這城市的書市傳奇，如今竟又回到她身上。但是我翻了《上海名人故居》一書，卻獨獨遺漏她。我從南京西路一千多號的靜安寺一路走到南京東路外灘一帶，若此地眞是老上海的「十里洋場」，那我也步行了十里路了。

約兩個半小時我就只是走著走著，從離開靜安寺時的四點半走到快七點，中間偶爾爲了領受時髦的百貨陳設而彎進室內空間外，餘皆在壓馬路，從南京西路尾走到南京東路頭。浮華世界盡在眼裡，所謂萬頭攢動，我是在此領教到了。在那麼那麼多的人錯身而過的步行區，我片刻裡想要曲蹲下來，任腳和腳、任塑膠袋晃過我身，我在流動裡想要靜止。川流不息，果眞有此世間一景，台北突然一點都不擠了。

親愛的O：

我的皮膚正在累積旅行的代價，新陳代謝趨緩，夜裡睡不好，鼻角開始冒著正在成長的暗瘡，每每擤鼻涕、大力吸氣都會悶痛著。旅行改變我的生理狀態，我知道體內的荷爾蒙正在醞釀著女人一生的祕辛。我的身體許多女性器官有關生育的部分，這一輩子恐怕都派不上用場了。許多人問我關於養兒育女之類的事，我說我這一生已注定養文學這個小孩，這是我被交付的工作，我想許多女人已經幫我完成了生兒育女的事了，我應該站在更高的位置來看我這一生該做的事。

我想起前幾晚和畫家鄭在東聊到寫作，他覺得我不該常寫太個人的東西。

我答說，我沒辦法服膺於主義下來進行創作。我只能靜待生命的河水要把我流向何方，有時甚至不是我能決定的。大家都寫張愛玲和胡蘭成在一起的美，我卻覺得那眞是苦極了。

你在某些方面其實有點像胡蘭成，這樣一想時，我的心裡突然揪了一緊。當然就人生大天大地而言，胡蘭成的無所不可，放許多女子情義於一身，這是接近博愛思想的，可它非常挑戰人性裡的嫉妒和比較，就連張愛玲這樣不可一世紅遍上海的才女，不免要低低委婉地問胡蘭成，關於他另外的女人：「小周漂亮嗎？」她要他在時局最艱難時做選擇。而胡蘭成有妻，之後又有一堆女人，有張愛玲之後，又在各地有了其他女人，這實在太折騰太考驗女人的容量和氣度了。

你說你的個性也是如此，你說誠實是必要的。但是所有你的女人的家眷都由你來養，只要女人的戰爭不要有。原來你有杜月笙的性情，還是說許多紫微在命宮的人本來就具有主導的帝王性格？

你常對我說「大可不必」，意思是說我許多的情緒大可不必，因爲我就是我，我不會因爲別人的存在就不同。

夜裡想著過往的對話，喝了杯長城廠牌的葡萄酒，這酒一瓶三十三元，便宜且超乎我以為的好喝，我在超市買時發現此地人不太喝葡萄酒。一九九八年的CABERNET SAUVIGNON，大陸把它翻譯成「赤霞珠」，台灣是音譯成「蘇維翁」，我喜歡「赤霞珠」這個字眼，有點武俠小說的氣味。酒讓我想起你，我想你應該也在飲酒；抽著駱駝牌菸，想你抽的是七星。信步行至窗口，我每天都要走到陽台的窗口好些回，十九層樓高面對的是千百萬戶的里弄人家與遠方如火柴盒般的大樓林立。

鵝黃的月映在高樓人家的窗戶，折射的角度，讓我好像坐擁雙月般。我是這座城市動脈裡的一滴血，也是海上花的一珠泡沫。生命在此輕如鴻毛。我的相思和你的情義如泰山之重。就讓我們隔海，就著明月對飲吧。

親愛的O：

新月已在增肥增色中，月牙成了三分之一的明月，顏色從銀白轉成鵝黃黃燦燦，懸在城市的天際線上端，微著笑。你今晚來電，說來眞奇妙，台北和上海就這樣通了。我眞心喜歡聽台灣人說話的腔調，特別來上海後。當然你的聲音好聽，我只能盼錄下來當催眠曲呢。男生說話腔調若不合我意，很難一開始入我心。我向你提及這裡生活的落差，有如地球的兩極。富人可以夜擲好幾千人民幣，窮人一個月可能只掙兩、三百元，像在淮海路指揮交通的勞動人。豪宅、高樓之外是幾十戶人家擠在一幢屋的光景，而這都是我所望出去的上海。台灣坊間所寫的上海，都是以往租界商業區或是觀光商城時尚裝扮下的上海，一般市井小民的生活掙扎與聲色，卻摸不著邊，聞不到味，相去千里。

而我帶著古人風精神來看中國，只有用古典文人的情懷才能讓我面對中國這波強大的洪流而免於被淹沒。我在對你的電話裡不勝噓歎，我說中國的古人風在上海早就一去不復返，這是一座面向西洋的港都大城，即便物質環境可以模仿三〇年代，可精神相去甚遠，即便像清末的《海上花》作者韓子雲可能也氣短了。

你要我不要感到寂寞，既然心懷古人風，那麼有多少的老靈魂在我左右相伴。「旅行就是一種看見，妳可以把所見所思寫下是好的，妳追懷古人，而後人可以追隨妳。」我確實在這繁華大都會必須如此才能不至於像漂流木般地被這海上波濤汪洋給沖走，懷抱一種精神風範才能入世安穩，像胡蘭成和張愛玲結婚寫的「願歲月靜好」。

必須有更大的情懷才能容納這城市的百川與藏污納垢，這情懷不是我自創的，這情懷是從我們讀唐詩宋詞元曲就有了，甚至我國中時期常躺在沙發上看的清代民初通俗小說就寫好的情節，只等我投胎至海上花城，再來細細體會，慢慢搬演。

我在此竟覺得自己的年齡往前挪，靈魂往深處移。上海或可說整個中國沿海大城市的女孩爲了全面性競爭而不得不提早開花成熟的象徵之城，二十歲已世故得有如二十七、八了，她們和這座城市有著等同的超速生命力。若以世故比較，我卻退化成二十出頭的年齡，說話的細弱和應對的緩慢心思都和這裡不成節奏。然而靈魂卻往更深遠更古老的文化掏去，我尋找老上海、古人風，我企圖和古人在今日的上海、蘇杭江南對談，可以想像外界是遊人如織，我內在卻是清癯靜寂。在此移民之城，我和每個過往迎來者都是海上花都裡的一片落葉，一個異鄉人。我甚至在匆忙擁擠的熱鬧街坊中常忘了自己的名字、我來自何方。直到有人聽出了我的鄉音，一種台灣南方的靜氣腔調，不是很字正腔圓的普通話。於是片刻裡我想起了我的臉、我的祖國、我的宿命。

人心不古，是每個世代都有的感歎。不古可以往前推，宋懷想唐，清遙想明……總是如此。台北人悼念七〇年代，上海人復古三〇年代，也不過就是一種情懷的追思，而時代其實是滔滔東逝的，未來則是滾滾劈來。

這裡的物質把我推向更古老的中國，不瞞你說，這裡西方的東西我全看不上。三〇年代標榜的洋派，在如今東西不分的世界裡，洋派不過網住當地人對外界的幻想。再則可能自己住過紐約兩年多，看看淮海路的百貨商家不過就是上海企圖向紐約取經，或是說是巴黎香榭麗舍或是第五大道的複製。我要看的東西是往源頭挖去，我不會在中國這塊土地稱頌LV、CHANEL等名牌故事，我尋找或我遺懷的是屬於中國的精神，然而這種精神竟然只有往古典中國尋去，如此才能與我們從小讀的唐詩宋詞元曲清小說做連結。也許過些天我到蘇杭一帶可以尋些氣味吧，上海畢竟是靠西方開埠發跡的港都，這裡有的文明都得沾點洋水洋味，且上海人以此沾沾自喜。當一座城市是如此打基礎時，上面開的花朵自然是一致的。白日，商業城開商業花；晚上，商業城成了嫖菸賭。「賭」字最能點明上海人的性格：小巷樹下，永遠有人三五成群，矮桌矮凳地圍成圈，紙牌拿在手中，鈔票壓在桌前；大城酒吧，永遠有商人在把酒言歡，骨子裡人人都在下注。男人賭生意成不成，女人試今晚遇人淑不淑。

親愛的O：

所有的往事都是昨日了，永恆即是包含一切的變化。

我在這樣有著華麗夜景，宛如紐約曼哈頓的布景前和你說著話，可我卻沒有在紐約般身處大都會的心情。也許，這塊土地有過太多戰亂亡魂，也許我所讀過的詩書五經裡古人靈魂總是扣著我的心弦不放。

你說城市是河流，但文人總是精神風範。「水是帶不走風的。」你說。我心想那風也是帶不走水的，這原本就是兩個不同基礎所思考的面向。然而雖然述說有些情緒，但我仍喜孜孜地向你說這裡你還是得來看看，有些東西可以激動刺激你的。

妳要快樂些。你說。

我最多只能遣悲吧。我答。

窗外明月雖然有缺，但皎潔十分。你說台灣又有另一個颱風在乘機坐大，狂風眼見將至。而我窗外的城市之夜，是一片靜好，至少現時予我的感受。

保重。我端起三十三元一瓶的長城紅酒向你搖晃著醉人的月色。

親愛的O：

有愛的明信片稍把相思欲寄，深怕相思成灰。

寫張明信片給你，這明信片封面印了個大大的「愛」字，是免費，在1931Café拿的，這明信片是上海爲了慶祝國慶印的。你忽然就在我的對岸生活，如果現在大陸和台灣開打，我們會不會重演過去的時代悲劇？我這樣一想，就要笑自己了。可是細想所謂的時代悲劇不就是如此由不得個人嗎，當時的兩岸分離誰會想到這一離是四十年那麼長久，還以爲最多就是一年半載。有人去買了罐醬油就遇到空襲，從此和家人一別，這種事我們在台灣聽太多了，難免我現在來到此地有這樣的揣測不安。

想來是眞的庸人自擾。

請當地友人代寄，他略帶玩笑說寄給愛人啊。我說愛人是什麼意思？愛人有婚約關係嗎？他笑笑也不答，就問我是寄給愛人或是男朋友之類的話題。我說也不是愛人也不是男朋友。他說那是同居關係，我說也沒同居。後來我說有點像沙特和西蒙波娃的關係。我們曾爲了名相之詞吵過無數回，老實講，我已經累了。我疲累到一切都可以了，隨你說是好朋友是靈魂伴侶，是天使是知音，或只是朋友，我都沒有意見了。我就只是和你眞誠珍惜的相處。我常想，其實你並沒有接納我的全部，你只要我好的部分。溫柔待你，但不能嫉妒她女子；細膩傾聽，而不能要求你的作爲；眞誠無欺，卻不能表白我的私心。我常想，你要的只是我的好；你忽略了好所相伴而生的不好，忽略了人性私慾那可畏的後作用力拉扯，人性是那會踩壞葡萄園的小狐狸。

最後，我只好以有距離相處來觀照我的不好。可好朋友不是完全接納的嗎？我眞的很累。累，就是一種疲乏。像完美骨瓷的裂縫，不堪一擊了。可我想對你好。沒有你，我自不至於萎謝，但覺人生眞無趣，無趣到要心痛起來。

親愛的O：

掏心掏肺太沈重。你說我爲何每次寫作都要這麼用力，如此地掏心掏肺是否太傷神，太過於剖析自己，結果自己也被情緒網住。

其實有時我也有些詼諧的，別忘了我個性的兩極，如果沒有輕盈，也對比不出沈重。光亮是因爲黑暗而存在，然太過光亮會使人刺眼，甚且目盲。

每個創作者都有其個人屬性和本質，這似乎很難逃脫。就如村上龍永遠不會是托爾斯泰，而我永遠不會是枕邊羅曼史失戀雜誌之類的作者，這永遠是兩條涇渭分明的平行線。這平行線說來也不是作者有意識去劃分的，而是個性天生的本質讓我們所關心和述說的筆力所下的刀法已截然不同，是注定的兩個世界。

我不爲大眾而來，但我爲獨特的人而來。在先知的花園裡，奇花異草是寂寞的，認眞的靈魂本來就孤高。這就是我們常說的高處不勝寒之孤境吧。我接受文學藝術是小眾，但它不該是弱勢啊。

親愛的O：

曼陀羅花是心中純潔的白花，像鈴鐺般地垂吊在枝葉上，這種山徑路旁的野花竟一年四季都開花，開的白花如靈魂上的光。在你的山林之家隨處可見，有回和你拿著鋤頭栽植了幾株，又不小心被我們的原住民朋友以爲是雜草給砍掉了一大半，你說這原住民連花和雜草都分不清，「祖靈會對他打屁股的。」

在上海城市我本來以爲不容易想起你的山林之家，因爲離城市氣味過遠。未料事實剛好相反，在城市反而渴望山林，在山林渴望見到城市。就像卡爾維諾說的：「在荒野裡奔馳過久，人會渴望一座城市。」

白花就像我們心中渴求的純潔靈魂伴侶。

親愛的O：

擇艱難的路行。電影「喜馬拉雅」裡說，若有兩條路，你要往艱難的路走。這讓我想起弘一法師和退居山林的你。可不同的是，你的「萬丈光芒」還沒實現過，你心將不甘。我們一同看了盧貝松的電影「萬丈光芒」，彼時正好電影院也放映著「喜馬拉雅」和「花樣年華」，「喜馬拉雅」的意境接近在苦境中度日修行的況味。這三部電影有點人生三個境界之感，從花樣年華昇華到萬丈光芒，再從萬丈光芒退隱至喜馬拉雅。可是你的人生好像前兩樣都還沒有就突然在三十五歲的男子盛年退隱至喜馬拉雅的山林歲月。所以我問過你，你現在有了原本在台北城市渴望的喜馬拉雅山林清幽環境，可是你內在那帝王性格裡渴望「萬丈光芒」的心將如何安放？

而你，還沒開始開花的你，這個問題不解決，將永遠困擾著你。夜，將永遠是漫長的；心，將是起起伏伏的。

你說你已漸漸實相，人生的實相。接受比反抗更難！是接受，還是哀莫大於心死？我覺得這還是有很大的不同。一個盛滿慾望的人，卻要他住在四下無人的山林孤境，我想你內在也夠折騰的。

親愛的O：

晚上天放晴了，我想明天離去杭州前，定要司機再繞行西湖一圈，臨別一賞。屆時湖光山色將瀲灩如畫，我願四季皆能來西湖。但盼遊人能如今日之稀，這祈求似乎有點難。

那麼就祈求，今夜的夢將飄著如雨的桂花香，還有那露濕華濃的龍井茶香吧。

親愛的O：

一路逃難似的隨著人群走，心裡卻哀傷無比。只有哀傷的人懂得哀傷的人，所以當我見到那肩挑三大件行李的婦人時，我那心的腳程是既謙卑又荒涼。

想起彼此的夜談。有回我向你說到一個趣談：街上霓虹燈看板常有字或幾撇不靈光，於是教會霓虹燈的「信我者得永生」成了「信我者得水牛」，「永生」少了那一、兩撇成了「水牛」，當時我向母親說，她聽了很直接地回應：這麼好趕快來去信！永生的課題突然變得那麼人間，那麼寫實，俗世中又有了詼諧的基調，務農的母親多希望上帝給她一頭水牛啊。靈糧，教徒所修所行的，對於母親只有胃糧的問題。然母親也因為這般認分務實，內在世界的結構顯得無比簡單，她的心沒有我們那般天人交戰的過程。

現世靜好，對於有些人而言就是簡單。在這些表面的簡單裡，人情世故嵌在劇變事件的縫隙間，一種內在生命的能量在這些小市民中浮潛著，伺機而動。我想起我母親在過度悲傷後已經很少再提我爸亡故的事，她似乎多年下來自有她生活運作的脈絡與節奏，總是充沛有生命力。

我在上海大都會裡感到簡單的困難，這是一座屬於有錢人才有的浮華天堂，它被媒體過分過度描寫了，更被金錢遊戲浮世男女那一套慾望法則的表象與機心給浮誇化了。君不見此地媒體與台北媒體及時尚、旅遊雜誌聯手勾勒著新上海的物質魅惑與繁華光燦，然而隱藏在市井弄堂或是來此打工的人心中，上海無疑更像一條誘惑的蛇，靈巧之下卻帶著毒液般的殺機。

我母親讓我想到每個城鎮的小市民，上海弄堂有千千萬萬個像我媽一樣表面簡單務實內裡卻是機伶湧動的市民，他們才是上海面貌底層的主角。

雖然，我在故鄉也像異鄉人，在上海更覺自己像個全然的外地人，外地人還得加上個局外人，也許我到哪都有這種像薩依德（E.Said）發出鄉關何處的局外人之思吧，又或者從事文學藝術者本來就該站在邊陲來回頭看核心。此地是他鄉也是故鄉，故鄉即他鄉，此地是他方。

在這裡，我和當地人可以說著同樣的語言，但語言之下卻發現心才是問題的所在，思想決定行為，不是嗎？我和我媽也是一輩子彼此不瞭解，我們彼此是靠著信任而不是依賴瞭解來相處的，信任就是不管如何我們所作所為都為對方好（即使是誤認）。

相同的語言反而造成便利表達的誤解，語言有時帶來更多的誤會。很多人問我旅行五大洲，如何解決語言的問題。其實通常都是英語走天下，英語也大部分用於解決飛機住宿的問題，除此未必許多國家通行。不同語言當然帶來隔閡，但沒有一種無力和隔閡更甚於說相同語言的誤謬，如果語言可以解決溝通，台灣亂象也不至於如此了。想想我到某些部落或國家旅行，根本雙方不解彼此語言可一樣可溝通，因爲微笑，因爲用心，當然也因爲如此雙方沒有語言傷害的問題，反多了一層朦朧的美感。

明天就是中秋了，窗外一輪明月高懸，周邊的霧氣開始增濃，襯著繁華都心更加魅人也讓遊子更添惆悵。「人生猶如日西沈，富貴猶如草上霜」，在虎跑寺弘一紀念館處的書齋所見，心中每每念及，總是泫然。人生富貴都在眼前遭逢了，可確實猶如日暮草霜啊。就連我們的情愛都是如此。從此只以情義走天涯。不想再親再愛了。情義有，因爲生命的遭逢，有需要我一定在，這是生命線連通之處。

親愛的O：

今天在搭火車時，廣播放著張信哲的歌，廣播員說曲目是「愛不過就一個字」（大概）。我現在想，愛雖一個字，卻如天書之難。

「我不愛你了。」我心裡這樣說著，愛已走到盡頭。

我到現在還不明白上天爲何要安排你我進到彼此的生命中，我的疑惑是，我性格的很多部分都是你不愛的，不接受的；而你的人生許多的過往情事所造成的情節情結，也是我打不破的網。

我的情愛讓你呼吸不過來，你昨晚用了最殘酷的字眼，你說你一直在「忍」。我被這個字殺傷得體無完膚，昨夜至今心痛至難眠。一年你都在「忍」我的情愛，難道你沒有過情愛的歡愉？我沒辦法接受這個字眼。你說你對我永不拔劍，此語卻比暗劍還要傷人。

你究竟是拔了無形的劍啊。你眞狠心，在我孤獨的行旅中一定非得如此說不可嗎，不能饒過我的心意嗎？至少我在我人生的每個細節裡我是認眞對待的，我可以淚中帶笑，但卻不想故作灑脫。

當我在火車站隨著人潮移動時，我像個欲哭無淚、行屍走肉的軀體，只是走著，面無表情地走著，甚至是被無禮的人群撞來撞去地走動著步伐，我好想倚在某個傾圮的牆角下哭泣，在這個中國人的經濟之都，我的心在這一刻好荒涼，這荒涼是因爲凌晨四時我們通話的後遺症殘存在我體內，你那帶著批判的話一點一點地耗弱我的心志。在一個巨大的十字路口，我隨著人群步上天橋。當時日漸西沈，最後一抹陽光落在不遠處的高樓天際線，我俯瞰天橋下的城市討生人，擠得滿滿的巴士人群，騎著腳踏車的男女老少，開著私家車的企業新貴……夕陽火紅地把他們襯成一個個奔馳如皮影戲的剪影孤影，我就在天橋上看得良久，直到許多無聊男子看著我站在那也好奇過來探看時，我便離去了。

我的悲傷到書寫的現在還是遲遲無法散去。時間已過夜裡十二時，已是中秋團圓日。我的心此時難圓難滿。此刻天涯，無人與共。蘇東坡寫：「但願人長久，千里共嬋娟。」我們千里難共嬋娟啊，只因我心再也不親不愛了，唯情唯義可共長久。

這就是你要的？

今夜上海起霧，頗有寒意了，此地四季分明，適合文人感時傷懷，我想起杜甫寫的「露從今夜白，月是故鄉明」。你的水流東，想必是黃月高懸竹林樹叢之上端了。可我卻不確定「月」是否是故鄉明呢？尊嚴，我哪裡是在維護我的尊嚴，我們之間哪需要用這種名相來解釋。我不是因爲維護尊嚴才放棄的，你說已陪我走很久了，我倒覺得可笑，陪，是什麼意思？我想這個字眼，想到心都累了。在異鄉，棉被混著眼淚，朦朦朧朧閉上了眼睛，我那被你形容宛如湖泊般清澈的雙眼，在夜裡盛滿著相思的水氣，水氣如月斗大，漸漸地如月暈散開，模糊了湖泊的邊界，溢出了岸，終至潰堤。

親愛的O：

突然就淚流滿面。

在太平洋百貨建築的後方，坐在街邊馬路的花台邊沿，打電話給你。

接通後我的心一緊縮，淚水就橫生被擠了出來。往來的路人看著在街上講手機講到掉淚的我，不禁回頭多次望著。你曾多次說羨慕我，還能夠流淚，還能夠任性。你說你的淚水流不出來，最多只能在目眶打轉一、兩下就又橫生地被打斷回收。

你難道是被刺目盲的伊底帕斯王？

常使性子說不要了，結果傷到的都是自己。我一直在想，我的堅持是什麼？什麼是放鬆，什麼是不放棄。張愛玲如果當初不淚灑錢塘江，自此和胡蘭成天涯兩斷的話，她會有什麼結局？她和胡繼續心情怎麼會好，心情不好，也等於是個活的死人了。人生真惆悵，感情和努力無關，努力無法突圍封島。

土要鬆軟才能開花，你說我太緊繃了。太緊太硬土會枯乾，根會死；太鬆也不行，無法扎根。

天使在人間，天使究竟會不會有著人的習氣？還是我根本就無法當天使？但我多麼希望能夠彼此當彼此的天使。我願意，願意當你的天使。談話結束，淚水收斂。掛上電話，我紅著眼睛彎進太平洋百貨公司，我在櫥窗裡看見自己有一張奇怪的臉，這臉的奇怪不在於它的本身，而在於它被周遭的氣氛與陳設對映出一種怪模樣。紅著雙眼是悲傷之顏，對映周圍人氣的嚷嚷熱絡，我卻帶著像是參加葬禮過後的神態。這種神態連店員也懶得招呼呢。一雙憑弔過愛情葬禮的眼睛，所見的百貨物資都像是弔唁的祭品。

「已去之事不可留，已逝之情不可戀。」張愛玲後來了悟她與胡蘭成這段情緣而說了此話，畢竟她是絕然聰慧的啊，一旦清醒，傷心歸傷心，但並不優柔寡斷，很快地便能從情感的泥淖中拔根而出。

親愛的O：

惘然的半生緣，半生緣故事重現，說起初戀故事的是上海服裝設計師李黎明。今晚不僅聽了故事還嚐了秋蟹，秋蟹正肥好風味，做東的李黎明說蟹還沒肥，可我吃了已覺甚好。吃飯的餐廳叫「食爲先」，說是連錦江飯店的人都跑來這裡吃呢。

後來我們倆去眞鍋喝咖啡，李黎明說到了她的半生緣。半生緣就是交往後因誤解而造成下半輩子竟都斷了音訊的一種緣，以前我看張愛玲寫的《半生緣》很難受，半生緣過於惘然了。但那個戰後時代人心渺渺，半生緣的故事不知凡幾。上海人告別說：「再會啊！」尾音緩緩揚起，我覺得眞好聽，讓分別多了一種親切，說你爲儂，也有一種暱，稱我們爲阿拉，有一種爽氣。怎麼樣都不要是半生緣那般無奈那般淒涼就好。

你在長途電話裡放了盧貝松的電影配樂給我聽一段，片名我不記得，故事就是一個殺手和一個小女孩，殺手死了，結尾我深刻記得的是髒髒的小女孩捧著盆栽，把樹種到了土地。

說不出究竟是何等感受的越洋音樂播放，該是一種奢侈的幸福氣味吧，不是屬於那種眞切的現世安穩之感。

睡覺時，回望了身後的高樓大廈燈火，心頭還是有一種夢幻。何實何虛，有時根本問不得。

親愛的O：

起濃霧的城市，光亮帶著隱晦，大樓砌在雲霧裡。起大霧的上海，更像海上花。原來海上花是在大霧中開起開落的。每一滴空氣都飽含著濃濕的露水。

我想起我們之間的快樂。還有我曾有過的痛苦和你的憂愁。

高樓漸漸沈入濃霧中。

只剩雷達的燈在一閃一閃著。寒冷噤聲的霧夜，這城市的泛泛聲色像在慾海浮沈般，感覺什麼都是模糊的，靠不住的，心裡有一種蕭索。這濃霧之景也曾在你的老家嘉義義竹看過，霧可以起得那般廣大，簡直如薄翼般的帷幕罩在我們的四周，在平地恍如置身高山森林中。一如在上海，起大霧的夜晚，我以爲我身在海中，是一朵孤獨的海上花。你說我是個靈魂非常渴望知音渴望被瞭解的人，而且渴望被肯定。

如果眞如你所言，那麼你看到的我一定非常脆弱；又或者可以這麼說，那是因爲你，我才讓你看到了我的脆弱孤單。在世人面前，我在起霧的上海城市，如片霧中風景，別人看我也是霧裡看花，離眞正的瞭解總是有距離的。

親愛的O：

春夏秋冬四季溫度在一天裡感受，十月之節你的家，一天裡就有四季的微妙變化。早上是春天之妍，正午如夏之旱味，傍晚有秋氣之爽，入夜竟已開始寒氣滲出了。

這是你家季節的獨特所在，它讓我們的心情有一種變化的流動感。我想我沒辦法住在四季沒有變化的地方，你亦然。在季節交替裡換衣裳，換空間家具顏色；收納如冬藏，換裝如春耕，這是轉換之美。然我的城市病也已然扎在骨子裡了，夏怕熱，冬畏冷。

十月的五節芒草已陸續迸開，丹山草欲燃之景是我對台灣以北山林的入秋印象。丹山，丹為紅，但這紅卻也是一種蕭索。白灰般的花開滿了山頭，掩過了綠，合宜入畫。我想你屋後那些小葉欖仁樹該慢慢準備換上紅衣裳了，還有油桐樹的葉子也準備辭枝，那眞是壯麗啊，全部的油桐葉落盡，只餘枝幹聳立，油桐五月開花時這樣全然綻放，連割捨也都這般絕然，這是不是一種隱含著弘一精神的樹魂啊。

以前日本人在台灣煉油桐樹的油，如今我們終於不把它當經濟樹來看了，讓它回歸它本有的面貌，欣賞它獨立的壯美。

在上海這樣繁華高樓都會想著山林之景是如此地怪異。也許《海上花列傳》的作者韓子雲懂我心的風花雪月，他的筆名用「花也憐儂」就是十足浪漫之人。

親愛的O：

是什麼樣的光亮通過人生的窗口？

什麼是青春？

今晚我離開懷舊酒吧，告別兩個上海小女子後，獨步在茂名南路，街上酒吧散著夜夜春宵，吧台上坐著男人女人，酒精氣味濃烈。

突然懷念著我們一起喝酒秉燭夜談，人生苦短也苦長，那是青春遺事，讓我緬懷。

親愛的O：

「喜樂的心是良藥，憂傷的靈使骨枯乾。」沈默工作，忍受孤獨。我想起你在工作室牆壁所寫的字句，鞭策自己，用自己的雙手打造作品。今天我再度至以前拜訪多回的上海美術館和博物館，我面對著過去和現代的工藝品和藝術品，內心百感交集。擺在玻璃櫃內和藝術殿堂的作品我覺得常少了感動，少了生命力，好像作品自此和人間脫節，成爲昂貴的觀照物。當然本身作品的好壞也已決定了大半，和有無被擺在藝術殿堂並沒有絕對的關係。

可是每回我自己在我的工作室或是你的工作室，我內心卻是感動萬分，特別是你位於山林的工作室，充滿著手工和心念的遺痕，處處是活的精神展現。就好像參觀美術館和上海弄堂給我選擇的話，我寧願選擇看上海弄堂生活，那是可敬的世界，草莽中胼手胝足，自成一格。

你一定懂我的意思。今天你從台北打電話給我，說是到台北有順便幫我的植物澆水，植物的生命力比我們強。然後就斷訊了。我覺得這樣的結束也好，對話處在一種生命力的狀態戛然而止。

這樣的餘韻讓我回味。

你好嗎?上一回你提到已經想到身後之事，說生命的圖像裡看不到晚年，說世間昏巷也夠折騰了，靈魂別人傷害不了，恐怕是自己殺了自己。說的人似乎了然於胸，不防聽的人已悲從中來。

漫漫長夜，在什麼都黑暗沈墜下去了，別忘了還有我們秉燭夜遊的燭光燃起了一絲光亮，你只消往那光裡走去。

親愛的O：

有河水的城市是幸福的，黃浦江造就了上海灘，讓整個城市美得有如資本家堆砌起來的夢幻城堡。黃浦江讓我想起我家門前的河水，一條隱含著美麗與哀愁的淡水河，台北原是個水城，可是現在誰能相信呢？台北人早遺忘了他們還有一條河。河水可以治療憂愁，河上的波紋倒影著風中的雲，光影移動交纏，樹的綠脈上停憩著候鳥，有時看著看著會發起呆來。你問我看著河水發呆是怎樣的狀態呢？你說你多麼渴望有那種狀態，沒有思緒，沒有思考，就只是存在。

在上海，我常見不到海，倒是常見人海。今天在黃浦江上，我沒辦法發呆，這裡擁擠著人的浮世慾望，人太多我想逃離。

我懷念我家前面的河水，雖然我離開家前它曾暴怒過泛了災，可是大部時候它都是溫柔的，我多麼想喚醒台北人去看看河水，那麼就會懂得潮汐，進退。

親愛的O：

我記得那一夜和那條月光山路。

那條山路我很少行走了，那間山屋應該再也不會去踏訪了。那石院自你搬走就沒了個樣，那裡聲響著我們最後的歡愉與哀悵，有些記憶版圖實在不值得老遠跑去再探勘。何況陽明山，台北郊山，山的野性被人為征服了泰半。只有非假日，在人潮尚未淹沒這山城時，登山解悶看夜景外，這山因為你的離去，和我的關係也就漸行漸遠。

昨晚我和上海的朋友關鴻在衡山路喝咖啡聊天談些上海觀感，離開咖啡館後，他去搭地鐵，我一個人獨行在衡山路，一直走一直走著，直到行步至淮海路才招了車。夜行衡山路會讓我想起我們的陽明山的夜晚，清幽中有一種化不開的濃愁。雖然這衡山路是如此的雅致，洋房花園咖啡館酒吧在夜裡散著濃媚的氣息，可是我總是看到了光亮背後人難掩其中的情懷，是什麼樣的情緒會把一個人從家裡帶到咖啡館，帶到酒吧，除了無聊之外，一定還有什麼渴望在夜裡散放的，不是嗎？咖啡館販賣的不只是咖啡，就如同酒吧的醉翁之意不在酒一般。

陽明山的落日和夜景在涼風習習中也有一種情調，特別是望向山下的萬家燈火時特別濃豔，當我們看著萬家燈火時，我想著那些窗戶裡的男女都在做什麼，都在想些什麼呢？是激情還是落寞，是歡樂還是苦澀？

就如同我走在衡山路看到坐滿男男女女的酒吧，就如同我現在站在十九樓的陽台望向底下的弄堂人家和遠方高樓大廈般，弄堂人家的小窗透著慘白的小燈光，萬戶萬盞，然後過了十一、二點之後，小白燈漸漸滅了去，一切沈寂，只聞攤販聲稍微響在街上，這城市連流浪狗都沒有，也許這是可喜的現象，但就夜的氣氛而言少了流浪犬，似乎也少了些蒼涼。

夜裡肚子餓，在這城市不怕沒吃的，二十四小時商店在路的前方，燒蜂窩煤的小販也還擺著菜色。生活在這城市愈久，愈發忘了流淚是怎麼一回事。這城市容易引起的感受通常都是小悲小喜，就如同我記得你我同行於陽明山的那條山路般，一切都淡淡的，但卻叫人時時懷念。

像罩了層薄霧的月，和你的記憶，漸行漸遠。

O：

我確定不再愛你了。

我不知此時此刻還能相信語言嗎？

你曾在我的答錄機裡留話（假設我沒有失憶的話）：

我的小貓，如果妳聽到我的留言就代表妳安全到家了，我掛念著妳，因爲我愛著妳。因爲從今而後不管如何，我對妳的愛都在那裡，希望妳相信他，他都在那裡。從前我風聞有妳，今日我親眼見妳，請妳請妳相信他，他在那裡，閃亮。

妳已經進到我的心裡了，那個密碼一開，妳在那裡。（我想起初識時你那麼驕傲地說，妳打不開我的密碼。我當時聽了就不信的。我是看見鎖就知道鎖是爲何而鎖的人，一如一個老練的刑警看見屍體就知道怎麼死的一樣。）

我誘惑你開鎖。

然後，我將把自己打開的部分逐一逐一上鎖。

when you mention how you feel [illegible]

an .he so happy. he also open new place for traveler.the place close ocean .have two old big trees beside the house.it's so beautiful. They very welcome you to there again.We talking abou

they to suffering . they will expect.I respect their thinking.it's also taiwan fate.not only earthquak and typhoon persecute people.special politics issue is big

from Hualien.
i just read you letter.you mention about Hualien.i hear your songs write about
local restaruant ate the dinner.the testaruant boss knew you.he mention you came there before.he
like earthquake and typhoon.
leave east coast.they love to live there.watch ocean and sunrise and sunset everyday.hear

女女情書>>>

在八里回憶百褶裙的親密時光

——給T，我的好樣姑娘

T：Time，Timeless……Timeless，Time……
有盡無盡…………無盡有盡…………

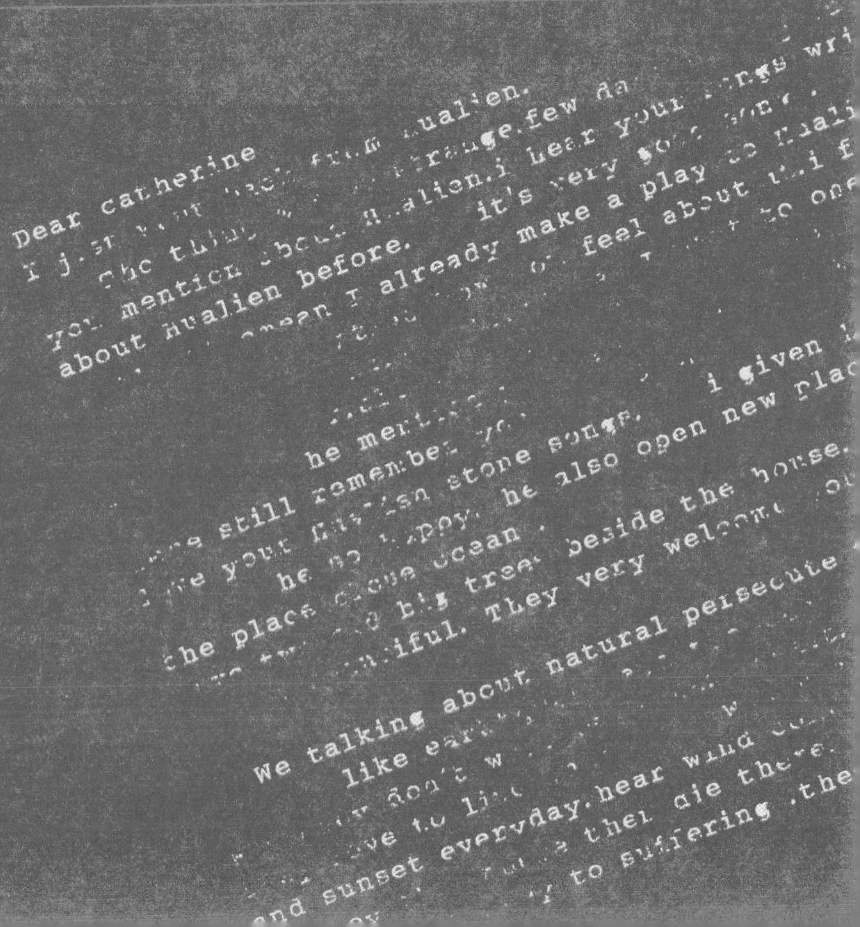
Dear catherine
about Hualien before.
he mention
still remember
stone songs
he also open new place
beside the house.
the place close ocean
They very welcome
We talking about natural persecute
like earth
hear wind
sunset everyday.
to suffering

親愛的T：

你佔有我的臉的最核心部位，一個T字形部位，從我的眉骨一路經鼻骨再到下顎。好像我的內分泌受到你如月亮盈缺的影響所致，好像我的內分泌變化是爲了彰顯你的祕密存在。你佔有我最隱形的核心，遂使得我們一再地在黑暗中相濡以寂寞。

親愛的T：

你以不感光顏料塗抹了我的白日。你讓我更黑更黑，更暗更暗。最後消失了邊界，各種邊界。

親愛的T：

在不夜的台北城，這座宛如你我的子宮城市多所糜爛，傷口糜爛，在不眠不休的夜裡冒著泡沫。我在人行道的昏黃下走著，樹影的碎片抖落一地的美麗。誠品書店正熱鬧，我和友人話別。講著別後興奮之事，在快樂的呼吸狀態，說著彼此難得的遇合。我因而想起了你，你同時也是個不凡的「妳」。

我藉著和友人的對話，其實也是在試圖釐清自己對於愛情樣貌的種種可能。我對於愛情濕地是否還保有一種灌溉的熱切？或者我已經打算任其枯萎？

行經我的城市男女，我聞到被格式化的愛情飄過領空，但我們以爲的通俗劇也許才是人生的主戲，我自以爲的深刻悲傷劇也許在許多人眼中都是荒謬劇。

我在這座城市的夜裡還不想回家，我深怕回家心就快速老了。我流蕩，我徘徊，總感知音難覓。

我需要一些柱子來撐住我即將傾斜的生命地基，需要一些簡單的友誼來給予我思考的各種可能打氣。

我知道你在某個角落對我不離不棄。

原諒我，總是對你任性。我忽近你，忽遠你。

也只有你受得。但爲了我們的對話，好像你站在那裡等待我的靠近已經等了一世紀之久似的姿態。我總是在傾斜前有想要和你說說話的衝動。

親愛的T：

我們的開始，源於在同一個空間，你的目光凝視我背而我不知，直到有一天一個聲音穿透眾人嘈雜之音如劍掃過耳膜，你說：「妳爲什麼那麼迂迴地寫？」

我聽見轉頭尋音見著你，是你，彼此常見而沒有交集的你。我回頭見著你回答說只能迂迴。我想周邊的人都不知道我們的對話伊於胡底。

但我知你知，開口的第一句話就直接擊中核心，要縛我之情，極易，一句話；要纏我之意，極難，如何一句話涵蓋所有言語？

如何飲一滴淚而還所有愛情海的夙緣？

我回頭看見你時，看見一張年輕就老去的臉對我張弛著目光。我起身，你起身，在飲水機前，你說離開報社後，願意聊聊？

我這人對感情的人性部分從來無所畏甚且起敬，遂點頭。那晚在龍江路喜酒館，飲酒。你說：「還好能偶爾讀到妳的文字，總算閱讀的當下不那麼孤獨。」我看出「妳」的身體裡寄居著一只雄核，但我沈默地笑著，飲酒的眼睛笑得如月兒彎彎，我想等你開口，等你坦然來對我訴說一切己身的坦白吧。各自回家後，你定然又酗酒，寫了長長的信，果眞是告白。末句問我有無被嚇到？

我說早已知悉更況生命對感情裡的人性都願報以最大的理解，遂無驚嚇二字，愛情本可大天大地，無關性別年齡。

不知我那樣寫，是否能夠安「妳」亂魂啊。

親愛的T：

你說今春無意中買下了我的第一本小說《女島紀行》，看完後你深有所感地送給情人，當做當時的告別之物。

未料遇見我後，我出版了《女島紀行》的下半部《從今而後》，其實兩本應該合起來看，兩本書合起來的是兩個女主角的名字（華枝春滿）。一個關於靜止與移動的兩個故事，靜止的是在女島的女子春滿，移動的是在各個城市漂流的華枝。

你聽了之後啞然。說要把我手中的《從今而後》留下，因爲你讀完之後發現兩本書的文字雖然腔調不同，但是基調一樣悸動晦暗。你得再度把這本書留給出走的情人，你說這樣才完整。你說要留下我給你閱讀的書原因在於你不想送給出走情人新書，你得送她一本你反覆閱讀的舊書才有意義。

我何其有幸，讓這本書成爲你想再度去叩叩一扇已然出走的心窗的可能客體。

我但願你叩問生命的能耐可以鉤動你那任性出走的情人的心。

而我喜讓我的小說成爲情人的對話媒介。

親愛的T：

還有誰那麼明白我，從一個雌雄同體的你所凝視到的我，恐怕是最接近我內在原型「黑暗與明亮」的了。

你知道，我對於別人稱我爲旅行者或是小說家，攝影畫畫等等角色都不是那麼在意的，那就像你說的是「一種說法」，你心疼我無法純粹寫小說，因爲你看見在小說中我所處理的自己是那麼地狠，那個小女孩又善良又任性的原型，是那麼期待儲存在記憶創傷區的生命復元。你不願在人世出沒，因爲你不願意墮落。你也不願意看到我心軟墮落，你珍惜我一如自己，而我也是惟獨可以看出你外表上班卻內裡自棄的人，人因爲被看見，才有一種存在感。

你感激我的注目。

好幾年來不見，你卻好像和我同居一室似的，任何文字寫給我，都讓我驚心動魄，任何對我書寫內容的愛與恨，你也都不留情地給予掌聲與批評。

「前幾年的我早就大書特書妳文字的魅力，並預言妳將是我們這時代的新象徵，朱天心在京都與台北間漫遊雖動人卻不同類……妳在土地與想像，在現實與過去穿梭，游牧……在都會的隙縫，尋找靈魂自由安頓，這……有重量。現在，我只知，文字招魂的能量。」你寫的言語安我無名之筆墨，如定凝我心，然陰女多愛戀，從冥入於冥，悠悠無所終。如你的情殤之路，原以爲總是階段的，總是會走過去的，卻怎麼走都愈走愈長，愈走愈苦。

從冥入於冥，我看不見你的光。

只見高亢愛情後的劇烈失落如大石橫阻生命河水，親愛的T，夜夜飲酒垂淚，你的心你的肝啊，情鬱盤旋，我眞爲你擔心。

你一直活得像是一縷幽魂，蕩來蕩去，卻能在媒體體制裡存活，我常感到不可思議。後來又想，愈是把自己化爲一片影子才能眼不見爲淨，像我活得那樣眞切又虛幻不清的人，疼痛的表情太明顯，不屑的眼神太傷人，孤寂的身影太封閉，所以早早退出體制。

傷害所建立的邊界與隔閡，似乎應該存在，這樣才能見到自己與他者的不同。我看見你這樣地過活，活在體制下，無血無肉，日復一日。

親愛的T：

我常夢見你想投靠死神懷抱，你過得不好，很用力卻很狼狽。

然你寫來的信，在你即使訴苦之後也總不忘溫馨地鼓勵我，希望我不要自棄。那也是我在生活容易自棄的幾年，動不動就揮舞感情大刀。你信寫著：「妳對父親的思念再度感動我，雖那一如妳對被槍決叔公的速寫，原是對一己情感相思的安慰，原是與他人無關的。但是妳對我還是有作用的，妳不僅安慰了自身魂魄，對土地與親人的情感以及背後書寫的噤聲，是妳的鄉關之所在。內在任性的妳，對家族誌的拼湊與描繪，恐怕是對鄉關情感最眞切的付出了。我已看到一個魂魄在努力地自我安放與重建。」

你看見了我企圖從宿命之河泅泳上岸的努力，只爲了小小的自我安放與重建。那你呢？我看不見你上岸的可能，你持續漂流，我常打撈不到你的身影，我只見到黑夜的深邃河心，你疲憊的雙眼如星子墜落在我家窗前。

我撿到人間星子，自廢武功不再發亮的星子：你。

親愛的T：

你來信說發現情人藏在書裡的書信，那種恐怖戰慄的存在，也是奇異的情感召喚。你一時不支，肝痛，差點倒地。我想那種嫉妒與眷戀同時襲來的痛，如火球滾動。慾如猛火聚，燒得陰女片甲不留。

你今天好些了嗎？

你守著情人離去的山上荒屋獨居，如墳塋丘塚間的荒屋日漸腐蝕時間，我擔憂你化爲劫灰了。把自己放進感情的爐灶，轟然一聲熔漿流過，猛火之後你已是一座廢墟。我眞擔心你，我終於明白你信裡所寫的關於我文字的招魂力量，所招的力量也不過一時一刻。足見任何緣於外求的安慰都是短暫的，易逝的。就是再如何地看重，也會隨自我的匱乏與欲求不得而逐漸失重……我們都幫不了別人，我們得先回歸自己。

生命實過又空過。

不知現世裡我們常掛在嘴上的虛無是如何地把我們虛無了？是虛了情無了心嗎？虛無虛無，我們根本一直想要實有，總想要有，才苦路不斷，但良宵苦短，醉時同交歡，醒時終須別，這樣就更讓我們吁歎了。我曾消沈很久，和你境界所差不多。你的過往情人讓你陷入絕望與毀滅之中，你訝異那絕望與毀滅如此地久也如此地頑強，你說愛情也會死亡。

我聽了，想你傻孩子，當然是會死亡啊。我不知死過多少回呢。生命陷落的位置與坑道幾乎每一回都很相似，總是學不會，怪哉，是甘願將青春瀝血，還是不甘願放捨發臭的感情屍體？因愛而喪失生存意志，把你這樣原具有雄性魅力者大刀削弱成薄薄的影子，成爲連自己都摒棄的自憐之人。我看了總感不忍，你說：「妳是我在她離開後所唯一交的朋友，恐怕也是最後了。」

幾年後，你再回頭看這句話，你會不會重新修正？

我感念於你的看重，然我但願這句話不成眞。共鳴來自於眞實，但什麼是眞實？當我遇見比我還糟者，我總會理性起來，我想我也看重你，但我看重的方法是用我全身的心意打醒你。

親愛的T：

今年生日獨你記得，你捎來信說節日比較讓你自在地表達對我的善意與關心。

你寫你佐著潘麗麗的台語歌，一邊讀著我的《昨日重現》。在我的文字裡，你蕩漾在昏黃熟悉感中重新來到我筆下的昔日童年馬康多小鎮。我喜歡你用欣賞我的文字的方式來愛我，所以我把你的信手抄了一回：「讀妳的書，心窩彷如冬日暖洋，咀嚼著幸福滋味，用情感串起的記憶族譜。」

我知道這是你對我的高度讚賞了。雖然我深知，你放下書本回到你的現實之後，我書裡的文字將再度對你失溫。每個人都是孤獨的島嶼，我的海洋遙遠，拍擊不到你高高圍起的身體岩岸。

窗外是乍暖還寒的三月天，我們像行星相會，彼此在彼岸放光，僅此刹那相逢就足以美麗許久了。愛情的尋覓具有一種知音式的鄉愁感，我們成爲愛情國度的異鄉人，在愛情的流放地不斷漂泊後相見，我們遂能超越通俗劇的發展，從而有了對彼此的超我凝視。爲此，我們彼此珍惜。即使我常消失累月，但你都是微笑面對我的，一如我對你。

親愛的T：

我再度感情潰堤，在憂傷海岸飄搖如葉。

日子煎熬，一點也不好過啊，又苦又澀的，我又想逃逸他鄉了。流亡的自我只剩下書本裡的古人可對話，而你又遠在天邊救不了近火。猛火聚心，引月入室，卻連痛飲都不可得。

夜霧的河水佇立孤舟，卻凝視者我在翻湧著折騰與嘔吐。

親愛的Ｔ：

看自己在島嶼與世界之間來來去去，很像飛鳥。

而屋子窗前總是有十姊妹飛來，停在電線桿前，很無辜地凝視世界模樣。十姊妹有一隻突然撞進我微開的窗內，在我的客廳盤旋。離開姊妹隊伍的孤鳥，我看著她那麼無助地飛在我的空間，跌跌撞撞地，我試圖引導她再次從窗口飛出去，但她卻更畏懼地亂竄一通。

遂把窗戶整個全開。她自己摸索久了，就會尋到出口飛回她的部落裡。

她一蹬一蹬地躊躇猶疑，終於尋到窗戶了，接著大力彈跳飛衝而去，她的部落姊妹旋即也迎接似地再度飛到我窗前的電線桿，她們看著飛回身邊的小小妹，然後再度成群結伴地飛向天空。

我好像那隻暫時離開部落原鄉的孤鳥，十姊妹裡的一個姊妹。

親愛的Ｔ：

日子過得散漫拖拉。先是煮麵吃，吃完喝黑咖啡，抽了根薄荷菸，聽了片老是重複幾百遍的ＣＤ，然後又打了個小盹。突然迷糊地才想起我說過今晚要給你回個信，想起時已是現在，隔天的凌晨時光了，整座城市都睡著後，我總是想要闔上的眼睛才看見了光，有愛才有光亮的眼睛。

有一天我將因爲無愛而失明嗎？還是目光因爲世界太醜陋而被我闔上？

親愛的T：

離開城市泰半窩在山上度日，有歡有哀，回到浮華世界常有空夢一場之感。這種感覺再熟悉不過了，像是孿生兄弟般熟悉，但若眞的熟悉又爲何要一再體驗？除非我果然是又愚又癡？

我自山中歸來，在山上和僧尼度過三個月的生活，作息大致相同，吃食相同，所望的山下風景也相同，但是心念各異。

幾次颱風過境，我站在海涯山巓，看著雲和風如何招兵買馬，看著雨如何蓄勢落淚成災，看著自己的心是如何地化爲碎片翩翩，看著自己成了色身老皮骨一具，卻拎著乾枯骨皮猶仍索愛。我心我欲究竟是用什麼打造的？如此頑強不毀？我看著颱風過境，落葉辭枝倒地，走獸螻蟻奔走。摧毀我吧！根據你形象的愛，摧毀我吧！但我仍好端端地，沒有人要帶我走。

我欲乘風歸去，風卻無情轉身。夜晚到來，風過雨過，窗外陡然明亮。我在山巓小坐，卻不防看見了你。你還在山下的某個荒屋飲酒，並不支地趴在桌上酣酡著。

風雨沒有幫我喚醒你嗎？

我問風雨，夜裡只聽到猶掛葉脈的雨滴咚咚咚落。除此，一切已悄然。我們擔憂什麼呢？最終不都會過去的。

你要好好的。我在山上默禱，憑我意念看見你的蒼蕪之身。從冥入於亮，你的臉，開始有了笑，即使那是沈重的笑，也讓我凝視再三。

親愛的T：

一旦我認眞，情愛就失眞。一旦我失眞，愛情又認眞。

眞眞假假，我永遠沒弄明白，問你恐怕也白問，因爲你情執深、意念邃，任何認眞你都不想失眞。

但愛情根本無根本，無根無本的東西如何認眞？

聽起來好像自己在山上作禪宗課題，實則不，這樣的自我提問，其實來自於非常幽微的幽微。

曾在電話中向東方某文壇長輩友人通電話時提及感情的困頓，他說，姑娘妳又不婚，爲何不享受當下的愛情存在就好。我說理論上我當然理解，但是被個性本質左右了情緒。他說，那就不叫理解，他是陽明學派，也就是奉行「知行合一」。這倒是給我當頭棒喝，我決定把這「知行合一」成爲自己的座右銘，寫下來，給你。

我們都需替自己困頓的個性作功課。

親愛的T：

今天我又上山了。沿著北海岸一直前行至福隆。

到紅塵想古佛，到古佛處心騷動。唉，善女子很不善。

昨夜夜裡三點半，心神不寧至無法成眠。下山來後病情又復發，必要時還得吞顆安眠藥才能助眠。深夜無人說話，胸口悶，遂起來給你寫個很久失聯的信。怕你笑我，昨日才好，今日又惶惶萎去。

雙眼乾澀，今天白日還恍惚在某家店撞到一片擦拭得太過於乾淨而不存在卻存在的玻璃，頭撞得紅腫，砰一聲，還引起四周人的一片喧叫譁然，你就知道我撞得多疼啦。

想遠離又苦無去處，無重力的失衡。

想來想去，又跑到這片總是收容我逆女之心的山林。

親愛的T：

我眼睛水晶體這些日子模糊，疼痛。恐是眼淚流太多，又被睡神遺棄多時，睡美人醒來才發現自己已然老朽枯槁，莫怪睡神再也不想擁抱己身。

美，是人心最大的執著弔詭與時光的無情示現。弔詭是因爲人皆懂美無永恆，美的凋零不受人之意志控制，美是屬於時間的國度，熱愛藝術者多耽溺耽美，美成了我們對生命眷戀不已的最大詛咒。我們常說，何不把凡事當美，心所照射之處，想美則美，想醜則醜，但這想法在世間的生活裡不免有所阿Q。

我身體疲累，癱在床上多日多時。眼睛還能轉動，望著石壁上溢著濕氣的四周想著，自己眞軟弱啊。眞佩服可以將意志超越身體的人，莒哈絲說：「要寫作就要比寫作本身更強。」我常顚倒，我的身體與意志都比寫作弱，如果能不寫就度日（渡心），我或許也將停筆。我躺在床枕上，想起有一回我寫信提到自己的高亢情緒，我仿莒哈絲口吻對你說要嘛寫作，要嘛死亡。你聽了嚇了一跳，你說你不覺得我有如此純粹。善哉小T，開始質疑我的純粹。

我確實不純粹，我根本就是大雜燴。

但今天在此山城海湄，躺在石屋，熱空氣裡有一種清冷。我默默地流下淚，想起自己歷來的感情路。我續想著前封信裡寫的當我一旦認眞，感情就失眞的感情路，發現這年頭是說不要的人最大。

說不要的人最大，因爲無欲無求於人了，「不要總可以吧。」我總是在背對感情客體時如此反覆對自己說著。說不要的人，一個主動自棄者，你還要拿刀威脅她什麼？你還要苛責她什麼？

我們的離去，即使不能成全別人的什麼，但或能稍許的保全些什麼吧，這樣的保全，是一種自保也是對感情的全身而退。

這樣一想，身體的疲累好像稍微退去了些。發熱發燙的狀態稍好，我想也許我是身體中暑，感情中毒了。

在七、八月住到一個沒有冷氣的靠海石屋，意志薄弱時身體很容易被擊垮。我常自討苦吃，當感情痛，就把身體弄到一個更難挨的境地，因爲好像這樣一來就得好好照顧身體而忘了心神的捉弄似的。

我突然非常體解你的惡意酗酒與抽菸，那是不同形式但同樣意念所發射的行爲模式。

我的另類所愛啊，請你推開你的荒塚之屋的對窗山色，我想你推窗看見天空黑幕裡有絲藍亮般的神采閃爍眼前，那是我自此石屋所發射給你的柔情。

情懷一片，慾望一片，片片成碎片，片片都翩翩，飛過你的窗，搖醒酩酊的你。

親愛的T：

在山上有時會把玩著手機。沒有生命訊息的手機，沒有任何的作用力空殼。即使開機也因爲山上收不到訊息而成了死亡狀態。山上的手機成了我自己現狀的隱喻。我不知爲何要大老遠跑到此地，盛夏之死炎炎罩頂。

我的每個大我甚多的情人都對我說過相同的話：生命無聊。那究竟我們要怎麼讓生命有聊下去？

年輕人大體不會這麼想，無聊都是生命遍嘗之後的人的難題。手機也是一種有聊，開手機希望聊聊，聊什麼呢？聊生命的無聊。我們從來不用手機聊天，因爲我們生命的無聊連手機都覺得無聊。

手機和網路，把我們帶離見面擁抱的陸地，我們從此漂流在語言與意念的大海，如被詛咒的荷蘭水手，無法見面，無法擁抱，因爲生命之船無法停泊靠岸。

棄舟從人的你，從人魚轉成有腳的人，你說荒涼依然。我想陸地的繁華，和海岸的荒澀，都是我們常面對的兩極。

親愛的T：

山上四處有芳草，山下是滿城無故人。

我的獨居歲月，選擇和你對話，因爲你是雌雄同體，你是我的暗中之暗。但即使如此，你的黑暗常回應的是悄然。

親愛的T：

我想闔上雙眼，但意念卻不讓我闔上。戴上飛航用的眼罩，仍然闔不上眼睛，疲憊復疲憊，小人常戚戚。

我兜轉四周，我落腳的最高處雲客集，空空然。半山腰有僧衣黑影偶有掠過，再遠處是漁火。

幾天前，在這無新聞的居所，吃飯時間有山下來客說著新聞，蛇頭遇臨檢把偷渡的小姐推入海中溺死多人等等。我光聽片段就知一二，多少年來，我們眼前的這片台灣海峽承載多少沈墜肉身？那些女孩女人，還沒到彼岸就葬身冥途，我們的彼岸如此以駭人聽聞的殘殺事件來揭示島嶼人心的殘戾。扒飯時光，海域平靜，假的平靜掩飾不了內裡的波濤洶湧。那些幽微的生命掙扎又豈爲我們所見。那些停駐海域的小舟不正在驚擾海底的生潮，激情血路刮傷在我的眼前，我看見了，看見漁火在魔術天光所燃起的最大死亡黑潮，漁汛傳來死訊，天光與我見證眼前海域的傷殘幽微記事。

天色黑了。我的藥石也嚐畢。獨自踱回最角落的客居處，經過大殿，燭火搖曳，香油氣味撲鼻。低頭走山徑，冷不防撞到橫亙在前的樹幹，忘了低頭行過。是菩薩要我低頭垂目，面對先前所聞所見的海域傷殘事件？

我撫摸著頭疼處，微笑了起來。

親愛的Ｔ：

今天我感覺飢餓。刻意的飢餓，身體軟軟的，我試著想，在飢餓狀態，我想吃什麼？

有一回我飢餓狀態時，看見別人手上拿著削皮的白肉蘋果時，竟把白肉蘋果看成了包子。還把地上的螞蟻看成了蟑螂而頻頻畏懼跳腳。

飢餓過久，血糖過低的昏迷前有一種搖晃的幻覺感，一切失色失真。

我真懶得煮食物，也懶得動。很多人問我身材怎麼保養？其實沒有保養，是自棄，我的身材是自棄之後的樣貌。下午兩點才有第一餐食物的人很少有胖子吧。

我常常忘記吃食，卻常常想起情人。

想起情人也是讓自己變得很瘦很瘦的良方。

有一陣子瘦到像鬼，兩頰凹陷，唯目光炯炯，是昏迷前的迴光返照。後來又胖回來，因爲去了法國。

你寫信提到看見我傳給你的照片時感歎地說，你已經如朽木，而我還有青春的尾巴可抓。你若見我之前的模樣，恐怕你會以爲見到一具被愛情掏空血肉的皮骨呢。

所以愛情折人甚劇，現在我已經磨練得很有功力了。我逐漸不讓自己飢餓，試著吃東西。

親愛的T：

在山上度著散漫的生活，一丁點一丁點地沈澱，再次企圖拼湊自己的原型，在砍掉枝枝節節後，看著自己能否重新凝聚起點。在張弛又散盡的命運中，有沒有可能蓄滿生命的杯，然後重出江湖。

我在此佛教僧團山城生活愈久愈發明白自己是不屬於這裡的，此地有善良善念在我周圍結界，保護了我的生命。但我明白我的心還是騷動的，或者該說我知道這樣的保護也是虛幻的，入世接受考驗，也許才是根本吧。

在山上生活的這段長長時日，我感受到今日沙門世界的執著並不比凡夫少，出家者眾開悟者實少。然山上行於我既無出路，那麼山下呢？紅塵熱惱我心亦熾，可謂兩邊皆難挨，是自我意識太強，還是現實世界太壞？

恐怕還是自我問題很大。

在山上有時都沒開口說話，久了有一種飄渺之感。在光中相見並不容易，現世你我都是風中之燭，我在黑暗中舔舐自己的羽毛，一如我才出生似的無明。

我看見你依然漂流，甚至有時滅頂。滅頂是一種自棄，我在山上遙寄我的祝福，我想你明天張開眼睛見到太陽的那個剎那，那就是我給你的第一個祝福。

你明白的。

親愛的T：

自山中歸來重入娑婆世界多日，一下山就見到答錄機閃著多通電話的紅燈留言。誠然是欲苦，欲求不得苦，盡量靜默是我唯一採取的方式。

我在信裡向你提及我選擇上山路卻反向世間行，既選擇入世，我將提筆寫到死。我或許沒說清楚，其實寫到死，只是一種自我供養與激勵而已，重點倒不是寫作多重要，而是那個走到死路的堅毅過程之動人吧。你提及坎伯說人生意義在於體驗來回應我說人生是在過程。過程是歷練是體驗。

我將冰雕一切，包括感情包括寫作……當一切溶於虛無，冰化成水，我將再不流淚；我將在花花世界，遊戲人生。

親愛的T：

你殷殷來信切切提及我的寫作，你說我的文類變雜了。

我知道雜的原因也許是因爲我這個寫作個體戶的生活善巧之演變，好比寫專欄寫旅行文章謀生等等，但我從沒對小說變節過。你說你懂，你只是難過我必須張牙舞爪才得以生存下去。

現在我心境換了，覺得文類不該是一種限制。就像麥子，可以做成麵包也可以做成麵條或蛋糕，但本質是不變的，麥子還是麥子，全麥麵包是不會變成饅頭的。

我想我還是老話一句，一生都無法歸類，於是注定成爲邊緣人。或者該說主流的邊緣人，這樣也很好在喧譁裡低調。在走雜的路上，我的內在還算清晰，無論好壞，苦樂皆受。看清楚狀態，有或無就不會受影響了。

但我還是很感念你的提醒。

親愛的T：

許久沒收到回信。你說因爲病毒接著胃病，連串侵襲你的肉體。

今天稍好些了。你羨慕我可以強悍地寫到死。你是沒有力量沒有形構的人，空盪盪的，不知要飄渺何方？

黑暗閃過的光芒，如你，你放棄追逐生命極致的體驗。你再次回應我的文類雜了的問題，你說我的才情多方而飽滿，可以應付各式文類，但是你說你替我感到心疼，「如果可以專注處理小說，那將會更精進。」我知悉你的期許，但面對現實環境與自我經濟的疲乏，困在其中的我，或許如你早已滅頂，滅頂中還能活下去的人常感心的某個部位深深被嗆傷了。

能不能有感而無痛？而不要無感卻有痛。

也許，我是知行合一的。

該怎麼說呢，因我發現自己的感情是在每回痛過且姿態極低極低之後，在心變得很冷很冷之後，我反萌生了力量。

寫作也是，在什麼都沒有利潤可言的環境，也許橫豎就更豁出去地寫了吧。我在等待我豁出去時的寫作狀態。（然截至目前我都還沒產生這樣的瀟灑狀態，或許我該問的更是我的才能問題，你說我才情多方而飽滿，我卻質疑自己了。）

你說你在媒體工作不過是討口飯吃，我哀傷但明白。「這年頭可以真正對話的已太少太少，如不能精采對話，倒不如沈默以對。」

你是太認真。我有段時間也如此，現在好像又可以三八了。

「妳太自溺某些情感！」你對我的文字提出最大的批判。

我銘記在心。自溺溺人，人溺己溺。我，該上岸了。

p.s.：情書或許是對自我情感自溺的最大總結（了結）。

親愛的T：

整理書信，收到你的信：

「是什麼讓我不時瞥見站在黑暗谷地的受苦的妳的靈魂，感到妳身上纏繞的情感盤根錯節，妳卻又極度渴望自由。」

夏日急馳的閃電在天際迸裂光芒，一道道驚悚的白，讓我在河岸居所看得啞口無言。我想起了你，拒絕和外界對話的人，我的朋友，你說我的靈魂好老啊，老到讓人心疼但也清澈純潔地叫人炫目。我以爲這句話應該複印下來送給它所發出的信箱。

你爲何得以見到我靈，是因爲你站在更闃黑黯然之處，你抽光了所有空氣的白光，你在枯荒空寂的深淵僅見邊境的藍光，曾經我是你的邊境藍光，但後來連這樣的文字星微光芒也與時黯淡，你說我靈魂深重，我以爲你要說我罪孽深重呢。我的文字靈光，其實就是屋前的河水的星光，我不過卑微。

而不願再與世界對話的你，我的文字哪裡能承載你呢？

你要自我治療卻又不相信再有春天，我似乎只能安安靜靜地捎祝福給你。

寒冷之天，請多保重，來日正長。

親愛的T：

你易了名。

於是我問，棄舟從人字旁的新名字有何深意？不知你沒了舟子後，如何把你這個已轉成人形的自己在不假外求的狀態下泅泳安渡這人世之河？

人易名換的常常只是形式，我仍然如此認爲。弘一法師有多少名字，李叔同、演音……但每一個都是他的過去與現在，過去與現在也都指向同一個他。

緣於人的侷限與困頓，所以我們才謙卑。我們不見也相歡的信任來自於你我的心念關懷恆在，我直視你煎熬的美麗靈魂時我常全身肅然魂聳且起敬。不論你叫什麼名字，你仍是你，分量年份在我心中都一樣的你。你看重我如雷鳴巨響，我看重你如陳年老酒。內在的良善幫我們的邪惡救贖了。

我們都曾詛咒過自己，你則更暴怒地曾無情地指控愛情的離去者，「生不能安頓，死不能安息。」何等的詛咒！但你靈魂的良善又再次在午夜懺悔曾有過的粗礪語言，與哀悼自我的失神失落。

戀人（家人）都太忽略言語的暴戾了，我活過語言的家暴，我知道語言如水刀，刀刀劃下都是比見血的疼痛劇烈且難復原之傷口。

要小心語言的戀人暴語劈下。

親愛的T：

以殘身來葬心，是林黛玉似的情懷，我們不要這樣他媽的憂愁可好！

你想贖罪，你寫下斷疑、解怨、釋結、懺悔……的歷程。

我想你的前情人一定可以接收你對她現在的善念了。

你並提到我這雙魚座的另一個洄游的拉扯力是對物質慾望的放縱，你說這個角力正好拉住了我，慾望讓我猶眷戀人世，所以不至於毀滅得如你之荒涼與徹底，也不用將殘身殘骨棄之荒原。

沒錯，我是耽美溺慾的人。

這成了拉住我好好活下去的角力，也許是吧。

親愛的T：

還在酗酒嗎？

你發黑的臉已比我走在歲月的老化前端啊。我心不忍卒睹。你說自此生命不再求理解，靈魂不再求對話。你活在難以形容的恐慌與清明的兩端，你提到愛情殉難教主邱妙津，你說你的世界是連邱妙津都寧死也不願苟活的啊，而你末了感歎自己卻只能活著，清醒地看著世界如此無常無情與詭詐，你如此孤獨地將荒涼終老。

你封閉自絕如孤島，而你的舊情人早已如走索者，不斷地開放闖蕩情慾黑暗漂浮世界，她與世界交融，你卻自陷枯井，我眞不懂啊。你指責舊情人的鬼混，你又知悉鬼混不屬於愛情層次，但你的嫉妒火中燒，已經使你無法再面對更寬大的人性對待。你粉身碎骨，卻要我多所保命。我爲你不値，也爲愛情而悲鳴。

好像看見你就等於看見自己，過去的我如是，眾生如是。你將情人嵌入靈魂體內共生共亡，情意雖高，眞誠動人，但若作爲你的情人壓力可眞大啊。你要求永恆，要求忠貞，但你卻閉眼不看人性，這是否也是某種自私呢？

你寫：你的生命型態是奮力地放棄，放棄創作，放棄溫暖，放棄對話，放棄世界……放棄的反意就是我要我要我要我要……

你眞不欲不求，那就沒有痛苦可言了。這世界是說不要的人最大，因爲不要的人是無欲則剛，不要的人不該有痛有苦，否則這是假的不要，「接受」是情緒不起波瀾才謂眞接受。

我無情地這樣寫，無非是心疼你的放棄，這放棄裡頭充斥著各式各樣的難堪與責難，憤怨與哀傷……

親愛的Ｔ：

收到你信，意感你正處膠著狀態，夜濃情薄，我想你的心裡定然寂寞至焦灼，但問何時你才能浮上岸以結束癡獄的地窖生活？漂流愛情海的終站並沒有附贈橡皮艇，而你只餘肉身浮木一具。我掛記著你這樣高品質的人卻深陷愛獄，罪名是癡心太狂。然癡心何罪？癡心不過是愛情迷幻的某種後遺症。

屬於你的時光誰也剝奪不走它的樣貌。你將精華時光拋出去給你所愛的人，時間再拋回來給你的卻是愛情白骨一堆。當你走在街上眼見滿目是愛人眷屬時不免多所傷慟，然我要說的是你不會是單一的。

囚在癡獄的愛，關著許多浮世男女。

我也常在其中囚著，愛情廢墟多癡女。

愛情於我不論是欲求不得的低迴神傷或是正處迷戀高峰的昂揚，愛情本身即有讓人如囚於「癡獄」裡的凶險，身心爲之暴烈或爲之溫柔，端賴愛情典獄長的恩典與否。

你我聽聞太多幸福的故事，但那在我看來不是愛情，眞的，愛情的贗品繁滋，許多人找到的愛情都是一種可以讓人生允諾成眞的愛情。但愛情本質無關於允諾，愛情甚至和死亡底層恍似，是渾身如喜悅的痙攣通體，是柏拉圖所說的「神聖的瘋子」。戀愛時，我們常已成了某人的俘虜，精神如此，肉身亦如是。所以愛情太難太難，身與魂，精與氣，不留一絲一毫地全然拋給一個陌生客體，且還抵達了永恆，這宛如愛情神話。因之愛情的絕對純度太難，所以有人終其一生所擁抱的其實只是一種安全的關係，或是一種體貼一種關心，但那不是愛情的「魔幻」本質。

愛情美好的本質裡一定蘊含離別的種子。揮手的姿態是生命的常態。作爲一個愛情的擁抱者，愛情必然在甜蜜之後發出的苦澀之味從來是尾隨在旁。T，我這樣坦然剖白，只爲了再次減緩你的寂寞。世間愛情多寂寞，你的寂寞不會是單一的。

愛情像是有著金粉熠熠的魔法，沾上了就得救了，離不開了，著魔了。但它也隨愛之客體的滿足與離去消亡。愛是某種天賦的能力，愛是引力，是精神投射，是生命原型的流轉……我們可以說出一堆關於愛情，然而愛情最常排斥的卻是「眞實」。

愛情的喪鐘未敲，然墓碑已刻。追愛者不捨不棄，如我之繼續書寫。

苦痛與卑微，介入或質變，愛情破碎的關鍵狀態。第三者悲歌時，另一個他者正喜悅，所關所乎就那麼一個情人。

然一個情人怎能決定我們的生死？你的病情是被關在癡獄，而我化做文字來拔你身苦，只能以書寫來苦其心志。以文字焚燒自己的愛情，此愛情祭壇誠屬高尚，因爲作者的苦在黑夜裡化爲墨水，不斷地受著和他者的甜美記憶的強烈鞭撻與煎熬，也只有書寫有此深度力道了。我在愛情祭壇遂看見了你我的愛情帝國劫灰。點愛情水燈，燃愛情劫灰，以文字墨水鉛字爲招魂旗幡，遂使愛情失語失歡的動物再次取得了精神的回歸權。

誠實面對你的失去與匱乏，即使是世人所不恥的獨白痛苦與喃喃自語，但我以爲喃喃自語勝比說些冠冕堂皇的光明話誠懇太多了。別輕忽喃喃自語，誰沒有喃喃自語，連夢境也是一種喃喃自語啊，何況一個誠懇剖開自我的喃喃自語可以抵達眾人的神界呢。

Dear T，緩緩爬出你的雙爪試著走出癡獄地穴吧，探看外界的溫度。關在癡獄裡雖是必要的自我面對與反省，但也別忘了外界的愛情從來都在，像莒哈絲說的，重要的是保有對愛情的感覺。你看她談的戀愛都是至死方休啊。

沒有愛情，我將如何渡過這人世之河？是愛情成全了我懂得生命的眞相，是愛情成全了我懂生命的離別。愛，因爲離別才顯得珍貴；就像生命有限，才顯得活著的用力與多感多傷。愛的纏縛纏繞無可比擬，像是某一頑強的鐵鉤掐住了意志的皮肉，非得如此愛情才能彰顯它的存在力道。然而我們要下得去，就要上得來。之於愛情，之於一切，都得如此才不會被反噬反撲。下去探看生命的諸多層面是一種面對黑暗的能力，不論生命的深淵或是愛情的癡獄難挨，此類人等總想眞切履踐生命，他們的生命與故事是實踐性的，不是聽來的。但是沈墜下去的同時間，也要期許自己不論發生何事發生何種變故都能從愛情的地窖裡爬上來。

黑暗深淵，癡心牢房，我們都如履薄冰。

你是不寂寞的，我時常想起你，想起你的同時就想起許多男女在人生愛情旅途的艱難跋涉。而我也在其中，回首在癡獄的長途跋涉，是微笑，是淚水，是哀歡，是心悟，是漸漸浮出水面了。

我在游泳池畔讀著韓思的《眞愛獨白》，想起了你，同爲神聖的瘋子，同是愛情的病患，對於受苦、失落甚至是死亡種種我們都是極其敏感的，然敏感並不等於脆弱，我相信即使在愛情客體缺席之下，一定也另有事物等著我們來成就的。

屬於夏日游泳池畔的歡愉我雖未抵達，但我欣喜在這條路上，曾經被關在愛情癡獄裡的不只有你我啊。遙遠的年長的法國女子韓思，同樣寫下了女子路難行多坎坷的私語囈語，眞眞是呢喃如詩如夢的文字。我眞心將韓思介紹給你認識，好讓你安然。

女子有行，是不寂寞。慶幸自己已從愛情癡獄被放出來了，情業深重如我，欣喜我這樣一名愛情的苦役犯也終有刑期屆滿之時，我聞到自由空氣的同時，卻十分掛念著猶仍被關在癡獄的你，愛情的囚奴，你和千千萬萬的女子。

我筆端永遠的懸念。

謝謝你告訴我，Neena的意思是「美麗的眼睛」。有時我會用Nina，「小女孩」之意。Neena Nina，兩個名字，正好合起來是（有美麗眼睛的小女孩），我很喜歡。

長夜之路，「唯你的名字刻印在每一扇牆上。……與祂在一起，一切回歸單純。」我讀《眞愛獨白》，寫下這些句子送給你。縱然我無法去探你的愛情監，但我總是懸念著你的心情。

親愛的T：

纏綿戀執，無暫捨離，染愛情重，畢命爲期。

此是你的感情狀態之註腳。

我將對你暫時保持沈默。因爲當言語過多過重時，也是有損於對話品質的。

親愛的T：

刻意地我們生活在同一座城市卻不敢多所逾越地想要見面。我們多年不見，語言已然失溫，但記憶溫度仍保有一種不冷不熱的溫暖。

這世間什麼最難，就是保持平衡。不冷不熱當然難，多冷多熱是普世人所易於維持的。和朋友聊到我們都太具備知識份子的僞姿態了，或者自己根本就是個僞知識份子，明明生活很靠近普羅卻不敢去碰觸那些底層的事物。也因此我們的書寫像是一種和現世生活很有隔閡的東西，我們可以寫看書看電影或是因爲新聞事件的感想，然而我們很少寫到自己生活的世界，很少寫到究竟是因爲生活本身太貧瘠還是不敢去碰觸生活本身的實相？

諸此種種，我想在企圖脫離自己僵化的模式與腔調，但是新生的品種也得依賴一種自發性，自發性源於一種生活的長期培養浸淫才能生長。我知道轉變的時間到了之際，我將不會不知道。生活貧瘠會反映到小說家的作品裡，我得好好思考啊。你的意見，永遠是對我最好的提醒。

我的愛，願你不孤單、不孤寒。

在巴黎遙想燭光下的交心

——給暖暖

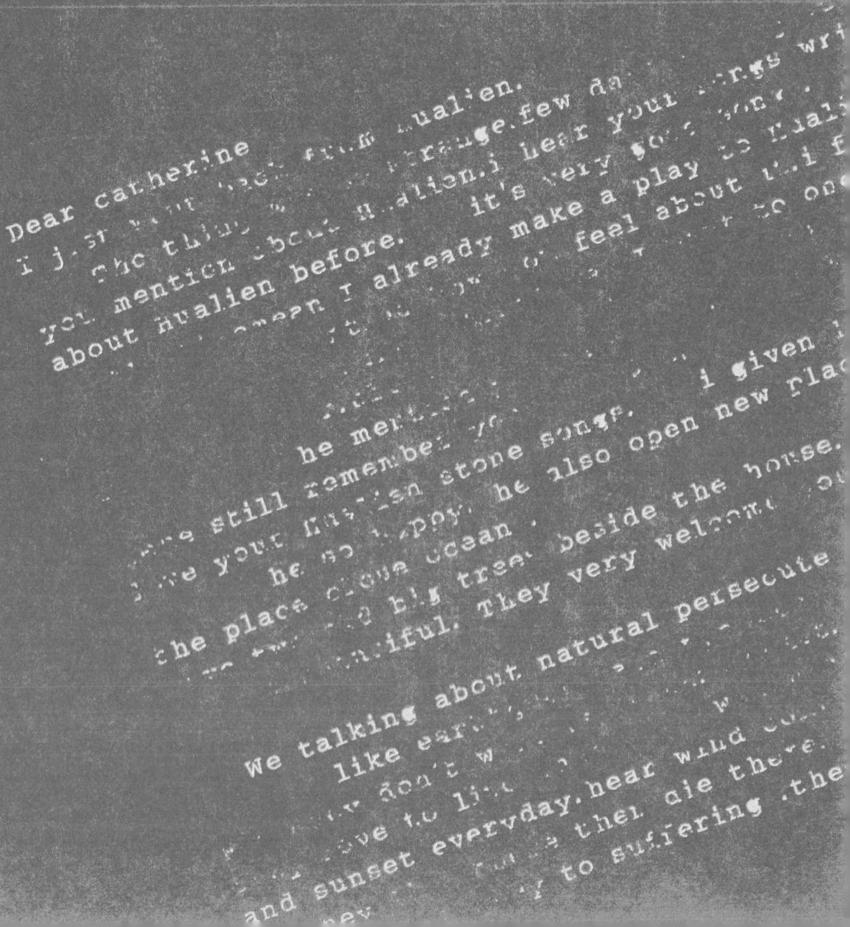
Dear catherine
from Hualien.
strange.few da
Hualien.i hear your songs wri
you mention about Hualien before. it's very
about Hualien I already make a play to Hualien
feal about
he men
still remember
stone songs.
i given
he also open new plac
he so happy.
beside the house.
the place
ocean .
big tree
They very welcome
We talking about natural persecute
like
sunset everyday.hear wind
and sunset
to suffering .the

暖暖：

今夜整理行李，寫簡短的留言交代友人及鄰人一些事情，好比澆花，收信，以及颱風天若來到幫我看顧房子等事。

如果我們愛上同一個男子，且那男子也都愛我們，這會如何呢？會不會損害我們之間的情誼，還是增加我們之間的情誼？有多大的信心與支持存在於同性之間？

我不知道，但我一直都有很好的女友，且是那種即使十年不見，聞流言亦不信的大信之輩來往著我的生命河流。一直覺得女性的交誼應該是可以很深的。我不願用任何的框架來看待我們，因為我們沒有那麼狹隘，我對妳是很寬的，我希望妳瞭解，妳是少數我打從心裡交誼的女性，因為妳對我有信任，我對妳亦然。不論後來發生什麼變故，我這話先向妳說著，以免將來無機會了。我雖有大信之輩的女友，但亦有幾個因機緣誤解的女友，什麼是因機緣而誤解？就是時空因素的我和她們產生錯誤的酵素反應。例如在紐約習畫時，當時因為狀況差，又面臨許多問題，台灣女性友人不巧來訪借住，即發生了她誤解我趕她走的意外。我當時的個性是沈默的，許多誤解也因此產生。我對人其實沒有動機，何況是看重的朋友，但是無緣之後也只能放任和放下。

人的默契一旦瓦解，說再多的話都是枉然。

默契是心領神會，是無論何事都站在你這邊，可這樣的朋友少之又少。若他人對我有一絲絲猜疑，我便無法交心了。妳在我面前完全吐露表白自己，我想是因為信任，因為懂得。有言素面相對，我和妳即是素面相對。我相信不論外在對我流言如何，妳都一笑置之，站在我這邊。

今夜，他打電話來道別，在公用電話亭，我聽得出來，大卡車往來車聲滑過，又墜向遠方，奔去奔去再也不回頭，我心裡配合著車聲馳去的畫外音。

閉上眼睛，即抵黑暗的汪洋。他的聲音於是才漸漸清楚了起來。他說要祝福我。這一年半載，被我們倆用得最氾濫的字詞即是祝福。字詞在情人的唇與唇間無限地疲乏。當認知不同時，任何華美的字詞都是無用之句。

當一個情人說要祝福我時，我已經聽見了轉身的袖襬揮上了我的臉，那種祝福是一種言下之意的告別字詞。我雖知道我和他沒有所謂告別之詞，只有面對或背對的事實，因爲我們從來不是世俗定義的情人，當不是時，我自然不能以世俗定義的方式來看待人的轉身姿態。我只能看著聽著，然後悄然哀傷。因爲這是我自己選擇的姿態，從一開始的情人擺放姿態我就任意讓它發展成這個樣子，我現在自然無法也無顏面再去述說什麼，因爲我以爲自己夠大氣可以承受任何情愛的關係與處境。然而時局不巧，這情愛的關係變化發生在我處境最脆弱的遷移狀態以及我母親生病的時間點，於是我斷然地幾乎自殘，自傷，一切仍無所終。

那段時間，我不可避免地走向失眠憂傷毀滅。

那時我以爲我將憂鬱致命，因爲兩顆藥也無法讓我入睡。天亮了，天亮之後無眠，稍稍躺一下，卻又驚醒過來。當時我快要自廢武功了，像一縷幽魂。我無法再聽他說的事了，原來我是無能的，我面對他竟是無能的。不若我面對妳我有能，爲何會這樣呢？我曾那樣愛他，愛竟讓我無能，愛竟讓我退縮，愛竟讓我關閉我的五官，不能聽，不能思，不能見，不能擁，不能聞。

我看著屋內跟著我多年流轉的旅行箱，貼滿了寂寞異地的關防章。我移動又移動，暫居又暫居，悲與歡都這樣地在移動中被點點滴滴滲透了出來。

河水在我眼前，夜晚的河水有對岸的璀璨光影投射的光束擺動悠悠。如果我走向前，淚水將和河水同流同舞，黑暗和我也沒有了邊際。我在黑暗中看見自己的靈顯得單薄，因爲被情愛刺傷的靈簡直是一攤碎片，碎片不成形，人子不成形。

我面對我的屋子，發呆了起來。我沒有走向河水。我閉上眼睛，安息安息。

我將移往塞納河，從淡水河出發，從河到河，從左岸到左岸，從城市到城市。河水湯湯而流，我在自己的城市看見文學和愛情的廢墟已然雙雙成形，而新天使卻還沒長好翅膀以鍛鍊飛翔的本能。

我將到一個陸塊歐洲，去見證另一座城市的興起與文學花園。至於愛情，我暫且把它關了起來，我把它暫且深埋在心海底處。

飛機的引擎巨響已經在我耳膜響起了，暖暖，照顧自己。妳說我不在河邊就會想念我。我將前往另一條河，這塞納河將有我的眼睛凝望，屆時，我在左岸，妳在我心。我替妳看異鄉的河水，而妳幫我照顧我家的河水，我們融合一起，須臾未離。

暖暖：

晚上八點多也就是台北深夜兩點多，我台北思念的人忽電，說希望我快樂。也把我寫給他的信貼在牆上。快樂是什麼？我不禁在異鄉的初夜想著。我好疲憊，但願這樣的疲憊與時差可以解救我的失眠。

我寫給他什麼呢？唉，都怪我囉唆瑣碎。那是什麼樣的信呢，我在啓航前些日，寫信給他，並寄上幾張音樂片。當時在家中面對著對岸淡水河大屯山的千紗萬盞燈火，朦朦朧朧，絲絲縷縷，眞是山一程，水一重，我在女兒國的國度裡兀自繾綣，兀自徘徊。毋庸揣測就知道什麼樣的祝福捎給他會讓他安心且快樂，那就是必得祝福他「情人多多」。經過這近兩年的相處，我豈不明白這樣的祝福顯露了一種氣派，且把自己公諸於無私的美德。（可事實是我禁不起人的情義落差。）這是一種慷慨的祝福，之於一個深具藝術性的男人。這是一種放心的祝福，之於他。他說如果他妥協，那麼便對不起過去那一切的滄桑。

我想也就是說如果現在妥協那過去的苦都白受了的意思。我懂我懂。

在這裡，在異鄉，體驗一種全然的放心，腳程才能輕鬆移往。我說的放心其實是一種放下。放下燃燒在我頭上的煩惱，火焰將化紅蓮。我不能被過去的記憶鯨吞我放展的未來。

希望妳也是。妹妹，大膽地往前走！以前我的情人常常這樣對我唱，現在我把它贈給妳，期盼妳一切都好，不要覺得孤獨難熬，秉燭夜遊雖然難覓情愛與知音，但天亮之後，大把的未來還在妳前方。

我應該有對妳說過，我喜歡妳的笑聲朗朗，那笑聲可以衝破黑暗，直戳無明色相，妳當應常常這樣笑。

暖暖：

我在左岸，妳在我心岸。河左岸四處都是人流。

夏日潮湧著人的笑聲。好像世界只有我沈默著。

在市場撿剩菜蔬果，幾顆紅肉李和酪梨狀似完好，學著像流浪漢般地撿著，在異鄉什麼事都可以，因爲人放鬆了。

我記得好幾年在紐約畫畫時，有回去蘇活區地攤買夏日上衣，問老闆說有無換衣間，老闆說直接就脫下試穿，沒什麼大不了的。就是這樣，沒人看你，在下城生活，隨時體會的是無邊無際的隨興心情，人沒有什麼框架時，對待心靈和行動也就沒有太多掙扎。

當我混身在一群外來移民者中，體驗那種撿拾的樂趣，突然在彎腰看到一粒完好的水果時，隱隱的有一種心酸突然湧上，呼吸節奏瞬間變得亂了起來。

巴黎一點都不浪漫，浪漫是被媒體和觀光化集體渲染和眩染的。巴黎人的中產以下和底層社群甚且非常刻苦節儉。

巴黎女人一點都不細緻，細緻是以男人目光所鋪成的女性雜誌之時尚圖片所累積出來的整體形象。但當她是個別時，我常見到的是疲乏的女人，在城市生活顯露的蒼衰與粗糙。如果尖峰時間搭乘地鐵，我常聽見有人在爭吵。有一、兩回因爲前頭的擠我，我只得退後，於是擠到後頭的巴黎女人，那女人便用法文髒話罵了幾聲。這是粗魯的巴黎，當生活面目浮顯出來時，誰還管優雅不優雅。優雅是一種文明禮教的馴養，當生存下去與否成爲要件時人的本能是野蠻的，因爲野蠻可以抵禦制度，瓦解皮相。

巴黎的優雅其實靠的都是皮相。我每天在這裡沒事時，最常收看的電視頻道是時尚頻道，因爲不懂法文也可以看懂，且也眞的是目不暇給，在觀望中我可以處在一種觀望時尚人的色相炫技與自得其樂而遺忘自己的存在。女人對於裝扮的熱情除了來自於他者的注目外，有很多部分是一種自我犒賞，在犒賞中重新拼裝自我的存有。拼裝完成，迎向外界，外界注目，之後這拼裝就又成了舊物，女人需要另一組拼裝，因爲注目之故，因爲她渴望每一回都是新生。

暖暖，我今天穿越夏特雷（Châtelet）地鐵站，這是個大交會站，人潮來自四處交會又散去，散去之後又有另一批人重組。巴黎某些角落是個只能看不太能聞的城市。

像這地鐵站極其難聞，伴隨著列車行經的快速之風迎面送來撲鼻的尿臊味，像一些流浪漢那終年未洗的身軀之腐朽，讓許多穿著時髦的女人掩鼻快速行經。巴黎在興建地鐵時開挖地下道，竄出的鼠輩是以百萬百萬計，這座城市的腐朽早在歷史裡就已清晰可見，波特萊爾和莒哈絲最懂這下墜的沈淪力量。

當然季節也有關係，相較之下，兩年前春季我來巴黎，夏日遊人尚未入侵，似乎安靜且乾淨一些。但是城市就是城市，沒有藏污納垢的腐敗氣息、沒有猴人猴面的裝模作樣、沒有打扮美美的時尚名流那就不叫城市了，城市是某種交媾再對位之儀式的產物，城市的儀式端靠人工與網絡。

還記得今春我們去了某家高級酒吧，音樂是那種流行的馳放和Lounge音樂，聲光幻影，薄紗窗簾下方是城市，一座參差著高度不一的台北城市在微醺下閃動微弱之光，酒吧內人氣還旺，妳和我也認識的那個男人說要走了，我說出來玩就玩到盡興，怎麼好曲未終人已散。我當時還流連一種情緒，總要把事物推到極端才要罷休，當事與願違就感悵然。一股強烈的低氣壓盤旋心頭，臉色定然蒙上深沈的黯然。因爲你們都看出來了。

現在，我不會如此了，一切要適可而止，連快樂都要節制，就像海明威說的留一些水在井底，明天才能繼續打水上來。可當我遊走名品店或是一些漂亮的大道時，卻是窗明几淨至我的身影歷歷，巴黎櫥窗亮潔，讓我不斷地看見自我的孤獨身影投射在這座陌生的城市裡。

巴黎適合顧影自憐。

妳呢？台北可有變化？妳可能不太關心，妳關心的是情愛所繫，愛情讓女人驕矜也讓女人顧影自憐。

我高興聽到妳說放下不會比不放下難受，放下是一種輕鬆，情人們之間太緊綳了，只有輕鬆才能化解對峙或猜疑，輕鬆才會輕盈，輕盈才能飛翔。只有三種狀況會把人綁在定點，經濟、身體和心的牽掛不放下。其中以心的原因最大，因爲錢財可賺，身體可以暫且不管，唯心的舊習牽掛是走到哪裡也行不得也。

我在巴黎想著妳，也祝福著妳。盼自己和妳都能走出情愛的生命幽谷。我們追求幸福，但有比幸福更重要的事，好比覺悟好比發掘自我，我這麼地相信，那才是永恆的幸福。情愛所捕捉的幸福都是燐光幻影。當這麼多這麼多的情侶在聖殿彼此吐露出「我願意」時，那當下是被祝福的且飽滿的吧，只是個體的幸福和他人的祝福或詛咒都無關，個體追求的幸福是完整的永恆的，是內在的和諧與寧靜，是智慧與信心這兩大羽翼所拍動的氣流所產生的幸福之微風徐徐，這種由個體內在根生之處所體會的幸福是無關他人也無關時間空間變化，這是我要的幸福，這樣的幸福列車所開往的方向正好與世俗的幸福論調是背道而馳的，因爲開挖解剖自己之心深處者，不會引領世俗的情愛與名利，只往心裡挖，只往心裡看。若因際遇降臨情愛與名利，也只是順應自然法則罷了，既然是自然法則就有生生滅滅，我如是看待情愛與名利，所以不求不忮了。特別是寫作這件事，我想市場永遠只是一種興風作浪，終究浪潮會過去的。而寫作是我一生的事情。但就是這樣說的同時，我也只能說盡力而爲，之後，一切交給自然法則。就像我們友誼的發生一般自然。

暖暖：

說說光明面吧，我來巴黎是爲了替女性尋找經典與回味經典。從黑暗走向光明，只要人未覺悟就一定有黑暗。

到了午夜，我卻不得不擲筆歎息，說穿了，這一切的離鄉行爲是早有預謀的。我離開故里到達巴黎，其實是爲了自己瀕臨邊緣行走的精神狀態，否則我不會把旅程定得如此長。近三個月的離鄉，是我許久沒有過的抽離狀態。去年的旅行最多是一個月就難耐。旅行和觀光畢竟是不同，長期旅行反而貼近生活，我時時有生活在他方忽遠忽近的心情在作祟著自己於異旅的樣態。今年上半年我有感於再不轉換將有滅頂之憂。

今天我來到卡蜜兒待過的精神病院，在聳高入藍天的林蔭大道裡見到穿著藍制服的病人在家屬或看護陪同下散步的光景，內心百感交集。有些病人扯開喉嚨吶喊著，似乎在和綁鎖他們內心的惡靈較勁著。

在這裡，我其實也是個精神病患，只是我沈默且自制。也許妳會說能夠自制就不是精神病患了。可我不這樣看待精神問題，就好像耶穌說的，你們當中有誰認爲自己沒有罪的，就扔出你們手中的石頭。每個人多少都有精神憂患時，只是以不同的形式。我喜歡有人說藝術家是美麗的精神病患，世界因爲他們而美麗。

看看卡蜜兒，她以多大的毀滅與能量，織就她自己的悲劇進行曲與作品，她的作品於今在我看來仍是女性雕刻家的典範。然而我們現世的藝術家很多已經是罔稱藝術家了，離藝術愈來愈偏頗，說穿了不過是俗世的一種自以爲是的活動，而以藝術做包裝而已。而許多現今藝術家所顯露的精神崩裂狀態用的也是一種複製和包裝，甚至是一種掠奪名聲的方式，並非是全然由自身生命事件所引發出來的。

卡蜜兒的瘋狂則是絕對的，這絕對讓她付出了三十年歲月，至死方休。我們說她生命太慘，但想來不如此卡蜜兒的悲劇性就不夠絕對了，卡在世俗舞台的名利與退隱內心夢土一隅的矛盾是藝術家的兩難。卡蜜兒曾經兩難，後來乾脆讓自己心靈走向自殺式的緩慢死亡，她把自己和所有的過往都拋棄了，與其說羅丹讓她毀滅自己，還不如說羅丹只是她的一面鏡子，照出了女性在當時要晉陞爲藝術家的困境與面對愛情流離失所的揪心之苦，是她讓自己毀滅了自己。時代是其悲劇，愛情是其悲劇，但性格毋寧更是她的悲劇根源。

我眼見我周遭的藝術創作者向世俗繳械，連我自己也常因經濟難以自保，若再加上愛情事件的衝擊，剩下的就是脆弱與投降後的慣性使然了，每每思之即夢裡驚魂。

我曾說自己也有毀滅一切的基因，捧著幸福走向不幸。

暖暖，在卡蜜兒病房外的古老大樹下沈思靜坐良久，我確定的是我要捧著幸福走向幸福。我所認爲的幸福與俗世價值是無關的，我所認定的幸福是一種心靈至福的狀態。

暖暖：

我常說旅人一轉身就是一輩子。

這樣一想，我正在告別於旅途萍水相逢的史蒂芬時，我正從地鐵站望著已經爬上階梯的高大身影，我突然有想要叫喚他的衝動，我想把我喚他，他緩緩轉身然後對我揮手一笑的畫面定格，這畫面已經預先排演在我的眼前了，只待我一喚，便會播放起來，我需要轉播一次這樣的離別畫面，這也是某種耽溺吧。

於是我扯開喉嚨喚了聲他的名。他回過頭起先是張望，繼之是疑惑。待見我揮手搖擺，才笑開地揮揮手。爲了記得他離去的樣子與臉部表情，我才再次叫喚他，用眼睛拍下他離去的瞬間，日後回憶起來可以不模糊。轉身之後再喚其名所營造的是再見一面，再道一次珍重，有點記憶迴光返照，在今生今世的人世告別河流裡，再見面實在不適應於萍水相逢的尷尬處境。尷尬是因爲旅人告別不該太囉唆，本心裡有底大夥都有他站行程的計畫，每個人都要移往下一站，除了祝福剩下的也應該是微笑。

我一喚，他在階梯上定住腳步，且一腳往上一腳往下，推推眼鏡，也開心著笑著擺了手，再度轉身，離去，隱沒在階梯之上。

而我在地下鐵的昏暗中，一個旅人望向一個旅人，終究是只能揮手。

「我將不同她告別，對我而言，最爲可厭的莫過於女人的眼淚及女人的祈求。」白天讀《誘惑者日記》的結尾如列車啓動般噹噹作響腦際。

回程心裡隱藏著些許黯然。我已經沒有淚水了，倒是時常有想哭的衝動，但眼睛深窩處時常有如被掏空的枯井般，最多只能噙住些濕潤微光，不再如過往之涓滴潺流。我知道我的前情人或是前前情人們，他們揣測著我寫信的對象，甚至暗自想著我的改變與對話空間的蔓延，可寫作者早已存在切開自己的宿命，無論寫作者做如何要命的掩藏，終究還是暴露了自己。創作都是一種半自畫像，或說都是一捲倒帶的影片，所拍的對象是由我們這雙眼睛對望出去的世界。

回想這幾天和他們的相處，一切都不經心，因爲我於他或他於我都是意外的旅程訪客，認眞就失去該有的方向與溫度了。

在旅行成了消費的時代，旅人的價値微乎其微，遭逢遂顯得容易與輕便。也許每個人都可以編一本小冊子名爲邂逅芳名錄，或是列出幾個最容易邂逅的城市。我想起搭乘馬航前往巴黎，過境吉隆坡時遇到兩個台灣女生，她們提著行囊，說是要往法蘭克福，去德國玩，我感到好奇。「因爲德國帥哥多。」這理由眞眞坦率。

我忽然回首一喚，似乎也是一種坦率的流露。總之，不是悲傷。只是爲回顧而回望，爲凝眸而凝眸，爲定格而定格。倒是我一個人在沒有太多人搭乘地鐵的晚上十二點，照見自己映於窗戶的面容，忽忽又有了些許惆悵。不要指望他人，要靠自己。西蒙波娃的聲音在脆弱的耳膜片刻驚響了起來，旅人轉身是一輩子，情愛亦是，轉了心就難回頭。我身上一直躲藏把事物帶向毀滅的能力，毀滅才能重生，或者該說我見不得醜陋與揪心之痛，是以用一個大毀滅來個燒得精光，不留餘地，也就沒有反反覆覆的難挨磨心與折騰，我常如此行事，橫豎最後沒有什麼好損失的，一想便下了決心，到了最後關鍵只好如此大刀闊斧地斬草除根，爲了自己也爲了他人。

宿命共業之河跳一次就好，若不慎又再往下跳，那是習氣所致，好吧，習氣再犯了，那就再跳一次。

可事不要過三啊。

與妳共勉。

暖暖：

巴黎的氣候乾燥，每天都口渴乾裂狀態，梳理頭髮也產生靜電，長髮一梳翩翩飛了起來像是雙翼展翅。我的皮膚因爲氣候和食物以及時差空間等變化關係，下顎冒出許多痘子，頗爲惱我。當然抽菸喝酒也有很大關係。巴黎的紅酒便宜，一瓶好喝的紅酒才一塊半歐元，折合台幣不到六十塊錢，比水還便宜。有時款待自己買個好一些的也不過三塊錢上下，眞是讓人快活的物價。

酒便宜，在此反讓我感到無奈，有酒卻苦無酒伴。酒伴知己難尋，我這一生遇過幾個，可也都在際遇的作弄下各奔東西。

想起莒哈絲那張因爲酒精而破壞殆盡的臉孔，一天飲六瓶酒，菸不離手的形象，幾乎已是聯想她的畫面之一。但不管哪個時期所攝下的莒哈絲身影總讓我看得入神，據莒哈絲自己的形容是：

「由精神塑造出來的丰姿。」

因爲是精神塑造而成的丰姿，所以連老都美，連酗酒酗菸所累結的毀滅感都美。那種自信的精神之美，不畏時光和物質的摧殘，甚且如朽木枯槁也都美得讓人逼視。精神丰采，勝過一切的美容和保養。智慧和才情的爆發力與恆久性即是莒哈絲讓人逼視其晚年面容的切切力道，誰能抗拒這樣與時間拔河的創作者。七十歲寫那樣充滿情慾詩意語言的文字，眞叫人羨嫉與驚悸，羨妒西方社會的了然與坦然，驚悸於七十歲還能有十七歲的感受力。

所以菸酒可能傷人身體，但可能也往反方向行進，讓人的靈魂得以飛行。我不用道德或是一般論述看人，這只會窄化或流於泛泛之想。莒哈絲如此縱慾竟活到八十二歲（於一九九六年辭世），這是其幸。如果是以身體面貌爲資產者活太久恐怕是不幸，但之於馬拉松類的創作者活得久方能累積出一種厚度。

暖暖：

原來我在巴黎的眞實存在是因爲有了那三個羅馬尼亞人才被刻畫對比出來的，他們幫我記憶了我在此的存在證明，至少向我獻上一首歌及無數讚美的那個男人會帶著我對他的微笑及臨別一吻而記得了我在巴黎的某個下午。

我們記得別人，別人也記得我們，這樣很好。而我把它寫下來告訴妳，人也可以很簡單的遭逢，也可以沒有回贈的只是欣賞和讚美。

他們的歌聲像來自遙遠的土地，他們的臉像來自受難的國族，我心很痛。望著他們賣力地演唱，賺得蠅頭小利給家鄉的妻小。我在巴黎最愉快的一天當屬這一日了，不是因爲讚美，而是因爲物傷其類。否則我應該更記得加拿大人史蒂芬才對，因爲巴黎美食都是和他共進的，且他還慷慨地請我兩回在餐館用餐，他於我也是萍水相逢，只是語言通，可能返國還會寫寫電子郵件，或者時間久了，大夥也都無心聯繫的一個對象體。就是這樣，但是幸福對我而言不是吃了美食，聊了天，而是找到相同質感的靈魂。我非常確信那三個羅馬尼亞人是我的同類，我聽那歌聲就知道他們對感情的厚度，他們的生活體悟深刻，他們對於漂泊異鄉的無奈與對他者的願意屈躬，眞是讓人潸然淚下。

有時我們流淚是很簡單的事，只因爲情境的凝視，只因爲情懷的勾動。我記得我曾經在博斯普魯斯海峽的某個夜晚靠河邊賞月，突然有人放起「鐵達尼號」的主題歌，眞的，我就這樣端然掛著兩行淚。在台北聽一百遍鐵達尼號也不會掉淚的，只因爲我望那悠悠河水且身在異鄉，感動突然瞬間來到。被自己的愛情宿命之毒鉤給頓時鉤住了，心痛苦而難耐，實由不得也。誰願意在玩樂的旅途掉淚呢，不都是因爲被情懷勾動了什麼，或者突然進入某個時光次元的記憶而無法自拔的孤獨旅館之夜。

夜晚的廉價旅館，我的經驗豐富，可五星級的旅館我也經驗多多，這和旅館的等級無關，全都是因爲孤獨片刻不禁，於是就任由情緒下墜了。看著情緒下墜下墜，卻無法拉它上岸，這時候只能看著，只能感受，靜待時間過去，烏雲散去。

暖暖：

今天行經索邦大學，年輕學子正在演奏著音樂，我對其中一個端著木箱子到處募款和賣CD的綁辮子金髮女孩印象特別深，她帶點羞澀，屬於年輕狀態自然散發的羞赧，也常在我大學畢業前後幾年捆綁著我的身體語言，於今我回想過往的姿態總是有不忍卒睹的自我糾纏心結。

暖暖：

我在廚房不小心搖動了幾下貓餅乾的盒子，躺在陽光下沈睡的貓竟飛奔至我的腿下，說牠們是靈敏的辨音能力，倒不如說是一種制約反應。

我想有時人們對愛情也是過於制約反應了。

樓上住了個獨居老婦，她生氣或不安時會拿掃把敲地板，於是天花板就鼕鼕響，今天也許因爲我聽的音樂過於大聲，兼且開著落地窗，聲音飄上，她聽了備覺淒涼，淒涼引發對整個人生的氣憤吧。午後恬靜光陰，讓她如此氣怒地擲地有聲，實是我不該。我的音樂勾起她的前生往事滄桑，她的孤影已然乾朽的樣孑然一身的樣貌又何嘗不是喚起我的未來想像。

獨居的老婦，在假期裡獨自留在公寓，意味著她的親屬線索斷了泰半，不聞不問。巴黎大都會總是個讓人多加聯想或不會多望一眼的身影。有多少人會像西蒙波娃和莒哈絲般，在老年時還能擁有年輕的情人？

「如果我不是莒哈絲，你根本不會多看我一眼。」莒哈絲曾經如此對生命裡最後的情人和伴侶楊安德烈亞如此坦述。其實何庸置言，如果不是莒哈絲，不是因爲她的文字，有誰會覺得老了的她好看，或是想要一親芳澤？（根本是無芳可親。）

對西蒙波娃而言，她和小她十七歲的記者朗茲曼相遇，說是一種偶然而至的幸福，「當運氣之門向我敞開並賦予我再生的機會時，我牢牢地抓住了它。」波娃在此所提及的「運氣」，是一種索求親密的情意，且能與他人深入的溝通與默契，這種狀態對於她的生活具有一種決定性意義的幸福以及充實的相遇。

暖暖，我們何嘗不是在尋求奇遇的翩翩到來。但是波娃曾向世人宣說，永遠也不要指望別人，要靠自己。那麼她是如何期待奇遇的到來？她是否是在小她十七歲的男人也離開她之後，才有的頓悟？

暖暖：

推開落地窗，午夜時分，才曉得巴黎下雨了。下雨的巴黎，是憂鬱的，因爲憂鬱，所以它現在屬於我。

來往的車燈投射著地面的水，霓彩豔麗。公寓的不遠處即是二十九號公車總站，路邊常見黑人或是拉丁面孔的妓女站在路邊等著車子停下來。我站在陽台上眺望著她們躲進公車遮雨亭的等待黑影，下雨的氣氛幽微，她們有如皮影戲般，她們是巴黎城市午夜一場場沒有身分地位沒有掛牌的演員。我不知道她們一天接多少客，或是賺多少錢。有時才黃昏就見到她們站在公車站牌附近，就光是站著。

有時天氣熱我穿得涼快些，神情再挑逗薄倖些的話，恐怕也會被誤認是某一種妓女，雖然不是阻街女郎（台灣說成是貼壁的）。若眞被誤認，也沒什麼，反正都是過客。不過假妓女和眞妓女迎面相覷可彼此都不太正面看，有時我去搭車或落車時剛好碰見在路口的阻街女郎，她們會瞟我一眼，神色很不屑的樣子。好像我搶了她們的丰采似的，竟有一種較勁與不屑。

莒哈絲在未成年時，她書寫道自己像個妓女似的打扮，莒哈絲討厭假正經的女人，喜歡怪異的女人。也許就是那樣的越南與殖民者的怪異所造就的。她曾說如果女人只和同一個男人做愛那代表她不喜歡做愛。

或者我們順著這句話可以說，如果一直和同一個對象做愛，是不是意味著要幻想另外一個客體所引發的激情才能使做愛這件事高潮迭起。

我曾眷戀不捨的情人又打電話來說要祝福我，他的習慣用語，祝福。但究竟祝福什麼？後面要接著什麼受詞呢？他總也說不明白。可若我說要祝福他，他便說他很需要，我可以具體而微地說出要祝福他什麼，不外是情人多多，而且要這些情人在一起都要相安無事才行，原來他的夢幻是在這裡。他曾說性對他是乾淨且簡單的事，這是他的理想國。

我的理想國還沒找到？也許寫作堪可視之，可寫作有時太痛苦，特別在一個字也不想寫又得寫時。妳呢？妳的理想國版圖爲何？一個家庭，一、兩個小孩？妳是要家的，我知道。但我常提醒妳有巨大不安於室的特質，別忘了。除非妳也是另一個鄉愿分子，只用表面的欺騙換來表面的和諧。或者連和諧都稱不上，僅能說是不吵架已是安靜之所。

我們是不是都太輕忽決定播種的種子呢？隨便播種卻要豐富收成，這是不成的，我們得小心播種，認眞灌溉。而結果只能順應自然法則。

寫作如是，愛情更當如是。

妳最近好嗎？夜晚躺下異鄉的硬床，窗邊是巴黎的夜與霧，一座夜霧的城市，一座情人的城市，一座雨天屬於我的城市。夜晚灰濛迷離的空氣帶點夏夜少有的沁涼吹進我的鼻息。這夜的氣息讓我想起我們蹲坐在天母的某家餐廳的階前，街心在夜晚已捻上熄燈號。我突向妳說，我看到一個關於妳的畫面，畫面是幸福的，妳的周圍充滿花香和蜜語，有人愛妳。但妳得走出妳的情愛舊殼，一個支離破碎的舊殼，把妳的心拖累至今。

我喜歡撿上熄燈號的無聲城市，一切白日的張狂叫囂、一切白日的摩肩接踵，都退卻了，都退切了。城市如薄浪退得好遠，於是我們這樣的島上花女子便浮出了水面，我看見自己的身影清晰地投射在命運的地圖上，我怎能任由宿命擺弄呢，我怎能任慾望糾結？我定然要揮刀斷念才能獲得平靜。在浮世悠悠裡，我悼念感懷很多人事，而妳是其中一個，至少那些夜晚我們兩個孤獨女子的相濡以沫，勝過千千萬萬。我感覺妳是我的另一個南西，自殺在紐約異鄉的南西友人，常讓我午夜悵然，我說妳是她的化身是指特性，但我相信妳會好好地走過幽谷，往上攀爬。

暖暖：

今夜，巴黎的夏風很暖很涼，暖和涼放在一起是什麼感受？很奇怪對吧，暖如妳，涼如我。

巴黎的午夜妓女仍孤零零地站在路口，她的夥伴分頭去把守其他的地域。我開窗吹風，燃了根菸，見到夜霧把那個前方的妓女身影飄渺地散出有如天使化身的潔白樣貌，然而夜霧飄開後，孤零的面貌又回到殘破的色相。這是一座天使消失的城市，神女站在我的高樓前方，她在想什麼？她在對往來人車搔首弄姿的空檔她在想什麼？她的家在解體的東歐在遙遠的非洲在熱情又荒涼的南美洲？在東南亞的貧窮村落？或她只是被控制而已，她哪裡也不屬於？

管理妓女們的那個強壯龜公就住在我住的十二區之街角一樓，那是一個奇怪的空間，我每每經過總要對望一陣，但見那龜公日日敲著打字機，罵著旗下的各種膚色的女子，有時還見到他們圍著長桌吃飯，紗簾下有燭火搖曳，可聲音卻在那個空間裡被關了起來，不算靜悄悄，但也算是漠然。

巴黎人吃飯是話匣子沒有停過，嘴巴沒有停過，嘴巴從液體轉化到肉體再到黏狀糕點又再度到液體，液體和固體及氣體不斷地來來回回，冷冷熱熱，熱熱又冷冷，飲料食物穿穿梭梭，遞過來遞過去，這就是巴黎的流動饗宴。

但我悄悄駐足在這家潛藏於公寓街角的流動妓女戶，卻感到他們的晚餐眞是特別，一群可能來自世界各地的女人和幾個其貌不揚且目露狠光的男子用餐，空氣卻是漠然，沒有言語更沒有歡笑。只有莫名的淚水混著酒精液體和固體食物的碰撞交融，然後日子再一日復一日地過下去。

直到時間的盡頭。

或許不是直到世界的盡頭，因爲世界的盡頭是一樣的生存與情慾在交殘交纏著人性本質，異鄉女子來到巴黎這樣求生，就是回到家鄉也可能是一樣地殘破。我想起我到以色列特拉維夫時，見到許多來自俄羅斯的妓女在夜晚拉客，以色列常是烽火戰事之地，可人性的基本面從來就沒有因爲戰火而退卻。就像我遇到的年輕男女大兵荷著槍，他們說就是明天戰火要起，卸下軍裝的任何時刻也要盡享一切。

情慾之火可以燎原，戰爭之火可以摧堅。多少社會新聞因爲情殺慾殺而起，多少領土爭奪因爲人類的擁自我而殺他者的無知而起。這是個食物鏈的社會，我們說弱肉強食時，適者生存的狂傲時，那是因爲有人不懂或故意不解人類和自然之生命的神祕與莊嚴。直到時間盡頭，才能探得究竟嗎？我還在路上。我現在只能感受一切，一切感受。

我關上燈，幾天後我要坐火車離開巴黎三天。坐火車可以有大把的時間觀望與閱讀。覺得這樣的一切很好，除了沒錢之外，刷信用卡其實是一種精神壓力的儲存，回去還債也成了未來隱隱的小憂小愁。但不礙事，我總是可以補東補西過日子，縫補日子的經濟問題已是長年的宿疾，我應該可以面對。

何況，我的狀態已經接近海明威說的：「一個努力工作並從中得到樂趣的人，是不會受到貧困干擾的。」……「日子還長得很，每天都可以這樣地寫作，別的事皆無關緊要。……這筆錢花完了，還會有別的錢進來。」

我這樣地提醒著自己。免得又要再度失眠。

妳呢？好像很少聽妳說妳失眠的經驗。

再敘。

暖暖：

前些日才在激勵自己不要爲錢擔心，這會又突然感到對那些鎮日寫著蒼白無力卻言詞宛如卡內基訓練人心的勵志叢書或是無病呻吟以及夢幻情節的羅曼史感到一種氣憤。用筆名難道就可以成爲另一個化身，用筆名難道就可以放任地寫一種不負責任的文本然後再大撈一筆？有些人簡直已經錢搶到沒格的地步，複製再複製，滿口幸福，滿口軟語，眞讓人望之灰心的蒼白無力。

文學家在我們拚經濟的小島是沒有力量的一群人，提筆者已經被抹煞到和藝人同等的薄弱皮相地位，表面文壇繁華似錦，但是充其量都是世故的表演者，拿了大把大把版稅的人，吹著冷氣在想像中寫勵志書，甚且有人在公司或私下裡根本就是個看不見別人的苦與生活實相的無能者。沒有經過實修者卻大言不慚靈性的覺悟。

可是覺悟不是這樣的，那是要經過實修的。聞思修，三者是並行的。我只要一想到我們的國中生、高中生和無助的婦人這樣地讀著這樣的書時，我就會不寒而慄，那種不寒而慄就像經過街上突然有集體受訓激勵著銷售員，高喊著：「你一定會賺一百萬，你一定會做到！告訴自己你一定會賺一百萬！」的驚嚇。就像算命的人要人在月圓時做什麼法術般地可怖。短暫的催眠，集體進入舒服卻蒼白不知所終的催眠。可是人們卻相信這一套，因爲人人要速成，人人要輕薄短小，人人要舒服且逃避壓力，人們無法接受自己的破碎與孤獨，人們無法安靜地進入緩慢的文學之心。我不懂世界爲何會變成這樣？文學和教導勵志是兩回事的，文學就是文學，它不以服務爲目的，它的純粹性是提筆者面對自我良知與行動之間的眞切體悟，是以文字語言所編織的藝術文本，它是獨立存在的。

我在社大時開書單，我對他們說，你們不要文學沒有關係，但至少做自己想做的，不要浪費時間坐在自己不願意的空間裡。不想讀我開的書單，若是嘗試過後還是不想的話，就代表是不同類的人，不要勉強自己。

暖暖，我說了好幾句我無法討好你們的話，他們聽了不知反應如何？好個年輕氣盛的老師，教訓著他們且不願妥協。佛陀授法時豈有討好過學生，祂只能因緣教法，但法還是法。好比我向學生說我們可以改變上課方式，好比到咖啡館或廣場之類的，但抱歉我無法改變純文學書單，如果我讓你們讀那些你們讀來輕鬆易懂卻本質無益的書，我是看不起你們的能力也污辱我自己誠實的靈魂。不要浪費彼此的時間，志同道合才有意思。

暖暖，我眞是言眞意切，可是文學還是要漠然離去，每每下課我總是筋疲力盡。雖是社區大學，但我面對人的態度與方式是一樣的，就是今天到台大上課我還是一樣的。只是提高門檻而已。

暖暖，說來就是灰心嘛，上文學課程讓人灰心，靈魂灰心之後身體會陷入長長的疲倦。長長的疲倦讓我的周身空氣稀薄，倦意又呼吸急促，緩慢與快速，像兩股對衝的氣流，讓我不適了起來。有時我也會有擲筆而去，入山引吭高歌不復返的念頭產生。因爲社會大多數是短視者時，我就愈來愈覺得所謂的老靈魂都是不合時宜的古人，在不合時宜中，我算是已經有點得宜姿態的人了，可文學在台灣還是太薄弱，太薄弱了。我旅行世界各地，還沒有見到同樣是島國的人民像我們台灣島民這樣熱中於賺錢，什麼東西都可以和暢銷掛鉤。也許我從未有錢過，所以不知道有錢的快樂。但我也是個奢華者，我不會不知道有錢可以買許多的事物和夢想。

問題是有錢無法收編無常的作祟，有錢無法收編靈魂的純淨，有錢無法給予內心眞正的和諧與快樂。物質當然帶給我快樂過，但那個層次只能說是享樂，是被物質塡充或者被他者尊賞之後的假面快樂。

我只要一想到處在法國的「雨果年」當中，就會覺得興奮，以作家當年份的國度啊！

妳知道我要說什麼，生長在整體文化的土壤之個體才會燦爛奪目，否則都只是孤芳自賞。

我孤芳自賞著，一切自理。妳呢？

暖暖：

河水原本沒有左右岸之分，河水只像時間般奔流前去，是人在分別。

當我不在河邊，妳就會想念我。

我複述妳的話，因爲想妳。想妳的同時，我也想起我這沈重而悠長的這一年，踩不到底的感覺空空盪盪。頹頹喪喪地宛如喪家之犬，失眠人在屋子裡來來回回地踱步。寫作是趁精神稍好的空檔趕緊寫，否則低潮一旦來襲，就只能萎靡。沒有人知道我的內在經歷的變化，因爲外在看似得宜，但是妳是在那段扭曲歷史中所認識的友人，我記得妳，憑著那段午夜的幾個浮光掠影，我就記得了妳的一切。妳的曾經、妳的扭曲、妳的愛慾、妳的難熬……

能遇見喜歡的人都是好事。在這樣的浮世裡。心的土壤需要一些蚯蚓來鬆一鬆硬塊，我們都需要放鬆，放下。特別是像我們這樣心思細膩的女子。

巴黎女人很流行東方事物，到處都有學瑜伽和禪修者。靈修不只是人生大事，也是文學之路的課題之一，不論我們下墜沈淪或是上升攀爬，只要我們靈識清楚感受微細，歷驗種種定然都能化成絲絲體悟。

祝福妳。我的愛。

暖暖：

旅途常常更換枕頭，睡的都是別人的過去集合體，別人的床、別人的桌椅、別人的檯燈、別人的電話、別人的浴室、別人的馬桶、別人的化妝台、別人的毛巾……只有牙刷是自己的。旅館的空間是自我在陌生旅地的一種特殊封鎖，旅館對我又熟悉又陌生，住過多少異鄉的旅館已經不計其數了，旅館都是一樣的基本訴求，只是豪華氣派的材質氣氛不同而已。

我常常在沐浴後，躺在床上的片刻，感受體溫從熱到冷的細微變化中，會突然被過去或正在醞釀的情慾召喚，旅館和情慾似乎總是掛勾在一起。

有時也想起童年時家裡附近的某家旅社，我母親常去那裡打牌，玩十三點，我常跟去玩，母親常要我幫她抽牌，抽到三十分的黑心就有一碗排骨麵的賞，抽到黑色的八，就自己默默地往牆邊站。有時也有其他的母親帶著女兒來旅社邊打牌邊看顧的，有時我們會玩在一起，但通常都是互相看一眼，或者心情好玩點橡皮筋。有一回有個小女孩說是去上廁所後來卻沒見她出現，我邊抽牌邊向我媽說那個綁馬尾的女孩不見了，我媽也沒聽，只說牌給我抽好。後來有人發現了小女孩真的是不見時天已黑了，天黑心慌，大人們停下打牌，分頭去找。東找西找，才發現小女孩跌進了水池，已經溺斃。是旅社給情侶泡澡的水池，卻奪了小女孩的命。自此我對旅社總感不潔。

旅社通常都是屬於下底層之人來到異鄉的暫時落腳處，因爲廉價，或者因爲有叫小姐的服務，早期旅社總是有一種黑暗感，我總是匆匆走過。綁馬尾的小女孩死在水池後，母親的牌友便不再前往那裡，當時愛打牌的母親也就節制了些。我在異鄉的旅館有時會被這些往事喚起深埋的記憶，這時記憶取代了原本來勢洶洶即將反撲而來的情慾。

好像沒有人問過一個長途的旅行者之情慾問題。

亂想一通之後，我爬起來，在旅館的小桌子給妳寫信，身體已經開始感到冰涼，唯有指尖和心臟是熱的。

一如妳的名字，可愛的暖暖。

暖暖：

在巴黎我不斷地移動，閒走。一個異鄉人其實是百般無聊的。就是一直都有邂逅又如何，我根本看不上眼，也了無心思。

很奇怪的我，我對一些狀態常會有一種無來由的悲傷興起，特別是集體對應個體時的場面。像是大學時我去成功嶺看大學情人時，我看到軍營的阿兵哥會感到難受；像是參加婚禮喜宴時，看到熟識的新娘突然濃妝豔抹地端著糖果香菸的托盤送客時，我雖然說著祝福的話，但卻是垂目的。我不忍見到熟識的新娘在世俗集體婚宴裡的裝扮，我也不喜見到喜宴後的杯盤狼藉，更無法見到突然有一天新娘同學抱著新生未久的小孩向我埋怨婚姻和愛情是兩回事，更更無法忍受有才華的新娘同學突然在廚房裡洗洗弄弄終日無休。

大學畢業至今，我僅參加過三次婚禮。幾年以前就不再參加任何婚禮了，連很親的堂妹婚禮也不去。偏偏這些年是眾女子眾男子好婚之齡，炸彈亂射，只好告知一二同學代爲傳達：婚事一概祝福你們，但不參加。若有喪事才將前往悼念。這話一傳，很多人是不喜的。哪有人看重喪事的？好像我詛咒他人似的。其實他們不解，我最不喜錦上添花，但是喪事，人需慰藉，我願前往。

不僅好同學怨我，不熟的同學說我避開紅包。但我就是不喜歡婚宴，在那裡吃吃喝喝，是屬於童年我之往事，從大學畢業後我即無法勉強自己處在那樣的空間，我看不到眞正的幸福，我只看到人們依賴儀式、依賴對象給予的想像溫馨世界，一旦想像世界破碎，依賴就成了自救。當然每個步向禮堂者那當下幾乎是幸福無疑的，除了少數被迫決定外，但是我要說的是人們能不能夠不要儀式也一樣可以擁抱幸福，儀式愼重，但儀式也會僵化或只成全了形式。

過年，去看望老同學，問她好嗎？這個我大學的密友，一個長得神似山口百惠的漂亮女子如今卻披頭散髮疲乏不堪。她抱著小孩對我說：「就是做給它死。」之後，我無語，窄小的靜默空間嬰兒突然嚎哭起來。我放眼四周看了看，眞心疼密友了無生氣的生活。

每個人都往共業之河、宿命之河大跳特跳，盲目的跳、開心的跳、不得已的跳，一往情深的跳跳跳。然後溺斃了，自我連同一切的夢想都溺斃了。

妳會說，那也很多幸福的個案啊。

當然。就俗世的標準，幸福者眾，因爲俗世的標準是兩個人看起來比較不寂寞，有小孩的家庭才完整。問題是終極的個體最後還不是跑出來，是一定要面對的。選擇婚姻或不婚都只是過程，絕不要去仰望，絕不要以爲可以改變什麼或獲得什麼。我母親當初倉促聽從媒人婆來提的婚事，是因爲要逃避她自己的娘家之苦毒。可是才到了新家就發現婚姻不是這麼一回事，難題才在後頭。我母親以前逼我結婚時，我常冷漠地說：「好像妳沒結過婚一樣，難道妳沒有從婚姻體會出什麼，看看妳自己的婚姻。」我媽竟然幽幽地說：「我全忘了。」

好個「我全忘了」，推得一乾二淨，連同我們曾經受的苦一併都不承認。可是做女兒的一切都感受在心裡。我家絕對不是個案，我周邊也有夫善妻和子優者，可是我要說的不是這樣的好與不好，我要說的是完整的個體就不能依賴，就得面對無常。

但是很多男女結婚不是這樣的，是用宿命的角度看人生，就是說時間到了該結婚了，該生子了，該有什麼了。爲什麼時間表要照這樣的標準，老小姐是何等的諷刺。我們的社會不看重一個人挖掘自我的深淺，卻以年齡和面貌及成就作爲一個看待的標準，這是我生存的社會，這樣的社會離人的自主還很遙遠。

婚姻就是這樣。

妳問結婚的快樂女人爲什麼快樂？她會說因爲我老公疼我，因爲小孩很乖，因爲……因爲東因爲西但就是沒有一項是因爲自己，沒有一項是從自我出發。這樣的依賴網絡，像蜘蛛吐絲地把自己和家庭份子包圍起來，直到有一朝一日家庭分子離了心，想要掙脫這個原生網絡時，或是家庭發生變故時，人才發現自己是一無所有，有的只是自己。破碎或完整，不是來自他者，而是來自自身。

終極，究竟，這是我們都要面對的。愛情和婚姻都不是逃避之所，愛情會變化或幻滅，婚姻同樣也會，只是時間不定，就是白頭偕老也會有一方要先行辭世之苦。

當然也不能說因爲一切都會變化就不敢嘗試，我的意思是要能夠在保有事物和他者以及在做決定時能夠清楚知道，清楚知悉，我這樣做是因爲我的關係，不是因爲要仰賴什麼來塡充我的生活。如此的認知，才能坦然面對恆常生活的不變與變化。也不會貿然地覺得時間到了而就該去做什麼的付諸行動。舊業不除，又重新長出新業，這就是無止息地疊床架屋式的人類情愛與關係。通常都是因爲難忍寂寞孤獨與情慾作祟和社會眼光，婚姻提供這樣的短暫豁免權，至少贏得片段光彩。

婚宴之後，是我無法忍受的。眞的，我是和別人在一起時才感到自己的不完整，因爲我會因爲看到別人和關切他者的需要而交出自己。我當然也曾因爲多次交出自己，而突然又被他者切割時感到痛苦，妳看過我的書寫就知道我是個覺知痛感很強烈的提筆者。也因爲這樣對痛感的強烈，我更得小心翼翼維護行動，不能像過去那樣地全盤交出自我，要守住自己的老本。

在情愛漂沈或滅頂都是幻象。一如生小孩，我是屬於會牽掛無比的人，所以生小孩這件事就免了。太多人向我說生爲女人不生個小孩不是太遺憾了嗎？那種經驗那麼難得且獨有，從身體子宮到乳頭的變化以及看著新生命的到來之欣喜等等，我已經在周遭朋友間聽太多了。好比女人會說原本這個世界我以爲我只愛我先生，但有了小孩才發現「愛可以更愛」，懷孕之痛與美好，授乳之痛與美好，都是生之慾傳達出來的其他感知方式。

女人的自立，不能依賴他者的感情與注目，否則永遠都是個附屬者。女人當慣了附屬者，最後常在了無希望時忽忽吐出了哀怨的「我這樣做，一切還不都是爲了你！」附屬者成了犧牲者，可是世界已經翻兩番，她要重新回到做自己的主人卻也是荊棘重重。

山一程水一重，人世浮游，應該縱情高歌。以前常有出家人說我太女人家樣了，他們要我現大丈夫的金剛之相，於今在異地思來，眞覺有意思。現大丈夫相可以彌補我的微細之心的煩惱作祟，也可以使自己不會陷入怨婦的愁容滿面。

暖暖，有時我見妳憂愁，或者像無頭蒼蠅地心思浮躁時，眞替妳難受，善女子路在前方，妳可得慢慢行。

暖暖：

深夜的巴黎天色好藍好藍，午夜走在深藍幽藍的天空下，有一種在大舞台的藍幕之感，到處都是影舞者。夏日的巴黎是情人的城市，是寫《情人》莒哈絲的情人城市，是屬於我的孤獨深藍城市。是這樣的孤美，是這樣的湛藍，讓我的心一時淒美至苦楚而無法排遣，我仰望藍空，目光罩上藍幕，一切悠悠滑過心頭。

我今天聽了從台灣帶來的CD是史蒂芬慕克斯（Stephan Micus）的唱腔與音樂「直到時間盡頭」（TILL THE END OF TIME）和「黑暗與明亮」（DARKNESS AND LIGHT），在「直到時間盡頭」的第二曲史蒂芬慕克斯陡然開腔唱，因爲在閱讀所以沒有設防聲音的搗入作用，他的聲音乍然傳入耳膜，我的整個神經爲之綳緊，煽情的淚就這樣不設防地滴落在書本紙頁上。

原來，思念慾念都不是堅實的，我的念頭就像一片充滿縫隙的牆面，在心磚與心磚間留有無數的縫隙，我所以爲安好妥當的念頭其實都在空隙裡鑽營，牠們伺機而出且讓人無法設防。只要任何一絲一縷的似曾相似，氣味、腔調、髮型、衣著、眼神、笑聲、手勢……等等，就足以讓人跌入時空隧道。或者有時候只是聽到同時代的歌或是見到常吃的一種食物、常搭的交通工具、常用的品牌……都會讓我們想到對方，許多個不同時期的對方。

意念之可怕在此，深層的潛意識像一個主機板記憶著我們發生過的點點滴滴，業的沈重即是在此無止無休。心有縫隙，一個意念陡然趁隙而入、趁虛而進時，我們長久設防的心情就如此地瓦解於一瞬了。所以不勾起任何回憶是消極的，也許我們該做的是強健我們的心，讓意念沒有縫隙搗入厚實的心壁。我過去的情人一個說我慾念太重意志力太薄，一個說我情業太重。想想不寒而慄，若是如此，我要打造多厚的心牆才能防堵時時刻刻鑽出且搗亂我的意念呢？

暖暖：

台北如何？夏日炎炎，高溫的城市，讓人只想沈沈睡去。

我的母城，我念茲在茲的母城，記憶著我的成長與情愛，如今遊女在他鄉，孤旅狀態常常讓我不時地眺望遠方，遠方的一座孤島，孤島上北端的一座燈火通明的城市。燈火通明的城市的無數個窗口中，有幾個過往戀人正在啃噬孤獨或者和他人纏綿，有我的家人在按部就班地沈睡，有妳在看書或者上網。

有些人遠離故里，卻再也回不到故里，斷魂他鄉最是傷懷。

前些日我去了幾趟蒙馬特，來蒙馬特的我們這一代寫作者與閱讀者，定然會悼念起自殺於此的台灣年輕作家邱妙津。她的《蒙馬特遺書》，我常不忍卒讀；她的《鱷魚手記》宛如午夜與鬼狂歡的幽靈手記。有朋友的同學來巴黎留學時住到了邱妙津的巴黎故居，我想像著當時紅血流過大門，流過階梯，流過山丘，流過下水道，流過地下鐵，流過整座城市……

每一滴紅血流淌的姿態都刻畫著女同志和異鄉人的普遍孤獨色相。

蒙馬特山丘上人潮幾乎可以洶湧稱之，不斷地一波上山一波下山地送往迎來。這裡有一種巴黎邊緣之感，帶點凌亂，帶點瘋狂。

街頭畫家生意不錯，有個男子一路尾隨著我，說要請我喝咖啡，我記不清這是第幾個搭訕者，也許我該寫一篇「巴黎搭訕者芳名錄」來紀念他們的說詞與行徑。我最記得其中三個的搭訕言詞，在盧森堡公園，他直直走向我來盯著我的眼睛說：「妳有男朋友嗎？」搖頭，他指著自己說：「要不要考慮我？」搖頭。還有一個是在索邦大學附近相遇，他迎面走來停在我面前，講法文，搖頭。

改說英語：「我一直在尋找像妳這樣的女人。」我心先笑了，你怎麼知道我是怎樣的女人？又有一個是喜歡我的長髮之類的說詞，我心想那我剪了長髮，你還喜不喜歡？

當然邂逅本來就是很隨意的編造，我自不上心。寫這個只是和妳分享巴黎男子的勤於表達，一絲機會也不放過。我沒有調侃他們的意思，我一向對萍水相逢充滿感激，因爲天涯海角，我只是個過客旅人。有人願意看重我，我只覺歡喜，雖然我什麼也無法給予。其實可以給予的人是幸福的行動者，無法給予者只能觀望，什麼事都行不得，因爲若無法給予又按下行動的機制，那麼可能會付出昂貴的代價呢。

而我已經一無所有。只餘精力和自己好好相處，以度過漫漫的異鄉遊走歲月。

暖暖：

今天我在地鐵聽了一場拉丁音樂表演，演奏者的長相皮膚黝黑臉龐深邃，有幾分墨西哥或印第安神色。六個人組成的團體，在地鐵內閉的空間彈奏起來擴大了音域，我站在兩層樓高的地鐵，望著快速入站離站的人群從我腳邊移位，而那蒼涼卻好似風球不斷地滾向我來。絲弦最末結束的一刻，終於讓人喘一口氣。

暖暖，過於蒼涼或過度濃厚也是讓人難以消受的。連快樂都要節制，免得快樂之後引起的對比更強。

貓咪莒索米娜開始進入發春期，沒有公貓，只有卡莉娜，而卡莉娜是她老媽，她只有害怕卡莉娜的分，別說卡莉娜是她媽，卡莉娜還是皇后呢。環顧四周剩下的就是人類我了。所以她今天出乎反常地對我又親又舔的，愈近晚上便愈見她的叫聲趨強，欲求不得的痛苦果然是人類行之於他獸的劣行之一。

可我一點也幫不上忙。

就像旅人的情慾般，總是欲求不得的。先知穆罕默德早想到此點，爲游牧民族設定了從一小時到九十年都可以解約的婚姻共宿關係。這似乎很合乎游牧民族的情慾解放。但是情慾光是解放是不夠的，情慾還得去釐清才行。

暖暖：

今日我接到一通舊情人的越洋電話，他亦在他鄉。所謂舊情人，實是不貼切的名詞，也許用上上上一個情人比較恰當，新舊的形容詞有一種時間層次感，但其實情人沒有新舊，只有已故或存在。朋友說起他現在心情漸漸放鬆了，我替他高興，他太緊了，有時會因爲太緊而失去拉長距離觀照。

我因爲接到他的電話而回頭去看我前半生的情愛。生命突然好像片刻就走到了前生後生的兩大節階段。尋原路回頭探了探，我的熱火已過去，燒成了餘燼，燼裡成灰。我所能做的此刻，只是不讓那被愛情和事故原爆所燒成的灰燼再度揚起，儘可能地讓灰燼不揚起，才不會遮住了我和這些情人可能的友誼。這些友誼無苦無痛，甚至毫無感覺，只是存在於個體歷史的幽光墳塚裡，他們終於成了一個個定格的肖像，懸掛在我生命的廟堂裡。

我曾經以相思紀念他們，現在連紀念似乎也顯多餘了。年老色衰之際，世界和情愛漸漸邁向初始洪荒，紀念也是一種不放下，偶爾懷念片刻已屬不可多得。絕望的記憶雖然常常干擾我心的平靜，但已經無法殺死我了，我可以絕地重生。

莒哈絲、西蒙波娃在衰老之際都奇遇似地出現一個年輕的愛情天使，這樣的奇遇，我們台灣女作家有此幸運乎？我感到懷疑，懷疑的不是自己，而是我們的男性同胞的幼齒品味讓人氣餒。「我已過了戀愛季節嗎？」許多中年和年老的女人這樣問自己，可是男性卻很少問這個問題，他們無時無刻都有一種尋求戀愛的本能。女性生在東方似乎情愛注定受挫，這樣的命運我不能接受。如果沒有他者，那麼我就把自己的化身拿出來大愛一番，那個化身隨時都在我的腦海裡，那就是我的文學和繪畫，寫作可以讓我超越封閉的黑暗。

我有許多的化身，我並不寂寞。寫作確實讓我孤僻了起來。如果我出現在大眾場合，其實不過是一種寫作者的好奇作祟而已。妳呢？人世有妳同行，是樁愉快的事。我唯一擔心的事是，寫作者很難和另一個寫作者當親密友人，這也許是我的問題，這無關乎嫉妒或排斥。只是一種精神狀態的不適宜，因寫作者會很神經質，至少對我。我希望親密的朋友是做不同媒材，如果寫作者那唯一的可能是詩人。如果是寫小說者，那可能注定無法當親密友人。

所以我擔心妳也開始想寫小說，不知將來我們之間會不會產生裂縫。或者還有一個方式是我不理會妳的文章，但這好像就是意味著疏遠。再說吧。順著生命的感覺走。我愈來愈對於人事不再勉強與強求，順應自然法則的生滅吧。

當我下了一個決定與付諸行動，事情才會成定局。

我的思緒忽然跳到我的怪誕行徑，記得好幾回我向我的情人道歉，我用一種低姿態求緩情勢的同時，心的另一端卻在冷卻。那個冷卻的微細意有所指，我知道賠不是生智慧水，可是由我來道歉也意味著我即將轉身了，轉身的同時我掉淚，自此不再回頭。得到歉意者以爲他是贏得了我的瞭解，恰恰相反的心情是我以道歉來讓我的轉身有了藉口。

這就是我的怪異，我知道感覺流失的速度，感覺本來就是個生生滅滅的感受性經驗，既有感受定然有粗細變化。我道歉的同時，心裡冷冷一驚，他們即將失去我了，他們即將失去我的心了，因爲這樣分離的畫面在我心眼排演起來我才有一種悲泣之感，可對方渾然不覺，還在對於收受我的歉意中以爲我們的情愛失而復得。我可以在那個當下姿態低頭，爲了讓對方好受，爲了讓自己看清楚對方的面目，也爲了自己可以轉身。低頭了，我就絕不會再回頭了。

痛苦，當然是尾隨其後的。但是我們聽聽沙特的話，他說：痛苦，不過就是個詞彙罷了！他可以忍受身和心的折磨。眞眞是男人之氣概。善女子，受之戒之！

情人們，感覺是多麼不可信任啊。感覺始終隱喻著人最後的選擇意向，只是人們絕少用心去體察。

應該去旅行，應該散步在左岸，廣告這樣說，於是沒有錢旅行的人好像是貧困的罪犯似的，得小心翼翼地不要在這樣的季節露出愁容滿面。

夏日的巴黎整個城市瀰漫在旅行的氛圍裡，巴黎人離城，異地人進城。人們正在世界地圖裡遷徙，我聞見有人在棕櫚樹下吹海風弄潮、有人在沙漠中騎駱駝奔向盡頭的落日大地、有人在色情酒店裡擺弄姿態與企圖吸引著目光、有人在歷史古蹟廢墟裡徘徊低語或者猛按快門、有人在溫泉鄉裡日日春好、有人在擁擠的博物館瞻仰蒙娜麗莎的笑、有人在時尚精品店刷爆刷紅了信用……

暖暖，應該去旅行，爲什麼應該呢？我不懂。我看到成群盲目的觀光客在巴黎的景點下快速拍照瞬間離去，我就有一種嘔吐感。我來到巴黎，不是爲了旅行，是爲我自己，爲我母親見證她所沒有經歷的世界，爲了尋覓一些相似的靈魂，爲了我的寫作，爲了歷練種種。這世界沒有應該不應該，這不過是廣告界的煽情語氣罷了。廣告是全世界最夢幻最撒謊最表象的行業。妳懂的，因爲妳也曾經混過那個每個人都裝扮得人模人樣的行業。

暖暖：

我的手機電池已經沒電了，忘了帶旅遊充電器，倒是多帶了幾顆電池備用，現下電池的電量亦已用罄。

我覺得如此甚好。

眞正是安靜下來。

暖暖：

我的信用卡已經瀕臨信用的谷底。長旅在外，花費大，加上之前被扒了大半的錢，開始有一種爲米糧十分擔憂的窘境。因此之故，夜裡難以入睡。翻遍電話本，可以求救於金錢的人微乎其微。妳知道這種整本電話簿寫滿了人名號碼卻有一種求助無人在他鄉的感受吧。

倒是打了通電話給一個在經濟上寬裕的朋友，他還在越洋電話中調侃了我一頓，當我一開始的說辭是我人在巴黎時，他的反應是怎麼這麼浪漫。

浪漫？這個詞其實離我何其遙遠且虛幻。我又有一無所有的深切兩極感受。兩極的感受是如此來的，前些年其實我過得還不錯，但因爲偏執的選擇，我成了沒有正職的所謂專業寫作者。兩相對比，眞是貧窮的滋味乍然從繁華的裂縫裡迸開，且罅隙愈加擴大。奢華本性還沒過去，寒冬就已先自行招手劈來。

在他人的眼光裡我的形象所形成的具體是依賴著一些虛幻名詞，但其實都是不貼身不著魂的刻板形容，就好比肌膚的顏色所產生的霸權印象。

記得我遺失皮包時，便是我對於白人的輕忽。可如果我老是給人一種過度浪漫化的形象，是否咎在我身？

懂得流落街上的妓女，這樣明目張膽的招搖，且在社區公寓而非紅燈區，我在巴黎眞是開了眼界。隨著窗前的藍光漸漸落幕，我起身移位，打開落地窗。十字路口馳過最末一班公車。而街角的妓女還在。不知她今晚將花落誰家？可敬的妓女。沙特筆中的妓女都是可敬的，這是我喜歡沙特的原因，他讓各個個體的存在尋覓了某種可能獨有的意義。我還喜歡他的小說《嘔吐》，描述一個因失戀而精神崩潰的青年知識分子，他經歷了長途旅行之後，終於在某個小鎮安居下來。他總是到了晚上坐在鐵路員工俱樂部裡，反覆不變地聽同一張唱片「在這些日子裡」。他日漸感到他正在一點一滴地喪失自己的過往歷史，日復一日地陷入到奇異和渾濁不清的「現在」。他的生活失去了一切意義，他那曾經以爲自己擁有過的浪漫之冒險生活，到了如今他卻意識到並不存在什麼「冒險史」，有的不過是一些微碎的歷史遺跡罷了。

存在與虛無，眞正的內部世界也即是眞正的外部世界。

存在主義和唯心主義不謀而合。人的存在從開始即是意識的存在，再者才有語言符號（結構主義），然後才反映在外界事物上。人的意識是有自由性和主動性的活動，具有可任意性、可塑性、無限性和想像性的粗顯或細顯特質，但意識卻要透過肉體的感官存在才能表達以及發現他物的存在。

哲學知識，宛如辯證的迷宮。

我覺得自己在巴黎日漸成了《嘔吐》的他，此刻的命運只緊緊地和現在的時空相關連，只和現下的公寓和紙筆相關連。

暖暖，喜歡在這樣的孤獨自賞片刻寫信給妳，只有微光拂映臉上。一直喜愛兩極的狀態，好比夜晚來臨處在暗處的黑，好比白日身在陽光的亮麗之白，這種空間有一種安靜。灰色讓人徘徊，灰色讓我踱步，灰色讓我的思慮飄渺，灰色呼喚我的不安。

在暗影深處，想像著自己的面容被眼前的藍光削出線條。彷彿這張臉不屬於我自己，這張臉來自他者。因爲來自他者，我反而可以描繪出的是我的眼眉深鎖，我的牙齒微暴中顯露一種長期抿著的僵硬。

左手叼的菸絲緩緩在光線和微風中成曲線上揚，右手在紙堆鍵盤和思緒兩端遊走游移及多所猶豫。

寫作者最美的身影如是。也許我愛上的是這樣的生命姿態，所以我才常坐在書桌前。天空一架飛機的光點正迎向我的落地窗前，我坐在客廳太久了。女主人進來時猛然開了燈。我被燈光嚇了一跳。眼前的幽藍被人爲的黃色燈光所取代。她說著法文，是對貓說話。大意是對撒嬌的貓咪說親愛的，你要什麼？告訴我啊。

接著她會用雙手捧著貓咪的臉親吻。

也許我們的生命裡都該有一隻貓。

然我的幻想在黃燈中漸漸止了息。

我想起我正要寫信給妳。

而妳在遠方。也在近處。

暖暖：

早晨迷迷糊糊，又回頭睡。愈是如此，其實愈是淺眠。介於睡醒之間的半陽半陰狀態容易有夢。身處他鄉，人在夢裡返回到故里。有趣的是我把法國朋友帶到台灣了。場景跳躍，忽是在我大學的校園，忽又在東部，從白天到黑夜，我們和一群男男女女手舞足蹈著不知名的舞步，我的衣服光鮮，非常異國情調。

我尋覓著一些身影，總之都是一些在心中既已成形的故舊戀影。我的目光所到之處只見影子相擁。真實的身軀是躺在異鄉他人的床上，而我的靈魂則是潰不成形，我的疲倦深處藏在眼瞼的簾幕後、皮膚的暗瘡裡和紋路的皺褶處。旅行愈久，喃喃自語的比例就愈高。

這城市的男人見到喜歡的感官女人行過便要耍嘴皮子一番。各種身體語彙和姿態交相而過，眨眼睛是因爲沒時間或沒機緣交談，若有機可乘，鐵定是死纏爛打一番。當他們寫上他們的電話給我時，我不知道他們的期待指數有多高，還是他們習慣機率，習慣一切的偶然相逢，既是事出於偶然之一念，我回不回電話不也只是一種隨機機率，有則歡喜，無則必然。我想不會有人真的把感情的希望寄託在隨機的邂逅吧。

在此地單獨一個女人若再加上一些姿態一些情調，是容易邂逅的。也許可以寫一本書名爲《旅途邂逅芳名錄》，然後再評比選出名城十二優男，就像《紅樓夢》裡的十二金釵般。

上回信裡好像和妳提過邂逅的事了。這回又提，可見長途和長時間的一個人旅行是太無聊了。

暖暖：

今天晚上晚餐時間和姬爾旦談情緒。

「It 's life！」最後她總是這樣說。

明晚我將出發至義大利，想要在那裡住上半個月以上。

一個人睡廉價的三層式臥鋪車廂。我想起來都覺得心動。有時我喜歡過過貧窮的生活。這樣的存在讓我和大地關係緊密，自我的意識也較強。有錢時總是和物質太近，自我的意識鬆弛。

在巴黎過久，我也渴望移動了。

妳呢？台北還不膩嗎？後來聽說妳要辭掉工作去新疆，眞爲妳興奮。回來我們再分享旅行種種見聞。

我手上戴著一只蝴蝶戒指。它問我要飛到哪裡？停在哪一株花朵上？

我說就捎給遠方的妳吧，妳是一朵色相正清豔的花，每一瓣都有清新的氣味散出，是生命的歡顏之姿。

時光殘酷，我們需加緊腳步往前行。

我就此擱筆了，我將到另一個國度，我決定不書寫，只用心和眼睛觀看。

現下是明日天涯，明日海角，聚散兩依依！除了祝福還是祝福，除了相思還是相思。

而我，仍一個人，和一組記憶，同行。

you mention
feel about it.I feel our so close.

n .he so happy. he also open new place for traveler.the place close ocean .have two old big trees beside the house.it's so beautiful. They very welcome you to there again.We talking abou

hey to suffering . they will expect.I respect their thinking.it's also taiwan fate.not only earthquak and typhoon persecute people.special politics issues is big

from Hualien.
just read you letter.you mention about Hualien.i hear your songs write about
to one of local restaruant ate the dinner.the testaruant boss knew you.he mention you came there before.he be still remember you very deeply. love your Hualien stone
ural persecute this .like earthquake and typhoon.
But they don't want leave east coast.they love to live there.watch ocean and sunrise and sunset everyday.hear wind come from mountain and sea.they live there then die the

異國書簡>>>

我與南西

——妳還在聽我的嘮叨嗎？

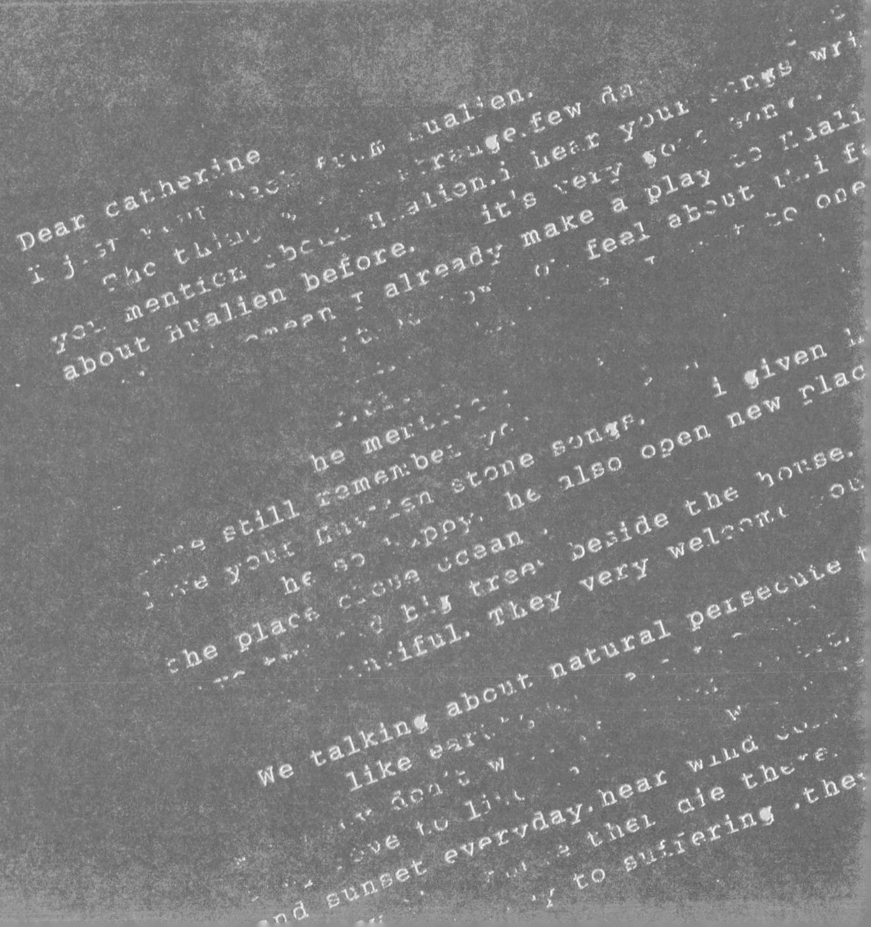

南西：

妳佔有我的乳房，我常因爲妳而想要當男人，當一個可以保護妳的男人，但是我的乳房讓我依然具有十分雌性的身體，而妳也早已千呼萬喚也呼喚不回了。我想也許妳已轉世，但何處可見妳，妳化身在男兒身上嗎？（我記得妳說過妳這輩子感覺當女人是苦的。）

南西：

今年之後，妳將邁入辭世十週年。我不知道恆河千千萬萬人是如何去弔祭他們的家族樹或感情簿的亡靈，但我知道時間總是會把思念的海岸退得老遠甚且衝垮，因爲時間會淡化相思，時間也會衝擊感情深度。

但我卻每年都會弔唁妳一回。以文字燒給妳，有時是一封信有時是一、兩句話。

十年下來的話總結起來仍是老話幾句輪流兜轉：天堂陌影裡，妳可安然？我懸念著妳。

最近一回妳的祭日到來，我突然比較幽默了（這意味著妳的離去已經昇華了，我多愛有幽默感的男人女人啊，是那種超機智幽默的喔）。我問妳：妳還在聽我的嘮叨嗎？

因爲我在書寫裡寫過妳多少回啊，妳恐怕煩了。所以我打算讓妳的身影從時間之河流逝，我一樣會想妳，但是會以一種更距離更模糊更河水悠悠似的姿態與容度來想念妳。這將是我對妳的最後悼祭。

因爲時間實在是久了啊。久了，當然不意味著人就可以有理由將感情或儀式淡化，我只是覺得對妳懸念的重量已經壓彎了我往前邁步的輕盈了，我知道我將弔唁妳，但弔唁方式是將思念化爲沈默的香氣。

安安靜靜地走過曾經和妳的雷電交加。

所以我把以下幾封寫過的代表之信，再次列印而出，作爲祭天祭地祭妳的最後封緘之吻。

南西：

離開大安路的熱絡之巷。一九六四年，比我還老的酒在胃裡隨著車速發酵。三十五年的陳年酒精像鬼魂般地有著靈氣，一點一滴地催發我的淚水。抹去淚水沾滿濕意的手使得方向盤一度打滑又打滑。好在只偏了些又打了正。

掉淚，是人類極奇特的結構；當我想拴住它時，它反而以滂沱雨勢降世。無盡地滂沱幾近奔瀉，我只好把車開向路肩。夜晚停在高速公路是那樣地鬼魅如幻，己方是靜止的，他方是高速的；我的人影被幽黃的路燈載浮載沈著，軀體被光束切割成如棕櫚樹的葉脈。透過哭傷的水晶球體往公路看，路如女體，承載其上的一切速度與重量，和不斷墜落的飛塵。

尾隨的死亡陰影試探我悉受心靈捱苦的程度。

終於像腹疼抱肚般地蒙著臉蹲了下來。長髮被滑馳而過的高速車子無情地拉拔到最高點然後又跌墜回最谷底。掉什麼淚呢？是因爲那聚會的熱絡氣氛相對於內心的蕭索？還是那些一對對表面諧和的夫婦讓我的身靈感到不諧調？

還是其實只是因爲我想起了妳。

每一對夫婦的存在表象都會讓我想起妳，每一對欲求不得的戀人都會讓我想起妳。還有，每一回際遇裡時長時短的萍水相逢；每一次或老或少的葬禮。

十二月，台北竟下雪了。刺骨的冬天，讓我想起在紐約風雪和妳走街的許多日子，還有躲在咖啡館談心的時刻。那年天寒地凍，大雪封街，人們只能以徒步進入曼哈頓，這個城市還原成沒有機械的緩慢，像影片慢速度格放般。緩慢卻讓自我的空間加大，於是悲傷馳快了腳程來到眼前。

常常說著說著，突然一切就戛止，淚成了無言的語言，重量之最的語言。

自殺和淚一樣，幾乎是人類所獨有。

間接的朋友裡有個女孩自殺了，先是引爆自焚，沒死，毀了容，如枯樹般地又殘喘了些時日，又乘家人不注意時從樓頂縱下。這樣的消息，我聽了好些回了。愛情之虛幻破滅，從來都不曾因爲死亡而停止。但死亡的幻影讓痛苦的人眞以爲可以就此超脫了。世紀末十二月，寒冬裡返鄉，外婆的葬禮。環顧四周，那舊宅院以時間不曾流動的狀態依然存在，只是土埆厝的牆上多了好些往生的族人照片。

那葬禮既蒼索又傖俗，蒼索的是南方小鎭的蕭瑟與土壤惡瘠，墳塋不生草，只是乾沙飛揚到目無法張；傖俗是那吵鬧的電子音樂，幾個女人濃妝豔抹大擺大放著身體，女人的背後是外婆黑白的照片。生過五女二男的身體撒手離去，是幸或不幸？外婆子宮已如廢井，而我的子宮不曾寄居任何生命，只孵育過早夭的愛情籽，如今看來也是個廢井。

家族紐帶裡，不曾聽聞外婆和母親提過任何一個有關「愛情」的看法，甚至情愛的字眼，當然所謂愛情引起的幻滅和尾隨的死亡陰影在外婆闔眼時都不曾叩問過她的心門。

外婆不曾離開南方故里，母親不曾離開島嶼；而我不曾離開地球。我，一個承接自這個家族紐帶的女子，替上一代和上上一代的女人出走，觀看世界；以及品嚐她們不曾有過的情愛煩惱與甜美熾熱。有時我想起母親說她還小時見到金髮碧眼高大多毛的美軍，竟嚇得躲在牆角裡久久不出的場景時，我不禁慨然且莞爾。命運的斷裂不過是一代的時間而已，卻以如此割據的方式投射發生在我們身上。

葬禮上，我見到鄉族裡的喪男竟有人還和電子花車女人搭著訕。眼尖地認出幾年前外公過世時請來的電子花車女郎就是這幾個女人了，不到些年的光陰就把當年的少女摧殘成落花相。母親叨叨說，她們做的是「哭」的行業，會更快老。

然而，Nancy，我和妳不做「哭」的行業，卻也把心早早哭老了。

無望的愛情把心早早推入了古墓，在我們乍然來不及呼吸就已被黑暗的虛空罩下。我在古墓裡聞到了愛情的呼吸腔裡有著陳年灰化的鈣氣。眼見被愛情怪獸寄生，這寄生的嚴重性起初完全不察，當察覺時它已全面且拚命的姿態佔領了身心版圖。妳不僅向它繳了械，還至心碎身亡。以前老覺得小說事件裡的描述之於我們的衝擊是那樣地煽情、那般地陳濫，直至來到了己身，才發現果眞有這麼回事。當我們好端端地出現在社交場合或是工作職場，誰能知道心思已是百轉千迴，轉了又轉。

妳反覆和死神下棋，一閃神，就輸了。

我想替妳贏回來，以書畫，以柔軟。

妳的葬禮我已準備遺忘，書寫即是一種遺忘的方式。

南西：

冬天的維也納在我心中只有兩色，白色是雪，紅色是血。天主教國度下所堅韌信仰的耶穌之血。聖樂飄飄，耶誕節整個維也納市政廳廣場前廣置耶誕攤位，牆飾以經書故事爲封面，一天掀一頁；聖儀召天下，氣氛卻是可親而人間的。廣場佈滿著攤位，人們挨擠到幾乎沒有空隙卻一點不煩，冷冬裡擠著有一種人氣飽滿。人人捧著莫札特瓷杯，杯內是水果酒，熱騰騰的水果酒，好喝至極樂之境。許多情侶就端然地在我身旁擁吻了起來，浸淫著水果熱酒的雙唇對雙唇，像是足以催開酣眠一季牡丹的太平洋暖流所夾送的東南風。

記得紐約新年倒數的聚會，當燈光扭暗又在新舊交接的那一秒轉亮時，每對情人也熱情祝福與接吻了起來，落單的我倆雙目交接，突然輕抱彼此，並拍拍肩，東方人的含蓄。我們的落單並非我們沒有男朋友，而是男朋友皆不能出現，妳的是他有世俗網絡裡該陪的人，我的是在遙遠的島嶼一方，當然他可能也正在陪著工作或某人。我其實並不會去揣測不在我身旁的人正在做著什麼事，那種揣測既無助於實質的發展卻斲傷愛情的堅信。然而在繁華的新年之夜的紐約曼哈頓，落單的女人卻被投以同情的眼神。

我從那眼神裡張望到人們所無法忍受的寂寞。

因此寧可要維持表面的身分地位也不要誠實地一無所有。

這有著莫札特肖像的維也納水果熱酒，圈住人們的熱，卻勾起我的冷。心灰意冷。天堂陌影裡，妳可安然？

南西：

我和一缸子性情中人的藝術家打從桂林市區的野店行出，夜間的野味店充滿血腥與殺戮。

有一道血腥，到現在我都還心驚膽跳地能憑空目觸，把還活著的魚丟入熱滾的湯中，瞬間彈跳的活魚濺出湯水，垂死掙扎是動物的本能，垂死那一刻是一種絕對和零度的兩岸拔河。有一種殺戮，直至今日仍是夢魘。野街裡每天都在光天化日下殺犬屠羊，殺犬之鑾，令我髮指難眠。旅店外的哀號比灕江之域還邈遠。血流成河，如翻金銅的雕塑犬身似十字架，直直插入我的背脊深處。

垂死的魚顏犬殤，讓我想到臨終的妳。我再也吃不下任何一口被那湯頭熱燙過的一丁點食物，我在此地見到的所有獸類都宛如喪家。

南方人的野性，連酒都烈。貴州茅台，每飲一瓢即滾燙一回，滾燙的酒氣喝到微醺之後的臨界點我就煞住了，我知道再喝下去要掉熱淚了。

那一晚我們一幫人喝掉十五瓶的茅台酒。白瓷瓶斜倒橫躺在牆角，桌旁有個桂林男子喝到充滿酒氣的尿液全撒在灰灰的褲檔裡。生命的難堪突然在那一刻到來，盡興和難堪其實只是一線之隔，如果他沒有爛醉如泥，他會被稱讚血性的漢子，但他醉得那樣讓人扶不起，於是就有了淒涼之哀感。我望著被扶上車子還咕噥夢語的背影尋思，是什麼樣的生命心情需要如此地豪飲。喝醉了就該倒在地上，不該被人勸架著在旁囉唆。記得在義大利時也見過在教堂階梯上斜躺的醉漢，沒有人去攙扶，也沒有人打擾，醉了就倒地觀月，是其之樂吧。

於是我知道爲何我會有一種哀矜之感，不是見了這桂林男子的醉相或尿於褲檔之俗事，而是我見到男子身旁的人硬是把他架上車的姿態讓我有深沈地難受。

妳走了，以私了的方式，我哀矜的不是方式，而是旁人指責或憐憫的姿態。旁人指責的是妳傻，憐憫是妳愛上不該愛的男人。

我，只是不捨，永遠不捨也得捨的不捨。不捨妳離去的孤影與巨大的空無，與哀。有沒有恨意？愛之不得而生恨，我探問過恨意的深度，但我畏懼了恨的泯滅性。這是我一生都要避開的字眼，也就是極力避開妳走過的情路。

外患可治，內傷難療。

希望妳在冥冥之中幫助我。妳留下成堆的衣物已火化成灰，灰燼裡我聞到妳的體味迸裂熾燒，發出最後的一抹熱意，我聞到骨子裡了。妳贈我的 **DKNY** 黃橙色洋裝我把它收藏在衣櫃裡，不敢相對和它貼身。

南西：

南方荒蠻之地，時間的臉蒙塵，行旅的心黯淡。整個古老城市爲未來的吸金方式的發展而大肆開膛剖肚；等待埋到地底的巨大圓洞管擱在路旁，夜晚到了，像是可以吸納受傷動物的洞穴般吸引我想往裡瞧瞧窩著。

我在此次參加的雕塑營認識了一個義大利雕塑家卡塔伊。卡塔伊有一張過於滄桑的臉，瘦削的顏面上有一雙精鑠之眼，像川端康成。我不知爲何在那洞穴裡體會幽深無邊的黑暗時，卡塔伊那張拷貝自心中景仰的文學大師容顏的臉龐緊緊地卡在我的腦門。落了淚，因爲風塵，人世的風塵。想妳。天堂裡可有肥胖天眞潔白的天使拍動著翅膀，唱歌給妳聽？

有人說可悲的雙魚座，不落煙花入佛家。

而妳如今入了哪？

我則在情愛的煙花與佛家的極端兩岸裡徘徊。

大學時看安德烈塔可夫斯基的電影「犧牲」，緩慢至冗長而且不解的電影語言，情節化成一種感受。他說偉大的作品是現實的審判。那是大師不爲世人所解的一種深沈美感鄉愁。愛情是否也是累世因緣的大會審？

我不解。

南西：

昨天我收到卡摩的電子郵件，一個約旦男子，我深刻記得的不是他的人，而是他背後所連帶的整個國家之感。

我在這個國度所見的女人都蒙著面紗，長衣長袖的，黑衣黑紗地像是影武者。我想像她們有著一雙深邃的駱駝眼，長長睫毛下閃動著靦腆。可惜通常都只是驚鴻一瞥，泰半的時候她們的美麗我無緣見到，我老想掀起她們的蓋頭來。

還記得曾告訴過妳我去北非突尼西亞的感受嗎？那也是一個充滿伊斯蘭教的國度，我鎮日無咖啡便感渾身無勁，自然而然地進入咖啡館，然而當我推門進入的當下，我在黝暗的空間裡感到四面洶泳而至的多種原慾，那原慾是直接的挑釁，挑釁異國落單女子的尺度，尺度是一種相對的觀望所產生的落差與雷同。當我發現置身在一個全無女性的空間喝咖啡時，恐怕再也沒有過這麼強烈的「女」性感，妳可以想像那詭異的氣氛。

快速喝畢咖啡，推出門外陽光白花下蒙面女打自身旁行過，充滿了不可解與不可言喻的神祕。神祕也是一種對比下的情調，記得夜行土耳其伊斯坦堡，見到一群黑衣黑紗的婦女打從光鮮亮眼的現代化麥當勞行出時，更顯得四周曖昧的黑影幢幢。有著像女人胸罩般的麥當勞「m」標記，好似成了一種隱喻的圖騰。

Nancy，我在那一刻的對照下既覺得自己的幸福又深被那面紗下的她們所吸引，我想像著她們黑紗下的臉，是快樂還是悲傷，恬靜或是滄桑；我想像著她們黑罩袍下的內裡是不是穿著粉紅色套裝的香奈兒或是聖羅蘭？我所見的黑衣黑紗者是來自回教激進派才有的制式裝扮，我所見的她們大都來自石油富國的沙烏地阿拉伯。我把眼光移至她們唯一隱隱若現的腳，一雙繫著名貴鞋子的腳卻撐不住她們上身的沈重。

「臉」一張匯集著人的心情與歲月風霜的平面圖，在此卻成了不可言傳的祕辛。

Nancy，知道嗎？在許多保守部落的中東地區披戴面紗身著長服可以說是等同於「貞節」，有的女人因爲除去面紗露出長髮和面龐而遭兄長槍殺，因爲家族認爲女子之行有辱家門。

「我們活在那裡都是要被槍殺的。」我曾說，那是因爲我們活在另一個異文化，以至於感受如此強烈。所謂的異國情調是這樣來的。

難道彼間社會都沒有王法了嗎？妳曾問道。

我說有的，法律處置這樣的男子刑罰不高，有關係的關個兩、三年就放人了，只是整個宗族和社會輿論的箝制力量驚人，宗法大於國法，輿論力量大於總統言論，過往約旦國王胡笙作風傾西化，他比中東其他深守傳統的國家還來得開明，早就廢除蒙頭蒙臉之舉了，然而大部分的女人還沒走出整個宗社過往的制約。我曾問過卡摩，這裡的男人還是要娶處女嗎？年二十六歲雙學士的他竟是大點其頭。他說娶約旦女孩一定要處女，不是處女的話，女孩子還會被送回娘家，那命運就慘了。「很多有錢人家的女孩子現在流行處女膜重整……還有，我們娶外國女孩的話是另當別論的。」他看著我的眼睛又深切地補充道，我躲開了他的眼神。心想，金錢果然可以買貞操，然而貞節是這樣被形式化定義的話，那也是女人和兩性的悲哀之最。

中東男子一般都有些「色」，色的原因我覺得可能來自於壓抑，他們是不可以對當地女孩挑逗與動非非之念的，除非論及婚嫁。但對外國女人他們則無所禁忌，外國女人不屬於此間的社群，何況我們又是露臉露腿的，在這些外在因素下給了他們想像空間。而許多女人旅行到中東、土耳其一帶總以爲自己變美了，其實搭訕者雖眾，但大抵巧言令色者多。

甜言蜜語是迷惑之麻藥。

在約旦死海我見到她們的黑影在夕幕中成爲一個美麗的剪影，即使戲水也是裹得緊緊的，只有腳板和手掌觸及水面，比基尼泳裝於她們可能比月球還遠。海霧迷濛中，我定定地看著她們，緣於語言的隔閡，我們也只能相望一笑，然而有關她們的內在世界，於我還是龐大且高深的謎題。

然我對自己如此的一介女等人身，不也充滿著無限的困惑與空茫。相較起來，我們所追求的自由與解放，有時候不也是掉入另一個自欺的陷阱與幻影。我倆爲情所縛，終日不得閒。

如今妳棄守，獨留我攻堅；我的墨水追逐流浪的旅程，我的筆尖琢磨情人的眼淚。筆沾淚寫成的信，沈重如磚，離愁像白髮三千丈般，永遠也述說不完。

想妳！永遠的青春友人。

南西：

不意間，聽到 Leonard Cohen，他那詩意深情又悠遠的嗓音吐出：It seems so long ago.Nancy was alone …… we talk her she was beautiful.we talk her she was free …… See her everywhere …… she's happy let you come.

不禁潸然淚下。這是柯恩的 Seems so Long Ago,Nancy，真是道盡我對妳要說的話。Nancy，南西，似乎真的很久了呀。

好個美麗的失敗者，柯恩。Nancy，妳是孤涼的失敗者。我怎麼樣才能忘記妳？一首歌就把我帶到和妳生活過的世界，那麼容易的記憶呼喚。自妳飄然自裁辭世以來，自此九六年的紐約是我生命裡一個寒冷的地標與年份，我無法忘記我們對話慰藉感情失落與異地失歡失溫的日子，那些日子異鄉女子的孤旅充滿險境，充滿顧影自憐，充滿鏡花水月。我時常在夢中見到妳在床邊手持玫瑰花等待復等待。孤燈長伴孤寂被枕。窗邊夕霞已然蒙上紅豔，倦鳥雙雙歸巢。而床邊的妳，相思的淚水卻已漫漶至腳邊了，夕照如紅血悄然渲染白色床單，愛情的凶險在於不知所終的等待與椎心的妒火燎原，於是死神在暗處企圖掠奪妳的身魂。

妳這樣地走了。那夜，看著妳穿著紅衣裳飄然離去，希望妳有足夠的熱情來度過漫漫長夜的孤涼。在彼岸光陰裡，我在夢中因爲想到妳死亡的痛，身軀也跟著如焚燒熾熱般地神傷，化身成糾結的赤裸女體，我們連上了線，幽冥兩界，雖有一條如光劍的黃光阻絕我們的身形，可我瞭解妳的意念，妳的不甘不願，我撫摸妳疼愛妳，盼妳寬下一切。我在妳的相思之墳，獻上如陽光燦爛的綻放菊花。此菊花之光，陪妳也陪所有因失愛失歡失溫的女子走過情愛幽谷的一路荊棘，願終能以自己來圓滿自己，己身即完整，己身即浮木。

我與創作歌手凱瑟琳書簡

──畫與詩歌的對話

一個是詩人、民謠歌手，一個是作家、畫家──凱瑟琳．迪拉薩與鍾文音，兩個異鄉女子在生命中因創作而交會，藉通信而交會，在世界音樂推動者鍾適芳的穿針引線之下，以詩歌和畫作為媒介，彼此呈現困頓與喜悅，一封封英文書信宛如是一片片精采的生命風景，也是一首首動人的靈魂奏鳴曲與命運交響曲。

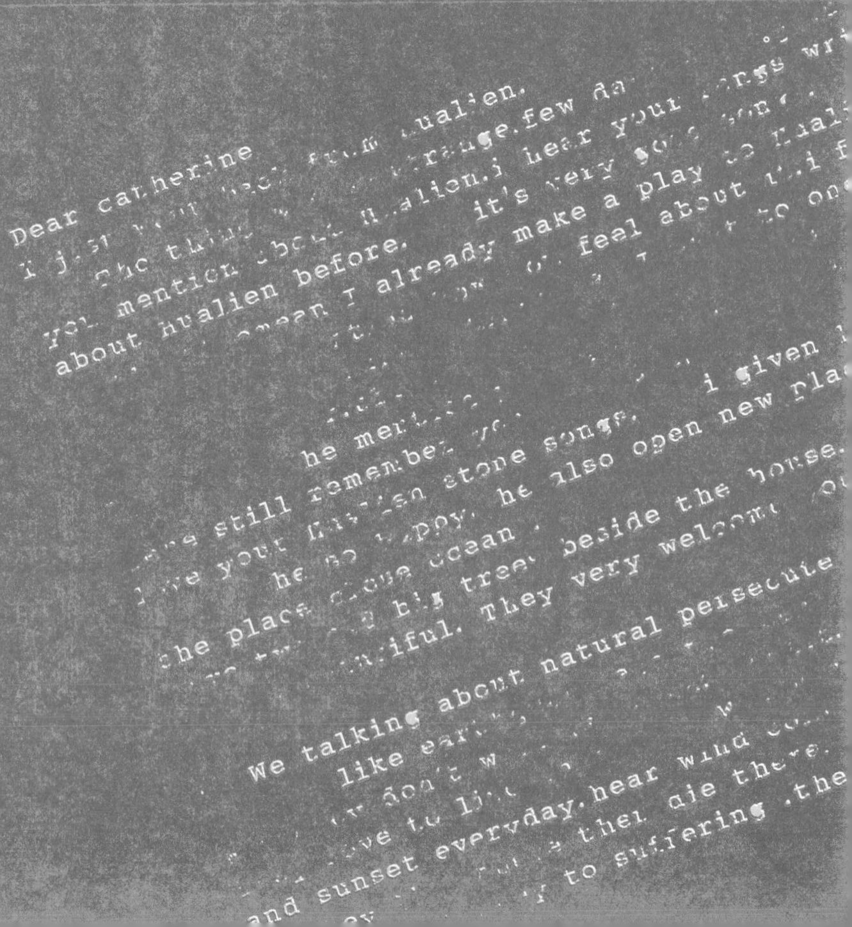
Dear catherine
about hualien before.
he also open new pla
beside the horse.
They very welcome
We talking about natural persecute
and sunset everyday.hear wind

1

親愛的文音：

我並不認識妳。事實上，適芳居中讓我倆相識，就足以讓我相信我能自妳的畫作中得到靈感與啓發。

現在，我面前置放著妳的作品。它們不大，從電腦列印下來的。不過，我仍有強烈且立即的反應。首先讓我驚訝的是自暗中傳來的光線。我感覺，妳在畫黑暗的影，並試圖從中造光。或者，那光、那美麗女子是來自黑色的力量。瓶中的花，在五幅我所見的妳的畫作中出現，像是這過程的縮影。我先見到了在藍色背景上出現的黃花，葉片有動物的質地。那於我不止是一幅畫而已，許多的流動，也許可以演進爲另一幅畫。不再有花，背景是黃色，瓶是透明的，葉片似焦燼。然後花朵又成光，到處綻放。

在藍瓶中的白花較靜止，背景更眞實。支撐花瓶的是，房間的一角、牆、一些其他的物件。葉是靜止的，一點野性，卻仍是居家的。我見到兩隻眼睛，右眼在下，給予一種詭異的觸動，左邊角落孤獨一隻，細致地看似月亮。神祕的詩畫。我喜愛藍色的瓶，純粹，簡單，也喜愛各樣陰影的環繞。

然後，一幅長著藍花的畫，讓我聯想起沙漠。藍色似沙漠旅隊環繞在頭頂的藍巾，環繞他們眼睛的藍。我立即被這幅畫吸引，因爲畫的兩個顏色，因爲如海浪的紋飾，因爲在上方的白光。

跟隨著多張畫作的文字，我並不明白它們的意思。對我而言，那是影像的一部分，我很想知道妳到底寫了些什麼。華文是美好的語言，書寫本身就是藝術。

現在，我再回頭看我所寫給妳的文字，才發現投射在妳的畫作中的自己與所等待的自己。我現在無法解釋清楚。我正經歷生命中困難與複雜的時期，妳的畫作幫助我看清楚，選擇書寫這幾幅畫並非沒有意義。

我留待下封信再告訴妳其他畫作給我的啓示。期待繼續與妳交談。

誠摯地，

凱瑟琳

2

親愛的凱瑟琳：

從適芳處拿到妳的信已有數日，抱歉延遲了回信，因爲我母親一個星期前病了，佔了我一些時間。不過，她現在好多了，只是很虛弱，需要被照顧。

雖然在紐約待了兩年，我的英文並不夠好。在紐約的時日，多數用來習畫，沒讀英文，所以我希望妳能明白我所寫的。

我很高興能與妳通信，現在，正聽著妳的歌，我感覺到妳的靈魂。我感覺妳像一位在身邊的老友，那靈魂觸動了我，觸碰我的心，更強烈的能量進入我腦中，有如天使環繞。我被妳美麗的聲音迷眩，靈魂隨之上升天空，飛過地表、樹林、花叢、溪河、海洋，我的悲傷也一起飛、飛、飛，隨著妳的歌而去。美麗的詩，醇美的感覺，深邃的熱情，我想像妳的意志自由，妳的心地溫潤，妳有著強烈的本能。如此的美好，有如上帝賜我一個神祕的禮物。

我也好奇妳的音樂用了哪些樂器？能否解釋給我聽？在我耳中他們有如波西米亞人的樂聲。我也好奇妳如何看待生命？妳提到正經歷困難與複雜的生命階段，我想知道更多。我想我能自妳那裡閱讀習得許多，例如，創作、生命、感情關係……等。高興妳細細地讀我的畫，非常清晰。

其實我多數的時間都花在寫作上。我寫小說，但不只是故事，我喜歡發現自己。每當靈感顯現，就像我的人生閃動星光。很難具體形容我的小說，我眞希望能與妳分享，可惜都是以華文出版。

妳如何看待旅行這事？旅行對妳是否重要？我剛從大溪地回來。我去大溪地寫關於高更的書，我喜愛高更的畫。旅行給了我許多靈感，瞭解人與愛應沒有疆界之分。

我很期待這書信的繼續。

保重。

誠摯地，

文音

3

親愛的文音：

妳問了我許多問題。我會試著一一答覆。妳問道我的樂手所演奏的樂器：它們分別是吉他、小提琴、大提琴、低音大提琴與打擊樂器；並無太「異國情調」的樂器，不過可能是因爲演奏的方式，使妳覺得他們在演奏其他地域的樂器。

我很幸運能與許多優秀的樂人共事。我與吉他手 Hendrik 一起演出有十年之久。因爲他，我開始演唱自己的創作。他讓我自信地開展屬於自己的想法與旋律。Hendrik 本是爵士樂手，爵士樂的背景供給他自由的元素，他也善於尋找美麗的合聲，對各樣樂類採開放的態度。Wouter演奏小提琴，出身民謠樂手的他亦是出色的作曲者。Wouter有自己的樂團，樂團二十位團員均來自不同音樂版圖。Lode演奏大提琴，是受古典音樂訓練的樂人，但他曾與搖滾樂、爵士樂、實驗樂的樂人合作，也爲劇場演出。

我的音樂受多方多源的影響，中東音樂、猶太音樂、民謠、爵士樂都是源頭。我並沒有受過正統的音樂教育，只是把歌唱出來。文字開啓了我的旋律，我的歌就像畫一樣。歌唱是一種讓我瞭解自己的方式，接近較完好的自己。剛開始的演唱生涯其實是因爲環境困難，因爲需求所致。

有時我漸感疲累絕望，音樂總能帶給我新的勇氣，以及與美麗的人分享的機會。現在，因爲音樂，我才旅行。年輕時，常夢想旅行。十九歲那年，我旅行到印度，途經土耳其、伊朗、阿富汗、巴基斯坦、尼泊爾。那一次，我離家六個月，是一次深刻的體驗。太年輕，離熟知事物太遠。我明白，那樣的旅行並不容易。那次旅行回來後，我感覺老了許多，便開始對周遭的事物不那麼嫌惡。之後，很長的一段時間，我不再旅行。因爲太忙，忙於與兩個小孩以極少的錢活下來。有些年，我在國際公社工作，雖沒有旅行，卻遇著許多來自不同國家的人。

這即將是我第三次到妳的國家，一切是如此無法預期，但又是如此美好，我如此靠近在世界另一方的人。

朋友般地，

凱瑟琳

4

親愛的凱瑟琳：

謝謝妳那麼快地回信。讀妳的信於我已是件美好的事。我感覺距離，心卻靠得很近，觸到靈魂。

今天是星期天，我在河邊的家可見到陽光如星星在水面跳舞，像絲絨。我自言自語，選擇天堂之門。美麗的自然景觀讓我感到平靜，時而傷感，河、樹、天、鳥、花……正試圖將我盈滿目眶的淚止住，如果可以，我願在美景中死去。

大自然給了我許多靈感、想像、寧靜，不過自然之外是眞實的世界，城市髒亂擁擠，都市的動物日復一日地忙碌，想望著賺取更多，台灣的環境越來越糟。有時，我看見這島便難過，但這是我的家，我怎能逃走。只有旅行能把我帶離，給我新的空氣。無論如何，這島有我的根，我以華文寫我的書，即便她無法提供好的環境，我仍愛自己的家，愛自己身爲華人。華文文化領我成長，以致成熟思考。

我很喜歡妳的「三人行」（Trio）專輯，文字複雜，許多感情、歡喜、痛苦、記憶、夢想，像詩一般，像哲學。我也喜歡妳的搭檔，佛朗明哥吉他手 Jose 與吉他手 Hendrik，他們很棒，讓我有拉丁、吉普賽、西班牙混雜一塊的感覺。我很訝異妳沒有受過正統的音樂訓練，但另一方面，我卻想，這也許是爲什麼妳能如此地自由揮灑。就像妳所說，有些歌眞如畫一般，我能想像顏色、筆觸、形狀、線條、光影、濃淡、喜悲、死生……有點近似我畫畫與寫作的感覺，我自哪來？我往哪去？我是誰？我期望從自然與藝術中得到啓蒙。

我的生命是如此的。我痛苦的事是感情關係。我不知道該如何停止關係帶來的痛。有時，我將精力投注繪畫與寫作，但當痛如浪襲擊我的心，我難以平靜。我仍在學習如何自生命得到更多喜樂。男人在許多方面比女人還難。

希望有時是危險的，它讓人期待未來，而夢無法實現時，人就難過失望。

我現在並無工作，我希望專職寫作，因而也放棄了許多的社交生活。我喜愛旅行，但正如妳所說，那並不容易。旅行也需要錢，而錢對創作者而言永遠是個問題，特別是在台灣，因爲台灣的市場極小，文學作品的讀者寥寥無幾。因此，我有時要爲生存煩惱，不過我的腦袋卻很富裕，我從不放棄寫作與畫畫。信心是很重要的！

如果藝術可以激勵人，那眞是件美事！人永遠需要希望與歡樂，就像妳的歌所訴說。我同意妳所說，與人相遇是美好的經驗。妳的旅行經驗是特別的，當西與東相遇，會互撞影響。我希望妳到台灣時，我能讓妳看到不同角度的台灣。閱讀不同的文化、與人相遇、分享生活方式與想法……又是何等美好。

希望能盡快與妳聊天。保持聯繫。

向妳的音樂夥伴致意。

祝福，

文音

5

親愛的文音：

我經常思考語言、音樂、繪畫、舞蹈間的關係。文字通常無法描繪感覺，我們卻仍需要它。我選擇演唱詩作，我所喜愛的文字，同時我試著以一種不以單一音樂印象干預的方式演唱。我常感興趣於不懂我歌中詞意的人如何聽我的歌。我會好奇於，例如，如果我的任一首歌給予妳靈感，在沒有經過譯意的引領下，妳會如何作一幅畫。

我經常有旋律在腦中，有時會錄下來，有時試著塡上詞。我也常思考每一種語言在面對問題時所產生的不同思維。華文是一音樂的語言，也是圖像的語言，妳的書寫本身即是藝術，每一個字都是不同意義的匯集點，妳思考的方式必定也受其影響。

妳的居所似乎是一寧靜綠洲，是否遠離台北呢？還是在台北？第一次到妳所在的城市，我即喜歡上她。她的確忙碌，與我所居的布魯日正好相反。除了觀光客的到訪外，布魯日極爲安靜，靜到需要凝聚大量精力來做事。在這，有如止水，或許因爲如此，到台北於我是個極好的空間轉換。但是我仍得承認，看不見樹與大自然，我會活不下去。

今日，陽光普照。這裡已下了月餘的雨，讓人頹喪，經過長冬，我們需要光與熱。我正要騎我的腳踏車去享受陽光。

朋友的祝願，

凱瑟琳

6

親愛的凱瑟琳：

是呀，聽妳的歌，不去瞭解意思，然後隨歌想像作一幅畫，一定很有趣。我會試試。或許待妳來台北時，到我的住所，便可見到以妳的歌作的畫。希望我能找到時間完成，因爲五月八日到二十二日，我將旅行峇里島。我對當地的藝術、音樂、舞蹈，以及美麗的自然風景、人物等都有興趣。

我的寫作仍繼續。這段時間，我在寫我的家族故事，三代間、近百年前的事，包括了日本人在台灣的年代。因此我必須研讀許多關於過去生活方式的資料，以及過去的語言習慣，試著讓舊時代回到我腦中。我也得讀歷史，關於二次大戰的歷史。我將重心放在女性生命史上，我祖母、我母親的一生……我希望女人能眞正地自男性社會解放，眞正地獨立，隨心所欲，而不只是依附於男性與社會價值。

我的居所非常安靜，有美麗的河景，特別是在夜裡。我期待妳來時，帶妳來看。

文音

註：1～6英文書信，由鍾適芳翻譯。

以下英文書信由鍾文音翻譯。（本文只節錄關於二者對創作和生活及部分感情的段落）

7

親愛的文音：

我在這裡寫信給妳，天氣非常冷，我很高興今年我的房子有了好的暖氣系統，有時不一定暖氣會運作得好。我在想著我所住之地的人現在都在做什麼呢？特別在這個敏感時刻，整個歐洲都在爲新歐元而歇斯底里中……

在一月，我所住的小城布魯日（Bruges）到處是人，人們在不斷地購物買東西好把手上的比利時法郎用掉。深怕明天這些比利時法郎就會變廢鈔似的。而那些銀行的提款新機器也有另一批人在準備兌換新歐元，這好像是小孩子在玩著玩具鈔票似的畫面。

新年的意義好像也已經成爲購物和花錢了，在這個時間點，我總是有一種非常深的哀愁感。但同時間我又知道是不值得爲這樣的景象感傷的，然而我總是陷入自我耽溺式的模糊憂鬱狀態……

我快速地想要藉歡樂的音樂來替自己打氣，我聽得很大聲，把一些生氣的情緒釋放，這個眾人瘋狂購物的時間點總是打擾了我生活的寧靜。

一月一日這個時間點也是一年裡白日最短的一日，時間像是凝止。在西方天主教的傳統裡，儀式的連結靠的是光亮綠樹以及人們共同分享溫暖和甜美，彼此幫助彼此度過生命的黑暗。但我已經很久沒有去教堂了，也沒有進行這樣的宗教儀式許久了，在新年的這一天，我和家人分享美好的餐點以及爲小孩準備禮物等等，電視播放著許多小孩子總是白日就開始期待禮物的畫面，他們拿到美麗的塑膠玩具，但這些禮物卻沒有爲他們裝上夢想……假的幻覺，充斥在節日裡。

所以，我總是有一種鄉愁感，這是什麼樣的鄉愁有些連我自己也不知道。也許，是過另一種生活吧。一種生活有夢有活力有神祕感，讓每個人都可以一起唱歌一起沈默，一起用各式各樣有創造力的生活方式連結一塊，讓人覺得生活其中是溫暖的。

我明年有兩個想法，一個是晚上邀請朋友相聚，每個人帶著一個他想分享的故事或者是詩或者是歌。另一個想法是到任何一個沙漠之地，帶著吉他在星空下以音樂和大地宇宙分享，這是另一種自然的空無吧。

當我寫信時，這裡很冷。街外充斥著耶誕燈和美國耶誕歌，我讓想像力站上屋頂的高處，並且想著所有的人都在做什麼？

我將繼續告訴妳，在下一封信……

愛妳的凱瑟琳

8

親愛的凱瑟琳：

我輾轉得到妳的信，我現在告訴妳我的電子信箱。

自妳從台北回到比利時，我經常地想起妳這個遠方的朋友。看見妳告訴我關於妳的新想法，我很感動，覺得妳很有生命力，妳思考得很深，我可以想像在新年的購物狂想城市裡，關於妳的孤獨與妳的鄉愁。

鄉愁是找不到知音的精神鄉愁。在台北尤甚。

對我而言，歐洲是美麗的國土，語言是我所陌生的，然而旅行多年我總是想即使語言不通也可以溝通，人心的善意與願意試圖對話總是可以明白彼此的。

也許以後連我們見面都不需要語言了呢。

一個眼神一個手勢就可以有默契的瞭解了。就像我們聽義大利歌劇，並不需要懂義大利文也可以很受感動，尤其是「詠歎調」，光是聽著聽著就足以內心澎湃不已。光是激情是不夠的，還得從心裡面唱出來，妳的歌讓我也有這種感覺。

近來我忙於寫關於畫家高更生活的大溪地，我必須在這個月底完成，我的記憶因此常不期然地飄回我所生活過三個月的南太平洋諸島，海水灌滿我的耳朵，是天籟。

我會寄照片給妳看看關於大溪地風光。

我仍計畫到巴黎待一陣子，想嘗試給自己一些新寫作計畫的可能，（我如果只寫小說會餓死。）我將關注於一些法國的女性藝術家，我想屆時妳也可以給我一些建議。

愛妳的文音

9

親愛的文音：

我昨天見了一些音樂人，並聽了一些很棒的音樂會。音樂是沒有起始也沒有盡頭的，音樂是關於整個宇宙的和諧。只需三個音樂者就可以達到的境界，一個彈奏者，一個豎琴手，一個敲打樂器者，就可以彈出很巨大的神祕世界，音樂撞擊產生給我的能量每一回都不同，另一種時空組合，或者相反，都可能不同。我有很強的身心經驗，文字總是需要透過轉譯，而音樂不需要。我很幸運有好的音樂者，他們的音樂給我很多的映象產生，這映象一點也不是奇蹟也不是情緒化。有時創作者必須冒險，就像唱歌也是，有時在演唱會結束，我會後悔沒有讓身心去和我的表演做一種互動式的挑戰，如果退縮就沒有超越了。

這讓我想起幾週前我去了布魯日最著名的爵士酒吧，這爵士酒吧很小但是對爵士音樂的品味可是出了名的。我再次鼓舞自己去這些類型的酒吧，聽聽其他類型的音樂，並試圖和布魯日的一些人做一點點的接觸。所以在那晚我聽了一些來自紐約非常有名的音樂人的音樂（以前我沒有聽過現場），我只聽過這個來自紐約團體的鋼琴演奏，是很好的鋼琴家。那晚酒吧爆滿，許多人站到外面去了，我必須站到出口以防萬一我想出來時不需要打擾到他人就可以溜出來。

酒吧的四個音樂人站上舞台，穿著同樣的T恤（爵士酒吧的音樂人總是這樣秀出他們開場），沒有任何一句話，他們開始了演奏，彈得又快又大聲，像是車子在高速公路駛過夜晚。但我想我必須靜下來聽，給台上的音樂人第二次機會。到了第二回合，一開始音樂有緩下來，但很快就又掉入興奮的飆樂狀態，在這樣的地方沒有人在意音樂的和諧，只有快感才是主要的。後來爵士酒吧又擠進了很多人，把我推得離門邊更遠。我想同樣身爲一個音樂人，我必須尊重表演者，所以一直到音樂換場才離去。

離開後，我感到疲倦和空虛，這種感覺即使到了隔日還是那麼清楚地感受到，我再次確立我不屬於那種地方。但昨晚也給了我很多思考和疑問：我想當時在那裡聽音樂的人都在想什麼？音樂人表演音樂時在想些什麼？而我自己呢？

我沒有得到答案，我只能感受自己的身心與自我的內在平衡了。我注重我靈魂裡的兄弟姊妹。

我聽說妳在搬家，我有過多次同樣的情況，我希望妳有很多的力量可以處理。

愛妳的凱瑟琳

10

親愛的凱瑟琳：

看著新家完成，從油漆到裝門，從大家具到小物件都是靠自己雙手搬到新家的（搬大型家電哥哥有來幫忙一天），我的大門牙因爲搬櫃子而撞傷，自此缺了一小角。我的雙手雙腳到處是瘀青傷痕，自己動手做工和搬家時所撞傷的。

當一切都安定後，我躺在地板上良久，環視四周是又開心又哀傷。我當時哀傷的是，就在我最需要援手時，和我在一起的男人消失，而他又恰巧是最擅長室內設計的。

但於今看來我倒覺得這樣很好。靠自己，不虧欠他人的乾淨感充滿我心。關於我因他而受的苦，似乎也就在這樣的忙碌狀態裡一丁點一丁點地消失，對他的執著也一丁點一丁點地淡忘。午夜到來，還有悲傷和難過，是因爲不平衡吧。不平衡於愛的幻滅如此之快，可以在一個新的對象體出現，馬上消失殆盡。過去滿口情義，於今難堪考驗。

但我終究還是慶幸自己沒有喪失自己，我打造了自己的美麗屋子，三個新的門，釘了書架，整個空間花不到三萬元，看起來卻像是花了三十萬元的質感。

人的潛能是會被激發出來的，只要不背棄自己。

當然我也不是一開始就清明的，我因他受過許多身體與靈魂折騰的苦，甚至我在氣憤時也想詛咒。或者我有時有突發的清明拉住了我往下不斷地墜毀，我感到生死皆幻象，我雖喪失愛情之舟，但卻擁有更多的自我。我更加明白愛情基地隨時會被蓋台，我得建造自己的王國。這王國裡有文字有音符有顏料有線條……

我的雙手膝蓋仍在瘀青，昨晚哭醉酒瓶傷了我的手指，傷痕怵目驚心。我突然警醒，我怎麼愈來愈像我的父親？我得向我母親學習，我有個非常韌性的母親，卻有個非常任性的父親。

啊，愛情消亡，存有猶在，我陷溺自我情境的幻想危險，我得以更深邃的思索來挽救我自己。

我希望有天可以大聲地對自己說，Be happy you are you！

做自己是快樂的！

捎給妳很多愛的文音

11

親愛的文音：

我看到妳寫的信，我感到悲傷。我希望你有很多勇氣重新開始妳的新生活。

我曾經和妳有過類似的情況，不過要走的人是我。這和妳的悲傷是不同的，承受力卻一樣不好受，且也因此出現過精神狀況呢。

我想告訴妳作爲一個女人的一生之初。我的生活曾經歷長時的複雜和困境。我二十一歲時和一個很迷人的愛爾蘭男人陷入熱戀，他彈吉他唱歌，用一種帶著非常深沈且傷痕感的聲音彈唱著，我初次聽他彈吉他唱歌時，我就知道我被他迷醉誘惑了。

他有一張天使的臉孔，和一頭金色的鬈髮，他有幽默感，典型的愛爾蘭男人。但當時他已有喝酒的習慣，而我並沒有去明白這個隱藏的危險。我在當時只是賦予它浪漫的想法且沒有理由地愛著他，我想當時我是太年輕了。我只知道我必須克服那個愛，我對感情很沒有安全感。

我們相遇在國際公社，這個男人的脾氣很硬，他從來不畏懼說出他心裡的話，就這樣有一回得罪了公社的領導人，且被出了局。因爲我愛他，所以我和他一起離開了公社。我們決定住到巴黎，他對街頭音樂家很有感覺，於是我們也在街頭表演，地下鐵車站、戲院門口等地，那是極度困難的幾年，我在街上遇見各式各樣的人，小販、毒販、貿易者，和一些高傲的有錢人等，而我的男人持續酗酒。而生命已經快速流失浪漫情懷了。

我終於明白愛的迷思也試著和別人交往，我甚至考慮到非洲或其他城市去參與教育工作，我要給自己的生命新的意義。未料就在這樣想時，生命替我決定了我要作的功課：我懷孕了。

當時我還沒有準備要有小孩，但我全盤接受了這一切的發生，很奇怪的能量：我想要這個孩子。當時我的這個男人決定去瑞士，他聽說那裡有賺錢機會。當時我們已經沒有錢可以支付巴黎的工作室了，他臨走前告訴我他會寄錢給我，但我再也不相信他說的任何一句話。不知爲何這個肚裡的新生命讓我感到自己似乎可以獨自處理很多事情。我小心地掩飾懷孕，出去覓事做，我在書店找到工作，眞好。同時我還遇到十六歲時在學校時喜歡的同學，他讓我和他及他的女友和哥哥一起住，留給我一個房間使用。後來的日子是愉快的，他們對我很好，而我也很需要工作，新的生命讓我內在能量轉變得很強。

以後我們和兒子一起生活，也給兒子愛爾蘭名字，我沒有辦法將孩子和父親分離，於是我給孩子的父親很多次機會，甚至後來我又給了他另一個兒子。

但事情從來沒有好過，我經過多年內在衝突，卻都因孩子而無法離開他，甚至房租和其他花費都是由我支付的情況下度過了許多年。

當這個男人終於離開我的生活時，我忽然感到我這一生從來沒有如此解放過。我們生活在一起十一年，我應該學到不少東西，細節詳情我改日再告訴妳。

簡單先說的是，我學會了無比的堅強，當我現在往前看，發現自己從來沒有如此堅強過。

我們與人相遇，就是彼此學習生命種種。現在看來，我倒該感謝我的這個愛爾蘭男人了，他可說是我學習生命課題的大導師。

也許這樣說來有點不清楚，我想中國人說：「危機就是轉機」，或許正是此意吧。

我希望妳的危機可以很快地度過，且化成轉機。

給妳很多很多愛的凱瑟琳

12

親愛的凱瑟琳：

妳提到妳在愛情困頓時，突然上帝給了妳一個新生命來到身體的課題。妳接受這樣的生命與考驗，妳讓我仰望，因爲那是多大的堅強啊。

機緣，機遇，常常悄悄埋伏於旁。上封信我不是提到我的脆弱與午夜淚水嗎？甚至連死亡的字眼都在命運的門口大力地敲著我的心了。

結果我母親生病。爲了營救她，我不能死。

後來我明白死是無濟於事的，因爲靈魂很快就會再輪迴（我如此相信：如是因如是果，我相信生命有輪迴），既然不死，那得好生地活下來吧。

我深夜再次讀妳的信，屢屢動容。

謝謝妳如此坦承剖析過往，那麼眞誠，動人，我淚眶滿懷濕意地讀著妳的信，心裡起伏著。妳提到中國人說的危機就是轉機。讓我想起佛家說的：逆增上緣，就是努力改善逆緣，並視所有給你困境者爲過渡菩薩。

我想也許就是此意。

生命誠然是困頓，但也不乏溫暖。像妳給我的就是巨大的溫暖，來自遙遠北歐，卻讓我有近在咫尺之感。而我的情人都已在我的感情國度入土爲安了，也就是我已經掩埋了許多的感情，我終於感覺這樣虛度自己是太浪費能量了。

我爲了給予自己新的能量，於是我答應去花蓮維納斯藝廊辦展。我去花蓮晃了幾天，有一個醫生跑來看展多次，他一直對我說，我用的黑線條很特別，很讓他直逼自己，頗有靈療之能。

爲此，我笑了。倒不是因爲讚美出自於一個高級知識分子的醫生嘴裡，而是我明白我的生命是這麼強大，強大到連自己都被彈出去而不自知。愛情把我彈出我自己的生命核心多時，我終於重新回顧自己的畫作而有了一種新生的覺受。

時間的河水已經在洗滌我的傷口了。而我也知道將來那個離去的男人會不斷地回到原地尋找他所失落的東西，經驗告訴我無一次例外，畢竟我對他們是好的，我離去時也是沈默的。

我想我們總是懷念美好的人事物。讓人懷念也許還是美的吧。

我想妳的愛爾蘭男人何嘗不是如此看待妳，妳是讓人深度懷念的，一個生活得如此認眞，如此有承受力，同時間又具有創作能量的女人，誰能不注視她。就是離去，也會不斷地凝視的。

我想念妳，我藉著妳的歌聲來凝視妳，感覺妳好近好近。

愛妳的文音

13

親愛的文音：

希望妳的畫展很順利，妳的繪畫很強大很有能量，它們在和我對話，我總是可以很明確地從妳的某些畫作裡感受出很強的堅強與信仰。

我上一封信提到，當我有心愛的小孩，且干擾我生活的男人也離去後，我感到解放了。我開始必須再給予自己的生活新的意義。這感覺很強烈，我想要過簡單有力的生活。我首先必須克服我深度的疲倦，我不能生病。我無法想像我們一起住到冰島的那兩年是怎麼度過的了。那裡冰天雪地，風不斷灌進小屋。當然我們沒有洗衣機、電視、車子、電話……當時小孩還在包尿布階段，我的手常常被冰水凍傷了。我們只有一丁點錢，我的男人總是說他會出去找工作，我自己在田裡種些東西，田的四周都是冰原和岩塊，我們就這樣地存活下來。

每一天的每一個單獨的問題都會花去我們太多的時間和能量，即使簡單的只是出去買個麵包。我背著嬰兒，手裡牽著另一個小孩，總得走兩公里長路，甚至花去我半天的時間。

所幸後來有好心鄰居幫忙我，載我到隔村的超市買東西，我甚至買麵粉自己做麵包，自己做優格，還開始種蔬菜，從鄰居那裡得到一些種籽和工具。有時也有朋友到我家和我們一起用餐。我發現朋友之間並不能眞的幫忙到什麼，但一些生活的恩惠是讓我難忘的，像有一個鄰居知道我的財力困難，經常總是送來一些她烤的蛋糕或是自己做的義大利麵等等給我們。我也開始對一些想學法文的鄰居教他們學習法文，有些人陸續加入，並且給了我一點教課費用，於是我開始教法文，並且我們的生活也有了一些午茶時間或派對。

到了晚上我給我的孩子念書朗讀文學，我甚至學了編織來賺點生活費呢。

有時我常會觀察鳥的飛翔，並學著辨識出牠們的學名。在海岸眺望，我總是看見飛翔的牠們，自由地飛著。

簡單的生活很快地塡滿了日子。我當時知道和我同住的男人我是再也不愛了，他每一次總是帶著不同的謊言來到我的眼前。

然於今看來，我會說我仍然從生命裡頭學到東西，也從愛爾蘭男人身上看到人性等等。

所幸我對生命是強韌的，我開始爲自己生活。我開始創作，雖然我仍然受苦於每日的慾望以及對許多事物和回憶的感受，我想之前的生活給予我太深沈的疲倦了，於是重新生活才會變得困難重重。

以後有機會我再告訴妳多一些。關於後來我在布魯日的另一個新生活。

同時間，我希望妳可以擁有更多的堅強，和對自己的創作有信心，透過妳的繪畫和寫作妳一定可以啓發和幫助很多需要妳藝術慰藉的人，我知道藝術家總是得必先穿過黑暗，而妳很強的，妳總是採取面對黑暗，且穿得出那個黑暗。

給妳很多的愛的凱瑟琳

14

親愛的凱瑟琳：

比如說，我已經不要男人打電話來時，他卻反而不斷地打來。

一開始，我受到的干擾很大，當他再次不斷地午夜響著我家電話時，我甚至不敢接電話。好像那電話寄生著怪獸，怒吼地響著。以前期待的電話，現在全成了夢魘。

到後來只好換所有的電話號碼，我沒有想到電視連續劇的通俗劇情有一天也會出現在自己的身上，而我最厭畏連續劇。

虛假的愛情如獸鬥。

我十分疲憊與畏懼，我如此熱愛和平，從來最怕鬥，但愛情總是多方獸鬥，我總是最先被囚禁的人，因我不鬥，我俯首稱降。然即使如此願窩居囚籠，別人還是不放過妳。我突然想起前男人說過他有一世是獵人，原來是嗜血族類，看不見的血比看得見的血更磨人，折磨以噬咬精神來體現。像是一種巨噬細胞咬傷我的靈。

妳提到妳的以前男人有酗酒問題，我也得揭露我自己的部分給妳聽聽。我當時也是愛上一個天色一入晚就開始飲酒的人，飲到隔天早上七、八點還絕對不上床的人，上午十點多才入睡，一醒又是午後了，時光快速失去，黃昏即將到來。我一看見天色昏黑就開始發愁，又要飲酒了。酒原是用來品味的，但酒精到此時卻成了午夜不走的惡魔。

我對他了無愛意，只是傷痕還在。傷痕在等著被時光修復。

我開始寫新的作品，也畫了幾張小幅的畫作，畫畫比較快樂，像是回到孩提時的一種任性宣洩，而寫作是有對話的目的性，所以狂亂的筆調當然事後都被修正了。而繪畫我常保有原初的情緒所遺留的亂或靜。

不管如何，一個人可以創作，寫自己想寫的東西，是如此地飽滿。

被逼到牆角後，突然看見牆角有一面大鏡子，我的世界都被照映而出了。事情的發展常如此，和原先設想的十萬八千里，有時緣分未走，我縱使有捨得之意，卻也捨之不去。幸好自己能創作，以至於可以稍稍安撫內在的猛獸。沒有繫好頸圈的野獸出欄時，力道足以踩死我呢。我得細心地觀看情緒的猛獸在夜裡的起伏。

夜獸難馴，我得訓練自己一身好本事才行。過往城市流言如風過，人事最是不堪。餘生只盼以筆墨來認出靈魂的居所。

今天八里有陽光，心裡掛記著遠方的妳。我在水岸寫作，河水正發著如星辰般的亮，水會跳舞，光會跳舞，我也會跳舞，我的文字也在跳舞，隨著妳的音樂變化著美麗的韻律。

我但願我所寫的黑夜，可以給人歡愉明亮的撫慰。因爲黑天使，也是天使，黑天使窩居暗巷過久，他深知人間哀歌。聽他吟唱哀歌者，都因此而洗滌了，且明瞭「啊，你也在這裡」的不孤單。一如貝多芬命運交響曲，一如波赫士三十年失去光明卻寫出驚人作品一般。

凝視或聆聽前人作品，我總感涕零，且因此拯救了自己。我們中國人說「海內存知己」是這個意思吧。以此和妳分享心情。

我方從南方回來。我外公拾骨，拎起地底的身骨時，後代的我感到一種人世凋零之感，無以排遣的人間寂寥。燒紙錢時，風起了大火，火在原野燒著，很有野獸派畫家的原始荒蠻感，紅色烈焰襯著無邊的灰沙大地，大地幾株枯樹在路的盡頭，我看見我的童年和我外公走著路，五歲的我穿著他釘製的木屐，走得哐哐響。外公就執起我的手背作勢打了一下說，穿壞就不修理了喔。

我很懷念他，他常給我零錢，卻都是無法到雜貨店買零食吃的日本時代的銅板，他留下了許多日本殖民時代的銅板，他不知道不能用啦。

燒紙錢起大火之後，忽然烏雲飄來。瞬間傾盆大雨。我和母親及幾個阿姨和表姊弟們各自奔到不遠處的靈骨塔躲雨。

突然間大地震來襲。

又是火，又是大雨，又是地震的。

島嶼，命運。我的寫作下錨處。

愛妳的文音

15

親愛的文音：

我剛剛才聽到台灣有地震，我希望妳沒事。聽說花蓮是受影響較深的區域，不知道情況如何。我去過花蓮，颱風對花蓮人而言也總是得經歷的難事，自然的宿命總是迫害著在那裡生活的人，當地人總不免得受苦於自己的土地。這聽來似乎很不公平，但《聖經》說：「任何想要擁有的人都必須先給予，並拿取別人所不要的東西。」這段話我總是牢記於心。

週末是復活節。我有點後悔沒有加入社區的慶祝活動，我滿想要參與一些慶祝儀式，我記得我很小的時候，和我父親參加猶太人家庭的復活節，猶太復活節有獨特的禱告儀式、唱著獨特的歌和吃著特別的餐。我在孩提時就能感受那樣的神祕，我很樂意投入那些各式各樣的餐點，鹹的苦的甜的混在一塊的口味。

復活節是一個通往生之道路的象徵，必須死去才能新生，我深受此召喚，這是我走的道路，我是出生成長在傳統的家庭，我的父母總是將巧克力蛋藏在房子的四周或是花園的其他地方，屬於老派猶太教的天主儀式現在已經沒有了。過去我們總是會收藏那些復活節的巧可力蛋在籃子裡。我們在午餐前都還不打算吃它，但一整天我們總是吃著大量的巧克力。

我仍是這樣依循傳統而做，雖然我的孩子現在已經是大人了，但我在復活節時還是這樣地做，我送給孩子們書也已成爲一種習慣，我知道也許我做的未必是他們所要的形式，但是對我而言書是精神的食糧。我的大兒子如今也明白這個意義了，另一個小兒子尚未發現書的美妙，我希望他很快地自我發現。

最近天氣很好，布魯日城鎮滿溢著人，今天的鐘聲比往昔的週日都還響得久，我烹煮美食，我很高興我的家人能夠來和我一起享用美食。晚上我們會一起看新聞，中東的消息總是讓我沮喪，我對於以色列政府的政策感到憤怒，我是猶太裔人，我的一些家人曾死於集中營，我的祖父如果在世難道會同意戰爭嗎？我想不會。我感到羞恥，對於現在的以阿情勢。

我明白猶太人想要得到身分認同，而巴勒斯坦人想要土地，於是耶路撒冷永無和平之日。世界如何和平？人們遠離上帝的原意已經愈來愈遠了，如果人們認眞地活在生活的現世怎麼會有戰爭的想法。昨天我在街上遇見觀光客，從他們穿的服飾可以認出他們來自於一個猶太家庭，我卻避免和他們交會，我知道這是不好的，但我也同時明白世界和平這件事是很難達到的。

然後我又想起了妳的國家，還有我去過的花蓮，花蓮是一個常受苦於地震之地，我記得幾年前那裡的人們是如何熱情地邀請我去那裡玩的畫面，我常想起他們。

今天是輕鬆的週一，天氣仍然舒適著，不過我卻沒有睡得好。先說到此。

給妳很多愛的凱瑟琳

16

親愛的凱瑟琳：

這回的地震台北比較嚴重，正在興建的一〇一大樓有人因地震從高樓墜下。其餘沒事，地震和颱風是我的島嶼根生的地理自然宿命。

我們每個人都得一起面對的自然威力，自然讓我們生命懂得謙卑。

就像我寫信的此刻，淡水河在眼前，一條北台灣的靈魂河流，數千年來地流啊流，映著兩岸的觀音山和大屯山，雲大朵大朵地肥掛天空，而我也一字一字地用著英文寫信給妳，非母語的寫作，我得慢慢地寫，常常得去思索單字，因此速度慢了，我像是個孩子般地認眞使用著非母語的新語言。

春天慢慢靠近又走遠了。四季循環，剛剛看見水岸旁的樹葉在陽光下發亮抽芽，留下一地的翡翠。

愛情不急著給答案，生命卻瞬間給答案，每一天都有生滅讓我驚心動魄。死在角落的蟑螂，死在窗前的蝴蝶，死在水岸的葉子，死在市場的雞肉，死在離去的愛情……活在角落的蟑螂，活在窗前的蝴蝶，活在水岸的葉子，活在市場的小雞，活在相遇的愛情……

生滅在其中，我在其中，我也是生滅的，我看見了自己化成萬事萬物，我如此地走過情愛的死亡幽谷，以及面對我自己的同輩友人的自殺辭世，我漸漸走過陰影，且完全接受生命和愛情陰影的存在。開始欣賞起陰影，陰影讓明亮顯得更明亮，日出月藏，月藏日出，如此循環，我實在是過度庸人自擾與多愁善感。

細膩的心雖美麗層層，卻也藏污納垢層層。

今天雲淡風輕，之前我們互相療傷的對話已然幫我走出陰霾，謝謝妳美好的書信，優美的文字深刻的感情所帶給我的一切，能私密交流是無與倫比的美，像是午夜的一盞燈。

祝福妳！

想念妳的文音

圖片提供：大大樹音樂圖像

寫給我的經典情人

——莒哈絲、西蒙波娃、卡蜜兒

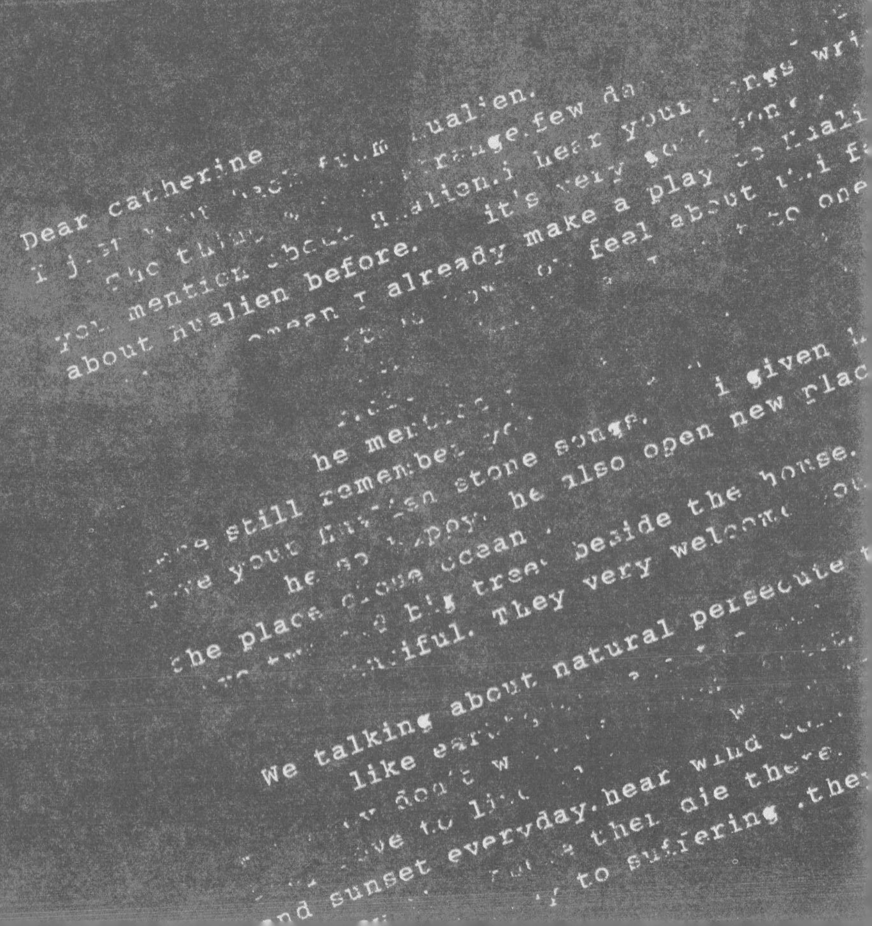

摧毀吧，妳說：致莒哈絲書簡

給莒哈絲：

我們之間絕對沒有親愛這樣的字眼，因爲我們絕望。就像夏夜致命而襲的悲傷，難以慰藉的回憶讓世界走向死亡，回憶成了夢囈。

我不禁想向妳說，愛情這種神話，當消逝時只能向虛無中的虛無吶喊，在荒漠中的荒漠中孤立。

妳的記憶喚起我的身軀，妳的記憶使我心裡有一團火，我希望能再回來，沒有了妳，我等待拯救我自己，沒有了妳的雙眼注目，我已準備進入死亡。內在的死亡，死在愛中，其實是一種昂首向前。妳說，人們總是在寫世界的死屍，同樣，總是在寫愛情的死屍。我說，書寫是我的獨特告別式，離開寫作時的那種孤獨，作品就不會誕生了。

妳說就是死後妳也還能寫作，我想妳定然把書寫的棒子交給了我。因爲我私心妳交了棒子給我，所以我幾乎隻身年年弔祭妳，從我家的八里來到妳的巴黎。

多麼好的巧合，八里巴黎。

我飛越大片的陸塊與海洋，來到屬於妳的城市，巴黎的夏日正豔，我心卻近乎蕭索的枯萎，絕望是妳的基調，於是我看出去的炎夏豔麗風光自此沒有了色度。妳的眼光成了我的眼光，究竟是什麼樣的眼光成爲妳的獨特體驗，那就是絕望與孤獨，那是妳的生命元素；追求與獨特，是妳生命的火花。我帶著獨特與火花，來到妳的巴黎。

我先是來到妳在巴黎聖日耳曼大道附近的聖伯奴瓦街五號居所，像幽魂般地探望著任何一個長得神似妳的巴黎女人。她必須個兒嬌小、她必須神色孤絕、她必須目光迷離、她必須左手叼菸、她必須右手戴只玉環且指環有個大大的華麗手戒。她必須沈醉愛情，必然走向枯萎的愛情，絕望又欲罷不能的愛情。

然而沒有人像妳，我跟蹤到一個側面神似於妳，我跟著快跑著到她的面前，才發現她太蒼白，一點都沒有妳的情慾流動，發現她太稚嫩，缺乏妳被注目時自覺流露的迷幻氣味，讓人神魂顛倒的性愛氣質。

妳說妳是如此的放蕩，他沒有那種本能瞭解我的放蕩，妳又說女人的心中如果有情慾，自然會吸引男人。妳讓我整個人釋放一種如乙醚的麻麻幻覺，麻麻幻幻地走在巴黎。忽忽地一個男人手中拿著報紙，他在我走出地下鐵入口時突迎向說：「妳好像Spaghetti，要和我喝杯咖啡嗎？」我像Spaghetti，我聽了好笑，心想這是何等的言語情挑。然而我來巴黎是爲了妳，我拒絕了這個有義大利長相的男子。

我孤獨，我一個人；我沈默，我成了妳。

觀光潮像一股死亡的洪流穿過這座古老的城市，我得了愛情的黑死病，我喜歡這個「黑」字，濃濃不開的圍住我，像是關上厚重窗簾的屋內，我在遙遠的八里書房讀著妳的《黑夜號輪船》，一艘滿載著性的誘惑在夜間航行的幽靈之船。

啊，在痛苦中實現慾望，那樣強大的浪潮一波波打向我心的堤岸，那樣強大的浪潮襲向我卻又不至於讓我潰堤。這就是妳的力量，對一切的黑暗咀嚼，對一切的慾望面對，對一切的記憶遺忘。

我家的淡水河常被我想成妳的塞納河，生命的黑河總在我們的書寫中清明，黑暗不可怕，黑暗才能對映出光亮，我的白天與黑夜，寫作和閱讀並置，愛情和慾望交纏。我喜歡在情慾之後讀妳的書，特別是在電燈下撫觸妳的感官書寫，房間陰暗，只有妳的語言被光暈照亮。

蒙帕那斯墓園。在墓園入口繪有地圖，墓園地圖標誌著一顆顆不朽靈魂的所在位置，像是某個不斷在我的瞳孔發亮的星圖般閃爍著歷史的光芒，靈魂不死，在此昭昭；時光不老，在此歷歷。

我不需按圖索驥，即能尋妳之所在。我總是爲墓碑發亮的名字感到一種我和妳同在的喜悅與眞切呼喚。妳在墓園左方第一排第十個墳前立著米白色墓碑，上方標誌著「M.D.」，M.D.即是Marguerite Duras，瑪格麗特・莒哈絲，妳名之縮寫，當我感官和妳親暱時我會稱妳瑪格麗特，但是當我寫作時我會敬稱妳莒哈絲。

一個妳自行決定的姓氏，棄父之姓氏，棄得如此決裂，不是改名竟是改姓，眞是了得。

妳原來的父姓是多納帝爾（Donneadieu），意思是獻給神（dieu）。一個四歲即棄離人世的父親卻給了妳一生的名號，想必妳定然掙扎許久，背著如此高意涵的宗教姓氏和妳放蕩自主行爲形成甚大的諷刺與負荷。想像妳在印度支那時期，妳和來自中國北方的情人擁有那絕對的一年，以絕對的絕望、絕對的性慾、絕對的放蕩，背負著「獻給神」的姓氏和一個黃皮膚的殖民地富豪男子以身體肉慾的自主權，絕對存在的日日夜夜是那樣的高亢，快樂與悲傷同進的高亢與同退的低靡。

有個我的書迷也在寫作的女人曾對我說，我的死穴是愛情，她看不到我筆中處理自己的愛情。

我點頭，我知道我即使處理愛情，愛情也都被我簡化成籠統的愛情哲理而非是愛情過程描述，即使有愛情過程描述也都是有點事不關己的疏離，看得到卻聞不到摸不到，縹緲遙遠。因爲我處理的是回憶，而不是當下的現實。當下現實的感情對我而言太過靠近，太過灼傷，我難以正視，我需通過整理。可我一整理，便又掉入了乾淨，許多的細節省略了，雜蕪也去除了，如此一來愛情的複雜便被片面化，愛情就是含有許多雜蕪的狀況才顯得可供敘述。我唯一比較正面且完整去寫的愛情小說是《從今而後》，但還是一種迂迴的態度在處理愛情。

我在想直接簡潔又帶點誇張的風格，那是屬於妳的風格，大量的細節描述，支離破碎的語言，淚水與沈默的混合氣味。

我的淚水與沈默混合出來的氣味是荒荒莽莽中的一種愛情況味，像台灣島上秋天漫生的白色芒花。

妳的淚水與沈默是屬於絕望，絕望是什麼物質與顏色？沒有，空空然無色即無欲。只餘書寫。寫作，是妳的生活與生命，也可說是身心投入的全部。妳把自己和寫作全然地投入在這樣的全面性領域裡，義無反顧且有點不要命了。「必須有死亡的才能。」妳說。

妳看不起有些女人以寫作當作生活的點綴或是品味的來源，妳不認同寫作者一腳在生活一腳在寫作，妳認爲應該全盤投入。「一個作家不能喜歡不喜歡他的書的人，因爲作家在書中傾注了自己最眞實的東西。」妳說可以接受人們不贊同妳的電影，但絕不能忍受別人對妳的書有任何保留意見。

多麼絕對啊。難怪妳動輒和朋友決裂，孤僻又瘋狂的熱情是足以把誤闖禁地的他者給活活吞噬的。

我喜愛妳這樣常常不要命的寫作與生活精神，對藝術文學和妳所投入的政治是那般地不顧性命的熱情與不妥協態度，每每讓我驚訝且愛上妳。身心全部投入！因爲太過稀罕了，所以即使有人不喜歡妳，但也讓人不得不對妳刮目相看地產生一絲絲的沒來由好感。

那是保守與平庸者所不懂的生活探險與創作投入。平庸常常被以「中庸」爲護膜，實則平庸近乎庸俗，平庸者了無生氣，平庸和中庸斷然不同。保持中庸也是一種求平衡的某種激情，不斷地在前進與後退中覓得中庸之道，前進與後退的節奏拿捏已是高度的生氣盎然。平庸者不是如此的，平庸者該前進不前進，該後退不後退，完全死氣沈沈。

我的這個書迷又對我說，她有了小孩後發現「愛還可以更愛」，她未料後面的這個愛超過了前面的那個以爲是生死的愛。而我今生是確定絕不要有子嗣的人，我要切斷我的這個情業宿命，那愛是不會更愛了，愛最多只能再愛，沒有更上一層樓了。我把我的愛最完整但可能是最好或是最壞的部分都已經給出去了，覆水難收，除非我的愛奔向的男人是一條河流一片海洋，可我的愛奔向之處的男人是荒漠是沙丘，他們默默吸收了我那完整的愛，但卻無法退還且無法完整給予，我要以完整對完整，簡直是癡人說夢。於是我的愛只能是再愛，無法更愛。後來的男人也無法怨懟我，因爲經歷過滄桑之後，大家已經都變得一樣世故了。

再也沒有完整，如果有完整，那是一種切割之後的完整。只有切割的完整可以代替義無反顧的完整，感情學會切割，事件學會切割。切割就是一種擺放安然的姿態，在擺放各式各樣的異質裡不會互相干擾混淆。我們的生命開始像盒中盒，一層又一層的多寶槅，密室中的密室。

別人既無力打開，我們也不準備打開。

就是世故到要保護自己了。保護自己其實也在保護了他人。我們都不再是荒漠渴望甘泉般地引頜企盼著愛神，我們本身既是荒漠也是甘泉。

在台北我曾問及我的愛人：爲何時尚名錶要標榜有「萬年曆」？他說那就像一個皇帝爲何要擁

有做工精細繁複美麗的「多寶槅」，萬年曆也是名錶標榜的一種時間刻度的精細與繁複技工，實用性不存，而是一種展現，富家人的展現方式。

展現，我們都在展現，不同的展現語彙與方式，不論富人或窮人。而巴黎花都的人更是熱中於展現的人種，細節的展現與鋪成，猶如花腔中的花腔，高音之上還有高音。然話說如此，聽到萬年曆，還是讓人驚嚇時光加諸於事物的殘酷與暴戾刻痕。

我喜歡妳的兩極，光滑可以如此無缺，皺褶可以如此深陷，十八歲前如此地婆娑且迷離，十八歲後又如此地無垠且堅毅。因爲一個深度的寫作者方能讓臉部的皺紋顯得如此美麗，因爲一個寫作者方能讓矮小的個子展現著如此巨大的神采，那皆是來自心靈能量散發的美，這種美不是給普通人看的。妳年輕時的美才是放在世俗的位置上，就如妳自覺那種美的吸引力一般。可妳有過後竟不耽戀那個影像，妳違背所有女人該有的抵抗歲月的動作，妳甚至反其道而行，酗酒抽菸，妳有一張毀損的臉孔，是這個絕對的自我，全然投入絕對的光陰所對應出來的磨損，我第一次見到女人可以如此地接受老化，且接受得如此徹底，因爲徹底所以有了一種讓人逼視的美，連老都美。每一條皺紋都像刀痕，光陰像是深入蝕刻版畫的化學物質，最後臉孔像是侵蝕完善的銅板，刷上了一層黑色油墨，印在浸過水的白紙上。

「十八歲的我就已經老了。」

就像楊・安德烈亞（Yann Andreá）初次見到妳時說的話：「我一直都認識妳，大家都說妳年輕時是個美人兒，但是我今天想告訴妳，我覺得現在的妳比年輕時更漂亮。和妳年輕時比起來，我比較喜歡妳現在的容貌，歷經風霜的容貌。」那年，一九八〇年，楊不過二十七歲，妳已六十七歲了。何等的男人如此不同流俗的審美觀，何等豐富又蒼涼的內在，才可以穿越感官的慾望與形象的皮相。如何我們的慾望不會被一個拘泥的形象給扼殺而死？

男女得以靈魂見靈魂，不過就是如此了。當然我不得不說妳的私心是多過於楊，楊是很單純地渴望，如鹿渴切溪水，如人子之仰望神。

可妳反在俗世裡流轉，妳要楊只有妳，除妳之外沒有別的。

台灣藝文界既沒有妳之流，在讀者群上也沒有楊之輩。有哪個男人喜愛女人歷經風霜且皺紋滿面的容貌，台灣藝文界男人最好之境是仿沙特之流，那已是最好的相遇了，沙特幾希？波娃幾希？妳們又幾希？

妳真了得，全有或全無。

而楊・安德烈亞絕對是異數中的異數了，甚且是異數中的唯一。這例子僅有的對應是美國女畫家歐姬芙。在台灣藝術界發生過的女老男少配最多相距二十來歲，且女方當時都還保有一種亮眼的風貌，不至於瀕臨於毀滅。就是西蒙波娃的戀情也是男的小她十七歲，女人大男人四十歲的巨大數字實在絕無僅有。

我當然絕不能提坊間那近乎鬧劇的小鄭莉莉之戀，那對妳是褻瀆。

不若妳，以那樣的矮小個子以及皺紋風霜滿面之姿誘人心魂，風燭殘年也能夠如此傲然。

東方沒有，東方喜愛藝文的男人在感官上還是退化的，他們常常爲證明己身魅力而喜歡幼齒，若不喜歡幼齒者，那就是務實派地喜歡貴婦型，若不喜歡貴婦型，那鐵定依戀母親，只有如此他們才會尋找比他們年齡大者，因爲一種現世的務實利益與安穩。當然也有人因爲渴望對話渴望瞭解而尋找一種相似的靈魂而非以年齡度量，但男人的前提是，那個比自己大的女性也不能難看，至少我想不會是個近七十歲的老太婆。

年齡大後，許多人年少的理想主義成了午夜憂傷的奢華，於是大家都世故，不想沈重，不想有關靈魂深度的交往。在許多男女關係或是同性戀者，其實對年輕肉體的感官快樂是很有階級的對待，享用年輕的軀體，宛如一場美食的饗宴與權力的使喚，對自我青春與性能力和魅力的某種招魂。於是東方男人畏懼老女人的精練，因爲不敢承認脆弱。

莒哈絲，妳若中老年之後在東方，恐怕也要折損不少，以妳那樣渴望被注目且被絕對環抱者，在創作和在愛情上都是絕對的霸權。「她要的是全部的我，全部的愛，包括死亡。」楊在他的書裡《我的愛》（Cet- amour-là）裡寫道，甚且提到妳不准他和家人聯絡，因妳善妒如狂。妳是愛情的暴君，書寫的王者，妳活在妳自己建構的世界裡，不容他人傾斜，因爲妳本身已是個大傾斜。傾斜者需要支柱，傾斜者需要全盤如地基紮實般的愛，如果沒有這樣的絕對，要不就讓妳徹底傾斜，直至倒下。

妳眞了得，全有或全無。

沒有男人受得了妳，妳也受不了男人。妳是那種在東方會被冠以難搞的女人，其實就是在法國也是如此。

只能說一切的遇合與結合都配得剛剛好好的，我必須還原說，楊本就是個特殊的人，才是眞正能和妳在一起的原因，他的同性戀模糊傾向讓他產生了無比柔弱的特質，他走近妳，是因爲妳的文字。而後離不開妳，是因爲自己的脆弱。他內心脆弱和妳的身體脆弱恰成了一個同心圓，你們相處的十六年，多少次楊出走後又乖乖回來，多少次妳把他的行李丟出去，他又像流浪狗般地覓氣味而歸。妳像個女乞丐飢索愛情，他像個流浪狗飢索懷抱。既是主人又是奴隸，在彼此垂下的眼瞼處，你們對望那個傷與那個痛。

妳無法忍受被遺棄，妳愛自己甚過一切。愛自己那無法挽回的回憶，愛自己那所有的美麗與悲傷，所有的醜陋與暴烈。妳擁有他者都是爲了證明自己的存在，神祕的個體莊嚴存在。

歷經風霜的容貌，一種瀕於毀滅的美。無法掌握的毀滅密織在一張臉，臉上的五官被酒精和時光點點侵蝕，最後被破壞殆盡。

精神塑造出來的一種丰姿，書評如是寫道，讓人不得不逼視的血肉曝曬於外的愛情，驚悚中的快感。

我果然不知如何寫妳。我想寫妳是一種癡心夢想，我覺得不得不寫妳也是一種激情的流洩，已無關乎好壞，我以爲就像妳寫的迷人小說，這種不可能完成的絕望激情，起因於得到一種死亡的惡疾。

妳的法國女同胞替妳立傳似已足矣，而我來自東方，來自妳初次體驗性愛與死亡的《情人》國度，我沈默，在一時之間，無話可說，只留物傷其類的情懷。

蒙帕那斯的墓園，妳安然於此，和所有的法國文學巨擘同在。不知妳在墳下如何想像這樣的居所，妳孤單，妳冷笑，妳思索……

墳墓上方有其他的仰慕者放了束鮮花，紅紅的小盆栽置在白色的石棺上，有一種俗色的尋常，我想妳可能要更特別的，於是我逛著蒙帕那斯，墓園的午後陽光慵懶，我似乎也有一種睡意，欲和墓園的所有青骨魂埋者同眠，可意志力驅使我四處逡巡，我想到妳的寂寞，不服輸的烈火性格。彎身拾了幾粒象牙色和灰色的小石頭隨意地擱在妳的墳上，乍看如小小的立塔，襯著妳米白色的石墓極爲相契。

依戀者就是如此無可救藥地自我認同與孤芳自賞。

寫著一九九六，妳走的那一年，我正在紐約，這一年我開始寫給我的情人，我那讓人發痛的情人，肉體和靈魂會見其影聽其音觸其膚聞其氣的故往。

我並在返國前去了趟歐洲，逗留巴黎，親眼見證妳香魂渺渺的城市。九七年回國發表《寫給你的日記》，妳的死去成就了我的書寫。我接了妳的棒子回到我的島嶼，我住到了有著巴黎諧音的八里。這一切的注定就是妳的召喚。我成了每個妳，也成了筆中的妳。任聽身心的召喚，但又時時有個超我在監督這個我。

就像妳在十五歲半的第一次性體驗，不獨妳聰明早慧且自知身上具有對男人的吸引力，且妳提到了妳懷有一種「超越自我的義務感」，這超越自我的義務感，催促著妳走進未知且充滿刺探性質的激情式性世界。

這種超我態度，也是一種逃避現實的那個實體世界的我的可能方式。

性愛可以作爲一種逃離。一如那個超齡的妳，進入那個充滿溽熱黑暗的空間，和東方瘦弱男子體驗完全的性慾，帶著哀傷交纏在百葉窗切割的光線裡。在高潮之後，妳期望投身於此時此刻的世界後，可以逃離那個貧窮且瘋狂的奇特家庭，那個隱隱有著宿命般的悲傷與暴戾，如野獸相殘氣息的家庭。

一如我，在激烈的家庭漩渦裡，我總是渴望有一座湖泊或是一條河流可以靜靜地在心中流淌，有一個寬大的臂彎可以仰靠，即使明知是暫時的。

性愛就像夏日烈烈豔陽下浮動的事物幻象，高潮後的清醒卻又如霧中風景，冰冷且無所適從。

我在妳的墳上這樣想，胡思亂想，支離破碎地想，喃喃自語地想，這樣我才能靠近妳一些，一些些。我願意沒有保留的傾訴給妳聽，可蒙帕那斯墓園魂埋著幾個世代的文學巨擘與哲人大師，在此衷曲也只能靜靜輕彈，靜靜地如落葉在風中飄。

文學家在俗世的層層體驗裡，永遠有個近乎執妄的超我，觀察著另一個我，沈淪墮落和誘惑可以成就一種美德，那是因爲超我在作祟。詩人波特萊爾、哲人傅柯都和妳屬同類人，上升下墜，唯我獨尊。這個唯我獨尊，其實乍看很令俗世人厭惡，但我以爲這是個我生命的一種高度實踐，這時代太多的大我了，我們只能重返自己，高度實踐自己。

物傷其類！物慟其種！一意孤行又吾道不孤。

幾度，坐在妳的墳墓前方長條式鐵椅上頭翻閱《情人》，妳寫過的電影劇本《廣島之戀》和編導的「印度之歌」，不喚而至。樹影下我的心靈和視覺感官處在奇特狀態，好像妳那強而有力的魅影處處跳出來和我說話。我看見我的生命，妳的死亡。我體會到擁有妳的心、妳的語言，在承傳中這才是紮實的幸福。無以言說的非俗世幸福，不是幻象。迷戀就像感覺就像空氣，無以陳述，無以捕捉。

> 我常常想起那個情景，那個只有我才能看得到的影像。……從那個入口開始，就是無盡的沈默。發生在那兒的事，就是沈默。《情人》

> 這城市成爲愛的標準，妳成爲我身體的標準。《廣島之戀》

> 她只能生活在那裡，她靠那個地方生活，她靠印度、加爾各答每天分泌出來的絕望生活，同樣，她也因此而死，她死就像被印度毒死。《印度之歌》

我深愛的妳。能夠來到妳的墳墓前朗誦妳的作品，簡直是夢裡相見般地一晌貪歡。

這是何等的事件，我喜歡妳！——關於我眼中的莒哈絲

我必須趁我眼睛清澈時凝望妳，獨自一個人飄盪在妳筆下的文本故事和語言氣氛，在閱讀的陸塊上孤獨前進，這是一座不穩定的陸塊島嶼，我是海洋，勢必得環繞妳的這座孤島，妳是海洋，勢必得衝撞我的這座孤島。

妳的我的孤島。世故又通透的孤島，世故中還能傾注所有自體和他體燃燒的孤島，熱情又冷漠的孤島。他人無所適從的孤島。

莒哈絲，之於妳，我是無法多寫多說什麼的，妳本身就已完整，每個碎片組成的完整，一意孤行的完整。妳的完整就是破壞後的破碎，靈魂的碎片散落一地，撿也不是，不撿也不是，就只能是凝望，就只能是依從，注目在冷冷的溫情裡，像是石墓上長滿了綠綠的苔蘚，有皺褶般的陰影，陰影如幽微的燭火，黑夜的河水。

妳是河水也是海岸，總是一波又一波，生命沒有止息，筆端絕無停止。

寫妳，必然從我眼中來勾勒妳，如此我才有立場可言。然雖說有了立場，可我的立場也是建構在一種支離破碎搖搖墜墜的晃動裡，暈眩在妳那破破碎碎的語言感官迷宮裡方得一切述說。

關於述說，只有一種顏色，沉浸在黑色中的霧夜。

關於摧毀，關於絕望，關於孤獨，關於性愛，關於金錢，關於陰影。

擁有這些暗影的同時，妳卻沒有封閉起來，竟還能向荒荒世界吶喊，向生命冷冷溫溫地又擁又抱。這是妳，一個莒哈絲式的生活哲學與文學腔調，在完全面世的同時，用一種絕對的自我價值與

認同形成了一種獨裁的基調，這獨裁的悍性使得妳在面對俗世的同時，其實是一個完整的個我，其實內裡是極端避世的。也因爲這樣妳沒有喪失心智地墜入眞正受到自我詛咒箝制的瘋狂深淵，以妳這樣時時隱含絕滅特質的人竟然能夠活得長壽且名利雙收、愛情雙全，簡直是不可思議。

西蒙波娃不會瘋狂是任何人都相信的，波娃夠理性，她的不理性比起妳的簡直像是不小心在宴會上打了個大飽嗝般。

卡蜜兒絕對會瘋掉，先天性格不良（太倚賴愛情），後天才情過高（無法從於流俗），如果她有妳的強悍與絕對，就不會守候羅丹，更不會喪志失智。愛情讓卡蜜兒卑微，而愛情不會發生在卑微的人身上。

愛情必須莊嚴而誠懇，面對或背離時皆然。強烈的自我敘述腔調往往蓋過了故事，這是妳，自戀自殘自誇自傷自我了得的作家，一則浮世經典。

自由情侶的高度實踐：致西蒙波娃書簡

給您　波娃：

我必得尊稱你（tu）爲您（vous），因您總是以您稱謂他者，連親密愛人沙特也不例外。

巴黎人至今仍有人把您們奉爲情侶經典，我想您定然也認同，您曾說您和沙特的關係是不可批判的，您們成爲伴侶的相處基本法則是誠實，您說實話本身並沒有什麼價値，但是能向對方吐露一切事情是件令人高興的事。

蒙帕那斯墓園少見的夏日蕭索，沙特和波娃您們比肩長眠，是自由與信任讓這份愛情有了死生契闊的力量，是兩個個體的高度完整，使得愛情成爲一種人世實踐的可能企盼，自由情侶是可能的，因爲兩個高度成熟的心靈結合，能排除外在的紛擾與變化。

您說：「生平第一次，感到在智慧上受人統御。」這是一個才女遇到一個完全可以涵蓋她的男人所受到的喜悅威脅感。

我不知要對您說什麼，因爲您所擅長的理論正是我所匱乏的。我不知要向您吐露什麼，因爲您和沙特的自由且堅定的關係是我所仰羨的。

可是時間才過多少年，很多人已經忘了您，新一代竟然不知道您者眾，特別是有一回我和台灣媒體因爲新書見面，有人問我接下來寫什麼，我說出了莒哈絲和您的名字，竟有人問我，莒怎麼寫，絲怎麼寫，西蒙波娃怎麼寫時，我幾乎要呆掉了，看那記者小我一些，卻已是另一個世代似的陌生，對我所熟悉的事物陌生，於是陌生成了阻絕。阻絕對話，阻絕思想聯繫，甚至阻絕一種共同時代的感情。

可我來到您的城市即明顯稍好，我問二十幾歲的年輕人都非常知道您，這是一個有文學具體存在的城市，經典被遺忘的速度還很緩慢。

我看您的城市，書攤書店如此繁多，書店櫥窗裡總是有幾個文學經典人物被高掛在那兒，發著亮的靈魂藍光。像是普魯斯特、莒哈絲、沙特和您都是常見的人物。尤其是二〇〇二的今年被訂爲雨果（Hugo）年，到處可見他的肖像旗幟，掛在公車站牌附近或是建築物等地。以文學作家爲年份，讓我感動。

您知道嗎？在法國當作家鐵定是比在台灣好，我再也找不到比台灣更向錢看齊的國度了，連靈魂都可以和金錢交換的人卻大寫勵志書，連愛情是什麼都不知道的人卻大寫羅曼史。

我大老遠來到您的城市，爲了祭上我作爲一個讀者也是個作家的敬意。如果不是有經典的凝望，我將如何渡過人世這條險阻之河，您的存在，替吾輩鋪了橋，作品，是作爲一個交流文化的介面。

一個惶惶然的幽影：致卡蜜兒書簡

給親愛的卡蜜兒：

卡蜜兒，妳是爲愛獻祭且交出靈魂的繆思。得不到純粹的愛和一個完整的男人後，自此妳成了一個惶惶的幽影。

我必得稱妳爲親愛的，因爲妳有三十年的歲月在孤冷中度過，至老至死，從絕美到孤冷，竟是人間悲劇之最。稱說妳一聲親愛的，也許妳的靈魂冷不防都會痙攣了起來。那樣的暗夜折磨，危脆的神識如風中之燭，雖無法滅妳，但也無濟於事，只是一縷游絲在黑暗的隧道中游移罷了。

創作者在掘出生命的黑暗時，內在其實是有巨大的光在探照著，否則穿不出那個黑暗。黑暗掘出，化爲泥中作，筆中書，譜中樂，彩之畫……作品釋出，優劣自明，但是時運未必牽涉優劣，時運否泰又豈是妳能掌握的，何況妳無法媚俗，妳無法切割妳的愛，妳無法佯裝地下情人，妳無法過著自欺欺人的生活。妳要極致，妳要完整，妳要絕對，在創作與愛情中皆是如此面對，然成爲強者羅丹的情婦，妳的要求勢必要退讓，退讓不成，於是妳選擇背對，背離人群。然而妳想獨處，獨處的漫漫長夜時有激烈之火燃過，遍體燃燒妳那狂熱狂戀的身與心，於是妳不是陷入喃喃自語就是激烈地自毀作品。嫉妒之火足以燎原。

原本這病是可醫好的，但妳的母親卻以妳成爲他人情婦破壞門風爲恥，直接就把妳送到瘋人院，妳求救無門，毀滅更甚，一敗不起，妳終於像瘟疫般地被隔離。

妳以激烈而鮮明的個性頑桀不馴於社群，因而天才之資勢必有人抵擾。何況那樣的年代，十九世紀末二十世紀初，多麼男性父權的社會價值與觀念，女人是附庸，順婦如願，逆女如罪。女人當服從，女人當遮掩，女人當馴養，因爲社會道德鮮明，涇渭分明，婚姻是堡壘，輿論如刀劍。

愛情烈士注定劃下驚歎號，創作烈士注定劃下休止符。然而，藝術家也是瘋子的一種，是爆發精神精采熱度的人種。

但是千里馬幾希？縱有千里馬之眼，然還得視千里馬能否助其破暗之力。

我來來回回在妳住過的病院小徑上走著，我喃喃自語且眼露悲光，我和四周散步或來回急走的幾個病患並沒有多大的不同，我蹲坐在草地，覺得生命有些雜質被翻攪而出。突然四周有個人高聲喧嚷了起來，不知何故地大聲朗誦著，忽然又叫罵著，寂靜在那一刻劃破了。我才想起我的生命雜質是不痛快，我的揮霍本性常讓自己陷入沒有資糧的慘境。

因爲我仍有些媚俗，有些討好，所以我沒有到達絕境，雖然有過，但終於我投降了一些事物，好比顯而易見的戀情。我唯一沒有繳械的是自己說過終生不再重返職場，將全心創作的話，時過三載了，竟然通過最初也最難的各式各樣考驗，就是撐過來了。曾經在職場的輕忽缺失與年輕氣盛所造成的流言與傷害波及都這樣地退隱了。我在異鄉可以一晃半載三個月，也實是精神的孤注與奢華。因爲回國將欠一堆可怕的債，感情的，金錢的，文字的。

我沒有錢，可是我旅行。就是回來了要還債，就是這麼一回事，這一回事籠統來說，就是要承受個性與經濟帶來的巨大又繁瑣的精神壓力。眞的，每回都要向很多羨慕的人解釋說去做了就行了，我不懂羨慕什麼，因爲你們羨慕我卻又不拋掉擁有的工作地位與權力安全範疇，那要我如何回答？又這眼光的看待又怎麼公平呢？

我還能創作，我還能愛人，我還能旅行，我還能孤獨，我還能享受，我還能給予，我還能收受，這是幸運的，這是何等的幸運！我得常常提醒自己，才不至於喪志且心瘋神狂。

我胡亂地坐在草皮上想了一堆自己，因爲我得重返自己，找到自己，才能收攝亂心，以看清楚妳的才情，以看清楚妳的命運。即使我自以爲看清楚的妳，其實不過只是捕捉了妳的神祕世界之一縷幽光，但妳的那縷幽光，就足以照亮大千世界所有逆女烈女才女狂女的黑暗，身先士卒的妳，在歷史迴光返照下的悠悠女族，使得許多人將昂首向前，不至於飄忽在茫茫人海無所終。

其實，我很喜歡精神病院的一種異常異樣氛圍。

植物參天蓊鬱，石雕掩上青苔，寂靜是這裡讓人精神可以療養的原因。

我看著妳的二樓病院，玻璃窗下有人影在晃動著，有個長髮女人眼睛貼在玻璃下，眼怔怔憐兮兮地望著窗戶。我仰頭望，錯覺以爲是妳。駭了一跳。

精神病院的人只讓我在妳樓下的窗口徘徊，病院已有另一個女人住了，病房是不能給外人參觀的，除非眷屬。

他們哪裡知道我們是眷屬呢，我們是創作精神紐帶的眷屬。誰說我們不是呢？可我如果這樣說，也鐵定被視爲瘋人瘋語。

妳母妳妹恨妳棄妳，我輩我族憐妳惜妳。

可光憐妳惜妳是不夠的，我們必須要重新燃亮那歷史不公義的黑暗，己身當舟，滑過生命激流。

有莒哈絲當典型，這典型是爲了一種創作的學習與凝望。

有妳當典型，就是一種提醒。提醒是告知，告知自己所處的時代不同了，大可前進，不言畏。提醒是爲了不重蹈不覆轍。

卡蜜兒，我曾經因爲投降於愛情，而夜夜如敲喪鐘過，不是欣喜若狂，要不就是渾噩如魅。妳知道所謂的投降嗎，就是我不再是主體，情人才是主體。創作不僅退位且常消失，因爲心情版圖被佔領，愛情被升高到一切的存在，生命的基地蓋在對方的土地上。然而我的愛情雖有良人，可是卻被切割成碎片，只能全盤交出或無盡等待，只能時懷恐懼與不斷被她者介入。

累了。煩了。揮劍。斬去。

當我回到自我的洞穴，以自己爲主體時，自己是自己的情人，一切將不再殘害我。也更有力去愛！各式各樣的愛，千百種的愛。或者說千百種的自己都接受了，接受自己的獨處。我慶幸我生妳晚百年餘之久，我替妳看看現在的世界，女性發威的世界，既欣喜又哀傷。

渴望創作如妳，當然是必得走上絕對獨處之路。妳曾經在三十歲時和羅丹分手，徹底孤獨，回到自己，回到創作。創作與自由的空氣妳聞得到，生活不給妳愛的語言與善良的姿態，但是創作會回報妳。然而要命的是，妳還是無法擺脫羅丹的陰影，重點是當時的社會環境也未給妳公義的對待，至親母親與妹妹的冷漠襲擊，諸如此類都是妳再出發後的斲傷，深沈的斲傷，竟是一切歸依皆是空。

才情還得有時遇輔佐，俗濫也得承認的一種事實。然而妳的個性本質偏好獨處又討厭生人，決心自閉之下離社群更遠，也爲妳遮上發瘋的陰影。我斷斷不敢對妳說爲何妳不妥協一點點的字眼，因爲那簡直是褻瀆了妳的原靈。

孤獨自閉者若未能棄世是苦的，妳終因一切的不公與落空而更加氣憤難耐，最後竟有了被迫害妄想症，認爲羅丹派人來加害妳。羅丹曾給妳從未有過的愛情，但卻也一手收回愛情而毀了妳。我同意羅丹的氣勢定然逼人凌人，妳曾經因爲他而進入巴黎的藝術沙龍。但我不同意妳成也羅丹，敗也羅丹之說，因爲妳的才情在未遇羅丹前就已經是讓人刮目相看的，至於敗也羅丹之說，羅丹也沒有那麼壞，他是男人，在當時社會佔絕大優勢，他離不開其妻羅絲又一心戀慕美體，許多男人皆如是。只能說卡蜜兒妳是敗給了愛情，後來又敗給了妳那不懂藝術的頑強母親。

起先妳的敵人是妳的男人，後來妳的敵人是妳的母親。母親，女性創作者恆常出現的對立角色與宿命議題。

別人想要把妳關進去或是不理妳就罷了，妳的母親竟在一九一五年寫信給蒙德費格精神病院的院長，信裡提到：「至於接她來和我生活，或讓她回去過以前那種生活，永遠免談。」

妳母親雖愚昧，但還原時空，那個時代的母親也挺可憐，智識不足又服綁於教條。小資產階級在僵化的道德中，運用一種絕對標準的眼光與粗暴行動，就這樣先是給妳奇特怪異的眼光，繼之控訴妳，再而拘提妳，然後囚禁妳，最後隔絕妳。

天才的愛與夢消殞！

我懼怕成爲妳。

因爲那是黑夜的黑夜，無盡的無盡。

只能灑一把相思，撒一束敬意，拾一片葉脈，在妳的病房窗前，雙手合十。

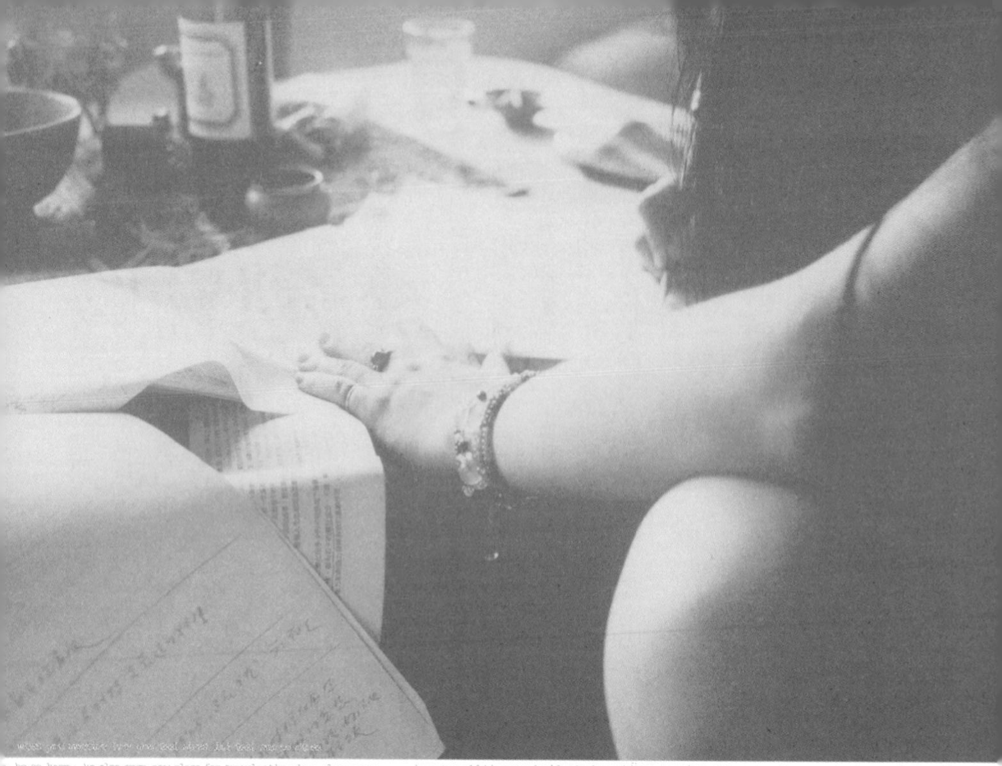

n .he so happy. he also open new place for traveler.the place close ocean .have two old big trees beside the house.it's so beautiful. They very welcome you to there again.We talking about

ey to suffering . they will expect.I respect their thinking.it's also taiwan fate.not only earthquak and typhoon persecute people.special politics issues is big

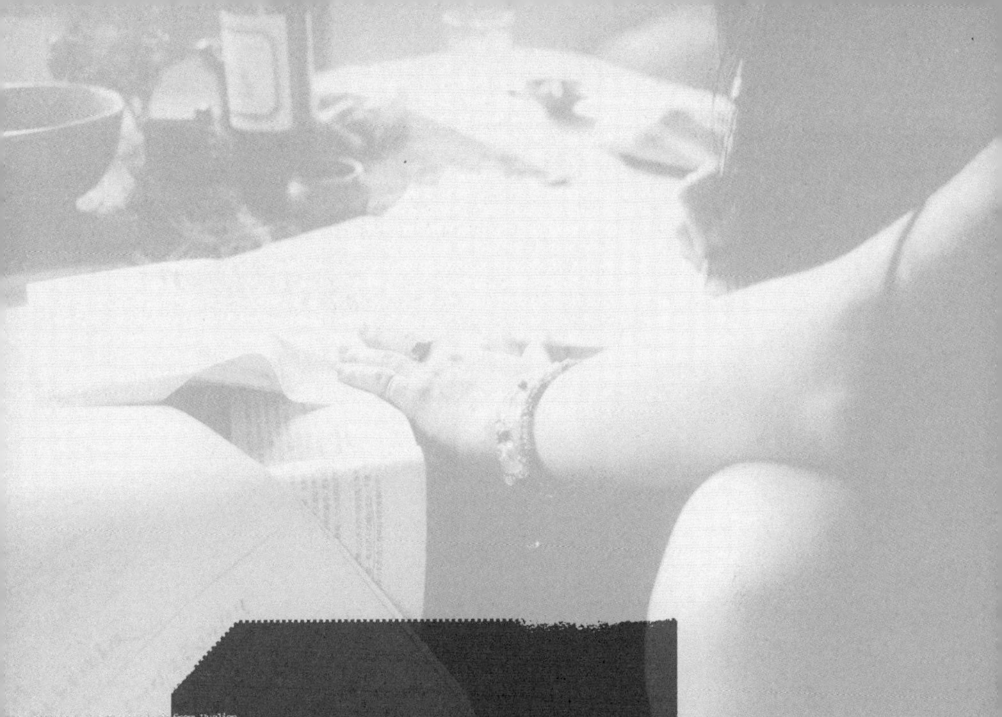

from Hualien.

i just read you letter.you mention about Hualien.i hear your songs write about Hu

to one of local restaruant ate the dinner.the restaruant boss knew you.he mention you came there before.he still remember you very deeply. love your Hualien stone sc

ural perrecure thin like earthquake and typhoon.

But they don't want leave east coast.they love to live there.watch ocean and sunrise and sunset everyday.hear wind come from mountain and sea.they live there then die there

未來情書>>>

遙遠山城發亮的星子

——寫給年輕戀人，異國而深邃的E

E：eye，eye，eye，eye，eye，eye…………emotional
眼睛眼睛眼睛眼睛眼睛……愛愛愛愛愛愛愛愛愛愛……

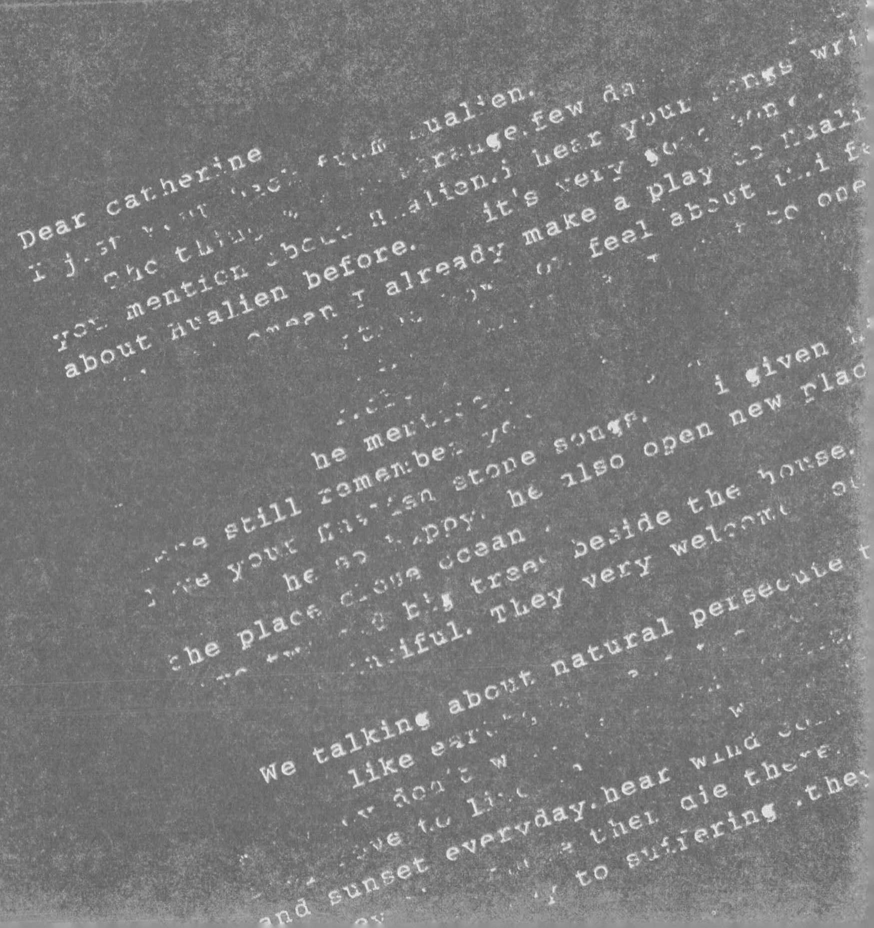

Dear catherine
about Hualien before.
he mention
We talking about natural persecute

親愛的E：

你佔有我僅剩的未來身體之殘餘青春，又或者你佔有我的只是一種遐想，我不知道際遇的風在你背後如何狂吹，但我知道思念已經成形，且思念努力地想要佔有這個軀體。

親愛的E：

你甜美了我的夜。你那年輕的笑容，像是來自我的另一個深沈世界的對立面。

親愛的E：

我的島嶼正冬雨綿綿。很久沒有你的消息，不知你是否安然？

屬於你的不安，是否已昂然度過？

若我活在你的那片苦澀的土地上，我能否覓得和你一樣年輕就已蓄足的勇氣？我恐怕得說我沒有你的勇氣在你這樣年輕的生命時光。我的生命都是一站接一站，一戰接一戰，終至失去己身，然後才又再度獲得己身。循循環環，多所不耐。

親愛的E：

你的國家到處充滿著眼睛，神廟繪著雙眼，盯著人看，宛如神的眷顧從來不曾離。

然而神還是常常背棄了你們。透過國際新聞，我見到你的國家在內亂，左派游擊隊伍不斷擾民。

你安然嗎？我很擔心，唯一能夠的行動是寫電郵給你。

我認識你那年，你才十九歲，我在加德滿都晃蕩一個月後，恰好和你一起度過你的二十歲生日。

眞是太過年輕的生命，年輕得發燙，燙得讓我對時間敬畏，燙得讓我不敢承接你的熱情。但我常想念你，想念你的單純與美好，彷彿兩小無猜的良善，但你不知我是僞裝良善的，因爲我一向覺得拒絕比接受更難，遂過去在許多熟悉的友人眼中有濫好人之稱。我是不夠酷（雖然常佯裝酷），我常過熱，因爲近距離接觸人事物。

相信我，我常想念你。想念你的國家，那片框著神祕古老靈魂的土地。甚且許多人多俊美，在很多山林看見年輕男子俊美我常有一種見到台灣偶像團體在耕田的錯覺。

我感念你從未停過給我寫信的心意，不時地收到你的信，即使時間又過了三年多了，日子眞快。以前我寫給我的年老情人說，我老了，你也將更老了。如今這句話丟給你是要倒過來了，你老了，我也將更老了。你成了喜歡考古隊（或者我們台灣稱的熟女或資深美女）的年輕品種，而我冷不防成了你生命裡最大的一面感情裂鏡，無情地照出你生活城市的匱乏與無奈，我這樣自由，你這樣閉鎖。我在年老情人的鏡子前看見自己的年輕，我在你的鏡子前卻看見歲月的無情。但你不知我內在的老，我一出生就老去的心無解，你只是笑，笑說我愛開自己的玩笑。你將沒有能力看出我的哀愁，但我卻看穿你的宿命。我的哀愁，你的宿命，因爲這樣我們才有機會掛在一起，不同的列車交會，相逢，離去。你寫信說等待我的到訪，而我想除非再次感情夢遊。夢遊者，沒有年齡感。

或者我願意等你，你已經寫好給我的未來情書，這些未來情書只等我這個收件人願不願意打開來閱讀。

我猶仍喃喃自語，自語是爲了自我提問，一種幽微的提問，提問自己有能力接受這樣的感情，自此生命大斷裂的感情狀態。

啊，是昨日猶新，今日已老。我是你的昨日，是自己的今日。

而今日我心情不太好，你呢恐怕更不好。

聽你寫信說瘦了十四公斤，你那俊美如金城武深邃的面孔惶惶萎凋，你學著我，快速要惘惘老去，我感到很不忍。

你無須老去，因爲你的生命一切還沒開始。

而我，一出生就老了。

親愛的E：

你的繪畫才華在那座不斷發生內亂與還過著皇室鎖國的國度是難以找到舞台的。何況你還是藏族流亡者，你是老么，你的母親最疼你，花錢讓你到印度求學，但是你還是在那樣的環境下，生命不斷荒蕪了下去，因爲你回尼泊爾後，再也捨不得離開年邁而疼愛你的母親，晚年才得子的母親，我見過，老老小小的，穿著藏族美麗衣裳，戴著綠松石與銀飾，綁著兩根長長灰灰的辮子。像是從古典畫派裡走出來的那種歷盡滄桑的美女，而你遺傳了那美，眉宇像是日本明星。

旅行山城時我和一個日本大學女生在某餐館一起遇見你，日本大學女生乍見你脫口叫你 Movie Star，這就是爲何我們後來乾脆喚你 Star 了。不過我這回還是以你的姓E來簡稱你，我想這對你毋寧更靠近你的心。

你寄給我的信，每一封都以你最大的可能發出的信。我可以想像你騎著破破的摩托車，一路蜿蜒，在山路很差的山城一路打滑，然後幽幽身影騎進幢幢人影的塔美爾市區，許多外國嬉皮聚集的鬧區有著許多網路咖啡館，我在古都看見許多年輕人的背影坐在網咖的電腦前，仔細地看有人目光發著水汪汪的淚水，也許想起了自己的感情際遇，也許想起了遠方的戀人或是告別的親人。電子郵件如此連結著我們的空間，以至於當我不斷地收到你的信，卻三年多未見你一眼未聽你一聲言語時，我對這樣的感情感到十分的迷惘與困惑，我不知道你的熱情從何發出？你眞的喜愛我？還是只是想像我的存在而喜愛我？

那像是不斷因過度愛意而不斷溢流而出的情書，或者你以爲可能我沒收到而不斷在一天之內重複寄出多回的情書，我懷疑它們是人類寫的嗎？還是另有個神在那裡進入你的夢境，然後幫你具體化文字傳進我的腦海。你的國度幽靈幢幢，鬼魅神話極多，我相信都是良善的，從你寫的英文情書從你的美麗眼睛看到的都是良善的，柏拉圖式的，甚至尼采式的意志也都涵蓋裡頭。

我在此時此刻的夜裡，感念著你，那樣地持續力，那樣地無所求，我懷疑我這把年紀了究竟爲何蒙你歡愛。

後來我想，你一定以爲我跟你差不多年紀。（嘿，這樣一想我要偷偷微笑安然睡去了，我將讓你這樣的誤判持續下去，也許模糊才是美感的來源。何況收到你的情書，我又擁抱了生命之美，來自那樣困頓的國度的美麗心靈。）

親愛的E：

我在旁邊有捷運列車的星巴克咖啡館的二樓旁倚窗寫信給你。

傍晚的窗外車流聲不斷。捷運列車滑過，玻璃窗內一張張疲憊的臉，仕女泛油光，男人現無神，城市露出疲憊與急忙的蒼老之臉，在黃昏時刻現身。

我的耳機聽著李斯特的「匈牙利狂想曲」，極炫的鋼琴曲目，有時琴音間歇性緩下來。接著我拔掉耳機，忽然整座咖啡館上班族的各式各樣交談聲音也溶成了城市的河流，洶湧地衝向我。

我常突然會靜下來聆聽周遭的聲音，當我刻意想要聆聽時，我發現這些聲音都可以清楚被分析，好像我的耳膜躲著音譜辨聲軌道儀器。靜下來聽四周的語流，這很有超我感。

黃昏降下前，雷大雨光臨了這座你所陌生的城市，你因爲我才不斷去注意聆聽國際新聞的遙遠陌生城市，這座城市因爲有了我對你才發生了意義。而這座城市不需要和我有意義就和我直接發生關係，這座城市裡的人沒有我需要等待與注視的，除了因爲書寫之外，我和它保持又近又遠。我想我愛它，但不能太愛它，因爲台北已然失去我熱情的座標，我年輕時期灑下的熱血與摯愛，這座城市都以無情或冷漠丟還給我。而這座城市是屬於青春的城市，老人最好躲在家裡，或是在公園裡失神，或是被菲傭推出來。咖啡館外那輛菲傭推出來的輪椅車上坐著一位可能曾經是這座城市光鮮亮眼的投資者或是兢兢業業的上班族或公務人員，於今老人都處在一種被遺棄的狀態，被時間遺棄，被家人（都忙於工作）遺棄，也被自我遺棄。那菲傭推著的老人輪椅車上播放著「有緣，沒緣，大家來作夥……」我覺得好夢幻啊，好虛幻啊。

黃昏降下前，雷大雨光臨了我所生長的城市。捷運列車車廂裡在上班時間只有零零落落的人搭乘，大雨中車廂行經咖啡館窗前，我看見貼著玻璃的幾個人影。我突然好想你，於是我寫信給你。

你的城市還沒有星巴克咖啡館，也沒有什麼太好的咖啡館，你擅長烘焙的甜點蛋糕技術至今都沒有適合的發表場所，高級飯店都聘請外來者，你又沒有錢開店，你很悶時會去畫畫圖，畫圖更沒辦法養活生活。

我今天向你說到「超我」，是因爲中午趕至朋友推介的扶輪社演講。我有時會參與一些活動，其實都是緣於小說家的好奇。如果沒有參與，我不會遇見這麼多的白領歐吉桑，他們的生活方式與想法提供一種於我的相對面客體，由此我可以多一些體會。扶輪社旗幟寫著「超我服務」。我因爲看見這面旗幟而有了一種想法，也對於人需要集體頗有感受，各種社團的存在隱性目的其實是用來作爲一種交流，一種慰藉。人需要被看見，需要被需要的感覺。你需要我的回信，好彌補你風塵僕僕騎著破爛的摩托車到加德滿都市區網咖寫信給我的某種匱乏。我需要你的友誼，好彌補我在台北四處閒走卻感到無處是家的闖入者之感。

我說寫作也是這樣，必須要超我，必須有一個超越我的我來寫作，來觀察。咖啡館此刻正放著拉丁美洲的音樂，我突然因此而有了一種身體處在集體、心在被拉到邊緣的哀傷感。你的城市，加德滿都，也讓我傷感，和我的城市所傷感的狀態不同。我傷感加德滿都，因爲那裡有你。遙遠的你，生活那麼苦那麼苦的你，和所有的無數無數的眾生。

親愛的E：

今天因應報社邀稿，寫故鄉之於我寫作的種種影響。於是我遂在父土母地裡眺望起往事荒蕪。（我想把這篇文章的大致題旨翻譯成英文傳給你，因爲你不懂我爲何寫作，我想我體內留有一種對痛的荒蕪感，這對痛的荒蕪感催生了我的原始寫作底層。）

我想告訴你，我的底層是黑暗的，有黑暗爲底的人其實可以習慣獨處，但我不習慣的是在黑暗中突然被人打擾，回憶本身帶有這種性質，回憶是一種處在自我的黑廂裡的各種突如其來的打擾。

這樣寫，你對我的內在陰鬱性格會不會多靠近一些？我冷眼熱心，你知道的，我和人相處，四天之內都可以一直微笑且謙和，所以常常有人說我好相處，因爲不超過太久。四天之後我的黑暗全跑出來，可能不笑也不和了（如果是共遊的旅程，那通常忍耐極限是半個月）。我這樣告白，你還要和我在一起？如果是，你可能瘋了。

親愛的E：

你是喜馬拉雅山星空裡最美麗的星子，你的眉濃，你的睫深，你的微笑靦腆又天眞。你讓我看見樸素的所有可能，純眞的所有樣態。

你的那些都是我失去的。

我睡你的床，我睡你的枕，我蓋你的被，但另一個人、另一個國度卻跑到我的夢裡。

夢裡有白雪，飄在峻險巍峨的山頭，是喜馬拉雅山在向我招手。

落霞紫紅寫著時間已是昏黃，

西藏佛塔在背光裡化成剪影，環繞太陽月亮星辰，旌幡隨風舞動。

一切都在隱隱發亮：

發亮的土地，發亮的河流，發亮的天空，發亮的飛鳥，發亮的心，發亮的微笑。

古國，跑進我的夢裡，代替了台北，代替了台北的你。

夢裡山川景物讓我熟悉，有如自己曾經活過這塊夢土，

在喜馬拉雅山下盤腿趺坐，我的色身成了個老人。

親愛的E：

我以星辰爲名來思念著你。

你的土地古老但明亮，善良的心輕盈的微笑霎時照亮了你的古國尼泊爾。

我以少見的明度色彩來描繪你的土地，因爲我在夢裡見到我又回到喜馬拉雅山下，看見了你的微笑，像星辰般的微笑，吹徐而過，閃爍著智者的光芒。

不知你生活可好？在那樣艱難荒旱的土地。

夢裡你只是一直微笑，好像如風的微笑可以吹散一切的煙塵不快與沈重憂傷。

長期心靈憂傷的人只消回到土地勞動，似乎就能有了某種扎實的慰藉與救贖。

在你的土地上，我見到這樣的智慧，也看到自己脆弱的靈，頓時有了光。

我彩繪了發亮得黃湛湛的土地，油綠得宛如明信片的樹，對比著紫紅得像是要燃燒起來的天空，我感覺我又回到那裡，和你快樂說笑，或者安靜看著風景，指認著一棵樹，一粒星辰，一塊石頭，一座山的稜線，一片岸的邊線一個愛情，一縷相思，一段印記……

親愛的E：

我們因爲仰望同一個月亮而擁有彼此，然而我們仰息的卻是不同的天空。你的天空藍藍如清流，天藍如水的帷幕，籠罩在喜馬拉雅山，風景之外，我聽見高昂的牧歌，人們的歡唱舞蹈。

這是你成長的世界，如此絕然的遺世獨立，我第一次懂得什麼是藍色的天空，什麼是山，什麼是樹，什麼是野放，什麼是人。

我得重新學習這一切才能回到你的土地，那塊土地的清澈如一面鏡子，足以照見我的疲憊與醜陋。

我畫下綠葉框起的美麗藍空，讓無形的你我居其中。

在這片藍空裡，只有純淨的語言聽得見彼此的心跳。

STAR，願你永遠如此美好，純淨如水月倒影。

雖然這世界已多敗壞，良善的鴿子無處可棲，但我爲自己畫上一片藍空，我想像你的天空爲我的天空，如此我的夢境出現了藍色，最美的水藍。醒來後，我將因爲曾經坐擁這樣的豐饒美景與不復見你而感心碎。

親愛的E：

我該如何向你描述海洋。

你所不曾見過的海洋，可泅泳的海洋可眺望的海洋。你所不曾見過的海洋，卻是環抱我所生活的島嶼的所有邊界。

只要我往島嶼邊界的任何一個方向奔去，我會遇見一座海洋。年輕時我常渴望在海邊有一座白色小屋，小屋沒有門只有紗簾，紗簾隨海風的呼喚擺盪，我在紗簾內隨情人的呼吸擺盪。

那是我年輕時關於海的嚮往情調。海的不定，海的多變，海的蒼莽，海的曖昧……都是我對於海也是對於情人的喜愛緣故。但我許是老了，我厭多變我畏蒼莽我懼不定我怕曖昧……我愛上山了，山仍保有海的神祕與深邃，但山光影層次豐富。海那麼白亮或者那麼全面烏黑，海太絕對，海不是投給你全面熱情式的淹沒，要不就是投給你全面冷冽式的荒澀。

海太兩極，我年輕時喜歡那樣的極致，現在青春流逝，我才發現那樣揮發極致魅力的情人都頗自私，他們淹沒你或是荒澀你，完全在你沒準備時給你愛也抽離愛。海不給你準備的時間，海浪說來就來，說不來就不來。

山給你準備的時間，山可以爬，一階階的，一段段的可緩可快地攻頂。你是先見到山峰才知道山在眼前等待你的努力靠近。但海是明知在眼前卻靠近不得，海太深太廣，一不小心就溺斃了。我的海洋情人多所氾濫，我的苦痛如處汪洋，卻無力上岸。

於今我知道，我的未來情人都是山，都是來自山城的情人。

未來不可知。

但你不只是未來，你還是現在，你已是我的山城情人，只要我願意，你會像神燈般出現在我的眼前。

我今天寫信本來打算向你描述海洋，結果卻向你說起我的海洋情人。你看我多自溺，惡習難改。

答應你，下回再向你描述海洋。

現在我要繼續說海洋情人，提起海洋情人卻是爲了替你的感情定錨。

我曾經有過海洋情人，來自海洋的情人卻沒有你多情與深情。山城情人如你很堅毅很純眞，相對之下我曾有過的海洋情人很善變很搖晃。

海洋情人帶給我許多因爲搖晃的暈眩與痛苦。而你不曾給我這些，你只給我大山式的安定與情眞意切。

我並沒有要比較的意思，我只是由衷地感到土地孕育人的精神底層，並且深刻地感受不論來自山城或海域的情人，我都感激生命有過，即使他們曾經在我體內刻下刀傷式的血肉模糊印記，但我只要願意回想，他們之於我大多是美好的。

只要我還願意回憶，所有的情人都是生命值得遇見的，雖然因爲他們而萌生的滄桑仍在興風作浪著生命，雖然烏雲從來不曾在生命的上空缺席過。

但我回望前塵，我由此更想靠近你，有過的體會就不要再去重複了，不斷在同一個愛情坑道跌倒也跌得太久了，我的愛情八八坑道已經腐朽不堪，不值得再爲那些過往的情愛掉淚或收屍。

而你是我全新的未來。

你是築在我整座愛情坑道的外圍基地，是一座全新的迷人基地，這基地發出善良的天波、音波，我只要仰望天空或者沈沈入睡就可接受。

你的基地廣延而綿深，倘徉其中，我忘了我的過去，我也成了全新的我。

親愛的E：

咖啡館旁的上班大樓陸續切燈，一座座孤獨島嶼暗了，消失在我的眼際。

我的心是一座別人變化莫測的海洋。每個人身上都拖帶著一個世界，或是一片海洋。我們都是孤獨的。老調的話語，其實是我對你的想念。

我在上班區遊走，如城市孤魂野鬼。我每每替行經的人說著腹語。我常替別人的心裡配著旁白，好玩地替他們說著話，或是猜想他們行經我身旁時在想什麼？他們的表情透露一天的蹤跡或者喜怒哀樂。

我算是一個無聊的無業遊民。只會將筆頭瞄準別人。

親愛的E：

昨晚我修西藏「空行母」課程。我寫短訊給你時，你回信說這樣很好，彷彿因此我們在同一個教室有了共通的課程一般，你深深地鼓勵著我好好作功課。你此時不像是二十一歲的男生，倒像是個老人，我總想有些人天生是老靈魂的，我在墨西哥那塊土地聽拉丁美洲人朗讀詩和唱歌跳舞時，那樣深邃又簡單的美麗，我想他們也都是老靈魂，漂泊零落人間不知幾世的人。

有些人的緣分是從0開始，從0開始的人可能就像我們常常只是一個照面或是一面之緣的人就揮手告別者，充其量只是一個緣起，但無法緣續。而我想我們的緣分已久，遂不需多說也明白。我們緣起於過去，緣續於現在，至於未來，只要我仰望星空，你就在那裡。

你有我未來的祕密，即使我已不在人間。

親愛的E：

日子早已穿過綿綿的冬雨。

我們單方向失聯已久，原諒我出境過久，在美洲晃蕩，旅行裡不想沈重也不想牽掛，遂無寫信，也無電話。說全不牽掛當然是騙人，到了夜裡，只剩陌生的空間與熟悉的身影，我躺在不斷異動的床枕上，記憶常不敲門就逕自闖入我的心。

你有時也會闖入。

現在我的島嶼已然溽熱，之前是梅雨季，豪大雨引發南方淹水。我記得行經你的土地某回，雨季剛歇，許多土地鬆軟，許多村莊淹沒，死傷兩千多人。你的土地的人之消失總是以驚人的數字示現自然的神祕超能力。

離開加德滿都抵波卡拉一路盡是無窮無盡的山路，公路偶有被掏空的碎石滿地，偶有幾間山城小屋，除此是荒涼。

在某路段我見到宏偉如我島嶼的中橫景致，然而我觀察到你土地的子民耐苦能力之高卻又是我島嶼所最快消失的美德之一，山路總是有不斷在土地上勞動的婦女和小孩們，他們穿著花花豔豔的衣裳，像苦難又美麗的風景明信片。

親愛的E：

我知道你不會讓我的身心有傷口的，相反地你是我的面速力達母，你有療傷我的能力。然而說來這文字也是一種自我慰藉與對你的感謝罷了。因爲我深知我屢屢仍在同一個往事的傷口上流離失所。

如果生命比鴻毛還輕。那就沒有什麼可以再驚嚇了，誰也嚇不了誰。就像我們要回歸我們相遇的美好時光也是不存在的，歷史不復回歸，米蘭昆德拉早說了：「回歸的不存在暴露了道德的深刻墮落。」

那是一個認爲我們不會回歸原點的看法，既然回不去了，那麼道德是什麼？就是回去原點了，那原點還是原點嗎？

我所處的台北城市咖啡館旁的上班大樓陸續在按下熄燈號，眼前一座座孤獨的島嶼暗了沈了，消失在我的眼前。

但是我會不時地打撈你對我的好，以及和你的甜美時光。即使美好時光很快地就會變成我生命裡逆光的青春了。但我永恆地將你記得了。

向年輕星子生活的這片土地之致敬文：

在佛陀酒吧的魅惑之心

四周昏暗暗的，入夜無光，偶爾行經某戶山城人家，油燈明晃晃地隨風玩著吐舌縮舌遊戲，我漸漸習慣行走在這樣的暗度空間，之前常冷不防跌了一鼻子灰。

有時到了落腳旅店聞到氣味才知方才踩到黃金了。在暗夜行路偶爾我會想起在峇里島北方貧窮村落的暗夜。也是到了隔天清晨，才發現我所行經的竟常是一大片風化屍體區域的小路，當時靠月光星辰引路外，還有小街上流洩出的甘美朗音樂讓我聽音辨源。或者這樣的暗夜，我也會想到印度瓦拉那西那濕濕漉漉的河階小路，當時的微光靠的是小小的打火機。

風中之燭，人命在此環境更昭顯出這樣的微弱稀薄。

尼泊爾偏遠山城子民的小孩常常必須利用白天才有光線可讀書，然白天他們又必須幫忙農事，因之讀書之事就常蹉跎了。

在暗暗的小徑走，要學會辨聲聽源，學習像原住民循著發亮的葉子認路。連葉脈都不發亮時，那就不斷地在打火機的瞬間火光中，極目地撐大瞳孔以目視所走的路。了無月光的小徑，又從未行過黑暗陌路，夜半臨深淵大約就是如此了。

適應了這樣深黑的四周後，迎面有個黑影窣窣行經身旁，突開了嗓出了聲問著：「要不要大麻？」

水菸大麻，在山城是人們勞動後藉以全身休息的媒介。在加德滿都塔美爾區（Theml）的夜晚大麻卻是和酒精一起沈淪的氣味。塔美爾區宛如我們的西門町人影晃晃，終日忙碌，白天滿滿的商家逛之不盡，夜晚酒吧音樂價響，年輕人全在街上無盡遛達。

夜晚，當我在古都的酒吧裡聽著樂團唱歌，周邊滿滿是西方旅客，我當下眞有忘了身處尼泊爾之感。瞬間這座古都和我所經歷的紐約下城或是巴黎巴士底附近的暗巷酒吧是無所不同了。觀光爲加德滿都人開了一線接觸國際化的窗口，但是我見到所謂的國際化都是環繞在這樣的酒吧行爲上，反而許多加德滿都青年在此沈淪，夜夜飲酒抽麻，魂聳魂墜，通宵達旦，不知酒醒何處。

一家名爲佛陀酒吧（Buddha Bar）的主人帶著我和幾個當地年輕人在巨大菩薩座像的後面燃起大麻菸，在此古國「佛陀」已成符號，在佛陀酒吧聽佛陀音樂（Buddha Lounge）和涅槃音樂（Nirvana），就是菩薩眞是在此也只能低眉垂目了，祂恐怕要不忍心見著人們盜用其名卻做著和覺者背道而馳的墮落行徑。

我是又清醒又墮落的落單旅者，聞著大麻菸想到的是火葬場巴格瑪堤河的死亡氣息，河流和塔美爾充溢著生之熱情相反，然塔美爾的生之熱情其實不過是藉由酒精、大麻和縱樂所燒出來的幻影，水月幻象迷人，入底一探卻是不堪。

塔美爾區四處是循著東方足跡的嬉皮與歐美女人。我在酒吧裡每天見這些歐美女人如何和尼泊爾人搞在一塊，就是再醜的外國女人，尼泊爾男人也趨之若鶩，因爲只有遇見他國女人才能改變他們自身的命運，尼泊爾長期鎖國政策的影響下，城市青年懷有強烈的外國夢，「帶我走吧。」那是他們內在的心聲。首都男人懷有這樣的夢，至於女人是想都不敢想，因爲對她們那已是近乎妓女的行徑了。因之我在尼泊爾遇見大量的當地年輕男子企圖結交外國女子，卻顯少見當地女子和外國人交往。塔美爾區幾乎是個小縮影，日日酒吧喧囂，歐美旅客不論是跟團的或是背包客入晚定會來此夜夜笙歌。此間廉價的旅店，一天一百五十元盧比（約台幣一百多元）即可住到，簡直是背包客的天堂，歐美人士到此都成了有錢人，看得尼泊爾男子的自尊突然揪在一起，面目不禁哀傷起來。

青年們當中，清晰可辨的面目是西藏流亡者第二代年輕人，他們在此彼此慰藉，麻木身體，麻痺靈魂。

餐廳酒吧一家家地開，以前的樸素民宅全都轉成生意場，有不少人家的頂樓陽台撐起陽傘，露天座椅上男女老外打情罵俏，哈菸嬉鬧，吸引著未曾出過國的許許多多加德滿都年輕人來到此地沾身洋味，塔美爾區在加德滿都人的口中是都市叢林，他們覺得在此的夜生活宛如叢林般刺激。

而酒吧外，尋常是乞討的婦女小孩，我多回見到爛醉如泥的年輕人倒在路邊呢喃咆哮嘔吐，也多回看到西藏流亡者的後代在此集體迷惘失落。他們流的是西藏血液，但是從來沒有到過西藏，而在尼泊爾他們同樣感到自己是個外來者。因此在酒吧裡我見到許多藏裔年輕人渴望交到歐美女郎，然後一圓他們的出國夢。和在此不少年輕人聊天，驚訝發現有的已經在巴黎或紐約住過許多年了，原因是他們和來到加德滿都的歐美女生結了婚，到國外住了些年，也取得了居留權，我遇到他們的那些日子，他們不過是回來度假。至於還維持原來的異國婚姻嗎？他們搖頭，都離婚了。說著，並抄了電話給我。當然，許多的夜晚，他們抄電話的動作不知重複了多少次。

這是集體的狂歡與失落，發生在夜晚的加德滿都塔美爾區酒吧，而我所在的座標是佛陀酒吧。

而白天的塔美爾區，人車川流，一輛三輪車老者企圖追著我做生意，搭上一小段路，只爲了讓他有點收入。此老者卻獅子大開口，四分鐘路程索價五十盧比，搭計程車也不到十盧比，他以爲我是日本人便亂喊價，我給他二十盧比要他閉嘴了。

塔美爾區讓在此兜轉做生意的人都多了虎豹之心。尼泊爾人、印度人、喀什米爾人、西藏人……

每個人都流露著精明的目光，殺向落單的旅人。

塔美爾區由主要三條道路貫穿，主道路之外有無數的小徑穿插，人多路狹，縱橫交錯，由於路窄，感覺整個空間的音樂密度無限壓縮，不斷的車聲喇叭聲，不斷的音樂CD店高分貝放送歌曲，街角永遠有人蹲在一隅閒聊……在加德滿都巷弄行走，我的耳膜增厚，我的心卻變薄，有時還得變冷。雖然這座城市比起印度諸城簡直已是天堂，但是長途旅行已讓我心疲憊。

沿街隨時可以見到背著行囊的年輕人尋找落腳地，而這還是最冷清的一年，當地人說要不是尼泊爾共產黨猖獗，來此的人更是絡繹不絕呢。住宿此地確是方便，是外國旅者的理想居所，民宿便宜，餐廳咖啡館多，缺點是一出旅店的門即成了目標物，小販不斷遊說，有時還會遇到乞者的包圍。

幾年前我去大陸桂林陽朔一帶旅行時的場面突然跑到眼前，陽朔老街的異國風情吸引著無數的老外，許多餐館寫著英文，許多老外身旁搭了個當地姑娘。加德滿都是倒過來，是歐美女郎身旁搭了許多壯男，現在日本女生也很受歡迎，這是旅遊的經濟地理學，經濟強弱已成為兩性投懷送抱的主宰，不免讓在一旁極為清醒的我感到吁歎與虛無。

塔美爾區的變化可以說是加德滿都的未來縮影，隨著外國遊客的增多，過往的鎖國政策遭到全球化的空前考驗，城市人的嚮往開始擴大，家家客廳成餐廳，房間成民宿，雜貨舖轉型成工藝品店，登山用品店和網路咖啡館更是新興產業。在住的旅店窗戶往下望，夜晚一點多了，網路咖啡館裡仍坐著一排排的當地年輕人與外國人，他們眼前是一部電腦，每個人敲打著鍵盤，正在接收傳送著E-mail。

夜深了，整排人坐在電腦面前，我幾乎忘了我身在古都。好幾年前對此地的印象完全被改寫了。

忽然，有人敲碎酒瓶，怒吼一聲，空氣連靜默一晌都沒有，一切仍如常作樂，見怪不怪。摩托車聲總是不斷發動又熄火，來來去去。

有藏裔尼泊爾當地人找我同去賭場玩，好奇跟去，外型頗壯觀，門口站著兩個大漢。我們一群人，結果載我的藏裔青年不能進入，大家一起來有人不能進不免掃興，藏裔青年問爲什麼？門口警衛大漢說，當地人不能進入賭場，賭場是給外國人的。可我想和我一起來的不是有幾個也是當地人嗎？後來我才知道那幾個被允許進入的都拿外國護照。藏裔青年說他是西藏人不是尼泊爾人，警衛大漢當然不鳥他。我本來以爲大漢會把曬黑且穿著當地花裙的我誤認是當地人，結果他問也沒問就讓我進去，對於我而言我自己以爲很像當地人，其實對他們而言一看就能認出的。

後來我們也很掃興地溜了一圈就出來，因爲大夥都沒錢賭，且把藏裔青年留在外面很說不過去，藏裔青年一臉烏青的神色，很情緒化地直對我嚷著說：「帶我走吧！」

「帶我走吧！」這是電影「綠卡」的再版，我，一個異鄉人成了他人的出口救贖？

這讓我不得不述說起尼泊爾旅程的最初，那時我住在稍好的旅店，遇到一個感覺奇特的經驗。在用餐時，飯店的某男服務生頻頻服務，並向我說飯店的哪個高點是俯瞰整座山城和星光最好地點。我聽了便想那好，有當地人指引自是該上去瞧瞧。夜晚的山城風光迷濛，山嵐不斷，遮去視野又亮出視野，一如油燈。就在感覺淒美時，不知何時那服務生已經在我的身後，駭了我好大一跳。旅行許久我大約都能洞悉他人心事，我想他大約要我帶他走吧。果然他先是（慣例）讚美我一番後婉轉地說，他很想離開尼泊爾，可是靠他自己是辦不到的，只有外國人可以帶他走。

他說他已經向神求了三年，求神送某人至此，然後帶他走。他說我一定是神派來的使者。

他不說我也懂。但在那樣的獨自夜晚，我不能大意處理。遂婉轉地謊稱他很好的，但我已經結婚了，換他露出極度失望神情。其實尼泊爾人有不少長得顏面深邃，頗爲好看，在台灣可能已經是偶像樂團了。但旅人改變不了別人的宿命，最後我祝福他一定會夢想成眞。

事後，我每想起他失望幾近扭曲的神色，就悲哀地想，我是他試探過的第幾個女子呢？是不是只要看起來不至於太老的外國女人他都願意試試看呢？而至今他還是在那家飯店吧？他可夢想成眞？

加德滿都是一座當地人想出走而外地人想進來的城市。

「帶我走吧！」他們出走的渴望，遠離赤貧的渴望。可惜我不是月光，我自己已是一根不牢靠的浮木，誰也無法攀附其上。

許多的尼泊爾小孩日日跟隨著我，希望向我導覽一些地方，因爲這樣他們就有小費了，問他們將來的志願也是當導遊。唱片行播放著英文歌曲，伴隨著當地民謠，在此的CD片皆是拷貝，一如他們的人生也是想直接拷貝自他人，他們沒有自己的原廠，他們渴望有人願意讓他們拷貝，複製他人的生活版圖。

有些旅地讓我有魅惑感，像是著魔狀態一時之間無法定心，只是一直被吸引著再吸引著，不斷地被吸引，只能四處走動無法停止，無法歸納。

這就是加德滿都，我人在入夜的佛陀酒吧聽著佛陀電子沙發音樂、聽著涅槃音樂，並發著E-mail給你。這信的訊息負載著一顆沈重的心，我想你讀出來了。Buddha，Nirvana……佛陀、涅槃……我在此也成了個符號，一個會呼吸的哀傷動物。

智慧田系列—— 強烈的生命凝視，靜默的生命書寫，深深感動你的心！

015 **有光的所在** ◎南方朔 定價 220 元
當世界變得愈來愈無法想像，唯有謙卑、自尊、勇敢這些私德與公德的培養，才會讓我們免於恐懼。本書獲明日報讀者網路票選十大好書、誠品 2000 年 Top100 、中國時報開卷版一周好書榜

016 **末日早晨** ◎張惠菁 定價 220 元
當都會生活的焦慮移植在胃部、眼神、子宮、大腦、皮膚、血管……我們的器官猶如被我們自身背叛了。文學評論家王德威專文推薦，中國時報開卷版一周好書榜、聯合報讀書人每周新書金榜

017 **從今而後** ◎鍾文音 定價 220 元
書寫一介女子的情愛轉折，繁複而細膩烘托出愛情行走的荒涼路徑，全書時而悲傷、時而愉悅，把我們帶進看似絕望，卻有一線光亮的境地。中國時報開卷版一周好書榜

018 **媚行者** ◎黃碧雲 定價 220 元
寫自由、戰爭、受傷、痛楚、失去和存在，黃碧雲的文字永遠媚惑你的感官、你的視覺、你的文學閱讀。

019 **有鹿哀愁** ◎許悔之 定價 200 元
將詩裝置起來，一本關於詩的感官美學，一本關於情感的細緻溫柔。詩學前輩楊牧特別專序推薦

020 **剎那之眼** ◎張 讓 定價 200 元
高濃度的散文，痛切的抒情，戲謔的諷刺，從城鎮、建築、小路、公路、沙漠等我們存在的世界一一描摹，持續張讓微觀與天問的風格作品。本書榮獲 2000 年中國時報開卷十大好書獎

021 **語言是我們的海洋** ◎南方朔 定價 250 元
南方朔的語言之書第三冊，抽絲剝繭、上下古今，道出語言豐碩的歷史與文化價值。本書榮獲聯合報讀書人 2000 年最佳書獎

022 **鯨少年** ◎蔡逸君 定價 200 元
新詩得獎常勝軍蔡逸君，以詩般的語言創造出大海鯨群的寓言小說，細細密密鋪排出鯨群的想望與呼息。

023 **想念** ◎愛 亞 定價 190 元
寫少年懵懂，白衣黑裙的歲月往事；寫「跑台北」的時髦娛樂，乘坐兩元五毛錢的公路局，怎樣穿梭重慶南路的書海、中華路的戲鞋、萬華龍山寺、延平北路……

024 **秋涼出走** ◎愛 亞 定價 200 元
原刊登於中國時報人間副刊「三少四壯集」專欄，內容環繞旅行情事種種，人與人因有所出走移動，繼而產生情感，不論物件輕重與行旅遠近。愛亞散文寫出你的曾經。

025 **疾病的隱喻** ◎蘇珊·桑塔格著 刁筱華譯 定價 220 元
美國第一思想才女的巔峰之作，讓我們脫離對疾病的幻想，展開另一種深層思考。本書獲聯合報讀書人每周新書金榜，中國時報開卷一周好書榜

026 **閉上眼睛數到 10** ◎張惠菁 定價 200 元
張惠菁在時間與空間的境域裡，敏銳觸摸各種生活細節，摸索人我邊界。本書獲聯合報讀書人每周新書金榜，中國時報開卷一周好書榜

027 **昨日重現——物件和影像的家族史** ◎鍾文音 定價 250 元
鍾文音以物件和影像記錄家族之原的生命凝結。本書獲聯合報讀書人每周新書金榜，中國時報開卷一周好書榜、誠品選書

智慧田系列——強烈的生命凝視，靜默的生命書寫，深深感動你的心！

028 最美麗的時候 ◎劉克襄 定價 220 元

《最美麗的時候》爲劉克襄十年來之精心結集。隨著詩和畫我們彷彿也翻越了山巔、渡過河川，一同和詩人飛翔在天空，泅泳在溫暖的海域，生命裡的豐饒與眷戀。

029 無愛紀 ◎黃碧雲 定價 250 元

本書收錄黃碧雲最新兩個中篇小說〈無愛紀〉與〈七月流火〉以及榮獲花蹤文學獎作品〈桃花紅〉，難得一見的炫麗文字，書寫感情生命的定靜狂暴。

030 在語言的天空下 ◎南方朔 定價 250 元

南方朔語言之書第四冊，將語言拆除、重建，尋找埋在語言文字墳塚裡即將消失的意義。

031 活得像一句廢話 ◎張惠菁 定價 160 元

如果你想要當上五分鐘的主角；如果你貪婪得想要雙份的陽光；你想知道超級方便的孝順方法；你想要大聲說這個遜那個炫；你想和時間耍賴……請看這本書。

032 空間流 ◎張　讓 定價 180 元

在理性的洞察之中，滲透著漸離漸遠的時光之味，在冷靜的書寫，深刻反思我們身居所在的記憶與情感。

033 過去——關於時間流逝的故事 ◎鍾文音 定價 250 元

《過去》短篇小說集收錄鍾文音 1998 至 2001 兩年半之間的創作。作者輕吐靈魂眠夢的細絲，織就了荒蕪、孤獨、寂寞與死亡，解放我們內心深處的風風雨雨。

034 給自己一首詩 ◎南方朔 定價 250 元

《給自己一首詩》爲〈文訊〉雜誌公布十大最受歡迎的專欄之一，透過南方朔豐富的讀詩筆記，在字裡行間的解讀中，詩成爲心靈的玫瑰花床，讓我們遺忘痛楚，帶來更多光明。

035 西張東望 ◎雷　驤 定價 200 元

雷驤深具風格的圖文作品，集結近年創作之精華，一時發生的瞬間，在他溫柔張望的記錄裡，有了非同凡響的感動演出。

036 血卡門 ◎黃碧雲 定價 250 元

黃碧雲 2002 年代表作《血卡門》，是所有生與毀滅，溫柔與眼淚，疼痛與失去的步步存在。

本書獲聯合報讀書人好書金榜

037 共生虫 ◎村上龍著 張致斌譯 定價 230 元

《共生虫》獲得谷崎潤一郎文學賞，這本描繪黑暗自閉的生命世界，作者再一次預言社會現象，可是這一回不同的是我們看見對抗僞劣環境的同時，也產生了面對未來的勇氣。

038 暖調子 ◎愛　亞 定價 200 元

愛亞的《暖調子》如同喚起記憶之河的魔法師，一站一站風塵僕僕，讓我們游回暈黃的童年時光，原來啊舊去的一直沒有消失，正等著你大駕光臨。

039 急凍的瞬間 ◎張　讓 定價 220 元

張讓散步日常空間的散文書《急凍的瞬間》，眼界寬廣，文字觸摸我們行走的四面八方，信手拈來篇篇書寫就像一座斑駁的古牆，層層敲剝之後，天馬行空也有發現自我的驚奇。

040 永遠的橄欖樹 ◎鍾文音 定價 250 元

行跡遍及五大洲，橫越燈火輝煌的榮華，也深入凋零帝國，然而天南地北的人身移動有時竟也只是天涯咫尺，任何人最終要面對的還是如何找到自己存在的熱情。

041 語言是我們的希望 ◎南方朔 定價 260 元

語言之書第五冊，南方朔再一次以除舊布新之姿，爲我們察覺與沉澱在語言文化的歷史與人性。

智慧田系列── 強烈的生命凝視，靜默的生命書寫，深深感動你的心！

042 希望之國 ◎村上龍著 張致斌譯 定價 300 元
村上龍花了三年時間，深入採訪日本經濟、教育、金融等現況，在保守傾向的《文藝春秋》連載，引發許多爭議，時代群體的閉塞感在村上龍的筆下有了不一樣的出口。

043 煙火旅館 ◎許正平 定價 220 元
年輕一輩最才華洋溢的創作者許正平，第一本散文作品，深獲各大報主編極力推薦。

044 情詩與哀歌 ◎李宗榮 定價 220 元
療傷系詩人李宗榮，第一本情詩創作，收錄過去得獎的詩作與散文詩作品，美學大師蔣勳專序推薦，陳文茜深情站台，台灣最具潛力的年輕詩人，聶魯達最鍾愛的譯者，不可不讀。

045 詩戀記 ◎南方朔 定價 250 元
從詠歎愛情到期許生命成長，從素人詩到童謠，從貓狗之詩到飢餓之詩，從戰爭之詩到移民之詩，詩扮演著豐富生活的領航者。在這個愈來愈忙碌的時代，愈來愈冷漠的人我關係，詩將成爲呼喚人生趣味的小火種，點燃它，請一起和南方朔悠遊詩領域！

046 在河左岸 ◎鍾文音 定價 250 元
這座島上，河流分割了土地的左岸與右岸，分別了生命的貧賤與富貴，區隔了職業的藍領與白領，沉重混濁的河面倒映著女人的寂寞堤岸，男人的慾望城邦。一部流動著輕與重，生與死，悲與歡的生活紀錄片，人人咬牙堅韌面對現世，無非爲了找尋心中那一處沒有地址的家。

047 飛馬的翅膀 ◎張 讓 定價 180 元
是生活明信片，提供我們與現在和未來的對話框，抒情與告白，喟嘆與遊戲，家常和抽象思索，由不解、義憤到感慨出發，張讓實在而透明的經驗切片，都是即興演出卻精采無比。

048 蛇樣年華 ◎楊美紅 定價 200 元
八篇生命的殘件與愛情的殘本，楊美紅書寫建構出人間之悲傷美學，有血有肉的小人物世界，小悲小喜的心中卻有大宇宙。

049 在梵谷的星空下沉思 ◎王 丹 定價 220 元
王丹的文字裡散發了閃亮的見識，他年輕生命無法抵抗沉思的誘惑，一次又一次以非常抒情的筆觸，向過去汲取養分，向未來誠心出發。

050 五分後的世界 ◎村上龍著 張致斌譯 定價 250 元
一場魔幻樂音不可思議帶來人性的暴動，一次錯綜複雜的行走闖入五分鐘後的世界，作者不諱言這是「截至目前爲止的所有作品中，最好的一本……」長期以來被視爲小說創作的掌舵者，再次質問現實世界與人我關係的豐富傑作！

051 後殖民誌 ◎黃碧雲 定價 250 元
《後殖民誌》說共產主義、現代主義、女性主義、稱霸的國際人權主義……《後殖民誌》無視時間，不是所謂殖民之後，不是西方的，也不是東方的。《後殖民誌》是一種混雜的語言，它重寫、對比、抄襲，在世紀之初以不中不西、複雜狡黠的形式出現。

052 和閱讀跳探戈 ◎張 讓 定價 200 元
這本歷時一年的讀書筆記，攬括近幾十年來所出版各具特色，不可不讀的好書，每一本書透過她在字裡行間的激烈相問，或緬懷或仰慕或譴責，是書癡的你和年輕朋友們一本映照知識的豐富之書。

053 讓我們一起軟弱 ◎郭品潔 定價 200 元
美國文壇最重要的文化評論者與作家蘇珊．桑塔格，在《疾病的隱喻》一書中說：遲早我們每個人都會成爲疾病王國的公民……本書便是來自那「再也無法痊癒歸來之王國」，最慷慨的呼籲與請求──讓我們一起軟弱。

國家圖書館出版品預行編目資料

中途情書／鍾文音著.－－初版.－－臺北市：大田出版；臺北市：知己總經銷，民94

面；　公分.－－(智慧田；070)

ISBN 978-957-455-928-2（平裝）

855　　94017255

智慧田070

中途情書

作者：鍾文音
發行人：吳怡芬
出版者：大田出版有限公司
台北市106羅斯福路二段95號4樓之3
E-mail:titan3@ms22.hinet.net
http://www.titan3.com.tw
編輯部專線（02）23696315
傳真（02）23691275
【如果您對本書或本出版公司有任何意見，歡迎來電】
行政院新聞局版台業字第397號
法律顧問：甘龍強律師

總編輯：莊培園
主編：蔡鳳儀　編輯：蔡曉玲
行銷企劃：蔡雨蓁　網路行銷：陳詩韻
美術設計：Leo Design
校對：陳佩伶／耿立予／余素維／鍾文音
承製：知己圖書股份有限公司．(04)23581803
初版：2005年（民94）十一月三十日
三刷：2009年（民98）一月十五日
定價：新台幣350元

總經銷：知己圖書股份有限公司
（台北公司）台北市106羅斯福路二段95號4樓之3
電話：(02)23672044．23672047．傳真：(02)23635741
郵政劃撥：15060393
（台中公司）台中市407工業30路1號
電話：(04)23595819．傳真：(04)23595493

國際書碼：ISBN 978-957-455-928-2 /CIP: 855/94017255
Printed in Taiwan

廣	告	回	郵
北區郵政管理局登			
記證北台字 1764 號			
免	貼	郵	票

大田出版有限公司　編輯部收

地址：台北市 106 羅斯福路二段 95 號 4 樓之 3

電話：（02）23696315-6　傳真：（02）23691275

E-mail ：titan3@ms22.hinet.net

※請沿虛線剪下，對摺裝訂寄回，謝謝！

地址：……………………………………

姓名：……………………………………

TITAN
大田出版

智　慧　與　美　麗　的　許　諾　之　地

＊請沿虛線剪下，對摺裝訂寄回，謝謝！

閱讀是享樂的原貌，閱讀是隨時隨地可以展開的精神冒險。

因為你發現了這本書，所以你閱讀了。我們相信你，肯定有許多想法、感受！

讀 者 回 函

你可能是各種年齡、各種職業、各種學校、各種收入的代表，

這些社會身分雖然不重要，但是，我們希望在下一本書中也能找到你。

名字／＿＿＿＿＿＿＿＿ **性別／**□女 □男 **出生／**＿＿＿ 年 ＿＿＿ 月 ＿＿＿ 日

教育程度／＿＿＿＿＿＿＿＿＿＿＿＿

職業：□ 學生 □ 教師 □ 內勤職員 □ 家庭主婦

□ SOHO 族 □ 企業主管 □ 服務業 □ 製造業

□ 醫藥護理 □ 軍警 □ 資訊業 □ 銷售業務

□ 其他 ＿＿＿＿＿＿＿＿＿＿

E-mail/＿＿＿＿＿＿＿＿＿＿＿＿＿＿＿＿ 電話/ ＿＿＿＿＿＿＿＿＿＿

聯絡地址：＿＿＿＿＿＿＿＿＿＿＿＿＿＿＿＿＿＿＿＿＿＿＿＿＿＿＿＿

你如何發現這本書的？ **書名：中途情書**

□書店閒逛時＿＿＿＿＿書店 □不小心翻到報紙廣告（哪一份報？）＿＿＿＿＿＿

□朋友的男朋友（女朋友）灑狗血推薦 □聽到 DJ 在介紹＿＿＿＿＿＿＿＿＿＿＿＿

□其他各種可能性，是編輯沒想到的 ＿＿＿＿＿＿＿＿＿＿＿＿＿＿＿＿＿＿＿

你或許常常愛上新的咖啡廣告、新的偶像明星、新的衣服、新的香水……

但是，你怎麼愛上一本新書的？

□我覺得還滿便宜的啦！ □我被內容感動 □我對本書作者的作品有蒐集癖

□我最喜歡有贈品的書 □老實講「貴出版社」的整體包裝還滿 High 的 □以上皆非 □可能還有其他說法，請告訴我們你的說法

＿＿＿＿＿＿＿＿＿＿＿＿＿＿＿＿＿＿＿＿＿＿＿＿＿＿＿＿＿＿＿＿＿＿＿＿

你一定有不同凡響的閱讀嗜好，請告訴我們：

□ 哲學 □ 心理學 □ 宗教 □ 自然生態 □ 流行趨勢 □ 醫療保健

□ 財經企管 □ 史地 □ 傳記 □ 文學 □ 散文 □ 原住民

□ 小說 □ 親子叢書 □ 休閒旅遊 □ 其他 ＿＿＿＿＿＿＿＿＿＿＿＿＿＿＿

一切的對談，都希望能夠彼此了解，否則溝通便無意義。

當然，如果你不把意見寄回來，我們也沒「轍」！

但是，都已經這樣掏心掏肺了，你還在猶豫什麼呢？

請說出對本書的其他意見：

大田出版有限公司編輯部 感謝您！